哪吒

周楞伽

著

CNS 湖南文艺出版社 · 长沙
PUBLISHING & MEDIA
中都出版传媒

图书在版编目（CIP）数据

哪吒 / 周楞伽著. -- 长沙 ：湖南文艺出版社，
2025. 1（2025. 3重印）. --（幻想家）.
ISBN 978-7-5726-2190-1

Ⅰ. I247.5

中国国家版本馆CIP数据核字第2024DA3182号

幻想家

哪吒
NEZHA

著　　者：周楞伽
出 版 人：陈新文
责任编辑：吴　健
营销编辑：夏必玄
封面插画：逸　书
装帧设计：Mitaliaume
内文排版：玉书美书
出版发行：湖南文艺出版社
　　　　　（长沙市雨花区东二环一段508号 邮编：410014）
印　　刷：湖南省众鑫印务有限公司
开　　本：880 mm×1230 mm 1/32
印　　张：12
字　　数：286 千字
版　　次：2025年1月第1版
印　　次：2025年3月第6次印刷
书　　号：ISBN 978-7-5726-2190-1
定　　价：59.80元

「 目 录 」

第一回 ｜ 哪吒出世

陈塘关总兵李靖愁眉不展，背负着双手，在厅堂里踱来踱去，胸口好像有十五个吊桶在七上八下。他有一个别号，叫作托塔天王，因为他的手里常常托着一座小巧玲珑的宝塔。这宝塔共有七层，每层四檐各悬金铃，也不知是什么东西做成的，总之雕刻得非常精致，据说夜里能够放出万丈毫光，不过谁也没有见过，因为他总是在日里才手托宝塔，夜里是从来不托的。

这时正是半夜三更，他背负双手，从厅堂这头踱到那头，又从那头踱到这头，忽然双手向前一伸。做什么？要托宝塔了吗？非也！原来他把一只手托着下巴，让胡须披拂到手背上，一只手按着腰间挂的宝剑，两道浓眉紧紧锁成了个"一"字，一看他那样子，谁都知道他心里正满布着愁云。

他在愁什么？原来他已生下了两个儿子：金吒和木吒。现在夫人殷氏正怀着第三胎。说也真怪，先前两个儿子都是十月怀胎，瓜熟蒂落，偏偏这个第三胎怀了三年零六个月，还没有生下来，你说他心里愁不愁、急不急？

李靖正在心烦意乱，愁得不可开交的时候，忽然从内室那边跑来一个丫鬟，满面惊慌，脚步歪斜地直冲到李靖面前，战战兢兢地道：

"启禀老爷：大事不好！……"

李靖大喝一声道："什么事大惊小怪？"

那丫鬟经李靖一喝，吓得魂飞魄散，不觉双膝落地，口吃地咭咭咯咯地道：

"启禀老……老爷，奶奶生下了……生下了……"

李靖双眉一扬，心里一块大石头落下了地，忍不住喜形于色，眉开眼笑地道："奶奶终于生下了，真是谢天谢地！可你怎么说大事不好？"

丫鬟仍旧不改她那惊慌的态度，和李靖那欢喜的神情恰好相反，现在反是她变得愁眉不展了。她继续口吃地咭咭咯咯地说道：

"真……真的大……大事不……不好！奶奶生……生下的是一个……一个……"

"一个什么？"李靖忍不住焦躁地拔出宝剑来吆喝。

那丫鬟见李靖亮出宝剑，以为要杀她了，吓得魂飞天外，不觉脱口而出地道："生下了一个妖怪！"

李靖猛吃一惊，手里宝剑"呛啷"一声坠地，积在心头三年零六个月的满腔希望刹那间变得烟消火灭，止不住长叹一声道："有这等事！你且说，是什么样的一个妖怪？"

丫鬟这才明白自己说错了，恐怕李靖怪罪，慌忙更正说："不是妖怪，是一个怪胎！"

李靖搓手顿脚地说："妖怪也罢，怪胎也罢，总之是家门不幸，才会生出这个妖孽！你且说，这怪胎怪在什么地方？"

丫鬟这时才惊魂略定，从地上站起身来说：

"小婢也说不出怪在什么地方，只知道别人生下来的孩子，总是有头有肚，有手有脚，有臂有腿，可是奶奶生下来的却什么都没有，是一个滴溜溜圆滚滚的肉球。"

"有这等事！"李靖惊得目瞪口呆，心里半信半疑，便吩咐那丫鬟道，"你快去拿来给我看！"

"小婢拿不动！"

"你不是说那怪胎是一个滴溜溜圆滚滚的肉球吗？既然是球，就像蛋一样，会滚，你不必用手去拿，只要推着它滚！滚！滚！滚过来，滚过去，它自然就滚来了。"

"好！"丫鬟领命进去了，不多一会儿，就同了一个养娘，你推我搡地像转轮子一样转出一个很大很大的肉球来。那肉球滴溜溜地在厅堂里滚来滚去。说也奇怪，滚进来以前，厅堂里冷冰冰、暗沉沉的，好像严寒的冬天；一到那肉球滚了进来，立刻满屋红光，异香扑鼻，变成明媚的春天。

李靖心里虽然暗暗诧异，但毕竟敌不过生了怪胎的烦恼，恨恨地对准那肉球的半中腰用力踢了一脚，一面看着肉球滴溜溜地滚过一边去，一面高声喝道：

"张龙何在？"

"有！"家丁张龙毕恭毕敬地走到李靖面前，跪下磕了一个头，站起来，垂手而立，不敢仰视地说道，"老爷有什么吩咐？"

李靖长叹了一声道："家门不幸！奶奶怀孕三年零六个月，竟生下了一个肉球，说出来叫人羞死！现在我打算这么办：命你把这肉球送到荒郊野外，深山大泽，荒无人烟的地方，总之是越远越好，让豺狼虎豹、鹰隼乌鸢，吃得皮骨不留！你回来不许声张，就像没事人一样，如敢故违，军法从事！"

"得令！"张龙答应了一声，便把那肉球推推搡搡，一路滴溜溜地滚出去了。

说来也怪，那肉球好像有知觉似的，在热闹地方，滴溜溜地滚得很快；一到荒郊野外，似乎知道要暗害它，竟懒洋洋地不肯滚了，有时向前推一步，马上向后退两步。张龙累得满头大汗，心里憋着一肚皮闷气，暗想："像这样推到何时才得了结？反正都是荒郊野外，管它路远路近，丢了就是，只要回去不提起，人不知，鬼不觉，有谁知道我把它抛在近处？谁耐烦推这家伙一辈子！"越想越觉有理，于是来到一处荒郊野外，看见有几棵大松树参天盖地地挺立在前面，便把那肉球拼命踢了一脚，喝了声："滚！滚！滚！滚蛋！"就折转身，头也不回地走了。

那肉球滴溜溜、滴溜溜地向前滚着，滚着，越滚越快，一直滚到一棵大松树前，撞在松树根上，只听得"啪"的一声……

怎么样？

破了！

肉球撞在松树根上，照理最多破开一条缝，可是这一次却不同，因为它滚得快，来势猛，竟整个地破了开来，但见：

一瓣、两瓣、三瓣、四瓣、五瓣、六瓣、七瓣、八瓣，瓣瓣裂开。

那里面是什么馅心？

是你想不到的馅心！原来是一个白白胖胖的小囡睡在里面，右手套着一只金镯，小肚皮上裹着一幅红绫做的兜肚，白的肉，衬着黄的金镯、红的兜肚，分外夺目。

肉球破开来了，可是肉球里面的馅心，就是睡在肉球里的小囡，却一点都没有觉察，小鼻孔里发出"呼、呼、呼"的鼾声，正睡得香甜哩！

小囡哟小囡，你不怕冷吗？天寒风大，特别是这荒郊野外，风刮得更厉害，气候冷得更出奇，你上无半张瓦片，下无一条席子，四无遮盖，精赤条条地躺在破开来的肉球里，要是冻坏了怎么办？小囡哟小囡，教人好不替你担心！

果然，那小囡被冻醒了，只见他身子一哆嗦，两只又白又胖的小手揉揉眼皮，打了个呵欠，眼皮一张，用那两颗点漆一样黑的眼珠乌溜溜地望望天，望望地，猛地一个鲤鱼打挺，站起身来，诧异地问道：

"这是什么地方？我是哪里来的？怎么会在这里？"

没有人回答他的问题，只有寒风呼呼地刮着，好像万把尖刀，刺进他又白又嫩的皮肤里面，代替对他的回答，又仿佛对他示威似的。

那小囡冻得浑身索索发抖，眼见自己单身一人，独自站在荒郊野外，四无依靠，身上寸丝不挂，怎挡得住刺骨的寒风？看来性命难保。一阵伤心，忍不住哭了起来：

"呜！呜！呜！呜呀！呜呀！我好苦呀！"

他正哭得起劲，忽然长空中一声嘹亮的鹤唳，真是"鹤鸣于九皋，声闻于天"，把他的哭声完全掩盖了。叫声未止，便见一只玄鹤张开两条宽大的翅膀，遮天盖地地飞将过来。你道什么叫玄鹤？玄鹤就是黑鹤，据说鹤活到两千岁，身上的毛就变成黑色，所以玄鹤是最长寿的鹤。鹤背上骑着一个金簪贯发、身穿道服、三绺长须、眉清目秀的道士，望了望下面哭着的小囡，连忙按了按鹤颈，让那玄鹤飞下来，一面向下高声喊道：

"小孩莫哭，贫道来也！"

第二回 | 哪吒得名的由来

你道来者是谁？原来是乾元山金光洞太乙真人。他刚从昆仑山玉虚宫朝拜了师父玉虚尊者回来，骑着玄鹤飞过这荒郊旷野，猛听得一阵哭声，按住云头，向下一看，早知道这小囡的来历，连忙控制住玄鹤，慢慢地飞将下来。到得地面，才把手里的拂尘指着小囡问道：

"小孩，你哭什么？"

那小囡正在孤独无靠之中，忽见眼面前落下来一个飘飘出尘的道士，亲切和蔼地问他为什么哭，好像从半天空里落下一位救星似的，这一喜非同小可，慌忙跪下来，磕了一个头，然后站起身来诉苦道：

"师父，你看，天气这样冷，风这样大，我身上一件衣裳都没有，眼见得要冻死在这里，你叫我怎么能不哭？呜！呜！"

太乙真人恻然动怜地道："原来如此，小孩，你别发愁，有我在这里，决计不会冻死你，你放心就是！"

一面说，一面从身边取出一颗丸药，递给那小囡道："这叫辟寒丹，吃了下去，登时浑身暖和，再也不怕冷。就是冻死的人，只要还没有断气，吃了也能活过来。"

那小囡双手接过丸药，望嘴里就纳，先润了两口涎沫，然后咕嘟嘟地咽了下去。不咽还可，这一咽，登时好像有一团火球在身体里面滚来滚去，透过四肢百节，五脏六腑，浑身没有一处不是热气腾腾，身上连一丝寒意也没有了，就像雪狮子向火似的，融化在暖和的气氛里。

太乙真人含笑望着他问道："怎么样？身上还冷吗？"

"不冷了！"那小囡身上一暖和，无忧无虑，不觉又勾起刚才初醒来时的疑问，忍不住向太乙真人问道，"师父，这里是什么地方？我是哪里来的？怎么会在这里？"

太乙真人温和地望着那小囡，只见他浑身雪白粉嫩，玉雪可爱，两个粉拳头合抱在一起，显出尊师敬长的态度，止不住又喜又怜又爱，便耐心地原原本本地告诉他道：

"这里是陈塘关。你父亲乃陈塘关总兵，别号托塔天王李靖；母亲殷氏。你有两个哥哥，大哥叫金吒，乃五龙山云霄洞文殊广法天尊的徒弟；二哥叫木吒，乃九宫山白鹤洞普贤真人的徒弟。只为你母怀孕三年零六个月才生下你来，生的又不是人样子，乃是一个肉球，你父亲不知道那肉球的馅心里面有你这个小宝宝，以为家门不幸，生此怪胎，一时愤怒，就叫家丁张龙把你抛在荒郊野外，让豺狼虎豹吞食。那张龙把肉球抛在一棵大松树下，肉球撞着松根，破了开来，你才得出世。这就是你的来历。"

那小囡出神地听着，听了他的家庭情况，听了他的出生经历，忽然问道：

"师父，我有两个哥哥，大哥叫金吒，二哥叫木吒，那我叫什么吒呢？"

太乙真人想不到他会有这一问，竟被问得张口结舌，回答不出来。过了好半晌，才搔搔头皮，说道："不错，你问得有道理！你大哥叫金吒，二哥叫木吒，名字里都有一个'吒'字，那你的名字里也应该有一个'吒'字才对。可你叫什么'吒'呢？水吒？火吒？土吒……不行！不行！难听！难听！你到底叫什么'吒'才好，倒真叫人烦心！"

太乙真人皱了皱眉头，忽然灵机一动，窍门大开，猛地在自己脑门上拍了一巴掌，笑逐颜开地道："有了！有了！你刚才不是问我，你是哪里来的吗？你是哪里来的？哪里？哪里？哪……哪……你就叫哪吒好吗？"

"好！我就叫哪吒！"哪吒高兴得接连翻了两个筋斗，从破裂了的肉球里一直翻到太乙真人面前，趁势在他面前一跪，说了声，"多谢师父！"

太乙真人着实喜欢哪吒的聪明、乖巧、伶俐，看着他那粉团也似的身子系着个红兜肚，赤白分明，一脸天真烂漫的样子，真恨不得把他抱过来，亲一亲。他趁哪吒跪在他面前的机会，突然把面孔一板，正色说道：

"你是随便喊我做师父，还是真心想拜我为师？"

"当然是真心实意的！还没有请问师父法号叫什么？在哪一座仙山哪一处洞府里面修炼？"哪吒心眼特别乖巧，居然彬彬有礼，话说得非常得体。

太乙真人更加喜爱，忙拉他起来，抱在怀里，说道："我住在乾元山金光洞，大家都叫我太乙真人，我的师父是昆仑山玉虚宫玉虚尊者。你的前途磨难还多，你既然拜我为师，我少不得要传授你全部本领，还要赠送你几件法宝，帮助你度灾脱难，不受人欺负。"

哪吒高兴得在太乙真人怀里欢蹦乱跳。太乙真人轻轻把他放下了地，回身从玄鹤背上的豹皮囊里取出一支火尖枪，向哪吒招手说道：

"来！来！来！让我先来教你一套火尖枪法。"

说着便舞动火尖枪，前三后四、左五右六，上面梨花盖顶，下面舞雪飞霜，只舞得碧雾朦胧遮夜月，明霞灿烂映天光。哪吒看在眼里，记在心里，到太乙真人舞罢，他已把全部火尖枪法烂熟于胸，从太乙真人手里接过枪来，照样舞得银光万道，瑞气千条。太乙真人没口子地连声赞好，说道：

"现在你枪法已经纯熟，我再赐你脚踏风火二轮，另授你咒语口诀，使你能够心里想上就上，想下就下，进退自如。"

说着，又把豹皮囊提过来，从囊中取出一枚金光闪闪的项圈，送给哪吒道：

"这是我师父玉虚尊者镇宫之宝乾坤圈，和你臂上戴的金镯是同一性质的东西。不过你那金镯太小，只好戴在臂上做装饰品，不能做武器，所以我现在另赐给你这乾坤圈，使你能够降妖诛邪。你身上做兜肚的那红绫，也是和我金光洞镇洞之宝混天绫相同，可惜太短小了，只能兜在肚皮上，不能派大用场。现在我另赐你七尺混天绫，使你上阵对敌时，只要祭起来，就可以裹住敌将，手到擒来。"

太乙真人一面说，一面从豹皮囊里取出七尺红绫送给哪吒，然后收起豹皮囊，跨上鹤背，说道："你现在回家去罢，我也回金光洞去了。你已经不是一颗肉球，而是成了一个小勇士，估量李靖看见了你一定欢喜，不会不收留你。不过你们父子能否永远和好也很难说。如果有危难，可到乾元山金光洞来找我。"

哪吒答应了一声，目送着太乙真人驾鹤冉冉上升，便把七尺混天绫缠在胸背上，一手持乾坤圈，一手执火尖枪，脚踏风火轮，雄赳赳、气昂昂地直奔陈塘关而来。

第三回 | 哪吒回家

　　却说哪吒脚踏风火轮，手执火尖枪、乾坤圈，一径来到陈塘关前，只见墙排鹿角，堞列刀枪，层楼突起，望台孤耸，刁斗[1]高悬，气象肃穆，端的好一座雄关！真是一夫当关，万夫莫开。哪吒来到关前一箭之地，正要喝令守关将士通报，城楼上早有一员豹头环眼的武将高声向他喝道：

　　"来者何人？胆敢私探关卡重地！前天得报，天下反了四百路诸侯，我家总兵官正传令操演三军，训练士卒，加紧把守关隘。你这孩子鬼头鬼脑，踏着两个小轮子，不到别处去玩，却到关前来张头探脑，莫非是反贼们派来的奸细不成？识相的赶快通名报姓，饶你不死；如敢一时片刻耽搁，某家立刻下令守关将士放箭，把你那小身子射上七八十个大洞，叫你变作一只刺猬！"

　　哪吒把手中的火尖枪向那守关武将一指，喝道："休得胡言乱语！我正是你家总兵官李靖的第三个儿子哪吒，乾元山金光洞太乙真人的弟子，现在回家来。你如果懂事，赶快大开关门，放我进城回家去见父母。"

　　那守关的武将名叫金焕，是把守陈塘关的一员偏将。当下听了

1　古时行军用具，夜里敲打它以警众报时，不用时就悬挂在旗杆上。

哪吒的答话，不敢怠慢，连忙走下城楼，来报告当天的值星[1]将官。

这天守关的值星将官不是别人，正是李靖的二儿子木吒。他听了金焕的报告，心里疑惑不定，忙吩咐金焕道：

"你且慢开关！来人十分可疑，想我父亲李靖，只生我兄弟两个，我哥哥金吒和我木吒，哪有第三个兄弟叫作什么哪吒！我母亲昨天生产了，但生下的据说是一个圆滚滚的肉球，只会滴溜溜地乱滚，哪有什么人样子？我父亲派家丁张龙把它抛掉了。现在忽然凭空钻出一个小孩子来，自称是我父亲的第三个儿子哪吒，我哪有这个小兄弟？现在军情紧急，到处都有奸细往来，你千万不可上当！如今且传我的将令，不许私自开关，违者军法从事！一面悄悄把关旁的小门打开，让我独自一人出关去会会那小孩，看他到底是什么来历。"

金焕依言传令不表。且说木吒独自一人从关旁小门里出来，手执师父普贤真人传授的七星宝剑，来到关前，只觉眼前一亮，原来关前站着的那个小孩，生得唇红齿白，目秀眉清，宛似出水芙蕖[2]分外白，映日荷花别样红。木吒见了，心里暗暗诧异，同时也为那小孩可爱的模样所动。可是一想到自己职责所在，不敢疏忽，忙把手里的七星宝剑一摆，冲到哪吒跟前，高声喝道：

"兀那小孩，你叫什么名字？从何处来，到何处去？来我陈塘关前，有何事干？赶快讲个明白。若有半句含糊，管教你死在我七星宝剑之下，永世不得超生！"

哪吒两颗点漆似的眼珠向上一翻，挺一挺手里的火尖枪，用比木吒还要高的声音喝道：

"大丈夫行不改名，坐不改姓，我乃陈塘关总兵李靖第三个儿

1　就是值日，轮到值班叫值星，用"星"来代表"日"。

2　荷花的别名。已开放的荷花叫芙蕖，未开放的荷花叫菡萏。

子哪吒是也。我从荒郊旷野而来，奉师尊太乙真人之命，来此陈塘关探望父母。你是何人，胆敢耀武扬威，阻我去路？识相的赶快大开关门，让你小爷进关去看望父母；牙龈道半个'不'字，仔细我手里的火尖枪搠你个透明窟窿。"

木吒把七星宝剑的剑尖对准哪吒鼻端一指，冷笑道：

"一派胡言，你是从什么荒郊野外钻出来的野种？胆敢冒充你爷爷的兄弟！我爹爹就是陈塘关总兵李靖，只生下我木吒和我哥哥金吒两个，哪有第三个兄弟叫什么哪吒？"

哪吒听了这话，立刻回嗔作喜，收起火尖枪，和乾坤圈合在一处，抱拳不离方寸[1]，向木吒打了一拱道：

"原来是二哥，小弟有眼不识泰山，多有冒犯！正是大水冲了龙王庙，一家人不认得一家人！还望二哥恕罪！"

木吒并没有因为哪吒彬彬有礼就改变态度，他双眼向上一翻，趁哪吒躬身施礼的当儿，冷不防地一剑砍来，喝道：

"谁和你称兄道弟！你这厮分明是反逆诸侯派来的奸细，想借探亲的名义混进关来，从中取事。呸！做梦！你先打听打听，你木吒爷爷可不是你随便蒙混得过的！正是：饶你施尽千般计，莫想逃我剑下诛！休走，看剑！"

说着，又是一剑砍来。哪吒慌忙用火尖枪架住，止不住焦躁道：

"二哥，你怎么这样蛮不讲理？我对你讲文明礼貌，你怎么趁我施礼的当儿，一剑又一剑地砍来，这是什么道理？"

木吒抢进一步，又是一剑砍来，喝道：

"谁和你讲礼貌不礼貌！这里乃是战场之上，兵对兵，将对将，不是你死，就是我亡，岂是雍容揖让的地方？你这厮花言巧语，想

1　就是心。心的位置在胸前方寸之处，抱拳不离方寸，就是抱拳当胸。

蒙混过关，我识破你的诡计，不上你的当，怎么说是蛮不讲理？"

哪吒挺枪把剑一拨，那七星宝剑直荡开去，几乎脱离木吒的手。木吒慌忙握住宝剑。只听得哪吒朗声说道：

"你是哥哥，我是弟弟。我已经让了你三剑，也算对得起你这位哥哥了。你却得步进步，寸步不让，一剑又一剑地砍来，难道我怕你不成？休走，看枪！"

说罢，荡开风火轮，舞枪直取木吒；木吒慌忙挥剑招架，两下里枪来剑去，剑去枪来，战了约有一个时辰。木吒哪里是哪吒的对手，只杀得气喘吁吁，汗流浃背，渐渐地只有招架之功，毫无还手之力。哪吒越杀越勇，木吒却越战越觉气力不支，最后只好虚晃一剑，败下阵来，仍旧由关旁的小门逃进关内。正是：棋高一着难施展，将非良材莫逞能。

且说木吒逃进关内，紧闭关旁的小门，只觉得心头突突乱跳，勉强定了定神，这才来找哥哥金吒，把前后经过情形一五一十地说了一遍。金吒毕竟上了些年纪，见多识广，他把一切情况在头脑里细细推理思考了一番，终于从恍然里钻出个大悟来，忙道：

"兄弟不可造次，这小孩必有来历，可能正是我们的弟弟。我娘生下一颗肉球，固然是个怪胎，但谁能担保这颗肉球里面不包着馅心呢？如果这馅心就是那小孩，那他也和我们一样，都是从娘怀里生出来的，不是我们的小兄弟是谁？何况他说他的师父是太乙真人，你知道，太乙真人是乾元山金光洞主，这就比我们的师父文殊广法天尊和普贤真人来头还大。兄弟，你想，他如果是反逆诸侯派来的奸细，怎会有这样大来头的师父？所以，你刚才的举动未免太冒失了。"

一席话说得木吒满面羞惭，勉强说道：

"那我们现在该怎么办？"

金吒道："你跟我到关前去，问个清楚，如果他果真是我们的小兄弟，那么就带他同去见爹妈，爹妈只会欢喜，不会责怪我们的。"

木吒阴沉着脸，露出为难的神气道：

"大哥，还是你一个人去罢！我刚才一连砍了他几剑，有些难以下台，恐怕他还恨着我！"

金吒笑道："所以老古话说：'事不三思，必有后悔。'为人做事，切不可做尽做绝，必须留有余地，这才碰着额角头可以转弯。也罢！你既不肯前去，就由我一人去会他好了。"

金吒说着，就拿起文殊广法天尊赐给他的护身扁拐，到关前去了。

哪吒在关前正等候得焦躁，想念动太乙真人传授给他的咒语，使脚下踏的风火轮如飞云掣电似的冉冉上升，越过关去。忽见关门大开，走出一个道童打扮短发齐肩的少年英雄来，手里虽拿着扁拐，却并无敌对之意。只见他缓步走出关来，到得近前，曼声说道：

"我乃陈塘关总兵李靖长子金吒是也。听说你自称是我的第三个小兄弟哪吒，我母昨夜虽然生产，但生下的据说是一颗肉球，不成人样子。不过谁能担保这肉球里面会没有馅心，而这馅心会不就是你呢？现在请你把出生的经过详细告诉我，如果说得对，我马上带你去见我们的父母，让他们两位老人家高兴高兴。"

哪吒见金吒笑脸相迎，和蔼可亲，说的话又句句通情达理，不禁心服口服，刚才的一肚子腌臜气都抛到九霄云外去了。登时欢生眼角，喜溢眉梢，走下风火轮，向前躬身下拜，嘴里喃喃地说：

"原来是大哥，小弟未曾拜识，还望恕罪！这才像我的哥哥哩！哥哥说得对，小弟正是那肉球里面的馅心，肉球破开，我就出世了。蒙师父太乙真人赐我辟寒丹，吃了浑身暖和，就是不穿衣服，也不怕寒冷。又蒙师父收我做弟子，传授我火尖枪法，赐我风火轮、乾坤圈、混天绫，叫我回陈塘关来探望父母。刚才来的二哥鲁莽得很，不由小弟分说，一剑又一剑地砍来，小弟万分无奈，只好还手，多有冒犯，并非全是小弟的过失。不知二哥现在哪里？"

金吒听了哪吒自述出世经过，知道他确是自己的小兄弟，本来早已喜心翻倒，又见他这样谦恭有礼，更加喜爱，连手里的扁拐也不要了，听凭它"当啷"落地，伸开双臂就来拥抱哪吒，把他抱了个满怀。单是拥抱还不满足，索性把他抱起来，香香鼻头，亲亲面孔。最后把哪吒向空中高高一举，放下来仍不忍释手，把他抱在怀里抚摸着说：

"原来你果然是我的小兄弟，那肉球不过是包裹着你的外皮，里面的馅心才是你。这真是天大的喜事！让我立刻带你去见爹妈。你说得不错，你二哥确实鲁莽，他现在自觉羞惭，不好意思来见你。我们不必理他，去告诉爹妈这个喜事要紧！"

说着，便抱了哪吒向关内走。哪吒忙道：

"大哥且慢！你难道就这样抱着我去见爹妈不成？我的风火轮和这火尖枪怎么办？"

金吒笑道："这有什么难以处理，叫个人收拾起来就是了。"说着，就向城楼上喊道：

"金焕何在？"

"有！末将在这里伺候！"豹头环眼的金焕慌忙跑出关来，垂手恭立一旁。别看他身材高大，膀阔腰圆，在金吒面前，却仿佛矮了三截。

金吒吩咐道："你把小少爷的风火轮、火尖枪和我的护身扁拐暂时收藏在武器库里，好生看守着，如有失落，唯你是问。"

"是！是！末将理会得。"金焕诺诺连声地答应着，收拾起风火轮、火尖枪和扁拐，径自进关去了。

这里金吒就抱着哪吒，过关跨隘，穿房越户，一径来找父母。因为心里欢喜，还没有走到内室门前，就高声喊道：

"大喜事呀！大喜事呀！我带了我的小兄弟哪吒来了！原来他就是那肉球里面的馅心。你们大家为那肉球吵得家翻宅乱、鸡飞狗走的时候，他正在肉球里面安安逸逸地困太平觉哩！"

金吒这一喊不打紧，立刻招来丫鬟、仆妇、养娘、保姆一大群，大家众星捧月似的把哪吒团团围在中间，七嘴八舌的，这个夸赞哪吒的皮肤生得白，那个称誉哪吒的眼睛头发长得黑，真是观之不足，夸之有余。金吒不耐烦听她们噜苏，一手推开她们，大踏步跨进内室去，向父母请了个安，便原原本本地把前后情节对李靖说了一遍。哪吒听金吒将要把话说完，便"扑通"一声在李靖面前跪下，接连磕了三个头，爬起身来，又到母亲殷夫人面前跪下，照样磕头行礼。

李靖还只说得声："有这等事！夫人，这真乃喜从天降，非同小可！"殷夫人早一手把哪吒搀起，抱在怀里，欢喜得没入脚处，满口"乖乖、宝宝、肉肉、心肝"地乱叫，嘴唇像雨点似的在哪吒的额角、眉毛、眼睛、鼻头、嘴巴、面孔上乱亲。亲热过了，却不知怎样安排哪吒才好，真是捧在手里怕冷，含在嘴里怕烊。过了许久，才吩咐丫鬟养娘们道：

"你们快去给小少爷安排布置一间朝南向阳的房间，床上要用上好的锦被绣褥铺陈，外加罗帐珠帘，大家要把小少爷服侍得称心满意，谁要是惹恼了他，看我不打下你们的下半截来才怪！"

丫鬟养娘们个个没口子地答应。殷夫人见丫鬟养娘们已去布置，这才把哪吒放下地，亲切地说道：

"乖宝宝，你辛苦了，快去休息困觉罢，明天一早起来见我。"

第四回 | 哪吒洗澡

　　光阴过得很快，哪吒出世时还是冬天，转眼间冬去春来，春归夏至，已是炎夏五月天气。这年天气特别热。只因纣王无道，听信妲己谗言，将姜皇后剜目烙手，死于非命；又把姜皇后的父亲东伯侯姜桓楚诱入朝中，绑出午门，剁成肉酱，这便激反了姜桓楚的儿子姜文焕，率领军队在游魂关大战窦融。这游魂关距离陈塘关不远，李靖恐他兴兵来犯陈塘关，因此每天都在前哨阵地野马岭演习三军，操练士卒，到晚才回家，金吒、木吒也都戍守防地，家中只有哪吒一人侍奉他母亲。

　　且说哪吒在家里被那炎炎夏日熏蒸得眼中出火，鼻内冒烟，热得张口吐舌，气喘吁吁，浑身上下汗出如浆，把身上的红兜肚、混天绫都弄湿了。他不住在房里翻筋斗、竖蜻蜓，想驱散热气，不料越翻越竖，越热，急得忍不住高声乱喊："乖乖！不得了，热死我也！"

　　你道哪吒为什么这等怕热？他身上又不穿衣服，只裹着一块红兜肚，浑身上下精赤条条的，天气尽管热，也热不倒他这光身子的人，怕什么？你们忘了，他不是吃了太乙真人的辟寒丹吗？万事有利必有弊，这辟寒丹吃下去，身体内部五脏六腑四肢百节都好像有一团烈火透过，一方面驱散了寒气，不再怕冷，另一方面却增强了热气，特别怕热。他体内原有一团热气，哪里经得起体外再来一股热浪，内外夹攻，你想他怎么受得了？只热得他满头大汗，汗出如浆，汗流浃背，大汗淋漓，到处都是汗、汗、汗，到处都是热、热、热。这时的他，好有一比，比作什么？比作热锅上的蚂蚁，走投无路；又好有一比，比作什么？比作没了头的苍蝇，四处乱撞。他没有别的办法，只好在房里乱喊："乖乖！不得了！热死我也！"

丫鬟养娘们早都受过殷夫人的嘱咐，要她们好生照顾哪吒，不许亏待他，也不许惹恼他，处处地方都要使他高兴。这时见他这样怕热，不敢怠慢，连忙七手八脚，端来香汤，请他洗澡。

各位看官，你们要知道，哪吒所处的时代，不像我们现在这样，洗澡有毛巾肥皂，那辰光啥也没有，洗澡用的毛巾，就是哪吒那七尺混天绫。肥皂呢？没有，用的是澡豆。啥叫澡豆？你问我，我也不知道，因为我生得太晚了，离哪吒的时代足有三千年，实在没有见过。只听说这种澡豆在一千多年前的封建社会里还有。西晋有一个大富翁石崇，家里布置得像天堂一样，连厕所都装饰得非常漂亮，厕所里就有一盘澡豆，供客人如厕后洗手用。有一个客人错走进厕所里去，看见了澡豆，他也不知是什么东西，当作好吃果子，就一颗颗地拈起来大吃一顿，后来经看守厕所的丫鬟发觉，对他说明，他才大吐不止。因此我想，这澡豆的样子，大概也像蚕豆或大豆一样，不然是不会有人把它拿来吃的。

闲话休提。却说哪吒浑身是汗，正热得难耐，忽见丫鬟养娘们端了一盆香汤进来，请他洗澡，好不开心，只听他喊了一声"好"！便横跳八尺，竖跳一丈，身子向半空中一蹿，在空中一个鹞子翻身，落下来双脚恰好立在浴盆里。不料浴盆里竟是一盆热汤，烫得他站不住脚，一屁股坐在浴盆里，又烫痛了屁股。刚喊得一声"哎哟"！谁知又有一个鲁莽的丫鬟，把那七尺混天绫蘸饱了热水，没头没脑地给他淋了个透。哪吒还没来得及开口，又一个鲁莽的养娘不由分说，索性把他按倒在浴盆里，用热水给他浑身上下擦洗起来。哪吒忍受不住，跳起身来叫道：

"混账！我热得要命，你们怎么还用热水来给我洗澡？"

那养娘被骂得莫名其妙，也忍不住发话道：

"洗澡当然用热水，不用热水难道用冷水不成？"

那丫鬟素来伶牙俐齿，能说会道，是个嘴头上不饶人的家伙，大家叫她利嘴丫头。听了那养娘的话，便撇了撇嘴唇皮，对哪吒道：

"你要洗冷水澡，干吗不到东海边上去？那里地方大得很，随你像鱼一样游，像虾一样跳，都没人干涉你。在这屋子里你要洗澡就只能用热水洗，要不然，奶奶怪罪下来，我们可承当不起！"

哪吒立即跳出浴盆，向那丫鬟作了个揖，笑逐颜开地说道：

"好姐姐，我就是要洗冷水澡。家里不许我洗，我就跳进东海去洗。不知从这里到东海，是怎样个走法？"

那丫鬟道："你要到东海去很便当，从这里陈塘关一直向东走，到那一片白茫茫天连水水连天的地方，就是东海。可你要去，必须先禀过奶奶，只要奶奶答应了，那就随你在东海里翻腾上下，就是两脚笔直，死在海里，都不关我们事。要是奶奶不答应，你私下偷跑到东海去，奶奶查问起来，怪我们不该对你照管不周，那我们可吃不消，担不起这罪责。"

哪吒拍拍小胸脯道："好汉子一身做事一身当，我自去禀过母亲，到东海去洗冷水澡，决不连累你们，放心就是。"

说着，更不耽搁，匆匆从浴盆里捞起那七尺混天绫，绞得干巴巴的，拭干了身子，就把来缚在胸背上，重新系上红兜肚，带了乾坤圈，到内室去找母亲。参见已毕，对母亲道：

"天气炎热，孩儿心下烦闷，想出关去闲玩一番。不敢擅自做主，特来禀过母亲，方敢前去。"

殷夫人爱子心重，也知道这么大热天把个小孩子关在房间里不是好办法，便道：

"我儿，你既要出关去闲玩，可叫一名家将带你同去。快去快来，不可贪玩，恐怕你爹爹操练回来，知道了，不当稳便。"

哪吒道："孩儿晓得，不过不要家将带我同去。我自己一个人来去自由，无拘无束；有人跟着，就不能尽兴，玩耍起来，也没有劲。"

殷夫人道："你不要家将跟随也可以，可千万不可闯祸！我别的不怕，就怕你年幼无知，不识轻重，得罪了人家，上门问罪，累你爹爹赔不是，回头少不得又找我晦气！"

哪吒道："孩儿晓得，决不闯祸，母亲尽管放心就是。"

哪吒出得关来，一直向东走去，只见这壁厢清波滚滚，绿水滔滔，那壁厢杨柳阴阴，熏风习习，不觉暑热尽解，烦闷都消，遍体清凉，浑身爽快。心里一快活，脚下添了劲，不多时就到了东海岸边。但见天水相连，水天一色，天空万里无云，海上波平似镜，正是游泳的好时节。

海岸边站着一群赤身露体的小孩子，可煞作怪，他们并不下海游泳，却望着微波不兴的海面，有的叹气，有的哭鼻子。哪吒越看越稀奇，忍不住拍着一个小孩子的肩头问道：

"你们为什么不下海去游泳、洗澡，难道怕淹死吗？"

那小孩见哪吒的年纪比自己还小，天真烂漫，一团稚气，不像是个害人的家伙，也就毫无顾忌地老实说道：

"我们住在海边，天天跟海水打交道，怎会怕淹死？天气这样热，谁又不想下海去游泳、洗澡？无奈这里的东海龙王敖广，蛮不讲理，叫他的三太子敖丙和巡海夜叉李艮出来对我们说，这海是他敖家的天下，不许我们到海里去游泳，扰乱他水晶宫里的安宁。谁要敢违背禁令，私自下海游泳，给龙王三太子或巡海夜叉发现，就拿来当作童男童女给龙王吃掉。"

哪吒莫名其妙地问道："什么叫作吃童男童女？"

那小孩带着哭腔说道："你不知道，我们这里的东海龙王敖广，真是凶恶透顶，残忍无比。他享受了我们渔民的香火祭礼，不但屁事不顶，仍旧兴波作浪，翻船杀人，还要我们渔民一年一次献一对童男童女给他吃，你想可恶不可恶？"

哪吒气得哇哇大叫道："有这等事？龙王不保佑人民，反而虐害人民，要这龙王何用？我哪吒眼里就看不过这种事，且让我下海去会会他，看他有多大本事。这样大的海，哪有不让小孩子游泳的道理？你水晶宫算个啥！难道小孩子们下海来游一游，就会扰乱你的安宁？我哪吒不怕你东海龙王有多大！你敢吃童男童女，我把你的水晶宫砸个稀烂，还要抽你的龙筋，剥你的龙鳞！"

说罢，一个豁虎跳，在半空中鹞子翻身，直落下大海去。你道啥叫豁虎跳？豁虎跳就是京戏舞台上比武场面中常见的斜刺里头朝下脚朝上向空翻筋斗的动作。哪吒跳进海里，身体刚和海水一接触，就觉得寒浸毛骨，冷透肌肤，忍不住高喊了一声："痛快！"在水里尽情游泳了一会儿，就解下系在胸背上的七尺混天绫来蘸水洗澡。一面洗，一面把混天绫在水里荡动，连海水都被映红了。

你道这太乙真人镇洞之宝七尺混天绫岂是轻易荡动得的？正是：荡一荡，江河湖海都摇动；晃一晃，宇宙乾坤尽倒翻。哪吒在海里洗澡不打紧，那壁厢水晶宫不觉已摇晃得格格乱响，像要坍倒似的。

且说东海龙王敖广正在水晶宫通明殿宝座上坐朝，忽听得宫阙震响，殿宇动摇，忙唤左右问道："地没有震，为何宫殿摇动？"传令巡海夜叉李艮，急速到东海海面探看是什么东西作怪。

巡海夜叉李艮得令，不敢怠慢，连忙拿了板斧，离开水晶宫，拂水分波，钻出海面来察看动静。只见海水都变红了，光华灿烂，再一细看，原来是一个小囡拿着一块红绫在蘸水洗澡，便把全身露出海面，向着哪吒高叫：

"兀那小孩，你拿什么作怪东西，把海水映红，弄得水晶宫宫殿摇动？"

哪吒回头一看，见海底钻出一个人不像人鬼不像鬼的家伙，面如蓝靛，发似朱砂，巨口大牙，相貌丑怪，手执板斧，便道：

"你这畜生，是什么东西？瞧你那样子，丑死了！丑死了！你这丑八怪的畜生，我洗澡，关你什么事？"

李艮大怒道："吾乃东海龙王手下巡海夜叉李艮，你怎么骂我'畜生'？我抓童男童女给我主公吃惯了，你这孩子敢是吃了大熊心、豹子胆，竟来惹我，想是活得不耐烦了，要让我抓去给主公吃。不要走，吃我一斧！"

说罢，一个箭步，跳到哪吒面前，抢起板斧，便向哪吒砍来。哪吒听他说专抓童男童女给龙王吃，知道孩子们说得不假，心里正在冒火，见他来势凶猛，将身一闪，躲过板斧，左手把七尺混天绫向肩上一搭，右手卸下腕上套着的乾坤圈向空中高高一举，朝夜叉头上抛来。这乾坤圈是个宝物，巡海夜叉李艮哪里经得起，只见金光万道向下一落，正打在李艮头上，只打得脑浆迸裂，死于海面。

哪吒笑道："你这帮凶作恶的家伙，我正要为孩子们除害，你却来自寻死路。你死不足惜，没来由把我的乾坤圈都弄脏了！"于是便将半个身子重新浸入水里，拿下搭在肩上的七尺混天绫，蘸着水，细细地洗起乾坤圈来。

这混天绫和乾坤圈都是威力无穷的宝物，那东海龙王的水晶宫尽管金梁玉柱，构造坚固，怎经得起这二宝震撼，只震得天旋地转，海动宫摇，险些儿把宫殿全都晃倒。

东海龙王敖广在水晶宫里被哪吒的宝物震撼得坐也不安，立也不宁，不知怎样才好，忍不住叹气道：

"巡海夜叉去探事未回，怎的又震动得这等厉害！"

正无法摆布，只见探事龙兵来报：

"巡海夜叉李艮，给一个小孩子打死在海面，特来启禀大王知道。"

敖广大惊失色地道："李艮乃是玉皇大帝灵霄宝殿御笔点差，谁敢打死？真是反了！反了！这还了得！"

当下传令："点齐龙兵，待本大王亲自前去，看是何方小子，哪家孩童，敢这样无法无天地大胆！"

话犹未了，只见三太子敖丙闪身出来，口称：

"父王，为什么这样大怒？"

敖广把李艮被打死的事说了一遍，敖丙道：

"父王请少安毋躁，量这小小孩童，有多大能耐。父王请安坐龙宫，待孩儿去把他拿来就是。"

说罢，忙调虾兵，点蟹将，骑上逼水兽，手提方天画戟，径出水晶宫来。毕竟是龙王太子，气派与众不同，双手把水势一分，顷刻间平静如镜的海面上波涛横生，白浪如山，平地水高数尺。哪吒起身看着水，正在诧异地说："好大水！好大水！"忽见波涛汹涌中现出一只水兽，兽上坐着一人，全副武装，手持方天画戟，向着自己大叫：

"是谁打死我巡海夜叉李艮？"

哪吒指着自己的鼻子道："是我！"

敖丙问道："你是哪个？敢这样大胆！"

哪吒答道："我乃陈塘关总兵李靖第三个儿子哪吒是也。我父亲镇守此地，乃一镇之主，我在这里避暑洗澡，和你们那丑八怪的畜生有什么相干？他抓童男童女给龙王吃，罪恶滔天，还要跑来跟我啰唣，可见平时仗势凌人，行凶作恶惯了，我把他打死，谅也不打什么紧！"

敖丙骂道："好泼贼，这巡海夜叉李艮，乃玉皇大帝灵霄宝殿御笔点差，你这厮胆大包天，擅自把他打死，还敢在我面前胡言乱语！不要走，吃我一戟！"

说罢，将手里的方天画戟一扬，使了个解数，向哪吒兜心便刺。哪吒用手里的乾坤圈轻轻隔开，喝道：

"且慢动手！我哪吒手下不杀无名之将，你是何人，先通下名来，好教你死也做个明白鬼！"

敖丙道："孤乃东海龙王敖广三太子敖丙是也！我父王专吃童男童女，孤家也常常分润一杯羹。看你生得白白胖胖，正好给我父王做嘴边食。识相的赶快服服帖帖跟孤家上水晶宫去，把你养得更白胖点，好吃！"

哪吒笑道："你原来就是敖广的儿子，我正要找你。我且问你：天气这样热，这些小孩子都要下海游泳洗澡，凉快凉快，你干吗不许他们下海？还说谁敢下海，就把他们当童男童女抓去给你那龙王吃。你父子两条妖龙作恶多端，人人切齿。你还敢在我面前胡说八道，想要吃我，真是做梦！老实对你说，你乖乖地在我面前低头服罪便罢，如果惹恼了我，看我不砸烂你那水晶宫，把你那老妖龙都揪出来，扯他的龙鳞，剥他的龙皮，抽他的龙筋才怪。"

三太子敖丙气得哇哇连声地大叫道："好泼贼！这等无礼，气煞我也！"

一面叫，一面又一戟刺来。哪吒性起，把手里的七尺混天绫望空一抛，那红绫在空中像罗网一样地展开，初看像一朵红云，再看变千团火块，落下来把敖丙没头没脑地一裹，裹下逼水兽来。说时迟，那时快，哪吒一个箭步抢上去，一脚踏住敖丙的颈项，举起乾坤圈照顶门上就是一下，顷刻间把龙王三太子敖丙的原形打出，乃是一条小龙，直挺挺地躺在水面不动。

　　哪吒笑道："这一打打出这小龙的本相来了。也罢，把他的筋抽下，做一条龙筋绦给我父亲束甲，多么是好！"

　　一面说一面动手，从敖丙颈后把手指一抠，抽出一条八尺来长的坚韧的龙筋，龙王三太子就此一命呜呼。

　　哪吒把龙筋束在腰间，向站在海岸边的孩子们连连招手道：

　　"现在没有人拦阻你们下海了，大家快来游泳洗澡呀！"

　　孩子们个个欢呼雀跃，这高兴劲儿就没法说了。大家一窝蜂跑到近水的地方，只听得这壁厢"扑通"！"扑通"！那壁厢也是"扑通"！"扑通"！个个翻身落水，游泳的游泳，洗澡的洗澡，扰得浪花四溅。大家一齐游到哪吒身边，朝着他拍手的拍手，欢呼的欢呼，最后竟抬的抬，捧的捧，把哪吒从海面上高抬到半空中，充分显示出孩子们对这位手段高强的小英雄的尊敬和爱戴。

　　哪吒和孩子们在海里一直玩耍到傍晚时候，才别了小伙伴们，回到陈塘关帅府，来见母亲殷夫人。

　　殷夫人问道："我儿，你在哪儿玩？去了这半天才回来。"

　　哪吒道："关外闲行，不觉来迟。"说罢，便回自己卧房休息去了。

第五回　　哪吒一打龙王

　　正当哪吒在自己房里休息的时候，那边东海龙王敖广的水晶宫里却闹翻了天。原来自从敖丙自告奋勇去会哪吒以后，敖广在水晶宫里只觉得心惊肉跳，坐立不安。正待派龟丞相、鳖将军去打听消息，忽见探事龙兵来禀报三太子已被哪吒打死。敖广听了，大惊失色道："吾儿乃兴云布雨滋润万物的正神，哪家小子，胆敢把他打死，并且抽去他的龙筋！你可知道这孩子叫什么名字，从哪里来的？"

　　龙兵道："他自称是陈塘关总兵李靖的第三个儿子，名叫什么哪吒。"

　　东海龙王敖广气得哇呀呀地大叫道："反了！反了！李靖，你生得好儿子！想当初你在西昆仑学道，和我虽非八拜之交，也有一面之雅，你怎敢纵子为非，把我儿子打死？真乃百世之冤，说来痛心切骨！你那孽子竟敢把我儿子的筋都抽了！我和你此仇不共戴天！"

　　说罢，泪如雨下，恨不得立时三刻为儿子报仇。当下变化成一个书生模样，径往陈塘关来，到了帅府，对守门官说：

　　"你去和我传话，说有老朋友敖广拜访。"

　　李靖刚刚操演士卒回来，遣散左右，卸下衣甲，坐在后堂。想到纣王无道，天下大乱，眼见得兵连祸结，生民涂炭，长此以往，怎么得了？忍不住忧心如焚。正在那里烦恼，忽报有老朋友敖广来访，连忙披上大氅出迎，远远地向着敖广作揖道：

"吾兄一别多年，今日相逢，真乃大幸，不知何故不在龙宫水府逍遥，却有空来小弟这里盘桓？"

敖广昂头不答，大踏步地走上大厅，也不向李靖行宾主之礼，毫不客气地径自在上首的交椅上坐下。李靖见敖广一面孔怒气，心下疑惑，正要动问，敖广已伸出一个指头来，指着李靖的鼻子说道：

"李贤弟，你生得好儿子！"

李靖不知道敖广是有心上门寻衅，反而含笑答道："仁兄何出此言？若论小弟，只生得三个儿子：老大叫金吒，老二叫木吒，最小的一个叫作哪吒，都拜名山洞府道行高超的真人为师，虽然不见得好，也还不是无赖之辈。仁兄不要错见。"

敖广冷笑道："贤弟，是你错见还是我错见，我今天倒要和你评一个是非。你儿子在我东海洗澡，不知用什么妖术邪法，震得我水晶宫宫殿动摇，几乎坍倒！我差巡海夜叉出来探看，就被他打死！我派三太子敖丙出来探看，又被他打死，连三太子的筋都被抽了出来！"

敖广说到这里，止不住一阵心酸，两眼落泪，勃然大怒道："李靖，你还敢护短！现放着两个尸身在东海岸边，真凭实据俱在。你儿子简直无法无天！你居然还说我错见！"

李靖连忙赔笑答道："不是我家，仁兄错怪我了！我两个大的儿子跟我把守陈塘关前哨阵地野马岭，常在我左右；小儿子哪吒生下来还不满周岁，大门不出，二门不迈，从何处做出这种泼天大事来？"

敖广道："正是你那小儿子哪吒干的好事！不信，你把他喊出

027

来，我，你，他，大家三对六面，询问个明白。"

李靖见敖广说得有头有脑，不能不信。暗想："真乃异事！敢情真是这小冤家闯下了大祸？现在人家登门问罪，这便如何是好？"当下安慰敖广道：

"仁兄不必性急，等小弟叫他出来，如果真有这事，要杀要剐，全凭仁兄发落。"

敖广这才没有话说。李靖不敢怠慢，连忙来到后堂。殷夫人迎着问道：

"外面什么人在大厅上？"

李靖道："是从前的朋友东海龙王敖广。他来意不善，是上门寻事的。据他说，哪吒把他的三太子打死，连筋都抽了。我也不知是真是假。如今他要叫哪吒出去对质，我所以来问你：哪吒现在哪里？"

殷夫人暗暗心惊，想道："这小冤家，难得出门玩一次，怎么竟闹出这泼天大事来？回来也不同我说一声。先前出门时我再三叮嘱他，千万不可闯祸，想不到仍旧闹出事来，现在可怎么是好？"当下也不敢把自己放哪吒出门洗澡的事告诉李靖，只说："他刚才还在自己房里休息，现在大概到后花园去了。"

李靖心急如焚，径到后花园来找哪吒。后花园的门却关着，李靖站在门外大叫："哪吒在哪里？"叫了半个时辰，不见答应。原来哪吒正在后花园里专心致志地打龙筋绦，根本不曾听见。

李靖听没有人应声，便离开后花园，转弯走到海棠轩来，见门又关住，只有两个丫鬟在门前斗百草耍子，便吩咐她们道：

"你们快去把哪吒找来，叫他到大厅上见我。"

说完，也不看两个丫鬟一眼，径回大厅上去陪敖广了。

过了好一会儿，哪吒才手拿龙筋绦，到大厅上来见父亲。李靖一见他的面，就问：

"我儿，你刚才有没有在外玩耍？干了些什么事？"

哪吒答道："孩儿因天气炎热，禀过了母亲，到东海去洗澡，在东海岸边遇见一批小朋友，大家都在哭鼻子，诉说东海龙王敖广蛮不讲理，叫三太子敖丙和巡海夜叉李艮出来对他们说，这东海是他敖家的天下，不许他们到海里去游泳，以免扰乱他水晶宫里的安宁，否则就要抓他们去给龙王吃。孩儿不服气，跳下海去洗澡，恰遇巡海夜叉李艮，孩儿又没有惹他，他却无缘无故地骂我，还拿斧来劈我，是孩儿一乾坤圈把他打死了。三不知的又来了个什么龙王三太子敖丙，手拿方天画戟刺我，被我用混天绫把他裹下坐骑，就在水面上一脚踏住他的颈项，也是一乾坤圈，不料打出了他的原形，乃是一条小龙。孩儿想龙筋最牢韧，百折不断，因此抽下他的筋来，刚才在后花园里打一条龙筋绦，现在已经打好了，特地送来给父亲束甲。"

李靖一听，吓得面如土色，张口结舌，如痴如呆，说不出话来。半晌，才大叫道："罢了！罢了！好冤家，你闯下了泼天大祸，叫我也难摆布。那上面坐的就是你伯父东海龙王敖广，你现在快上去拜跪，求他宽恕，他也许会原谅你无知，饶你一命！"

哪吒对大模大样地坐在上首交椅上的敖广白了一眼，把小嘴一撇道："啥伯父！他在水晶宫里作威作福，天气这样热，凭什么不许孩子们下海洗澡游泳！还要吃童男童女，作恶多端，万人痛恨！分明是一条妖龙！我哪吒岂肯低头拜坏人？若还惹得我发火，照样抽了他龙筋！"

李靖刚喝得一声："胡说！"敖广在座上听得分明，忍不住气得哇呀呀大叫道：

"李靖，你生出这等恶子，刚才还说我错见，现在他自己招认了，你还有什么话说？吾儿乃兴云布雨正神，巡海夜叉李艮也是玉皇大帝御笔点差，岂得由你父子擅自行凶打死？现在我问你，到底打算怎么办？"

李靖只得硬着头皮说道："我刚才已经说过了，如果真有这事，要杀要剐，听凭仁兄发落。"

敖广站起身来，指着李靖道："大丈夫一言既出，驷马难追，你说话算数不算数？"

李靖心里虽然舍不得哪吒这样一个玉雪可爱的孩子，但事到临头，也无办法，这祸是哪吒闯下的，也只好由哪吒自身去承当，所以他回答说："当然算数。"

敖广二话不说，一把抓住哪吒一只白白嫩嫩又胖又软的小手臂，喝了声："跟我走！"

殷夫人在屏门背后看得明白，哪里舍得？也顾不得抛头露面，从屏门后直抢出来，扯住了敖广的衣袖，哀求道："龙王爷爷，他小孩子家不懂事，饶了他这一遭罢！"

丫鬟养娘们也跟着跑出来，罗拜了一地。

敖广铁青着脸，抓着哪吒的手臂，不住朝外拉，嘴里一片声地叫嚷说："人命关天，非同小可，岂能轻饶，快走！"

哪吒微微冷笑，洋洋不睬，反而嫌那些丫鬟养娘们碍路，不住催促她们说："快起来，拜什么！妖龙岂肯不吃人？不干你们事，我自有办法对付他。"

殷夫人不知道哪吒心里早已有了主意，只是难舍难分，泪如雨下，放声痛哭。一头哭一头诉说："哪吒，我的心肝、宝贝、乖儿子，我怀胎三年零六个月，方才生你，不知受了多少苦。谁知你这冤家，竟是灭门绝户的祸根呀！呜！呜！"

哪吒不耐烦看他母亲那婆婆妈妈的懦弱模样，反而转过手来，扯住敖广的胳膊，一迭连声地催促说："快走！快走！"

敖广不明白哪吒葫芦里卖的什么药，但这举动正中他下怀。他看着哪吒那又白又胖香喷喷嫩绵绵的身体，止不住馋涎欲滴，一心想把哪吒抓进水晶宫去大嚼一顿，一来报他儿子的仇，二来快他口腹之欲。

谁知刚走到海岸边孩子们聚集的地方，哪吒忽然停步不走了。孩子们看见了他，都向他欢呼鼓掌，东海龙王敖广心里却焦急不堪，忍不住问哪吒道：

"你怎么不走了？"

哪吒的小眼乌珠向上一翻，冷笑道："不走就是不走！现在已经到了海边，你水晶宫里还不派出花花轿子来抬，我干吗要走？"

敖广明知哪吒是故意刁难，便说："你不走，我可要用强了！"

哪吒的小鼻孔里发出"嗤"的一声冷笑道："你要用强，好！你来试试看，你要拉得动小爷半毫分，小爷把哪吒的名字颠倒过来写给你看，乖乖地跟你到水晶宫里去。"

敖广哪里肯信，真的去强拉哪吒，谁知施尽了吃奶的力气，哪吒的身体好像在地上生了根似的，始终纹丝不动。敖广三个不相信，又施出九牛二虎之力，不料仍旧像蜻蜓撼石柱似的，不动！不动！又不动！急得他搔耳摸腮，不知如何是好，只好向哪吒央求道：

"请你别再作难了！我水晶宫里没有花花轿子抬你，怎么办？你能不能迁就一点，到了我水晶宫里，我一定好好地把海底鲜美食物请你大吃一顿。"

哪吒假意踌躇道："想不到你堂堂水晶宫里连一顶花花轿子都没有，真坍台！也罢，你既然没有花花轿子，你就自己做轿子，把我背到水晶宫去，我骑在你身上，就像坐在花花轿子里一样，你看好不好？"

敖广心里很不愿意，无奈如果不答应，哪吒一定不肯走，自己又拉他不动，这样下去，僵持到什么时候？不如姑且答应他，把他背到水晶宫里去，到了宫里，就是自己的势力范围，手下虾兵蟹将一大群，不怕他逃上天去。到那时要杀要剐，要吃他的肉，都听凭自己摆布。不比在这岸上，那批小孩子都和他一党，自己占不到什么便宜。想着，便对哪吒点了点头，说道："做我不着[1]，就做你的轿子，把你背到水晶宫去罢！"

各位看官，你们说，敖广这个鬼主意打得高明不高明？他却没有想到，哪吒乃是个小机灵精，他鬼，哪吒比他更鬼。

他刚把哪吒背上身，就觉得不对。你道怎的？原来哪吒出来时是一双空手，既没带乾坤圈，也没带混天绫，他就凭这一双空手取胜，一骑上敖广的背，就把双手紧紧卡住了敖广的脖子。敖广被卡得疼痛难忍，气逆不舒，忍不住哇呀呀大叫道：

"好哪吒！你怎么卡我的脖子？"

哪吒笑道："原来你也怕人家卡你的脖子！那你为啥要卡这批小朋友的脖子，不许他们下海洗澡游泳？小朋友们，你们说，我该不该卡他的脖子？"

"该卡！"

"该卡！"

孩子们一片声地叫嚷着，有的甚至喊：

"卡死他！"

哪吒摇手道："卡死他可不行！他要吃童男童女，罪该万死，但卡死了他，玉皇老倌怕不会答应，现在先让我们罚罚他。怎么罚他呢？"哪吒伸手到腰间去一摸，恰好摸着刚才想送给父亲没有送

1　宋元俗语，大意为甘做牺牲，豁出去了。

成，系在腰间的龙筋绦，不禁高兴得笑歪了小嘴道："哦！有了！咱们来玩个骑龙游海的游戏好不好？"

"啥叫骑龙游海？怎么个骑法，游法？"孩子们都好奇地问。

"骑龙游海，就是我先一拳打出这条妖龙的原形，然后把龙筋绦紧紧扣在他脖子上，我们大家一齐骑到他身上去，扯着龙筋绦叫他在海里游来游去。他敢罕一罕，我就把龙筋绦扯一扯；扯一扯龙筋绦就是卡一卡他的脖子，不怕他不乖乖地听凭我们摆布，驮着我们在海里游来游去。你们说这样办好不好？赞成不赞成？"

"好！好！好极了！这骑龙游海的玩意真有趣，我们大家都赞成！"孩子们个个鼓掌，冲着哪吒欢呼地说。

东海龙王敖广在旁边听得分明，止不住气得哇呀呀大叫道："好哪吒，你敢这般戏弄老夫！老夫乃你父亲李靖老友，至不济也是你的老伯，你怎么丝毫不懂尊长敬上的道理，要老夫驮着你们游海，这还了得！气煞我也！"

哪吒冷笑道："啥老伯！你乃是一条作恶多端、万人痛恨的妖龙，叫你驮着我们游海，已经是从轻发落，你还敢倚老卖老，自称老伯，好不要脸！你说我不懂道理，我才比你懂道理呢！我叫你吃我一记老拳，先给你这妖龙一个小小的惩罚。"

说罢，捏紧雪白粉嫩的小拳头，对准敖广头上就是一拳。别看哪吒年纪小，拳头捏紧才不过像小橘子般大，可是一拳下去却有一千来斤重，敖广怎么吃得消？只听得"嘭"的一声，敖广头上登时长起一个肉包子，并且立刻现出原形——一条长约丈余的青龙。

孩子们不禁同声惊呼起来："好长的龙！"

哪吒把龙筋绦紧紧扣在龙王的脖子上，牵着他先在海里游了一圈，然后叫他乖乖地靠拢岸边，招呼孩子们骑到他身上去，一面郑重地叮嘱着：

"你们大家手臂紧挽着手臂，提防他又使歪点子，把你们撷到海里去！"

孩子们依言骑上了龙背，哪吒像一个掌舵的船家一样，手掣龙筋绦，指挥着龙王左右前后进退；只要敖广稍有违背，就把龙筋绦一扯，卡得敖广脖子梗塞，气息不舒。

敖广气得心头冒火，七窍生烟；尤其背上骑了这许多孩子，压力很重，使他急于摆脱。于是不顾哪吒的警告，开始施展他的神通，一会儿夭矫蜿蜒，一会儿没水兴波，闹得海面上波涛汹涌，浪高如山。孩子们听从哪吒的话，大家挽紧手臂，才没有一个落水，但已被颠簸得头晕眼花，呕吐狼藉。

哪吒大怒，接连扯了两扯龙筋绦，逼使敖广服服帖帖地靠拢岸边。哪吒叫孩子们统统上岸，然后一掣龙筋绦，一个箭步蹿到敖广脖子上，"嘭嘭！"劈头就打了敖广两拳，打得他疼痛难忍，哇哇乱叫。哪吒喝道：

"你这厮为啥不听小爷的命令，擅自兴波作浪？幸亏是在海面上，如果是在地面，岂不淹人庐舍，损人禾稼？可见你这厮包藏祸心，一味干伤天害理的事，情实难容！"

哪吒越说越气，身子往下一挪，滑到龙的半中腰，一伸手抓住龙鳞，往下只一扯，早扯下四五片龙鳞来，痛得敖广嘶天嚎地，叫爷叫娘，只差没有哭出声来。原来虎怕偷心，龙怕揭鳞，哪吒把他身上的龙鳞揭下几片，难怪他要嚎叫着呼痛了。

哪吒把手里的龙鳞在敖广眼前一扬，喝道："你服罪不服罪！"

"服！服！哪吒小爷，我现在晓得你的厉害了！再也不敢违背你的命令了！"敖广带着哭腔说道，只差没有向哪吒磕头求饶。

哪吒板着面孔，一本正经地道："既然服罪，我和你约法三章，你依得不依得？"

"依得！依得！"敖广没口子地答应说，"请教是哪三章？"

"第一章，不许你卡小朋友们的脖子，要让他们随便下海洗澡游泳。这天下是天下人的天下，不是你一家的天下；这东海是千万人的东海，不是你敖广一人的东海，你凭什么独占东海称霸？你要做东霸海，我哪吒就要打倒你。"

"是！是！不敢！不敢！依得！依得！"

"第二章，不许你再上陈塘关我家里去跟我父亲啰唣！"

"是！是！依得！依得！"

"第三章，巡海夜叉李艮和你儿子敖丙的尸体，你自己领回去火化，不许讹诈渔民，要渔民为你服务，不许择地埋葬，侵占民间的土地。"

"是！是！不敢！不敢！依得！依得！"

哪吒解下系在敖广脖子上的龙筋绦，把来交给敖广说："既然都依得，那就放你自由，趁早滚回去！你儿子的龙筋也还给你。今后安分守己，做条好龙。如果仍旧横行不法，只要有半点劣迹落在你小爷眼里，小爷不但要扯你的龙鳞，还要剥你的龙皮，抽你的龙筋！"

"是！是！不敢！不敢！"敖广没口子地答应着，收起儿子敖丙的龙筋，仿佛死里逃生似的，一溜烟窜回水晶宫去了。

哪吒回家以后，怕母亲不放心，首先就到上房探望。殷夫人见哪吒平安无事地回来，喜出望外，连忙把他搂在怀里，亲亲热热地叫着："儿呀！肉呀！"问他给龙王拉了去，是怎样逃回来的。哪吒恐怕说了实话，要吓坏母亲，下次不让他出门，只说："娘，你不必问，我自然有法子回来，小小龙王，他怎能奈何得了我？他拉住我臂膊，我就爬上他的背，一卡他的脖子，他就连声求饶，放我回来了。"

殷夫人也不辨这话是真是假，她只要哪吒能够毫发无伤地回来，就已心满意足，也不再追问下去了。

但哪吒能够瞒过母亲，却瞒不过父亲。李靖自从哪吒被敖广拉往水晶宫以后，虽然照常到野马岭去操练三军，却无心观看演习，整天提心吊胆，不知哪吒吉凶如何。他把哪吒交给敖广拉去，原是出于无奈；他与哪吒毕竟还有父子之情，眼看着这么一个可爱的孩子，凭空给龙王拉去，那敖广又并非什么好相识，吃童男童女的事是真的，如果当真被吃掉，那还了得！教他怎么不担忧。所以一回帅府，也不顾鞍马劳顿，首先就问家丁家将：

"哪吒怎样了？回来了没有？"

家丁张龙上前行了个半跪礼，站起来，低头哈腰地报告："启禀老爷，小少爷已经回来了，正在上房里跟奶奶说话。"

李靖听说哪吒已经回家，止不住惊喜交集，一颗像钟摆一样摇摇不定的心开始定了下来，以手加额，吐出了一口长气道："谢天谢地，居然平安无事地回来了，是怎样回来的？快叫他来见我。"

张龙答应了一声，他不能进入内室，只在屏门外传达李靖的命令："老爷要见小少爷，请他赶快出来！"

哪吒正在自己房里跟丫鬟养娘们讲述他怎样和小朋友们骑龙游海，后来又怎样打龙头，扯龙鳞，打得龙王满嘴求饶，最后还和他约法三章，才胜利归来。丫鬟养娘们听了，笑得打跌，个个夸赞：

"小少爷好大的本事！早知道龙王是这样不中用的脓包，我们真不该向他跪拜，求他放了小少爷。怪不得小少爷一点不怕，反而怪我们跪拜求饶是多事，原来早就打定主意了。"

正在说笑得起劲，外面开始传来了张龙的话，要哪吒立刻去见李靖。那素来伶牙俐齿的利嘴丫鬟连忙附着哪吒的耳朵出主意道：

"小少爷，你出去见老爷，千万不要对他讲真话。老爷是出名的胆小鬼，和事佬，老好人，一片树叶落下来都怕打破头。你如果告诉他打龙头，扯龙鳞，吓得他魂灵都要出窍了！你还是骗他说，你给龙王扯下海去，捉一个空，挣脱手臂，逃了回来，他也不会疑心，总之先把他瞒过再说。"

哪吒摇头道："你这主意不行！我们小孩子家要老实，不可以说谎话骗人。我哪吒行得端，立得正，要做一个光明正大、堂堂正正的好孩子，岂能说假话？一个人只要说一次假话，以后别人就不相信他了；假话说开了头，以后就成了习惯，要改掉这坏习惯就很困难了。我不能因为我爹胆小怕事就对他说假话！"说罢，便头也不回地走到外面厅堂上去。

李靖见眼前出现的仍是一个活活泼泼的哪吒，身上丝毫伤损都没有，忍不住又喜又爱又恼，沉下脸问道："你是怎样回来的？那东海龙王敖广想抓你去报仇，肯轻易放你回来吗？"

哪吒冷笑道："他怎肯放我？我也不稀罕他放，我根本就不相信强盗会发善心！他把我拉到海边，我就不走了，要他用花花轿子来抬。他拉我拉不动，想骗我到水晶宫去，说有鲜美食物给我吃。鬼才相信他！我要他背我到水晶宫去，一上他的背，就卡住他脖子，用龙筋绦扣住他的咽喉，叫孩子们都骑到他背上去，玩了一会儿骑龙游海的游戏。可恨那妖龙不服帖，在海面上摇头摆尾，掀得浪比山高，想把我们撷下海去。孩儿一时性起，在他头上打起几个肉包子，还扯下他几片龙鳞……"

李靖没等哪吒说完，早吓得脸都黄了，连声说道："这怎么好？你这孩子专门闯祸！从来冤家宜解不宜结，你摆脱他回来也罢了，怎么还要打他的头，扯他的鳞？似此冤仇越结越深，我这里陈塘关紧靠着他东海，怎经得起他常来寻仇，烦也要烦死了！"

哪吒笑道:"父亲放心,孩儿已和他约法三章,不许他再上我家啰唣。他吃孩儿打怕了,谅也不敢再来讨打。"

李靖听说约法三章,不觉暗暗点头,心想:"看不出这孩子,小小年纪,肚里倒大有文章,只是如此好管闲事,惹是生非,到处闯祸,终非了局!"于是告诫他说:"你以后好好在家玩耍,少要出门多管闲事。须知为人处世,以和为贵,何况你出世未久,小小年纪,血气未定,知识未充,岂可到处闯祸?那东海龙王敖广也是一方海洋的主宰,你杀了他巡海夜叉和三儿子敖丙,又痛打了他,他怎肯善罢甘休?万一他上诉天庭,玉帝派天兵天将来讨伐,你我岂能抵挡得住?所以我劝你还是牢记一个和字,可以免掉不少是非。"

哪吒不作声,心里很不以父亲的话为然,暗想:"对恶人岂能讲和平?你让一尺,他进一丈,只有打痛了他,他自己低头求和,才能得到真正的和平。"但他也没有反驳李靖,自回后房去了。

第六回 | 哪吒二打龙王

哪吒毕竟是个小囡，小囡有他的优点，也有他的劣点。优点是记忆力强，读过的书、学习过的东西，不容易忘记。劣点是没有记性。这是怎么说？既然记忆力强，怎么又会没有记性，这不矛盾吗？不，一点都不矛盾。

原来世上的事情非常复杂，小囡的头脑却十分简单，加之小囡性情流动，他的小脑袋里装不下许多东西，总是想到哪里，说到哪里，做到哪里，考虑不周全。譬如他最恼怒东海龙王敖广的事，是要渔民们每年一次献一对童男童女给他吃。他在李靖面前，还骂龙王要吃童男童女，作恶多端，可是在和龙王约法三章时，竟把这最重要的一章——不许吃童男童女忘记了。

可是在敖广这边，因为看见哪吒那雪白粉嫩又胖又软的小身体，馋涎欲滴，想吃没有吃到口，反被哪吒在头上打起肉包，身上揭下龙鳞，心头更加焦急。他不敢再转吃哪吒的念头，却增加了想在渔民们的孩子中间找童男童女吃的欲望。如果哪吒在和他约法三章时把不许他吃童男童女订作一章，那他多少还有些顾忌，不敢轻举妄动，想歪点子，出坏主意；偏偏哪吒把这最重要的一章忘记了，这就给他钻了空子。敖广回到水晶宫里，立刻恢复常年旧规，命令虾兵蟹将去通知渔民们火速挑选肥胖白皙的童男童女送到水晶宫里来，一来满足自己口腹之欲，二来报那些孩子骑龙游海之仇。

自从哪吒在陈塘关边东海里打了龙王，和龙王约法三章以后，龙王果然牢记约言，不敢再上陈塘关帅府里去和李靖啰唣。李靖把守野马岭，每天都要训练队伍，操演士卒，没工夫去过问哪吒，只把哪吒交给殷夫人严加管束。

殷夫人因为上次放哪吒出关去玩，闯了大祸，真是一朝被蛇咬，三年怕草绳，唯恐哪吒再出外闯祸，因此叮嘱丫鬟养娘紧紧盯住哪吒，寸步不离。把个哪吒管束得大门出不得，二门迈不开。

哪吒心里好不焦躁，偏偏天气又热，闷上加郁，直把他烦躁得眼中出火，鼻内冒烟，忍不住向母亲发话道：

"妈，我又不是千金小姐，怎么整天把我关在房里面？天气这样热，我不出去乘凉散步，怎么受得了？你难道想闷死我、热死我吗？"

殷夫人见他发话，感到左右为难。寻思了好一会儿，只好勉强说道：

"儿啊，并不是为娘的忍心把你关在家里，闷坏身子，就怕放了你出去，又要惹是招非，闯下大祸，累为娘的担惊受怕，还要招你父亲埋怨。想想上次龙王闹上门来那种势头，和你父亲赔礼说好话、娘跪拜求饶那番光景，怎么还敢放你出去？"

哪吒心里暗暗好笑，他本来想说："娘，你和爹那套都是白搭，我哪吒天不怕，地不怕，打死个把巡海夜叉和龙王三太子有啥稀奇？骑着老龙王游海又有啥稀奇？"可是他知道如果这样一说，母亲一定更加不敢放他出门。于是他便安慰母亲道：

"妈，我这次出去一定不惹是招非，包你太平无事地回来。现在我已和老龙王约法三章，不许他再上门啰唣，你尽管放一千二百个心。"

殷夫人心里半信半疑，但哪吒向她担保"这次出去一定不惹是招非"的话她却非常听得进。当下便说："儿啊！为娘怎舍得闷坏你，只要你在外面不闯祸，没有人吵上门来，那就随便你到什么地方去玩好了！"

哪吒见母亲已答应他出门游玩，好不开心，二话没说，一个筋斗就翻出了门，也不带乾坤圈，也不乘风火轮，只把那七尺混天绫扎缚在胸前背上，准备下海游泳时蘸水洗澡。他一路上翻筋斗，竖蜻蜓，豁虎跳，统没有半点安静，但觉凉生胁下，风起脑后，好不畅快。

哪吒飞身在空中玩了一会儿，渐渐觉得没味，正想降下地来，走到东海边去游泳，忽见四五个渔民，聚成一簇，手提酒壶菜榼走来。哪吒心想："这伙人打鱼辛苦了一天，现在闲下来，到树荫下去纳凉，喝酒闲谈，倒也是件乐事。"于是一个筋斗翻下地来，悄悄跟在他们后面，想听他们谈些什么。

可煞作怪，那几个渔民不是喜溢眉梢，却是愁生眼角，个个不住唉声叹气。只听得为首的一个说道："黄大哥只生得一个独子，爱惜得比自己的性命还要紧。可恨那东海龙王敖广，不去兴云布雨，造福苍生，反而尽干害民的勾当，无端要吃童男童女。还有那大仙姑帮凶助恶，东也不挑，西也不选，偏偏挑选上了他这宝贝独生子。可怜他整天哭得死去活来，要割舍舍不得，想逃走逃不成，终日以泪洗面。我们备得这一壶浊酒、几碟粗肴，去代他宽怀解闷，只怕也无济于事，解不了他心头的悲痛，不过是聊尽我们的一片心罢了！"

哪吒听到这里，止不住鹿撞心头，火焚肝肺，猛地把手一拍脑门，暗道："哪吒啊哪吒！你好糊涂！早在东海边上就听得孩子们骂龙王不该吃童男童女，为此还打死了帮凶的巡海夜叉和龙王三太子敖丙。怎么和龙王约法三章，偏偏忘记了这最重要的一章？现在这条妖龙就钻了我没跟他约定的这空子，又干起那吃童男童女的害民勾当来，这还了得！我非得到水晶宫去向他问罪不可！我不许他再干这罪恶举动，要把约法三章改成约法四章！"想着，凭他那见义勇为、嫉恶如仇的性格，恨不得立时三刻就到水晶宫里去警告敖广不得胡作非为。可是转念一想："且慢！事不三思，必有后悔。我哪吒和那妖龙约法三章时，就因为没有细细思量，想得不全面，把不许他吃童男童女这最重要的一章忘记了，以致现在后悔莫及。并且听那些渔民说，这里面好像还有个什么大仙姑在帮凶助恶，替那妖龙挑选童男童女，这事情也该问一个清楚，如果属实，就应把她一并杀掉，替人民除去一害。"于是一筋斗翻身落地，冲着那伙渔民作了个罗圈揖，说道：

"老伯伯，刚才听你们说什么龙王吃童男童女，又说有个大仙姑帮凶助恶，替龙王挑选童男童女，挑中了人家的独生子，到底是怎么回事，请你们详细对我说一遍好不好？"

那伙渔民见半空中忽然落下一个小囡来，不觉都吃了一惊。那为首的提酒壶的渔民连忙向哪吒挥手道：

"你是哪家的孩子？还不赶快躲开！你难道没听说龙王正在向我们挑选童男童女吃？瞧你那身子比黄大哥的胖小子还白还胖，要是给大仙姑看见了，包管要挑选你做童男，连黄大哥那胖小子也看不入眼了！还不快跑！正是天堂有路你不走，地狱无门闯进来！"

哪吒不但不走，反而迎上一步，恳求道：

"老伯伯，你不用代我担心，只要你把事情详详细细地对我说一遍，我自有办法。龙王要吃童男童女，我早在东海边上听孩子们说过了，现在只请问你老伯伯，你说的那大仙姑是个什么样的人？她又怎样做龙王的帮凶，替龙王挑选童男童女？"

那渔民见哪吒年纪虽小，却气概昂藏，出言吐语都很有分寸，估量他一定有些来历，不可小看。于是便原原本本地告诉哪吒：

"这大仙姑原是个巫婆，专门代人关亡魂，看香头，大家叫她师娘。就是俗话说的'又做师娘又做鬼'的这样一种人。因为她平日里干的是请神降鬼那一套，排行是老大，所以又叫她大仙姑。她的这个行业跟龙王本来没有关系，河水不犯井水，可龙王因为叫巡海夜叉和虾兵蟹将来跟我们打交道有很多不便，往往一出现，还没说明来意，打鱼人先就吓跑了，要找一个普通人做他的代表，这就找到了大仙姑。大仙姑也乐意跟龙王当差，好借势欺良压善，两下一拍就合，从此大仙姑便做了龙王的帮凶，代龙王挑选童男童女，她的话就像法律一样，谁都不能违背，而且一经她挑上，她就暗中派人监视，想逃也逃不了。"

哪吒不听还可，听了这话，止不住心头冒火，牙齿锉得格格作响。勉强按捺着性子，又问道：

"你老伯伯说的黄大哥叫什么名字，住在什么地方？"

那渔民道："他叫黄经，就住在离此不远的东海边上。他老婆生下这孩子不久，就患产褥热死了，所以是独子。现在给挑中了，要送去给龙王吃，你说叫他怎么能割舍得下？"

哪吒道："你们几位老伯想是要上他家去，不知道可肯带我同去吗？"

那渔民诧异道："你同去做什么？莫非可怜他的儿子做童男送去给龙王吃了，恐他孤单寂寞，想代替做他的儿子不成？"

哪吒笑道："我不想做他的儿子，倒是想代替他儿子扮作童男去见龙王，看那龙王敢不敢吃我。不瞒你老伯说，我不是别人，现任陈塘关总兵李靖的第三个儿子哪吒是也。我生平专爱打坏蛋，那龙王已吃我打过一次。怨我自己记性不好，跟他约法三章时忘记了不许他吃童男童女的一章，给他钻了这个空子，又来为非作恶！现在我就打算扮作童男去会会他，再把他结结实实地打一顿，一来出我心头之气，二来也警告他以后不得胡作非为，使大家都安居乐业，过太平日子。”

那渔民听了这话，连忙放下手里的酒壶，向哪吒纳头便拜道："原来你是托塔天王李元帅的公子，小老儿有眼不识泰山，失敬了！这也是黄大哥的孩子有幸，遇见了你小少爷，性命有救了！事不宜迟，我们就一同到黄大哥家里去告诉他，好叫他放下心来，欢欢喜喜。"

于是一行人就簇拥着哪吒向东海边走去，先前他们愁眉苦脸，现在个个笑逐颜开。正是：人逢喜事精神爽，心到无愁步履轻。

不多一会儿，就已到了东海边上，这里有一并排茅草盖顶的平房，门前一片广场，场上挂晒着渔网。那伙渔民引着哪吒走到第三家门前，门关着，门里隐隐地传出哭声。门两壁有两个窟窿，算是通气的窗户。那为首的渔民向窟窿里一张，就举手在门上一阵乱捶，喊道：

"黄大哥，别哭了，快开门！真是大喜事呀！你好运气！你们的小喜子有救星了！"

门"呀"的一声开了，众渔民叫他黄大哥的黄经是个年约五十开外的汉子，但因为饱经风霜的缘故，脸上刻满了皱纹，终年辛劳，背已经有些驼，斑白的头发也是白多黑少，看上去十分老态龙钟了。他衣衫褴褛，手牵着一个五岁孩子，光着上身，只穿一条破短裤。他哭丧着脸，眼堂鼻凹里的泪水还没有干，一眼看到众人手里提的酒菜，连忙双手连摇地说：

"你们快别费心，我现在哪还有心思喝酒？这小喜子是我心头的一块肉，如今要把这块肉从我心头割去，什么酒也解不了我的愁，只有愁上加愁罢了！"

那为首的渔民把手里的酒壶向空中高高一举，晃了几晃，笑道：

"不是愁上加愁，是喜上添喜！老哥，我们这趟带了酒菜上门来，本来是为了安慰你，给你解解闷的，真是做梦也没想到，半路上撞见巧事儿，如今闷酒变成喜酒，把原想劝你放开怀抱的话忘记得干干净净，要和你猜拳行令，痛饮三杯了！这全亏了这位小少爷。"

说着，把手一指哪吒，将他要代扮童男，到水晶宫去，把为非作恶的龙王痛打一顿的话原原本本说了一遍。话刚说完，只听得"扑通"一声，黄经双膝落地，冲着哪吒磕头如捣蒜地道：

"恩人！你救了我家小喜子，就是我的重生父母！我一生就只有这条命根子，要是他被选作童男，送去给龙王吃掉，我老汉也没有命活！你真的救了我爷儿两条命，我刻个长生牌位，终日香花供奉，祝你小少爷长命千岁！"

哪吒连忙双手拉他起来道："快别闹这些花样。我并不单为了救你儿子的命才来，是要借你儿子这个童男的头衔，到水晶宫去找龙王算账，打他个满头开花，跟他约法四章，不许他再胡作非为，吃童男童女。"

就在黄经站起身来千恩万谢的当儿，那为首的渔民已满满斟了一杯酒，送到黄经面前说：

"来！来！来！先干这一杯喜酒！再奉敬你两杯，恭贺你父子平安，永不分离。"

哪吒伸手拦住道："且慢，现在还不是喝酒的时候。你儿子是光身子，我也是光身子，难道就这样光着身子做童男，到水晶宫去见龙王吗？"

黄经拍了一下脑门道："哎哟！我倒忘了。那大仙姑曾送来一套童男穿的衣服和胭脂花粉，我气不过，也不忍心拿来给我们小喜子打扮，把来撂在一边。现在小少爷要扮童男，倒用得着。"

哪吒道："你快去拿来，让我打扮作童男模样。时候不早，估量他们也快来接了。"

黄经不敢怠慢，连忙把衣服脂粉找将出来。哪吒穿着停当，屋里没有镜子，只好对着水缸里的水涂脂抹粉。他本来唇红齿白，这一搽脂粉，越发显得红白分明，俊美异常。

他这里刚刚打扮完毕，忽见门外人影一闪，一个四十多岁的中年妇女，头戴八字形的绒帽，太阳穴里贴着两颗圆膏药，眉心里一捻红，鼻头上一点朱，一张阔嘴涂满了口红，张着血盆大口，妖声妖气地说道：

"童男黄喜子已经打扮好了吗？天光光，地黄黄，吉日良辰，日吉辰良，吾奉东海龙王敖广急急如律令敕！快跟我去见龙王，做得龙王口内食，保佑你境内风调雨顺，合家大小安康！"

哪吒见众渔民都对她侧目而视，脸上显出愤恨鄙夷的神情，知道她就是大仙姑了。当下载指向着她的鼻端一指，朗声说道：

"你请小爷到水晶宫去见龙王，你那全副仪仗准备好了没有？"

大仙姑猛闻此言，止不住吓了一跳，上上下下地向哪吒端详了半晌，不由得哈哈大笑道：

"稀奇稀奇真稀奇，你这童男好调皮！你本是龙王口内食，怎么反而来指挥我老阿姨！若问全副仪仗却没有，只有两顶小轿，一顶抬童女，一顶抬你。"

边唱边用手一招，就见两顶小轿抬过来，是用两根竹杠串着一张竹椅。那另一顶小轿内，已坐着一个小姑娘，大概就是所谓童女了，只见她呆头呆脑，失魂落魄，昏昏迷迷，好像僵死过去了似的。

哪吒冷笑一声道：

"你那龙王好不寒酸，不但没有全副仪仗，连顶花花轿子也没有！这算是什么轿子，真叫人笑落了下巴！也罢，你且在前带路，引导小爷到龙宫水府去见龙王去！什么稀奇不稀奇，你本是积世老狐狸！助纣为虐真可恶，为虎作伥该剥皮！你快下海去通报，叫龙王摆齐全副銮驾来迎接你小爷！"

大仙姑头一摇，鼻根接连缩了两缩，阔嘴一撇，冷笑了一声，指着哪吒骂道：

"你这童男太猖狂！胆敢指挥你老娘！你要上龙宫水府你自去，与我何干要我往？龙王要吃童男女，自会抓你去品尝，或蒸或烤或煎炒，砍成肉酱也寻常。要吃的是你不是我，为何要我把差当？我童男童女见了千千万，不曾见你这儿郎！既要全副仪仗摆銮驾，又要花花轿子抬你行！全不想自己性命在顷刻，还要大模大样不自量！我老娘要紧回家去吃饭，没工夫奉陪你这小混账！"

哪吒这时已坐上了竹椅，被抬到海岸边，听了大仙姑摇头摆脑扬扬得意的这一段唱词，忍不住怒从心上起，气向胆边生，一锉银牙，猛然从竹椅上蹿到了半天空，在半空中一个鹞子翻身，落下地正落在大仙姑面前，冲着大仙姑喝道：

"你这为虎作伥的贼婆娘，我把你碎尸万段才快心肠！你代龙王挑选童男女，明明助纣为虐把差当。说什么与你无干不该叫你往，我问你是谁押着轿子捉这小姑娘？你既然为龙王跑腿不辞劳，合该先下海去报龙王。我和你冤有头来债有主，今日里不是你死就是我亡！回家吃饭你休想，我'小混账'先教你下这大海洋！"

好哪吒，说时迟，那时快，猛地一个燕子穿帘，一头向大仙姑肚皮上撞去。大仙姑刚喊得一声"哎哟"！早已翻身落海，只听得"扑通"一声，登时浪花四溅，水珠飞起一丈多高。

站立在海岸边的众渔民都喊了一声"好"！真是欢声雷动，显见得他们对那大仙姑都是蓄愤已久。就在这一片喝彩声中，那大仙姑从海里冒出头来，她显然不懂水性，在海里载沉载浮，手足乱划，嘴里一迭连声地狂喊"救命"！

哪吒又指着她骂道：

"你这该死的害人精，全不把小爷的命令放在心，教你去向龙王报信你不去，乱喊'救命'为何因？你害了多少童男童女命，今天活该受报应！你去问问众乡亲，谁不和你冤仇海样深！你喊'救命'没人救，因为大家都要你的命！待小爷玩一个拿大顶，早早送你去见阎君！"

好哪吒，说到哪里做到哪里，一纵身蹿上半空，又是一个鹞子翻身落下来，头朝下，脚朝上，头顶正好对着大仙姑的头顶，把大仙姑的头直顶下水去。大仙姑的头从哪里冒出来，哪吒的头就对准她的头把她顶下去。每顶一次，大仙姑就要饱喝一口海水；不消七八顶，那大仙姑的一双白果眼就变成死鱼眼，只有出的气没有进的气，眼见得活不成了。众渔民都鼓掌称快。

就在大仙姑尸横海面的当儿，忽然大海中水势一分，当先一面龙旗开去，下面依次走出虾兵蟹将、鳝力士、鲌大尉、鳊提督、鲤总兵、龟丞相、鳖将军，最后出来的是一辆金根车，上面端坐着一位穿衮龙袍的王者，正是东海龙王敖广。

原来龙王因久等童男女不来，心里焦急，亲自坐车出水晶宫来接应了。奇怪的是，在他的车旁另有一辆小车，上面坐着个童子，短发齐眉，眼如点漆，手执一柄拂尘，颇有些潇洒出尘的样子。

哪吒从未见过这童子，心里暗暗诧异，想道："这是龙王的什么人？我打死了他的三太子，莫非这是他的大太子或者二太子不成？看样子又不像，因为如果是他儿子的话，应该侍立在他身边，不应大模大样地坐车。"但这时也没工夫管他，先找龙王算账要紧，于是跳波踏浪，来到敖广车前，指着自己的鼻子问道：

"妖龙，你可还认识你小爷吗？"

龙王举目一看，认得正是自己的对头冤家哪吒，不由得本能地摸了摸自己头上还没有消肿的肉包子，胆战心惊地道：

"认……认得！你是哪……！"

哪吒咬牙切齿地道："我和你约法三章，忘了不许你吃童男童女的最重要的一章，这是我疏忽了。你这妖龙，头上刚被打起肉包，身上刚给扯下龙鳞，就该听我的话，安分守己，不指望你造福苍生，至少也该不再干鱼肉良民的勾当。谁知你全没记性，一转背就把小爷给你的教训忘记得干干净净，又想吃起童男童女来！你说，你这种行为该打不该打？"

东海龙王敖广见哪吒站在自己面前，怒目横眉，威风凛凛，杀气腾腾，不禁吓得魂飞魄散，期期艾艾地说道：

"该……该……该打！"

"既然该打，那就先叫你吃小爷一顿老拳，再跟你约法四章。"

哪吒说罢，纵身一跳，就骑到了龙王的脖子上，举起拳头来刚要望下打，忽然斜刺里伸过来一柄拂尘，把他的拳头隔开了。这柄拂尘正是旁边车里的那童子插过来的。哪吒止不住诧异地问道：

"你是什么人，跟这妖龙是什么关系？赶快通下名来，你小爷从来不打无名之辈！"

那童子冷笑了一声，收回拂尘，把拂尘尾巴毛在哪吒面孔上一拂，大模大样地道：

"你问贫道姓甚名谁，你且站稳了！贫道行不更名，坐不更姓，骷髅山白骨洞石矶娘娘的大弟子碧云童子是也。"

哪吒愈加诧异道："你既是石矶娘娘的弟子，为何不在骷髅山白骨洞修炼，却到这东海龙王的水晶宫里来做什么？"

碧云童子笑道："这跟你不相干！只为东海龙王敖广一年一度吃童男童女，摆下了人肉筵席，下帖子来请我师父石矶娘娘赴宴。我师父云游在外，因此我当代表来享受这顿丰味美餐。"

哪吒冷笑道："原来又是个助纣为虐的帮凶！这妖龙无端残害民众，想出吃童男童女的坏主意，你居然来分享一杯羹，显然也不是个好东西！别走，你小爷就是那童男，你倒来吃吃看，管教你像吃一团炭火一样，咽又咽不下，吐又吐不出，这才叫悔之晚矣！"

说罢，举拳便打，碧云童子忙擎拂尘相迎，两下里施开解数，拳来脚去，臂挡腿迎，打作一团。哪吒打得性起，脱下假扮童男穿的花花袄，露出粉妆玉琢的光身子，和碧云童子那宽袍大袖正成了绝好的对照。两人各展神通，分呈巧技，闪躲腾挪，遮拦格架，打上三路如泰山盖顶，扫下三路如枯树盘根。正是棋逢敌手，将遇良材，打得难解难分。

哪吒越打越勇，可也越打越热，热得浑身汗出如浆，满头汗如雨下。他最怕热，一热心里就烦，想要败下阵来，可又于心不甘。由于打得时间久了，胸前背上扎缚着的七尺混天绫渐渐地松散开来。哪吒忽然有了主意，暗叫："哪吒啊哪吒，你好糊涂！怎么放着现成武器不用，却赤手空拳和他打？想当初凭着这七尺红绫，把龙王三太子敖丙裹下逼水兽，不费吹灰之力，现在何不如法炮制，强似跟他一拳一脚地比功夫。"想着，捉一个空，跳出圈子，悄悄地解下混天绫，开始在手里挥舞起来，只舞得红光万道，满眼缤纷，只见红绫，不见人影。

碧云童子正因自己占了上风，心里高兴，满以为只要再打几个回合，就可以制伏哪吒，做梦也没想到哪吒忽然会舞起红绫，舞得满空中全是红光，连眼也睁不开。赶紧定了定神，想从红光中寻找哪吒的人影，不料那红绫越舞越近，冷不防被它没头没脑地裹住，连忙丢下拂尘，用手来分，哪里分得开?!

哪吒把手用力一拽红绫，喝了声："还不给我躺下!"随着这一声吆喝，碧云童子立刻跌了个仰八叉。哪吒抢步上前，一脚踏住他的胸脯，稍微一使劲，碧云童子登时杀猪也似的喊起来。哪吒冷笑道:

"我看你准不是个好东西，从你住的地方就可看出来。你住的那山叫作骷髅山，就是说把人的骷髅堆成山，那洞叫作白骨洞，就是说把人的白骨筑成洞，可见你师徒俩害人不少! 不知吃了多少人! 怪不得龙王一下帖子，你就忙不迭地奔到水晶宫里来，想吃人肉筵席! 我教你人肉没吃头先开花!"

好哪吒，话到拳到，一拳就朝碧云童子头上打去。前面说过，哪吒年纪虽小，拳头却重达千斤，只听得"噗"的一声，红光崩现，碧云童子头上登时开了花，红的血，白的脑浆，流满了一地，两腿一伸，呜呼哀哉，死了!

哪吒这才收起混天绫，重新扎缚在胸背之间，雄赳赳气昂昂地站在龙王车前，指着龙王喝道:

"妖龙，看清楚了没有? 你要再想吃童男童女，眼前就放着个榜样。我问你，你还想吃人肉不想?"

东海龙王敖广战战兢兢地下了金根车，"扑通"一声，双膝落地，跪在哪吒面前，磕头如捣蒜地道:

"不想，不想，再也不敢想了! 只求哪吒小爷饶命! 饶命!"

哪吒鼻孔里哼了一声道:"死罪可免，活罪难饶! 你这厮刚给揭下龙鳞，一转背就又为非作恶，想吃起童男童女来！谁相信你的鬼话！不给你吃点苦头，你统没记性。现在我再给你头上添两个肉包子，以示惩戒。小爷手下留情，不打死你便了！"

"不要！不要！哪吒小爷，饶！饶！"龙王没口子地讨饶。

哪吒哪里睬他，一连两拳，龙王头上又长起两个疙瘩。打完了才说：

"我现在和你约法四章，不许你吃童男童女，依得吗？"

"依得！依得！"龙王又磕了个头说。不留心恰巧磕在头部的肉包子上，痛得他连叫："哎哟喂……哎哟喂！"

"既然依得，小爷去也！"哪吒脱下童男穿的裤子，挂在龙王的角上，又是翻筋斗、竖蜻蜓、豁虎跳地一路回陈塘关去了。

第七回　哪吒三打龙王

哪吒回到陈塘关来，仍旧像上次那样，不声不响。李靖和殷夫人都不知道他在外面又闯下了大祸。打死了碧云童子，他的师父石矶娘娘岂肯善罢甘休，少不得要代徒弟报仇，寻李靖的晦气。这石矶娘娘乃天地未分以前的一块顽石，经过地水火风，炼成精灵，端的神通广大，法术无边；谅李靖岂是她的对手，少不得要有一番争吵。这是后话，暂且慢表。

那李靖因东伯侯姜文焕代父报仇，调四十万人马，在游魂关战败窦融，现在正渐渐逼近陈塘关来，因此终日在陈塘关的前哨阵地野马岭操演三军，很少回家，根本无暇过问哪吒的事。虽然有时也不放心哪吒，但只要无人前来啰唣，就以为哪吒在家安分守己，不去管他的闲账了。

转眼夏去秋来，金风送爽。天气一凉快，哪吒就不再怕热，没有出门乘凉、下海洗澡的必要；自己后花园里景色宜人，足可盘桓。丫鬟养娘又秉承着殷夫人的意旨，争相巴结他，逗他欢喜，所以他的生活倒也颇不寂寞。

哪吒毕竟是小囡脾气，头脑简单，满以为和敖广约法四章，每一章好比一把铁锁，四章就把老龙王的四只龙爪紧紧锁定，拘管得服服帖帖，再也不敢兴风作浪了。殊不知人心难摸，那龙王也是一方之主，兴云布雨的海神，平时享受猪头三牲的祭祀，童男童女的供养，只有他作威作福的时候，哪有他低首下心的日子。现在却败在一个黄毛未退、乳臭未干的小孩子手里，头上长起五个肉包子，身上少去好几片龙鳞，这口气教他怎么咽得下？哪吒虽然和他约法四章，但他哪有心思实践，约法四章不过是一句空话罢了！他念念不忘的是怎样向哪吒报仇，怎样翻本，怎样出一口怨气。

正当哪吒在后花园玩耍之日，也就是老龙王在水晶宫咬牙切齿之时。他已经打定了鬼主意，第一是上表天庭，向天上最高统治者玉皇大帝控告李靖纵子行凶；第二是通知骷髅山白骨洞石矶娘娘，告诉她碧云童子被李靖的儿子哪吒打死，叫她代徒弟报仇，兴师向李靖问罪；第三是在水府里操演海军，由鲌大尉、鳖将军分任正副统帅，率领虾兵蟹将，终日兴波作浪，排练阵势，准备有朝一日配合石矶娘娘共同报仇雪恨；第四是万一报仇雪恨不成，石矶娘娘竟败在哪吒手里，那就施出最后一着杀手锏，在水晶宫里撞起聚龙钟，擂起召龙鼓，招邀自己的三个弟弟西海龙王敖闰、南海龙王敖钦、北海龙王敖顺到来，共同布雨兴云，喷雾吐沫，把陈塘关淹没在一片汪洋大水之中，不顾残害生灵，定要报仇雪恨。这些情节，哪吒都蒙在鼓里，哪里知道。

哪吒在后花园里玩得腻烦了，想要换换花样，便独自一人悄悄走到陈塘关上来。这时金吒、木吒都随着李靖在野马岭操演三军，关上只有偏将金焕一人把守。因为东伯侯姜文焕的人马如果要到陈塘关，必须先经过野马岭这前哨阵地，别无小路可通；如今野马岭既有重兵把守，所以不消多人，只需一员偏将，率领一队人马，也就足够防守关隘了。

这金焕曾见木吒和哪吒对垒交锋，深知哪吒厉害，见哪吒独自一人到来，不觉吃了一惊，连忙抱拳作揖，满面堆欢，笑逐颜开地道："小少爷，到关上来玩吗？"

哪吒也含笑说道：

"在家没事，闲得发慌，到关上来玩玩。"

金焕摇头道："关上没什么好玩。现在四处造反，东伯侯姜文焕的人马一天天逼近我们这里陈塘关来，元帅终日在野马岭前哨阵地操演三军，嘱咐我牢守关隘，严防奸细混进。所以关上实在没什么好玩，小少爷还是在家逍遥享乐，不要动上关游玩的念头了！"

哪吒把小嘴一撇道："你别跟我抬杠，我在家闷得慌，才到关上来玩。好笑我家爹爹不识时务，眼见得纣王无道，枉杀好人，东伯侯姜文焕既然起来造反，我家爹爹就该和他联合起来，打上朝歌，捉住纣王，为民雪恨才是，怎么颠倒做纣王的帮凶，操演士卒，把守关隘，抗拒义军，这不成了大家说的'助纣为虐'了吗？应该大开关门，欢迎他们进关，才是正理。只我哪吒就要反对纣王，我家爹爹识时务便罢，要是不识时务，我就联合东伯侯姜文焕，前后夹攻，来一个大义灭亲，把这陈塘关后方阵地做基地，打通一条去游魂关的大路。你敢阻挡我，你就来！来！来！来试试我的手段！"

金焕见哪吒发火，哪里还敢违拗，连忙道："是！是！末将不敢！"慌忙在前带路，引哪吒到陈塘关城楼上来。

哪吒上得城楼，顿觉胸襟开豁，心旷神怡。原来他过去虽也曾两次来到陈塘关前，但都是从下面往上看，只见雄关巍峨，庄严肃穆；现在上得关楼，向下俯瞰，却见楼前很广阔的一片平阳之地，矗立着旗杆刁斗，旗杆上高悬着帅字旗，两旁垂杨拂拂，绿柳依依，中间兵器架上，摆列着刀枪剑戟，架前另有一张香案，案上端端正正地摆着一副强弓、三支铁箭。哪吒觉得好玩，忍不住动手去摸弄，金焕慌忙上前阻止道：

"小少爷，使不得！这乃是陈塘关镇关之宝，自从轩辕黄帝大破蚩尤，传留至今，谁都不敢去碰一下。你现在如果去动它们，给元帅知道了，怪罪下来，末将可承担不起！"

哪吒的脾气素来服软不服硬，你越是阻止他，他越是不买账，尤其听说是轩辕黄帝传下来的弓箭，更加触动了好奇心，非动不可。当下紧紧追问金焕道：

"这弓名叫什么弓？这箭名叫什么箭？有什么稀奇古怪的地方，值得如此宝贵？"

金焕道："这弓名叫乾坤弓，这箭名叫震天箭，也没有什么稀奇古怪的地方，只是从轩辕黄帝以来，就留在陈塘关上，成为镇关之宝，没有谁拿得动。"

这"没有谁拿得动"一句话钻进哪吒耳朵里，引得他心痒难搔，忍不住微微含笑地对金焕说道：

"你说没有谁拿得动，我三个不相信，你且闪开，让我来试试，看到底拿得动拿不动！"

说罢，把金焕推在一旁，在小手心里吐了口涎沫，两手合掌搓了一搓，左手握住弓背，右手控住弓弦，喝一声"起"！正是：天生气力非凡勇，黄帝留弓草样拿。

金焕见哪吒轻轻巧巧地就把从来没人拿得动的乾坤弓拿了起来，不禁吓得目瞪口呆，作声不得。好哪吒，两手拿弓还嫌费事，索性一手拿弓，腾出一只手来就香案上取过一支震天箭，搭箭当弦，面对东方，问金焕道：

"东边是什么地方？"

金焕战战兢兢地道："小少爷，你忘记了吗？东边就是东海哪！"

哪吒摇头道："原来东边是水晶宫，想那东海龙王敖广刚和我约法四章，现在并没有违约，我怎么能平白无故地射他？人而无信，不如禽兽。不射！不射！"

好哪吒，连忙向右转，开步走，立正！面对南方，问金焕道："南边是什么地方？"

金焕搔搔头皮道："小少爷，你又闹糊涂了！南边正是帅府，你刚从那边出来，怎么就忘记了？"

哪吒两只小眼乌珠一翻道："原来南边是我娘家，我爹爹和两个哥哥虽然不在家，可我娘和丫鬟养娘都在家里。射不得！射不得！"

于是便又向右转，开步走，立正！面对西方，问金焕道："西边是什么地方？"

金焕摇头吐舌地道："说起西边来，可了不得！那里是乾元山金光洞，太乙真人修真养性的地方。"

哪吒闻言，慌忙放下弓箭，躬身下拜，站起来，嘴里喃喃自语道："原来西边是我师父修炼的洞府。射不得！射不得！"

说罢，又向西拜了一拜，然后拿起弓箭，向右转，开步走，立正！面对北方，问金焕道："北边是什么地方？"

金焕面有惧色地道："北边骷髅山白骨洞是石矶娘娘修炼的洞府。那石矶娘娘生性喜欢吃人，吃得骷髅堆成山，白骨筑成洞，大家提起来都切齿痛恨，谁都不敢从那山洞前经过，恐怕被吃掉。从这骷髅山白骨洞向北去，就是殷纣王的首都朝歌，所以石矶娘娘实际上起着保护纣王的作用。东伯侯姜文焕不往北打，却向南来抢我们陈塘关，大概也是怕石矶娘娘法术无边，不敢去惹她的缘故。"

哪吒怒目横眉地道："据你所说，这石矶娘娘正和纣王一样，是人民的大害。我哪吒出世是干什么的？就是要立身正直，秉性善良，见义勇为，嫉恶如仇，为民除害；如果见害不除，见死不救，岂不枉生人世，白白活了一场？算什么顶天立地男儿汉，除暴安良大丈夫？她，她，她不是什么石矶娘娘，乃是货真价实的贼婆娘，正是我哪吒射箭的对象，且教她吃我一箭！就是不能射塌她那骷髅山，射穿她那白骨洞，至少也给她一个警告，叫她从此不敢再吃人害人！"

好哪吒，果然是少年英雄，当下更不迟疑，引弓在手，搭箭当弦，向正北方飕地一箭射去！正是弓开如满月，箭去似流星，一声响亮，但见红光缭绕，紫雾纷霏，这箭直射到骷髅山白骨洞。有石矶娘娘的另一个徒弟，碧云童子的师弟彩云童子，正因接到东海龙王敖广的通报，说碧云童子被哪吒打死，所以在洞门前练武，准备代师兄报仇；冷不防震天箭劈空飞来，不歪不斜的一箭正中咽喉，立刻翻身倒地而死。

却说哪吒射出了一支震天箭，心满意足，也不管箭的下落如何，只是含笑问金焕道：

"怎么样？你说谁都拿不动，可我哪吒不费吹灰之力就拿了起来，并且射出了一支箭，你看我的本领如何？"

金焕点头哈腰，强笑着说道："小少爷神勇非常，末将拜服！不过这陈塘关城楼上的镇关之宝震天箭，忽然少了一支，如果我们元帅回到关上，查问起来，叫末将如何对答？"

哪吒笑道："不干你事，你只说是我闹着玩，射出去的，不就完了？大丈夫一身做事一身当，我决不连累你，少一支箭也没啥大不了！"

金焕没奈何，只好强颜欢笑地陪着哪吒游览。哪吒登上谯楼，纵目眺望，先看关内。但见六街三市，人多如鲫，负贩运输，肩摩毂击。哪吒看了一会儿，便下了谯楼，走到城墙边去眺望关外。

关外苍苍茫茫，一片平原旷野，不见行人，正是天垂平野阔，日落长河圆，和关内那热闹的样子正好成了个反比例。

可煞作怪，在这四无人踪的平原旷野中，却有一个身长不满三尺的胖小子在叫关。哪吒非常诧异，忙对金焕道：

"这是哪里来的孩子，你快去带他上来，仔细不要吓坏了他。"

金焕依言，走下关去，不多一会儿，便带了那孩子上城来。哪吒一看，并不相识，心里更加奇怪，忙扯他席地而坐，问道：

"你这位小朋友，姓甚名谁？家住哪里？独自一人来此叫关，有啥事体？"

那孩子笑嘻嘻地向哪吒扮了个鬼脸道："哪吒小爷，你真是贵人多忘事，竟不认识我了！我就是你代我假扮童男的小喜子呀！"

"哎！原来是你！"哪吒喜欢得直跳起来，扑向小喜子怀里，一把搂住他，真童男和假童男，两人拥抱作一团，热络非凡。哪吒问道：

"现在正是兵荒马乱的时候，你独自一人来叫关，一定有重要的事情，到底是为了什么？"

小喜子不回答哪吒的问话，反问哪吒道："你知道老龙王现在在干点啥？"

哪吒疑疑惑惑地道："老龙王现在在干点啥？我跟他约法四章，他满口'依得！依得！'，难道口血未干，皮肤又在作痒，想讨打不成？我看恐怕不至于罢！他要是敢违背约法，再想吃童男童女，我一定不饶他，非把他的龙鳞全扯下来不可！"

小喜子摇头道："他倒不敢再想吃童男童女了，可有比这更坏的主意！我的小爷，你太容易相信人家了！想那龙王也是一尊神道，哪肯服服帖帖受人家摆布？你跟他约法一百章也不顶事，他一心想报仇！我爹爹这两天下海捞虾，听得海里非常闹哄，虾兵蟹将纷纷出动。我爹久在海边撒网打鱼，懂得水族语言，听那些虾兵蟹将说，龙王因为接连给你打了两顿，非常恼怒，准备上表奏闻天庭，请玉皇大帝派天兵天将把李靖元帅和你哪吒小爷捉到天上去治罪，出一口恶气。还听说他已经通报骷髅山白骨洞石矶娘娘，告诉她，碧云童子给你打死了，叫她向你父子报仇。他现在加紧在海底操演虾兵蟹将，正是想配合石矶娘娘向你们进攻。人家大动干戈暗算你，你还蒙在鼓里。我爹非常着急，本想自己来报信，又怕露了形迹，所以派我来。小爷，你自己仔细想想，应该怎么对付。时候不早，怕爹不放心，我回去也！"

哪吒不听犹可，听了此言，几乎连肺都气炸了，叫一声："好敖广，你这妖龙，口头上满嘴'依得'，肚里打的却是想报仇的鬼主意，真乃两面三刀，无耻无赖已极！我不把你的龙鳞全部扯光，我不叫哪吒！"

一面说，一面就想下海去向龙王问罪，转念一想："且慢！事不三思，必有后悔。现在这妖龙想上表天庭，我哪吒从没有和玉皇老倌打过交道，不知道那老头儿是什么路数，也不知道他那天兵天将有多大本领，必须再思再想，切不可轻举妄动。"

哪吒心里正委决不下，见小喜子急于要走，只好把他送下关去，叮嘱他转告他父亲，万一和龙王打起仗来，海里无法打鱼，没有生计，可到帅府来找自己，必当尽力相助。他把小喜子送走后，心下还在思量怎样对付龙王，忽然一拍脑门道：

"有了！我何不到乾元山金光洞去向师父太乙真人问计，他老人家本领高强，又且见多识广，不比我哪吒小小年纪，没有多大知识经验，对付不了。好！好！决定这样办。事不宜迟，就此动身。"

哪吒年纪虽小，却知道此事非同小可，应该保守机密，所以他并不把要去见师父太乙真人的事告诉金焕，只说玩够了多时，要回帅府去。金焕毫不疑心，照旧曲背弯腰抱拳作揖地把哪吒送出了关门。

哪吒回到了帅府，不去惊动母亲，也瞒过了丫鬟养娘，单把风火轮悄悄取了出来，双脚踏上，念动咒语，霎时间冉冉上升，直奔西方乾元山金光洞而来。

不多一会儿，便已到了乾元山，哪吒又念动咒语，把风火轮降落在金光洞门前。只见师兄金霞童子正在守门，忙下了风火轮，上前见礼已毕，哪吒开口说道：

"师兄，小弟哪吒特来拜见师父。"

金霞童子忙进洞禀报。太乙真人道："叫他进来！"

哪吒进洞，遥见太乙真人正在碧游床上打坐，哪吒一直走到床前，倒身下拜。

太乙真人问道："哪吒，你不在陈塘关，到此有何事故？"

哪吒道："启禀老师：弟子蒙恩师搭救，回到陈塘关，父母钟爱非凡。可恨有东海龙王敖广，妄自尊大，恃势横行，不许孩子们下海洗澡游泳，还要吃童男童女，弟子把这妖龙结结实实地打了两顿，并和他约法四章，满以为他从此可以洗心革面，谁知他怙恶不悛，刚才据曾被他挑中的童男小喜子来报，说他正在龙宫水府操练虾兵蟹将，准备报仇，并且要上奏天庭，请玉皇大帝派天兵天将捉拿弟子父亲和弟子治罪。弟子从来没有和上天打过交道，不知该如何对付，特来请师父示下。"

太乙真人细听哪吒诉说完毕，思量了一会儿，便道：

"徒儿，你秉性正直，富有正义感，你打敖广打得对。他为非作恶，反而颠倒是非，混淆黑白，实属不明事理！我今赐你灵符一道，你佩在胸前，人看不见你，你看得见人，你带了这符上天去，在南天门等候敖广到来。这家伙作恶多端，着实该打，你可再结结实实地把他痛打一顿，教训教训他。想那敖广接连挨了你两顿老拳，还是老大地不服帖，你和他约法四章，他当作空话一句，无非因他自以为是一方正神，自高自大，欺你是个小囡，不把你放在眼里。你这次打了他，切莫就放他回水晶宫去，要不然，他仍要兴风作浪，跟你闹个没结没完。自古明枪容易躲，暗箭最难防，你哪能防得了他这许多？所以你千万不可放松他，必须逼他变作一条小蛇，跟你回陈塘关去，把他拘管起来，使他不能再对老百姓为非作恶。"

说罢，便叫金霞童子取来一道符篆，亲自贴在哪吒胸前，又吩咐道："你父亲李靖胆小怕事，在邪恶势力面前没有脊梁骨，只要邪恶势力向他一压，他就坐得歪，立得斜，好像黄牛没肩胛。你前途磨难还多，但有为师在，你不必担心，如果有急难，火速前来报告，为师当助你一臂之力。你去罢。"

哪吒谨领师父的法旨和教诲，磕头拜谢，辞别了师父。他走出洞来，登上风火轮，向金霞童子拱手作别，念动咒语，风火轮冉冉上升，霎时间便回到陈塘关，落在帅府后花园里，真个是人不知，鬼不觉。

这时已是夜深，丫鬟养娘们都已熟睡，哪吒也不去惊动她们，悄悄向自己藏武器的箱子里取了乾坤圈。转念一想："这番去南天门，不知是凶是吉？谁知道那玉皇老倌是啥路数，万一他真的派天兵天将捉拿起我来，单凭这一枚乾坤圈怎么能抵敌得住？我还是带了这火尖枪去，宁可备而不用，胜过赤手空拳，临时措手不及。"于是便从门角落里取过火尖枪，蹑手蹑脚地来到后花园，重新登上风火轮，准备起程去南天门。

他刚要念动咒语，忽然灵机一动，暗想："现在时候还早，谅那敖广未必就会上南天门去。既然师父赐我灵符，可以隐身藏形，我看得见人，人看不见我，我何不先到龙宫水府去探探动静，看那妖龙敖广在水晶宫里干点什么，也好预先做个准备。"越想越觉有理，便暂不上天，先行入海，来到东海岸边，卸下风火轮和火尖枪，藏在一个较隐僻的处所，然后"扑通"一声，跳进海里，分开水路，径向水晶宫而来。

时候虽已夜深，但海底仍旧非常闹忙，鱼鳖虾蟹往来不绝，显然是在排练阵势，事实证明小喜子的报告不假。哪吒仗着自己胸前有师父太乙真人贴的隐身符，便大摇大摆地闯进水晶宫里去。只见水晶宫里四壁通明透亮，居中宝座上高坐着东海龙王敖广，额角头上的五个肉包子还没有消肿，两旁文武分班侍立，无非是虾蟹鱼鳖龟鼋蛟鼍之类。敖广在宝座上大模大样地喝道：

"龟丞相何在？"

文班中应声爬出来一只乌龟，五体投地，四足俱动，伸头缩颈，缓缓爬行。一直爬到殿前，舞蹈山呼，嘴里喃喃呐呐地道："臣元绪[1]见驾，愿吾王万岁万岁万万岁！"

敖广道："寡人来日一早就要上天庭谒见玉皇大帝，拜表进奏。昨天命卿撰拟表文，谅已完成，望即当众宣读一遍，如有不妥当的地方，可以大家商量修改。"

龟丞相毕恭毕敬地说了声"领旨"，随即人一样地站立起来，正要伸手到龟文袋里取出表文来宣读，冷不防脚下一滑，跌了个仰面朝天。从来说，乌龟最怕把身翻。原来龟壳极硬，四足俱在头顶和尾部，两侧全无靠傍，不易着力，一跤跌了个仰八叉，尽管手足齐伸，要想翻过身来，势比登天还难。急得他满头大汗，又怕失了朝仪，不敢高声喊叫，可怜他在殿前把身子盘来旋去，盘旋了

---

1 乌龟的别名。

多时，始终翻不过身来。还是武班里的鳌将军看不过，他也和龟丞相一样，背负硬壳，真是同病相怜，当下手执丈八蛇矛，从武班中闪出，挺矛向龟丞相的背壳下一刺，然后又用力往外一挑，帮助龟丞相翻过身来。

龟丞相谢过鳌将军，重新站起，手执表文，朗声宣读道：

水元下界东胜神洲东海小龙臣敖广，诚惶诚恐，启奏大天圣主玉皇大帝陛下：近有陈塘关总兵李靖所生第三孽子哪吒，扰乱龙宫水府，打死我皇上灵霄宝殿御笔点差巡海夜叉李艮。臣子敖丙出海与之理论，又被该哪吒打死，甚至抽出龙筋，制成束甲筋绦，骨肉相关，情实伤痛！臣乃亲至陈塘关，向李靖问罪，捉拿该哪吒下海；讵料该哪吒狡猾万分，故意迁延，不入水府，乘隙将臣打出原形，扯去鳞甲数片，鳞肉连心，痛不可忍！又复与顽劣孩童数十辈，跨登臣身，玩骑龙游海之戏，恣意侮弄，藐视一方正神，情实可恨！臣万分无奈，为求息事宁人，勉强接受其约法三章。讵料哪吒得寸进尺，二次又来捣乱龙宫水府，打死骷髅山白骨洞石矶门人碧云童子，又复饱臣老拳，计臣额上先后被打起肉疙瘩五个，伤痕俱在，尽可按验。查该哪吒所作所为，实属违犯天条，无法无天！臣今启奏，伏祈圣裁，恳乞天兵，捉拿李靖及其孽子哪吒上天治罪，庶使海宇清宁，下元安泰，臣敖广无任惶恐迫切待命之至！谨奏。

这壁厢龟丞相读得音韵悠扬，那壁厢哪吒听得气炸肝肺。心里暗骂："好妖龙！你瞒着自己吃童男童女残害人民的罪行不提，想蒙过玉皇老倌，真正混账！"依着哪吒的性子，恨不得马上现身出来，一把夺过龟丞相手里的表文，扯个稀烂。不过他毕竟在人间生活了多时，积累了经验，深知遇事必须深思熟虑，不可任性轻举妄动。师父只吩咐自己在南天门打龙王，没有吩咐自己在水晶宫扯表文，还是暂时不露声色的好。于是他就勉强按捺着性子，静静地看下去。只见敖广在宝座上不住点头晃脑，显然很表赞赏，听完了，便问文武百官道：

"众位卿家对这道表文有什么意见？是不是觉得还有不妥当需要修改的地方？"

众水族文武百官全都面面相觑，默默无言。过了好一会儿，才有蚌博士出班奏道：

"小臣愚见，龟丞相这道表文拟得非常得体，谅玉皇大帝看了表文，必然派遣天兵天将捉拿李靖父子无疑。臣意不必再多做修改，就这样拜表上奏天庭，以免旷日持久，耽误时机。大王只消来日一早上天辛苦一趟，以后就安坐水晶宫里听好消息便了。"

敖广闻言大喜，把嘴向掌案女官螺美人一努，叫她从龟丞相手里接过表文，把来藏在袖里，随即宣布道：

"寡人一早就要上天，现在急于回后宫休息，退朝！"

一言未了，众水族登时来了个大散场，爬的爬，游的游，横行的横行，直走的直走。

哪吒勉强忍着一肚皮气，出了水晶宫，分开水路，钻出海面，来到藏放风火轮和火尖枪的隐僻处所，正想念动咒语乘风火轮上天，忽然呵欠连连，睡意蒙眬，只想打盹。你道为何？原来哪吒是个小囝，小囝和大人不同，大人每天睡七八小时就已足够，小囝却要睡十多个小时；哪吒奔波劳碌了一天一夜，统没有一次好睡，哪能不呵欠连连地想睡觉？于是什么对龙王的义愤，什么师父的嘱咐，统统忘记得干干净净，把火尖枪在两只风火轮上一搁，头在枪杆上一枕，就呼呀呼呀地打起鼾来。

天下只有小囡睡觉最香甜，也最难弄醒，真个是雷打不动，炮轰不惊。哪吒这一觉，直睡到日上三竿，方才醒来，揉揉眼皮，坐起身子，伸了个懒腰，猛抬头看见一轮红日当空，不觉直喊起来：

"哎哟！坏了！坏了！师父叫我在南天门等候敖广到来，再结结实实地教训教训他，怎么我竟三不知地困起觉来？想从前乌龟和兔子赛跑，兔子腿快，应该先跑到，可它在半路上困觉，反让乌龟跑了先，我现在岂不也像那兔子一样，让敖广跑在我前头，先把表文上奏了玉皇老倌？万一玉皇老倌准了他的状，派天兵天将来捉拿，岂不带累我父亲？"

哪吒心急火燎，一手抓起火尖枪，两脚登上风火轮，念动咒语，冉冉上升，霎时间来到南天门外。他还是初登天界，但觉与尘世不同。只见那南天门两旁有四根大柱，柱上盘绕的是兴云布雨赤须龙；正中有两座玉桥，桥上站立的是彩羽凌空丹顶凤。

哪吒把风火轮升起丈余，举目向下观看，只见天宫各门大开，却不见敖广踪影，暗想："莫非自己来得太迟，这厮已经上表玉皇，回到水晶宫去了不成？"想着，心下暗暗焦躁，便催动风火轮，向各门巡逻查找。

刚过了聚仙门，来到宝德门下，真是冤家路窄，一眼望见敖广朝服庄严，玉佩叮当，满脸喜气洋洋地由一位黄巾力士伴送出来。只见他出了宝德门，双手抱拳，向黄巾力士一拱到地，说了声："多蒙接引，不劳远送！"那黄巾力士便回身上天去了。

你道东海龙王敖广为什么这般欢喜？原来他来到南天门，时候还早，门尚未开，等了一会儿，天色大亮，各门开放，就有黄巾力士把他引到灵霄殿外，由南极星君启奏玉皇，玉皇降旨传宣，敖广来到灵霄宝殿，山呼舞蹈已毕，双手呈上表文。玉皇览表，传旨："着龙王回归东海，朕即遣天兵天将擒拿！"敖广顿首拜谢，辞朝出来，自以为复仇有望，不由得趾高气扬，喜气洋洋。

哪吒看在眼里，气在心头，控制风火轮，缓缓下降。他身佩师父太乙真人灵符，看得见敖广，敖广却看不见他。哪吒赶到敖广背后，提起手中乾坤圈，对准敖广后背就是一下，敖广便跌了个狗吃屎。哪吒撇下风火轮，赶上去，一脚踏住了敖广的背脊。

敖广扭颈回头看时，认得是哪吒，正是积威之下，望风丧胆，见影惊心，他被哪吒打怕了，何况此刻又刚上表天庭，控告哪吒，正在做贼心虚的时候，恰巧被哪吒拿住，动弹不得，教他怎不害怕？止不住抖抖索索地道：

"哪吒小爷，饶命！饶命！"

哪吒喝道："你昨晚在水晶宫里，叫你那乌龟王八丞相作的表文在哪里？快交出来！"

敖广被哪吒说中心病，更加吓得魂飞胆落，期期艾艾地道："已……已经上……上奏玉……玉皇大……大……大帝了！"

哪吒听了，更加恼怒，扔掉火尖枪，一手撕开敖广身穿的朝服，一手扯掉他身上佩带的玉佩，抡起小拳头，偎上偎下，忽左忽右，乒乒乓乓，一气打了敖广二十来拳，又踢了十来脚，痛得敖广杀猪也似的叫喊连天。哪吒还不解恨，索性剥掉他的朝服，露出左胁下的鳞甲，连抓数把，把他的鳞甲全部扯光，真是鲜血淋漓，痛伤骨髓。敖广疼痛难忍，只喊"饶命"！

哪吒骂道："你这妖龙，小爷和你约法四章，你一句没放在心上，一心只想报仇，胆敢瞒去你吃童男童女一段罪行，蒙奏天庭！你所以在小爷面前不肯服服帖帖，无非因为自己是东海龙王，独霸一方。我如今要你变一条小小蛇儿，跟我往陈塘关去，我就饶你。你若不依，先一顿乾坤圈打死你，再抽龙筋、剥龙皮。我有师父太乙真人做主，料想打死你也无妨！"

俗话说："强中更有强中手，能人背后有能人。"东海龙王敖广也可说是强者、是能人，但他遇着比他更强更能的哪吒，就无法可施。哪吒是恶人的对头克星，敖广遇着哪吒这位对头，无法脱身，没奈何，只得把身子一缩，变作一条小青蛇儿。哪吒解下七尺混天绫，把他裹住，紧紧扎缚在胸背上，离开宝德门，冉冉下降，径往陈塘关来，顷刻便至帅府门前，按落云头。正想人不知鬼不觉地溜回后花园去，处置敖广变化的小青蛇儿，不料门前的家将一见哪吒乘风火轮下降，连忙声唤道：

"老爷刚刚回来，正在查问三公子的下落哩！"

哪吒闻言，很出意外，只得下了风火轮，把火尖枪交给家将，径上厅堂来见父亲。

李靖怎么不在野马岭操练三军，却回到自己帅府来？难道是练军辛苦，暂时回家来休息不成？非也！原来东伯侯姜文焕自取了游魂关，正想联合攻打三山关的南伯侯鄂顺，共同来取陈塘关，忽报被纣王囚禁在羑里的西伯侯姬昌长子伯邑考进贡赎罪，纣王有释放姬昌之意。天下都称颂姬昌贤明，目今贤士云集西岐，有孤竹君的二子伯夷、叔齐，有磻溪垂钓的姜子牙，眼见得殷纣将亡，周室当兴，因此停止南攻，挥兵西进，准备西伯侯一朝获释，便共同举起反殷的义旗。陈塘关的紧张形势既告消失，野马岭前哨阵地练军布防也就没有必要。李靖突然空闲下来，就径回陈塘关帅府来休息。

他这里身子刚刚坐定，就听得家将通报：

"三公子回来了！"

李靖猛然想起，自己多日来很少过问家事，不知哪吒近来做什么，便道："唤他进来。"

家将还未及转身，哪吒已直上厅堂。他见李靖眉头紧锁，闷闷不乐，连忙上前请安。

李靖问道："你近来在家干什么事？刚才往何处去？现在从哪里来？"

哪吒躬身答道："可恨敖广这厮，吃童男童女，残害人民，还敢蒙奏天庭，欺瞒玉帝。孩儿奉师父太乙真人之命，特地赶往南天门去，把他捉拿回来，罚他变作一条小蛇，给我管束一个月，挫挫他的锐气。"

李靖大喝一声："你这说谎的畜生！东海龙王敖广乃为父同辈朋友，是你伯父，你怎敢叫他服你拘管？再说，南天门乃诸神聚会的地方，岂是你能轻易去的？全是一派胡言，欺瞒父母，实属可恨可恼！"

哪吒毫无惧色，朗朗然地说道："父亲息怒。捉拿敖广这厮回府拘管，乃奉师父太乙真人之命。这厮作恶多端，万民痛恨，孩儿何来此等伯父？至于孩儿是否曾往南天门，有敖广在此可证。"

李靖恼怒道："你还要胡说！如今敖广何在？"

哪吒笑道："在这里！"

边说边解下扎缚在胸背上的七尺混天绫，望空一抖，裹在绫内敖广变化的小青蛇立刻跌落在地，一阵清风，化成人形，就只头角还是龙的本相，向李靖怒目而视。

李靖吃了一惊，忙问："兄长为何如此？"

敖广怒气冲天地把哪吒陈塘关一打、水晶宫二打、南天门三打的前后情节，原原本本地说了一遍，又把头上被打起的五个肉包子和胁下被全部扯光龙鳞的伤处指点给李靖看，然后指着李靖的鼻子骂道：

"你生这等恶子，我已上奏天庭，指日便有天兵天将来捉拿你父子上天治罪。我再约齐四海龙王共起波涛，造成特大洪水，淹没陈塘关，教你全城百姓都变成鱼鳖虾蟹，才泄我心头之恨，你等着瞧罢！"

说罢，化一阵清风，径回水晶宫去了。

李靖忍不住顿足骂哪吒道："你这孽障，到处闯祸，如今外患纷至沓来，叫我如何应付是好？只被你害煞我也！"

哪吒跪禀道："父亲且放宽心。师父说如有急难，火速前往报告，他自然承当，助我们一臂之力，所以用不着愁烦。"

李靖闻言，略觉宽慰。他辛劳已久，身体支持不住，便起身往后房休息。哪吒也从家将手里取回火尖枪，回自己房里去了。

第八回 | 石矶施威败哪吒

　　李靖回帅府后，终日里逍遥享福，很有些悠然自得，但也颇觉无聊，因此常常和殷夫人坐在一起闲谈。谈来谈去，自然而然地把话题集中到哪吒身上。一提到哪吒，李靖就问夫人道：

　　"哪吒到哪里去了？"

　　殷夫人摇摇头说："谁知道！大概又出外去玩了！"

　　李靖皱眉道："怎么每天都在外面玩，三日两头不见他的面！夫人，不是我说一句，这孩子是个惹事的魔王，闯祸的妖精！夫人，你一定要对他严加管束才好，如果纵容他，随他在外面玩，三不知的他又会闯下大祸来，害得你我老夫妻吃不了兜着走哩！"

　　殷夫人不以为然地道："自家孩子，怎么骂他妖精？小囡脾气，总是喜欢玩的，怎么管束得住？你说随他在外面玩一定又会闯祸，我看也不见得，自从上次老龙王把他抓去后，害得我提心吊胆，不料他居然会卡龙王脖子，脱身回来；现在又好两个月过去了，并没有人上门啰唣。可见他在外面还是安分守己，玩得规规矩矩的。"

　　李靖冷笑道："我的好奶奶！你每天在家里管理家务，哪里知道外面的情节，这孩子本领通天，他闯的祸才有天来大哩！你知道他上哪儿去了，原来他竟上天庭去抓老龙王了，你相信不相信？"

　　殷夫人双手掩耳地道："相公，你别吓我了！这孩子就算有本事，可毕竟是个小囡，怎么会上天？再说，龙王住在海底水晶宫里，要抓他也要到海底去抓，从来说'上山擒虎豹，下海捉蛟龙'，天上岂是抓龙王的地方？我不相信！"

李靖道："奶奶，你别性急，听我慢慢告诉你。"便把事情经过详细说了一遍。

殷夫人吓得变貌变色地道："谁想得到他小小年纪，会闯这么大的祸！要是真像敖广所说，四海龙王一齐来，水淹陈塘关，满城百姓都变作鱼鳖虾蟹，那还了得！枉教我三年六个月怀了他一场！"

当下一迭连声地喊着丫鬟养娘道："哪吒在哪儿？快把哪吒找来！"

李靖连忙止住她道："夫人休慌，我想那哪吒孩儿一定有些来历。不然，太乙真人怎会一见他的面就和他非常投缘，自愿收他做门徒？据他自己说，他到南天门去抓龙王，是奉他师父之命，还说如有急难，只要去报告他师父太乙真人，自会前来搭救，所以夫人且放宽心！我也是肉眼凡胎，一向对他没有认识，只把他当作普通孩子看待，到今天才有点明白过来。真是：雪隐鹭鸶飞始见，柳藏鹦鹉语方知。"

殷夫人转愁为喜，忍不住笑逐颜开地道："老爷是员武将，倒惯会文绉绉地掉书袋！什么叫'雪隐鹭鸶飞始见，柳藏鹦鹉语方知'，我一懂也不懂！"

李靖笑道："夫人也曾读书识字，岂不知鹭鸶浑身生着白色的羽毛，雪也是白的，鹭鸶隐伏在雪里，一片白色，谁能分辨得出哪是鹭鸶哪是雪，直要到鹭鸶飞了起来，才能看清那飞动的是鹭鸶，那不动的是雪，所以说'雪隐鹭鸶飞始见'。又如那杨柳是绿色的，鹦鹉也是绿色的，人称绿鹦哥，鹦鹉藏在柳荫里，一片绿色，谁能分辨得出哪是鹦鹉哪是杨柳，不过鹦鹉会学人讲话，它在柳荫里发出语声来，人们才知道会讲话的是鹦鹉，那不声不响的是杨柳，所以说'柳藏鹦鹉语方知'。我们那哪吒孩儿也就像那鹭鸶和鹦鹉一样，当他隐藏在雪和柳荫里的时候，大家都只把他当作普通小囡看待，直要到鹭鸶飞起身来，鹦鹉讲起话来，才认识他是个大有来历、不同寻常的孩子。夫人，我用这两句诗来比喻我们的哪吒孩儿，比喻得贴切不贴切？"

殷夫人眉花眼笑，正要开言，忽然守门官进来通报：

"有石矶娘娘来访！"

李靖吃了一惊，忙对殷夫人道："这石矶娘娘乃骷髅山白骨洞主，是我师父西昆仑度厄真人的朋友，她在洞中修道，我在尘世为官，彼此风马牛不相及，不知她忽然来找我何事？"

当下嘱咐守门官出外传话："说我马上出来迎接！"一面整一整袍服，大步流星地走出帅府正厅。只见石矶娘娘身跨青鸾，高踞在半天云里，头戴鱼尾紫金冠，身穿大红八卦衣，自顶至足披一袭肉色透明的薄纱帔。正是：天生顽石通灵性，日月精华成此身。

你道石矶娘娘为什么到这时才来？原来她因为铁扇公主罗刹女和牛魔王结婚，离开骷髅山白骨洞，前往火焰山贺喜，一连喝了三天三夜酒。除了整天开怀畅饮外，还玩着闹新房的把戏，和一批来贺喜的妖精捉弄罗刹女和牛魔王，最后竟然扶着罗刹女骑在牛魔王背上。石矶娘娘倡议每个妖精敬骑在牛背上的罗刹女三杯酒，众妖精同声赞成，喝得罗刹女醉了，几乎在牛背上坐不牢身子。

正在大家欢笑取乐的当儿，忽然闯进来骷髅山白骨洞的紫云童子，气急败坏地向石矶娘娘报告：

"师父，大事不妙！大师兄碧云童子应东海龙王敖广的邀请，到水晶宫去赴宴，被陈塘关总兵李靖的三儿子哪吒一拳打死。二师兄彩云童子接到龙王的通报，正在洞门前练武，不知从何处劈空飞来一箭，正中咽喉，顷刻身死。现在满洞人心惶惶，唯恐大祸临头，各思逃命。务望师父赶快回去收拾。"

石矶娘娘听了，止不住大吃一惊，心慌意乱，也来不及向罗刹女和牛魔王告辞，带了紫云童子，跨上青鸾，径回骷髅山白骨洞来。到了洞前，只见众小妖围绕着彩云童子的尸体，乱作一团。石矶娘娘下了青鸾，分开众小妖，从彩云童子的咽喉下拔出箭来看时，只见箭翎下刻着"震天箭"三个大字，下面另写着一行小字是"镇陈塘关总兵李靖"。

石矶娘娘怒火中烧，咬牙切齿地道："好李靖！你胆敢纵子行凶，连杀我两个徒弟，我与你此仇不共戴天！"

随即吩咐紫云童子："你好生看守洞府和你二师兄尸体，不要变动现场模样。我去找李靖算账，把他摄到这里来，让他亲眼瞧瞧我洞门前的光景，看他有何话说！"

于是仍把震天箭插在彩云童子咽喉，跨上青鸾，向南径奔陈塘关来。到得帅府，也不下降，只在半空中大叫：

"兀那看门的，我乃骷髅山白骨洞石矶娘娘是也！快叫李靖出来见我！"

守门官记不清这许多话，只报告："有石矶娘娘来访。"李靖飞步出来迎接。石矶娘娘把手中拂尘向李靖一指，怒骂道："好李靖，你修仙学道不成，我在你师父度厄真人前说情，着你下山。如今你位至公侯，不思报德，反纵容孽子哪吒行凶，杀死我两个徒弟，是何道理？"

李靖听了，茫然不解。原来哪吒和敖广都没有把在水晶宫打死碧云童子的事告诉李靖；至于哪吒在陈塘关城楼上私放震天箭的事，哪吒自己既没有说，金焕更连瞒还来不及，哪里敢来报告？因此李靖对于石矶娘娘登门问罪，很出意外，不过在事情还未调查清楚以前，他也不肯轻易认罪，当下据理直言道：

"娘娘，弟子因连日在野马岭操练三军，很少回家，所以对家中事情不大了解。小儿哪吒年幼无知，可能有些越轨的行动，但打死娘娘贵徒的事却从未听他说起过，希望娘娘不要轻信风言风语的传闻，容弟子调查清楚，若果是孽子所为，自当绑送尊前，听凭娘娘处置！"

石矶娘娘大怒道："李靖，你竟敢在此巧语花言，推赖不认，反说我是听信风言风语，现放着你陈塘关城楼上的震天箭在我彩云童子咽喉，难道是我赖你不成？不把真凭实据给你看，谅你也不肯心服。黄巾力士何在？"

一面说，一面把一块上面画有八卦之宝、包罗万象之珍的云光帕望空中一抛，只见一道红光起处，半空中现出一个金盔金甲的黄巾力士，走到石矶娘娘面前，躬身施礼，问道：

"奉尊师法旨，未知哪方调遣？"

石矶娘娘喝道："把李靖拿到我洞府来。"

黄巾力士说了声"遵法旨"，立刻伸出拿云手，把李靖从平地摄入空中。

殷夫人和丫鬟养娘们正都在屏后观望，忽见李靖凭空被摄去，个个吓得魂不附体，一窝蜂地跑到院子里，望着空中礼拜，呼天抢地地号哭哀求饶恕李靖。石矶娘娘哪里理睬，把手里的拂尘在青鸾顶上一拂，那青鸾好像通灵性似的，拨转身子，便由南向北冉冉飞向骷髅山白骨洞去；身旁紧随着黄巾力士，把李靖牢牢拿住，驾一朵云头向北飞翔。起初，云端里的人影还有车轮般大，渐远渐小，终于完全消失了踪影。

殷夫人眼睁睁地看着丈夫被石矶娘娘拿去，寻思无计，忽然想起李靖刚才还和她谈起哪吒，说是到今天才明白他的本领大得非凡，看来要救李靖还是非得哪吒不可。于是连忙吩咐丫鬟养娘：

"赶快去把哪吒小少爷找来！"

哪吒到哪里去了？李靖被石矶娘娘指挥黄巾力士摄去，帅府里闹得沸反盈天，哪吒难道不知不闻不成？是的，他确实不知不闻，如果知道了、闻见了，依着他平时的性格，连陌不相识的人遭了横祸他都要去帮一把，岂有自己父亲被人拿去，反而置之不顾的道理？

那么，哪吒在干什么？说起来倒也好笑，原来他在后花园滴翠轩里，拿着个小线球在地上滚来滚去地逗猫咪玩哩！你们也许要说：岂有此理！哪吒是何等顶天立地的英雄好汉，你倒说他跟猫咪玩，岂不贬低了他的英雄形象？不！要知道自古英雄豪杰，他的日常生活，也和平常人一样，他一样要吃饭睡觉。哪吒也是如此，他既是英雄，又是小囡，是小囡就喜欢玩玩逗猫咪这类游戏，这是很自然的事，有什么值得大惊小怪的？

闲话休提，且说丫鬟养娘们一片声地喊着："哪吒小少爷，你在哪里？快出来，大事不好了！"一直找到后花园滴翠轩前来。

哪吒听得喊声，不再逗猫咪玩，却要逗丫鬟养娘们玩了。他藏在桌子底下，身子贴伏在地上，不声不响。直到她们找进滴翠轩来，诧异地喊着："奇了！这里也没有，他到底到哪里去了？"这才从桌底下钻出来，打算吓她们一跳，猛然喝了一声："呔！"

丫鬟养娘们果真被他吓了一跳，大家用手拍着心口，同声埋怨道："小少爷，你还有心思跟我们闹玩！可知道老爷给石矶娘娘派黄巾力士抓去了，还不快去救援！"

哪吒喊了声"哎哟"！忙问丫鬟养娘们道："真的吗？"

"谁骗你，不信你到后房去看，奶奶正哭得死去活来哩！"

哪吒听了，二话没说，风急火燎地跑回自己房里，从门角落里取过火尖枪，在床上抓起乾坤圈，登上风火轮，也不向母亲说一声，便念动咒语，冉冉上升，向北径奔骷髅山白骨洞来搭救父亲。

且说李靖被黄巾力士摄到白骨洞前，石矶娘娘同时乘青鸾下降，坐在蒲团上，力士把李靖拿到面前跪下。石矶娘娘道：

"紫云童子何在？"

"有，在这里！"紫云童子应声站出来说，"师父有何差遣？"

石矶娘娘道："你把李靖带到你二师兄彩云童子的尸身前去，拔出咽喉中的震天箭来给他看，看他在真凭实据面前，还能赖到哪里去？"

紫云童子奉命，径引李靖到彩云童子尸旁，拔出咽喉里的箭来给他看。李靖认得正是震天箭，箭杆上还写着他自己的名字，不禁惊得面如土色，慌忙回身走到石矶娘娘蒲团前跪下道：

"启禀娘娘，这乾坤弓、震天箭，乃轩辕黄帝以来镇陈塘关之宝，谁都拿不动。不知何人不但拿起弓，而且射出箭，真是异事非常！这也是弟子时乖运蹇，才会遭此横祸！望娘娘高抬贵手，放弟子回关，查明射箭的人，待弟子拿来，听凭娘娘发落，以明弟子无辜被枉。"

石矶娘娘冷笑道："李靖，你何必假惺惺作态，事情已经明摆着，这乾坤弓、震天箭，除了你的孽子哪吒，无人能够拿得动，还要调查什么？"

李靖道："若说犬子哪吒，虽然有几分蛮力，毕竟还是个小孩，这乾坤弓、震天箭乃轩辕黄帝破蚩尤以后传留下来的宝物，从来无人拿得起，更不用说开弓放箭，所以弟子心下疑惑，要乞娘娘开恩，放弟子回去调查。"

石矶娘娘道："既如此，暂且放你回去，如果查明确实是你孽子哪吒干的坏事，你怎么办？"

李靖道："那我一定把他拿来，听凭娘娘治罪。这是李靖教子不严，怨不得谁！"

话犹未了，只听得半空中一声哈哈大笑道：

"用不着去拿，我哪吒自己送上门来了！也用不着调查，陈塘关城楼上的乾坤弓是我开的，震天箭是我射的，轩辕黄帝传留之宝，别人拿不动，到了我哪吒手里，就像灯草一样，何足道哉！"

随着这一片朗朗然的笑语，哪吒已按落云头，下降在白骨洞前，雄赳赳气昂昂，仿佛一尊天神似的，吓得众小妖东躲西藏，紫云童子悚然生畏。

哪吒降落在地，首先埋怨李靖道：

"爹，你好没人味！你也是堂堂一员将官，怎么在这老妖婆面前矮了三截？没口子娘娘长，娘娘短，左一个拿来治罪，右一个听凭发落，真是长他人志气，灭自己威风！她石矶老妖婆算什么东西？我哪吒在这里，谁敢来拿我？你快回陈塘关去罢，不要再在这里丢人了！妈在家正不放心你哩！"

李靖满面羞惭地自回陈塘关去了。哪吒这才转过身来，把手里的火尖枪指着石矶娘娘道：

"咄！石矶老妖婆听着：大丈夫一身做事一身当，打死你徒弟碧云童子的是我哪吒，射死你徒弟彩云童子的也是我哪吒。你吃人如麻，把骷髅堆成山，白骨筑成洞，作恶多端，造孽不浅！我哪吒为民除害，打死你那想吃童男童女的徒弟，是他罪有应得。我在陈塘关城楼上放出一支震天箭，原没打算射谁，偏偏射中你徒弟彩云童子咽喉，这也是他平时多行不义，共同吃人，应受此报。小爷除恶务尽，今天特来诛灭你这老妖婆，你还敢擅作威福，勒逼我父亲！你小爷在这里，你想拿谁？你来拿拿看！"

石矶娘娘大怒，跳下蒲团，甩去肉色薄纱帔，解掉大红八卦衣，把手里的拂尘交给徒弟紫云童子，亮出双股宝剑，就来斗哪吒。两下枪来剑去，剑来枪迎，斗了五十回合，不分胜负。哪吒毕竟是小囡脾气，缺少耐心，打得久了，心下焦躁，便祭起乾坤圈，向石矶娘娘当头打来。

石矶娘娘抬头一看，认得是太乙真人的乾坤圈，不禁银牙微露，笑了一声道："原来是这家伙！"把手中宝剑向圈里一挑，那乾坤圈便顺着剑端直落到石矶娘娘臂上。

哪吒大惊，忙解下胸背上扎缚着的七尺混天绫，来裹石矶娘娘。石矶娘娘毫不在意，一声狂笑，把双股剑并在一起，五指轻舒，顷刻间就轻轻巧巧地把混天绫抓在手里，随手卷作一团，就像捏着棉絮似的往腰间一塞。正是：从空伸出拿云手，取宝浑如拾芥轻。

石矶娘娘大叫："哪吒，你师父还给你什么宝贝，尽管送来，让我一总发个利市，看我道术如何！"

哪吒手里只有一支火尖枪，无法抵挡，只好转身就跑。石矶娘娘不舍，紧紧追赶，宛似飞云掣电，雨驰风骤，幸亏哪吒脚下风火轮快，没被追上。哪吒无法，只得由北转弯向西，直奔乾元山金光洞来，求师父太乙真人搭救。

第九回 ｜ 太乙真人收石矶

太乙真人正在金光洞里碧游床上打坐，忽见哪吒脚踏风火轮，手执火尖枪，气急败坏地闯进洞来，不觉吃了一惊，忙问：

"徒儿，为什么这样慌张？"

哪吒跳下风火轮，冲着碧游床双膝落地，向太乙真人叩拜道：

"师父，救命！可恨石矶老妖婆伤天害理，吃人如麻，并纵容她徒弟碧云童子去参加敖广吃童男童女的人肉筵席。弟子路见不平，假扮童男，打死碧云童子。石矶老妖婆不知自省，反而登门寻衅，把我父亲摄往她洞府。弟子赶往救援，一言不合，两下战斗，弟子祭起师父赐我的法宝乾坤圈和混天绫，不料都被她收去。她还紧紧追杀不舍，弟子没奈何，只好来求师父搭救。"

话犹未了，石矶娘娘早已手执宝剑，凶神恶煞似的杀进洞来，把剑尖直指着哪吒，喝道：

"哪吒，我看你逃往哪里去？你仗着有师父做靠山，我难道就怕你不成？从来说'杀人偿命，欠债还钱'，你连杀我两个徒弟，我岂肯和你善罢甘休，趁早到你娘娘剑下来纳命。任你逃上天去，我也要追你到三十三天；饶你钻进地去，我也要赶你到十八重黄泉！"

说着，恶狠狠地一剑向哪吒当头砍来。哪吒正跪在碧游床前，来不及举火尖枪抵挡，眼见得手起剑落，头颅顷刻间便要砍成两半。说时迟，那时快，太乙真人在碧游床上把手一伸，手中的拂尘如箭也似的飞出，绕住石矶娘娘的宝剑只一绞，仿佛有千钧之力似的，只听得"呛啷"一声，宝剑落地，连石矶娘娘的身子都被拖出数步，几乎跌倒在哪吒身上。

石矶娘娘恼羞成怒，仗着手中持的是双股宝剑，一剑落地，还有一剑，便把剩下的一剑由左手交到右手，又复恶狠狠地向哪吒砍来。谁知那拂尘好像通灵似的，不等剑向下落，又飞过来一绞，这一次不是把宝剑绞落在地，而是接连绕了几绕，紧紧缠住剑身，直送到太乙真人手中。

石矶娘娘手无寸铁，要想祭起刚从哪吒手里收来的乾坤圈、混天绫，又恐它们原是金光洞镇洞之宝，物归原主，反为不美，只好呆站着发怔。

太乙真人下了碧游床，拾起地上的宝剑，又把手里被拂尘裹住的另一柄宝剑一并交还给石矶娘娘，微笑道：

"善哉！善哉！出家人与世无争，戒的是贪嗔痴爱。道友修炼有年，难道不知此理，何得轻开嗔戒，妄动无明？似这等怎能修成正果？再说，大不和小斗，哪吒纵使不法，毕竟还是个小孩童；道友已有数千年道行，奈何见识反出于小孩之下？你今天就是胜了哪吒，也是胜之不武，徒然惹人笑话！"

石矶娘娘被太乙真人数说得哑口无言，满面羞惭，只好收起双股宝剑，勉强向太乙真人打了个稽首道："如此说来，倒是贫道的不是了。但是，你也知道偏袒你的徒弟，难道我的徒弟就活该送命，白白给哪吒打死不成？"

太乙真人道："贫道决不偏袒自己的徒弟。这事情的是非曲直，要分剖却也不难，只要叫过哪吒来问就是了。"

于是便问哪吒道："你为什么打死石矶娘娘的徒弟碧云童子？"

哪吒俯伏在地，向太乙真人磕了个头道："师父在上，容弟子细禀：那碧云童子应龙王的邀请，去水晶宫参加吃童男童女的人肉筵席。弟子一来恨他应邀前来吃人，也不是个好东西，二来恨他帮凶助恶，就和他格斗起来，用混天绫裹住他，一拳把他打死。请师父明断，到底谁是谁非。"

太乙真人仔细听完了哪吒的诉说，眼望着石矶娘娘，微微冷笑道："善哉！善哉！据哪吒所说看来，他所作所为，乃是为了搭救善良百姓，代表着正义的一面。我们判断善恶、是非、曲直，以救民还是害民为标准。龙王要吃童男童女，残害人民，所行不义，理应痛打；你徒弟碧云童子竟应他邀请，去参加吃人肉的筵席，想分享一杯羹，先已犯罪，又复帮凶助恶，阻止殴打恶人，更是罪上加罪。他被打死，正是罪有应得，死不足惜。道友，你试把这桩公案去遍问十方三界，洞主真仙，看谁会说哪吒做得不对，你徒弟不是死得活该。须不是贫道偏袒徒弟，回护哪吒。"

从来理直气壮，理屈气短，石矶娘娘无话可为死徒弟碧云童子辩护，只好强颜说道：

"这也罢了！但是我徒弟彩云童子好端端地在洞门前练武，既没有应邀赴宴，又没有惹他哪吒，却也无缘无故地被他用陈塘关镇关之宝震天箭一箭射死，这可怎么说？"

哪吒辩道："弟子放震天箭，原无一定目标。事先也曾打听过，东、南、西三方都无可射，只有这北方骷髅山白骨洞，名称就很邪气，显然吃人如麻，才会把骷髅堆成山，白骨筑成洞；何况这洞后面正是去殷纣都城朝歌的通路，无形中做了纣王的屏障，助纣为虐。所以弟子试放了一箭，也没有查考箭的下落，并非故意要射死她徒弟。"

石矶娘娘恨道："好一个俐齿伶牙的哪吒！我问你，你为什么放着东、南、西三方不射，独独射我北方骷髅山白骨洞？我的洞府碍着你什么事，要劳你放箭？要不因你这一箭，我徒弟彩云童子怎会无端身死？我的洞虽当着去朝歌的通路，但我和殷纣王水米无交，非亲非故，他坐他的天下，我修我的正果，河水不犯井水。我石矶也不是吹喇叭、抬轿子，端纣王屁股，拍纣王马屁，替他想歪点子、出馊主意的人，你说我助纣为虐，有什么根据？"

太乙真人劝道："道友且慢动怒。树不因风，不会自动，苍蝇不钻没缝的蛋。你的骷髅山白骨洞，早有名声在外。我且问你，你为何山称骷髅，洞名白骨？究竟是何原因？是不是你师徒吃人如麻，因此旁人给你的山和洞题这样的名称？"

这一番话说中了石矶娘娘的心病，气得她面红耳赤地怒吼道："我师徒吃人不吃人，与你何干？要你多管闲事！你只叫哪吒还我徒弟的命来就是。"

太乙真人正色道："道友言之差矣！你我虽然并非同属一教，但是岂有吃人的人，害民的贼，能修成大罗金仙的道理？你两个徒弟所以先后死亡，正所谓'善有善报，恶有恶报；不是不报，时候未到；时候一到，一定要报'。你全不想想你那两个徒弟就是你的眼前榜样，你如不思悔悟，改行向善，一定免不了落得个同样的下场。可笑你还敢在我面前耀武扬威，向我索讨哪吒，代你徒弟偿命，殊不知自己也已死到临头。你可知道哪吒是什么来历？哪吒乃南方天竺国毗沙门天王第三太子，托生在陈塘关总兵托塔天王李靖家中。目今殷纣合灭，周室当兴，哪吒帮助姜子牙灭纣兴周，就算伤了你的徒弟，也是因为你师徒平素作恶多端，吃人如麻！你怎敢闯进我洞府，指名索讨，欺吾太甚，情实难容！你如知情识趣，趁早回去！"

石矶娘娘忍不住心头火起，"呛"的一声，重又拔出双股宝剑，指着太乙真人喝道：

"你纵容自己的徒弟行凶，连杀我两个徒弟，还敢搬出大道理来压我。难道我不如你，我合该对你退让，就此罢了不成？"

太乙真人冷笑道："石矶，你好不知进退。你算什么东西？你不过是一块顽石成精，采天地灵气，受日月精华，修成这躯体而已！你虽得道数千年，但至今尚未成正果。现今另有一只石猴出世，正在东胜神洲傲来国花果山水帘洞做美猴王，名叫孙悟空，他的成就比你超过千百倍，一千年后将大显神通，打倒世上一切妖魔鬼怪，三千年后将天下驰名，没有一个国度里的人不喜爱他。像他这样，才可以说是修成正果。你如果怙恶不悛，不肯痛改前非，仍想荼毒生灵，我教你顷刻现出你的原形，仍旧化为一块顽石！"

石矶娘娘大怒，手执宝剑恶狠狠地望太乙真人砍来。太乙真人侧身让过，抽身进入后洞，取剑在手，暗把九龙神火罩放在袋里，出洞指着石矶娘娘道："你根基浅薄，道行未坚，怎敢在我面前妄肆凶暴？"

石矶娘娘哪里听他，又是一剑砍来。太乙真人举剑架住，两下往来冲突，翻腾旋转，满空中白光交织，战够数十回合，未分胜负。石矶娘娘心下焦躁，把八卦云光帕向空中一抛，那帕向太乙真人直飞过来。太乙真人笑道："任你使尽万种妖邪，岂能侵吾浩然正气。"口中念念有词，把剑向空中一挥，喝声："此物不落，更待何时？"果然邪不胜正，八卦云光帕"霍"的一声落将下来，坠在尘埃，变成一片巴掌大的枯叶。

石矶娘娘大怒，双股剑疾风骤雨般直取太乙真人。

太乙真人道："事到其间，贫道不得不开杀戒了，这是你自取灭亡，怨不得我。"

说着，纵身一跃，跳出交战圈外，把九龙神火罩抛向空中，只见赤焰腾空，烈火烧天，那九龙神火罩径向石矶娘娘头顶罩将下来。石矶娘娘吓得魂飞天外，魄散九霄，想要奔避，已来不及，被紧紧罩在里面。

且说太乙真人用九龙神火罩罩住石矶，石矶在罩内只觉一团漆黑，不辨东西南北。太乙真人把两手一拍，那罩内腾腾光起，烈烈焰生，九条火龙盘绕，这就叫三昧真火炼石矶。只听得一声雷响，把石矶真形炼出，依旧是一块顽石。

太乙真人收回了混天绫和乾坤圈，仍旧交给哪吒。哪吒在一旁看师父与石矶交战，不觉眼花缭乱，心想："师父要是早把这宝物传给我，岂不少费了我许多力气，也不致败在石矶这老妖婆手里。"

太乙真人见他目注九龙神火罩，显出欲得之色，不觉笑道：

"呀！你这顽皮的小家伙，好不淘气！看见此宝，又想要了。可是现在你还用不着，要等姜子牙拜将登坛，兴周灭纣，你去辅佐他的时候，才能传给你。现在你快回去，那敖广蒙奏天庭，玉帝信了他一面之词，恐怕就要派天兵天将来捉拿你们父子了。"

第十回 | 哪吒打跑四大金刚

　　哪吒年纪虽小，却很会放刁，见师父不肯把九龙神火罩传给他，情知求也无用，便借太乙真人说玉帝快要差天兵天将来捉拿他父子之机，假意愁眉苦脸，哭哭啼啼地说：

　　"师父，弟子年纪幼小，从未经过大敌，不知天兵天将是啥样子，估计本领一定比石矶老妖婆高强。弟子虽蒙师父赐了几件法宝，可是连一个石矶都斗不过，没奈何只好逃进洞来求师父搭救。要是遇着比石矶本领还大的天兵天将，弟子这小小的两件法宝岂在他们眼里，就像石矶那样来一个照单全收，到那时弟子手无寸铁，路远迢迢，又不能赶到洞府来请师父搭救，只有死路一条。师父难道忍心眼睁睁地看着弟子把小命断送，不加援手吗？啊啊……呜呜！"

　　说着，假意揉眼抹泪，其实一滴眼泪也没有，只把眼皮揉得通红。太乙真人毕竟心地正直，忠厚老实，看着哪吒那哭哭啼啼的模样，不禁恻然动怜，连忙安慰他道：

　　"徒儿，不要悲伤。你将来要帮助姜子牙兴周灭纣，本该传你道法，使你能够对付一切邪门歪道中助纣为虐的家伙，只因时候未到，所以暂且有待。现在既然玉帝听信谎奏，要派天兵天将捉拿你父子，事到临头，罢！罢！迟传授不如早传授，我现在就传授你三头六臂、七十二变化的方法，你且附耳过来！"

哪吒听了，满心欢喜，从来说破涕为笑，他却本来无涕，用不着破，只是眉开眼笑，心里暗道："师父中我计也！"你看他好不顽皮，一个豁虎跳，跳上太乙真人的后背，双手吊住太乙真人的脖颈，还恐听不真切，又纵身一跃，跳上太乙真人的肩头，就坐在师父肩上，低下头来，把个小耳朵凑近太乙真人长满了胡须的嘴，细听他讲。

当下太乙真人先传授了哪吒变化三头六臂的咒语，再传授哪吒七十二变化的口诀，哪吒一一记在心上。因为心里高兴，止不住又淘起气来，太乙真人原本是三绺长须，哪吒听他传授咒语口诀时，和他耳鬓厮磨，觉得怪痒的，便伸手把他耳边的长须拔下一根来。

太乙真人觉得耳边一痛，回头看见哪吒正笑嘻嘻地拈须在手，忍不住又好气又好笑，连忙一个巴掌把他打落肩头，骂道：

"小顽皮，又淘气了！还不快回家去！"

哪吒嬉皮笑脸地仰头把手里那根长须向空中一吹，然后磕头拜别了师父，脚踏风火轮，手执火尖枪，出了金光洞，径奔陈塘关来。

从金光洞到陈塘关，这一段路上非常冷静，很少行人往来。哪吒忽发奇想，暗道："虽蒙师父传授我三头六臂和七十二变化的咒语口诀，但我还没有试过，趁此无人，何不试一下？一来免得遗忘，二来试试是否真能变化自如，多少是好。"

好哪吒，想到哪里，做到哪里，先念动太乙真人传授的变化三头六臂的咒语，果然奇妙非常。哪吒只觉得头颈和胁下的骨头格格作响，霎时间颈脖左右两旁各长出一个头，肩上生出手臂两只，胁下平添胳膊一双，只喜得哪吒横跳八尺，竖跳一丈。

可是在喜欢过后，却又感觉到有些美中不足。是什么不足呢？

原来三只头虽然可以眼观三路，耳听六方，六条臂却苦无那么多东西可拿。哪吒勉强在一只手里塞了乾坤圈，一只手里塞了混天绫，一只手里塞进了火尖枪，可还有三只手空着，没有东西可拿。

哪吒不由得叹道："三只手啊三只手，我这三只手实在毫无办法，伤透脑筋！"

哪吒叹了一会儿，又自己譬解道："我何必担心，早晚师父总要传授我法宝，把我六只手里填得满满的，没有一只空闲；回家后暂且拿一些普通刀剑凑数，也不见得会误事。我且先把这多出来的头和臂收起来，试试七十二变化的效果如何。"

于是念动收法咒语，果然立刻见效，三头缩进了两头，六臂隐藏了四臂，仍旧恢复了原来的孩童模样。

哪吒心里暗喜法术有灵，可是七十二变化到底变些什么，却使他很伤脑筋。他心里忽然想到家里那个常常和他斗嘴的利嘴丫鬟，便道："我就变个丫鬟罢。"于是念动口诀，果然立刻就变成了家里的丫鬟。

哪吒心里暗暗惊讶："原来这七十二变化的方法是心里想到什么就变什么，这倒非常方便。"他又将所有变化法术一一试过，十分灵验，心里非常高兴，他想，还是早些恢复原形回家罢。想着，便念动收法口诀，回复了自己的小孩本相，依旧脚踏风火轮，手执火尖枪，雄赳赳地回陈塘关来。

这时李靖已回到了家里，殷夫人看见丈夫平安回来，心里虽然欢喜，但听李靖说哪吒还留在骷髅山白骨洞，和石矶娘娘交锋，却又不免有些担心，唯恐哪吒不是石矶娘娘的对手，临阵有什么失闪。正是一则以喜，一则以忧。李靖的态度恰好和她相反，他深知哪吒本领高强，而且有师父太乙真人相助，石矶娘娘未必能讨得便宜，所以一点都不担忧，看见殷夫人着急，反而劝慰她道：

"夫人不必担心，哪吒非寻常人可比，一定能战胜石矶，平安无事地回来。"

果真话到人到，哪吒已脚踏风火轮，按住云头，降落在地，上前参拜父母。殷夫人好像重新获得珍宝似的，李靖毕竟有涵养，只淡淡地说：

"你回来了。和石矶交锋，胜负如何？最后的结果怎样？"

哪吒把前后情节详细向父母说了一遍，听得殷夫人不住摇头吐舌，不相信是真话。李靖相信哪吒所说非假，但他却告诫哪吒说：

"你这样到处闯祸，总不是久长之计。现在天下多事，邪正不一，手段高强的能人很多，这次如果不是你师父太乙真人搭救，你的小命一定难保。以后切记少要出外惹事，在家读书练武，养成文武全才，将来好做一番事业。"

哪吒深知父亲胆小怕事，他刚从师父那里学会了三头六臂和七十二变化的咒语口诀，正好比老虎添了翅膀一样，哪里把李靖的话放在心上。换了别个孩子，学会了这种通天本领，唯恐人家不知道，少不得要到处向人夸耀，可哪吒不是这种人，他靠的是能耐而不是嘴巴，所以他在李靖面前毫不声张，就像没事人一样。

转眼秋去冬来，哪吒在这几个月里，倒也收起了心，只是在家练武，并不出外玩耍。一来因为天气冷了，外面无甚可玩，二来也因师父曾说过，玉皇大帝要派天兵天将来捉拿他父子，唯恐自己不在家中，父亲无法对付，又闹出上次被石矶娘娘摄去的同样事情。

十月里，秋高气爽，晴朗的日子多，阴雨的日子少；即使有风雨，也是微风细雨，不像夏天那样有狂风暴雨，闪电惊雷。可是有一天，天空中忽然出现了奇异的景象，先是乌云翻滚，接着便电光闪闪，雷声隆隆。云端里隐隐约约地现出无数天兵天将。李靖猛记起哪吒从前曾说东海龙王敖广蒙奏天庭，玉帝偏听一面之词，指日要派天兵天将来捉拿的话，现在看这光景，非常相似，莫非就是那话儿不成？想到这里，不禁毛骨悚然，忙喊：

"哪吒，你快来看看，是不是玉皇大帝派天兵天将来捉拿我们了？"

哪吒并没有来。你道他在做什么？原来他学会了变三头六臂，却有三只手空着，没有东西拿，很伤脑筋，回来不久，就叫家将去陈塘关内刀剑铺打造了一刀一剑一锤，这时正在自己房里关紧房门，演习变化三头六臂的法术。他把刀定名为"青龙刀"，剑定名为"映泉剑"，锤定名为"定风锤"，分别交在空着的三只手里，并教那三只手使用武器的方法、战斗的技巧。正忙得不亦乐乎，哪里听得见李靖的呼唤。

这壁厢李靖喊叫哪吒不见到来，那壁厢天兵天将却逐渐向陈塘关逼近。但见空中电光霍霍，猛可里"轰隆隆"一个焦雷，震得山摇地动，云端里开始现出五尊天神，当先一个中军官模样的天神，手执一封玉册，其余四个都是武将打扮，顶盔贯甲，手执各种不同武器，每人率领一队天兵，个个弓上弦，刀出鞘，好不威武。这一队天兵天将来到陈塘关帅府天空，并不下降，站在半天云里。霎时间，天空中由电闪雷鸣变成了云开日霁，当先的那尊中军官模样的天神打开玉册，高声喝道：

"吾乃玉皇大帝灵霄宝殿香案吏王灵官是也。今奉玉帝旨意前来陈塘关，李靖，还不快摆香案，跪接玉旨，更待何时？"

李靖不敢怠慢，慌忙吩咐左右速摆香案，一面倒身下拜，俯伏在地；心头小鹿乱撞，知道此番祸事不小，忍不住暗恨哪吒，又不知他往哪儿去了，任凭喊破喉咙，也不见他到来。

王灵官手捧玉册，朗声宣读玉帝旨意道：

高天上圣大慈仁者玉皇大天尊玄穹上帝诏曰：今据东海龙王敖广上奏天庭，有陈塘关总兵李靖，教导无方，纵容孽子哪吒行凶作恶，打死巡海夜叉李艮及其三子敖丙，将敖丙龙筋抽去，制成束甲筋绦；复将其本人头上打出疙瘩，胁下揭去龙鳞，既深丧明[1]之悲，复感切肤之痛，恳乞派遣天兵天将捉拿哪吒上天治罪，李靖教子不严，律应同坐等情前来。准此，查敖广乃兴云布雨、泽润东海一方之正神，李艮乃朕灵霄宝殿御笔点差，哪吒何人，胆敢横行，目无法纪，连丧两命，痛殴正神，情殊可恨，若不捉拿治罪，何以整饬纪纲？李靖纵子行凶，理应连坐。今着御前香案吏赍旨，率同邓、王、张、晁四元帅带领天兵前来，拘捕李靖父子上天治罪。若能束手归降，尚可从轻发落；倘敢拒捕顽抗，着即格杀勿论！须至旨意者。钦此钦遵！

　　李靖山呼"万岁"，谢恩已毕，站起身来，恭恭敬敬地把玉旨供奉在香案之上，随即传令内外人等，赶快寻找哪吒。

　　哪吒正关着房门，在练刀、剑、锤三种武器，猛听得一片声喧地在寻找呼唤自己，知道事情不妙，连忙念动收法咒语，仍旧恢复自己的孩子本相，脚踏风火轮，手执火尖枪，混天绫扎胸，乾坤圈在手，一路蹿房越脊，径奔帅府正厅来。到得近前，但见院子里摆着香案，李靖弯腰曲背，低声下气，王灵官颐指气使，邓、王、张、晁四元帅横眉怒目。哪吒不禁气往上冲，念动咒语，把风火轮升上半天云，和王灵官面对面的，用火尖枪的枪尖指着他喝道：

　　"小爷就是哪吒，你等何人？来此何干？"

　　王灵官见哪吒态度强硬，和李靖大不相同，不禁暗暗有些胆

1　孔子的弟子子夏死去了儿子，悲痛至极，哭瞎了眼睛，因此后世遂称儿子死亡为丧明。

怯，不过毕竟欺他年幼，不大把他放在眼里，也高声喝道：

"原来你就是哪吒，嘿！嘿！来得好！你罪犯天条，吾奉玉皇大帝圣旨，正要捉拿你上天治罪。"

哪吒冷笑道："什么圣旨不圣旨，俺哪吒不吃这一套。玉皇老倌有什么话，你且说给我听听。"

王灵官一面吆喝哪吒："休得无礼！"一面大模大样地命令李靖："把香案上供奉的玉旨送来。"

李靖诺诺连声地答应不迭，就香案上取过玉册，恭恭敬敬地捧呈给王灵官。王灵官接过来，重新高声朗读了一遍。哪吒越听越气，怒火直冒，把乾坤圈往颈项上一套，腾出手来，一把从王灵官手里夺过玉皇大帝的圣旨，连抓带扯，撕个粉碎，骂道：

"好个糊涂混账的玉皇老倌，东海龙王敖广横行不法，你不拿他上天治罪，反听信他的一派谎言，派天兵天将来拿俺哪吒！俺哪吒为民除害，有什么过错？你糊涂透顶，比人世间的糊涂官还糊涂百倍！你不配做玉帝，应该趁早退位让贤，不要霸着茅坑不拉屎！你敢来动小爷一根汗毛，我打上灵霄宝殿，把你天宫打个落花流水，推翻你的宝座，教你逃也逃不及！"

哪吒声声句句，理直气壮，好像一篇声讨玉皇的檄文，吓得王灵官屁滚尿流，勉强大着胆子，命令邓、王、张、晁四元帅道：

"这家伙胆敢撕毁玉皇大帝圣旨，满嘴胡言乱语，足见平时缺少教养，因此目无法纪，还不给我把他和李靖一并拿下！"

说罢，把身子闪过一边，邓、王、张、晁四元帅一个手执降妖刀，一个手持斩妖剑，一个手拿缚妖索，一个手抓打妖棍，一拥上前，把哪吒团团围住厮杀。好哪吒，暗中念动咒语，摇身一变，顷刻间现出三头六臂，手中各执一件武器，青龙刀敌住降妖刀，映泉剑对定斩妖剑，火尖枪挑开缚妖索，定风锤镇住打妖棍。哪吒力大无穷，即使是人间普通兵器，到了他手里也平添无限威力。邓、王、张、晁四元帅虽是著名的灵霄宝殿四将，但哪里是哪吒对手？哪吒的六条手臂左右各自连成一条直线，运用灵活，好像一个人手使三种兵器，远者枪刺，近者刀砍，剑劈，锤打。交战不到几个回合，定风锤打落了打妖棍，火尖枪挑走了缚妖索，映泉剑削断了斩妖剑，青龙刀磕飞了降妖刀，四元帅手无寸铁，只好各自率领天兵向南天门败退。

王灵官初时以为凭灵霄宝殿四将之勇，天兵为数之多，要捉一个毛头小孩子，还不是像瓮中捉鳖？想不到哪吒会变化三头六臂，把四大元帅打得大败亏输，抱头鼠窜，不由得胆战心惊，连忙拨转身来就逃。哪吒怎肯轻饶，追到切近，举起乾坤圈，对准王灵官屁股上就是一下。王灵官杀猪也似的喊了声："哎哟喂……喂，痛煞我也！"手捧屁股，没命地逃上天去了。

当天兵天将逼近时，殷夫人和丫鬟养娘们都躲在屏门后偷看，对李靖那卑躬屈节的样子，殷夫人还不怎样，丫鬟养娘们却大为不满，私下议论纷纷，大家都说："我们老爷怎么这样无用，好像没有脊梁骨似的，真是脓包！"等到哪吒一出场，撕碎圣旨，痛骂玉帝，句句话都说得蛮有道理，止不住人心大快。等到哪吒和邓、王、张、晁四元帅交锋，竟然变化出三头六臂时，不禁个个吓得摇头吐舌，吃惊道怪，都说：

"我们服侍小少爷多时，从没见他添过一个头，多出一只手，不知他几时学会这种本领，居然变出三个头、六条手臂，好不奇怪，好不怕人！"到最后见哪吒把天兵天将打得落花流水，四散奔窜，又看到王灵官被哪吒打得捧着屁股逃跑的狼狈样子，再也忍不住哈哈大笑，有些竟笑出了眼泪、笑痛了肚皮、笑得直不起腰来。

殷夫人也是又惊又喜，不住问哪吒："乖孩子，你是怎样学会变化三头六臂的？"一面说，一面把他搂在怀里，不住抚摸他的头顶，欢喜得没入脚处。只有李靖愁眉不展，闷闷不乐地骂哪吒道：

"你这孽障！又闯下一场大祸！你撕碎玉帝圣旨，打败天兵天将，玉帝岂肯干休，少不得要派本领高强的天神来捉拿你我，似此怎么得了？"

哪吒冷笑道："怕啥？玉皇老倌手下无非是这么一批饭桶。他要想捉拿我，除非太阳从西边出来，我要不把他们打得夹着尾巴捧着屁股逃跑才怪！"

李靖摇头道："你不要狂妄自大！自古道'骄者必败'。须知'人外有人，天外有天'，'强中更有强中手，能人背后有能人'。"

哪吒道："我并不骄傲。我懂得做什么都要胜不骄，败不馁；我也曾败在石矶老妖婆手里。不过玉皇老倌手下那批酒囊饭袋要想捉拿我，却是做梦。"

李靖道："你还是过分托大。要知玉帝手下虽无能人，但他却是最高统治者，十洲三岛、四海五湖，天上地下，无不归他管辖。他手下的神道打你不过，可以从别的地方调取比你本领高强百倍的神仙来制伏你，所以我儿还是小心为妙。"

不表李靖父子叙话。且说邓、王、张、晁四元帅败回天庭，俯伏在灵霄宝殿前请罪，备言：

"臣等战哪吒不过，伏乞陛下另遣能神，捉拿李靖父子。"

接着王灵官手捧屁股，一瘸一拐地走上殿来。原来他是玉帝香案吏，所以特许上殿，直到御前陈奏。他跪在御案前，一五一十地把哪吒如何拒捕，如何撕碎玉册旨意，如何痛骂东海龙王敖广和巡海夜叉李艮横行不法，如何斥责玉帝听信一面之词来捉拿他父子，如何扬言要打上灵霄宝殿，把天宫打个落花流水，逼玉帝退位让贤，又如何变化三头六臂，打败邓、王、张、晁四元帅，打伤自己下半截屁股等情节，详细说了一遍。玉帝听了，吓得面如土色，好久才开言道：

"原来东海龙王敖广竟如此昧良欺心，使朕信以为真，实难辞失察之咎。但据哪吒所作所为，实是朕心腹大患！现在东胜神洲傲来国花果山出了个石猴，不知在何处修成仙道，神通广大，力能降龙伏虎，名叫孙悟空。朕为上界安宁起见，正打算命太白金星前往招安，还没有起程，不知他将来能否服帖；不料一波未平，一波又起，如今又出了个哪吒！据他口出狂言，使朕如坐针毡，寝食难安！万一他和孙悟空联合起来，大闹天宫，推翻朕的宝座，岂不易如反掌？朕思念及此，忧心如焚，众仙卿有何计较，可以捉拿哪吒，保朕平安？"

南极仙翁道："要捉拿哪吒，非召佳梦关四大天王又名四大金刚的魔家四将前来不可！"

玉帝问道："魔家四将何人？何以名四大天王，又叫四大金刚？又何以见得能捉拿哪吒？"

南极仙翁道："佳梦关魔家四将乃从须弥山腹欲界第一天的四天王天来到中土。他们原来在东胜神洲、南赡部洲、西牛贺洲、北俱芦洲以外，各占一方天下，所以叫四大天王，因他们身材高大，且系金刚不坏之身，因此又叫四大金刚。东方持国天王魔礼海，全身白色，手持一面琵琶，上有四条弦，按'地、水、火、风'四字，拨动弦索，风火齐至。这风乃黑风，风内有万千戈矛；这火乃三昧真火，空中金蛇搅绕，遍地一片黑烟，烟掩人目，烈焰烧人，毫无阻挡。南方增长天王魔礼青，全身青色，身长二丈四尺，面如活蟹，须如铜线，一手缠绕一龙，一手持秘传宝剑，名叫'青云剑'，上有符印，中分'地、水、火、风'四字，作用也和魔礼海的琵琶弦索一样。西方广目天王魔礼红，全身红色，手持一把秘传宝伞，名叫'混元伞'。伞上有祖母绿、祖母印、祖母碧，还有用夜明珠、碧尘珠、碧火珠、碧水珠、清凉珠、九曲珠、定颜珠、定风珠等珍珠串成的'装载乾坤'四字。这把伞不撑还罢，撑开来天昏地暗，日月无光；转一转，乾坤晃动，地震山摇。北方多闻天王魔礼寿，全身绿色，手持白色银鼠，名叫'花狐貂'，把它放在空中，立刻大如白兔，胁生飞行的翅膀，能够吃人。倘若宣召这魔家四将到来，捉拿哪吒，有何难哉！"

玉帝大喜，传旨即着南极仙翁往佳梦关宣召魔家四将前来灵霄宝殿。南极仙翁奉旨，来到佳梦关。魔家四将听说是玉帝宣召，哪敢有片刻耽搁，立刻跟着南极仙翁来到灵霄宝殿。玉帝见魔家四将个个身材高大，膀阔腰圆，仿佛巨灵神[1]再世，方相氏[2]现形，不由得喜心翻倒，忙在宝座上宣旨，令魔家四将前往擒拿哪吒，连同李靖一并捉上天庭治罪。

魔家四将领旨，立刻腾云驾雾地径往陈塘关来。真是四金刚腾云，悬空八只脚，好不快捷，不消片刻工夫，便已到了陈塘关前。他们不像王灵官和天兵天将一样，一到陈塘关就扑奔李靖帅府，而是停在关前半天云里，对守关偏将金焕说：

"你快去通报李靖得知，今有佳梦关四大天王魔家四弟兄，奉玉皇大帝圣旨，前来捉拿哪吒和李靖上天治罪，叫他识相点，赶快自缚来降，省得我们动手！"

金焕的身材已高大得像铁塔一样，可比起魔家四将来，简直像个小孩子。他看着云端里的四大金刚凶神恶煞的模样，止不住屁滚尿流，拨转身，连奔带跌地一口气跑到元帅府，上气不接下气地向李靖报告。

---

1 古代神话传说中分开华山的河神，身体非常巨大。
2 古代执掌"驱鬼"的官，蒙熊皮，黄金四目，黑衣红裳，执戈扬盾。

李靖听了，大惊失色，忍不住埋怨哪吒道："我原说玉皇大帝是惹不得的，现在他果然派了佳梦关魔家四将来了。这魔家四将的武器厉害非凡，碰着的就死，挨着的就亡，我看你怎么对付得了？"

哪吒冷笑道："水来土掩，兵来将挡。任他本领通天，俺哪吒也要会他一会。父亲且放宽心，待孩儿出关对付。如果不放心，可以在陈塘关城楼上观战，且看孩儿本领如何！"

说罢，一直来到陈塘关前。只见云端里四大金刚个个身材高大，相貌凶恶，一个怀抱琵琶，一个手持宝伞，一个执剑，一个拿龙，半空中还有只白色的像老鼠一样的东西跳来跳去。哪吒毫无惧色，一摆火尖枪，指着魔家四将，高声喝道：

"你们就是什么四大金刚魔家四将吗？你们不在佳梦关守你们的老巢，却受玉皇老倌的驱遣，甘心当他的奴才，到我陈塘关来啰唣，是何道理？知趣的，赶快收起你们的玩意，趁早退走！要不然，管教你们来得去不得，'佳梦'变作噩梦！"

魔家四将见陈塘关里冉冉升起一辆风火轮，轮上站着个头绾双髻、短发齐眉、白白胖胖、玉雪可爱的孩子，手执一杆长枪，与他们对阵，不禁个个诧异。魔礼青首先疑惑地问道：

"你就是哪吒吗？"

哪吒傲然答道："不是你小爷是谁？"

魔家四弟兄听了哪吒的回答，不禁面面相觑，作声不得。你道为何？原来他们来到陈塘关时，都以为哪吒一定身材魁梧，本领高强，所以才会打败天兵天将，闹得玉帝无可奈何，不得不遣南极仙翁来宣召他们四弟兄合力擒拿，因此无不暗中蓄着一股劲，准备一场大厮杀。不料现在和他们对阵交锋的竟是个身长不满三尺的小小孩童，好像刚离开娘怀里不久似的，止不住大失所望，原先蓄着的一股劲，这时就像皮球泄了气，"嘟"的一声，瘪了！魔礼海首先懒洋洋地对兄弟们说道：

"玉皇大帝真有些老糊涂了！我起初以为他那样郑重其事地叫南极仙翁来宣召我们，一定是因为那哪吒有了不起的通天本领，谁知眼前这哪吒竟是三尺孩童，岂不是像召了老虎来捉蝴蝶一样，真是哪儿说起？"

魔礼青也道："真是笑话！从来形容人的高大，总是说身长丈二、膀阔三停，可我却身长二丈四、膀阔六停，比世上最高大的人还要高大一倍。像我们这样的彪形大汉，来和这小小孩童交锋，真所谓胜之不武，就是打败了他，也给八洞神仙、四海英雄笑话，说我们魔家四将只会欺凌小囡，教我们把颜面放到哪里去？"

魔礼寿道："依弟愚见，还是不必和他交锋，用良言劝他回去吃奶为妙。如果玉帝问起来，就说我们四大金刚不和小孩一般见识，大不和小斗，谅玉帝也不能怪罪我们。诸位兄长以为如何？"

他们这壁厢正在委决不下，哪吒那壁厢可忍耐不住了，厉声喝道：

"你们战又不战，退又不退，喊喊嚓嚓地商量什么？"

魔礼海道："休得无礼！我等不愿和你小孩子较量短长，你快回家去吃奶，不要自寻死路！"

哪吒冷笑道："你欺我小吗？那我就大给你看。"

说着，暗中念动七十二变化的口诀，一面心里想着"我要比他们还高大一倍"，一面口中喊着"大！大！大！"，立刻变得身高四丈八尺，腰大二十四围，眉如刷帚，眼似铜铃，鼻如悬瓮，口似血盆，面如蓝靛，发似朱砂，头撑着天，脚踏着地。他嘴里格碟格碟地发出雷鸣一样的怪笑道：

"我比你们还要高大一倍！"

魔家四弟兄个个吓了一跳，这才知道玉帝宣召他们不错，哪吒确实不可轻敌。于是魔礼海、魔礼青首先上阵，一个拨动琵琶弦索，一个挥舞青云宝剑，立刻风火齐来，烟云四起，风内有万千戈矛，烟中有无数火舌，纷纷向哪吒身前扑来。

哪吒哪里放在心上，解下混天绫只一抖，但见红光万道，瑞气千条，那绫组成一道软墙，挡在哪吒身前，戈矛不能入，烈火不能侵。哪吒并不只是防御，他手持混天绫的一端摇呀摇地摇了一阵，那道软墙便逐渐向前推移，把风、烟、火和风中的戈矛逼得直往后退，一直逼到魔礼海、魔礼青面前来；最后围绕着一卷，把魔礼海的琵琶，魔礼青的青云剑都卷进混天绫里面。登时火灭烟消，风定云散，魔家二将手无寸铁，败下阵来。

哪吒念动收法咒语，四丈八尺高的身子缩呀缩的，缩到只有三尺光景，恢复了自己的小孩本相，然后收起混天绫，哈哈大笑道：

"你们还敢看不起小爷，欺小爷小吗？有本领的来！来！来！再试试你小爷手段；没本领的赶快退走，别在我陈塘关前现世！"

魔礼红愤然挺身上前，撑开混元伞，霎时间天昏地暗，日月无光，伞上用各种珠子串成的"装载乾坤"四字散开来，大珠小珠，粒粒像铁弹似的围绕着哪吒猛打，真是珠似雨下。哪吒全无惧色，念动咒语，风火轮冉冉上升，大珠小珠都打了个空。哪吒驾着风火轮驶近魔礼红身边，不等他转动混元伞使乾坤晃动，也不让他把放出的珠子收上伞，取出乾坤圈对准伞上猛砸了一下。只听得天崩地裂似的一声响亮，"混元伞"变成了"混元散"，伞骨被击得根根折断，坠落如雨，伞上放出的珍珠不但无法收回，而且连原来钉在伞上的祖母绿、祖母印、祖母碧也都随着折断的伞骨纷纷坠地。

魔礼红眼见自己的宝伞变成了"宝散"，气得眼都红了。人急跳梁，狗急跳墙，魔急乱闯，他急不暇择地抢过哥哥魔礼青手中缠绕的青龙，祭在空中，张牙舞爪地来咬哪吒。哪吒连龙王都不放在眼里，岂惧这小小青龙？他踏定风火轮，捏紧火尖枪，趁着那龙蜿蜒游走之势，迎着它在空中戏耍。两下一来一往，那龙只知随着哪吒的身影游走，冷不防哪吒忽然紧催脚下的风火轮，转了个身，面对面地直冲到它身前，一枪直刺它的咽喉，刺了个透明窟窿，那龙登时死在哪吒的枪尖上。哪吒擎着枪，像耍龙灯似的把死龙接连挑耍了几圈，然后甩到魔礼红面前，轻蔑地说：

"还你的宝贝！看你再有什么能耐，只管使出来。管教你来一个死一个，来一双死一双。"

那死龙无巧不巧地正甩在魔礼红脸上，龙的涎沫叫作龙漦，最是滑腻，魔礼红脸上好像给谁倒了一盆油滑的泥浆，弄得眼也张不开，只好狼狈地败下阵来。

魔礼寿大怒，奋然挺身上阵，见了哪吒，二话不说，就放出花狐貂来咬哪吒。那花狐貂到了空中，摇身一晃，立刻大如白兔，胁生双翅，恶狠狠地向哪吒飞扑过来。

哪吒见它来势凶猛，一个镫里藏身，躲闪过了，暗中念动咒语，心想："让我变一只老鹰来抓它。"心念刚动，立刻变作了一只苍鹰，展开长翅，在空中盘旋翱翔，好不威武勇猛。在空中盘旋了一会儿，一双俊眼，紧觑着那花狐貂，猛可里摩空下击，伸开一双利爪，直抓花狐貂的脊背。

那花狐貂两眼只注视着前方，不防有鹰爪劈空而下，等到发觉，想利用胁下生的双翅飞起抵御时，已来不及，整个身子被老鹰抓入空中。老鹰觑准一块圆桌面大的山石，把花狐貂用力朝下一甩。花狐貂被甩得半死，还没苏醒过来，老鹰已从空中抟翔下扑，双爪踞在花狐貂身上，伸出坚如铁弯如钩的利嘴向花狐貂胸前只一啄，那花狐貂一声惨叫，立刻呜呼哀哉，死了。老鹰把它从胸到肚啄开了一个大口子，从胸腔内叼出脏腑，却并不吞食，只用两爪抓着花狐貂的尸体和脏腑，向山谷里一抛，忽然发出一声格格的怪笑。你道奇也不奇，老鹰竟会发出人的笑声！

笑犹未了，空中忽然不见了老鹰，却现出哪吒的孩童本相，那笑声就是从他嘴里发出来的。只见他从云端里冉冉下降，跃登风火轮，仍旧手绰火尖枪，雄赳赳地向魔家四将杀来，口中高喊：

"还有什么法宝，只管使出来。"

魔家四将吓得胆落魂飞，四大金刚变成四大光杆，一齐拨转身就逃。只见魔礼青忙忙如丧家之犬，魔礼红急急似漏网之鱼，魔礼海只恨爹娘少生两只脚，魔礼寿唯怨自己无术能分身。哪吒紧紧在后追赶。好笑那魔家四将四大金刚，枉自都生了一副高大身材，却被哪吒一个小小孩童杀得走投无路。正是一物还有一物制，大象害怕小蚊子，这也不是什么奇事。

第十一回 | 哪吒大战二郎神

却说四大金刚魔家四将被哪吒杀得大败亏输,悬空八只脚地逃回南天门,降落在灵霄宝殿,俯伏金阶,谒见玉帝,启奏:

"臣等本领低微,不是哪吒对手,实在愧见吾皇,望陛下另选能神,征服哪吒,上维天宫安宁,下为臣等报仇雪耻,不胜幸甚!"

说罢,不等玉帝开口宣谕,又是腾云而起,悬空八只脚地狼狈逃回佳梦关老巢去了。

玉帝听了魔家四将的启奏,看了他们衣冠不整的狼狈相,吓得从宝座上直跳起来,忧形于色地道:

"何物哪吒,如此厉害!连败天兵天将,杀坏四大金刚,使寡人寝食难安,若不从速把他收服,给他打上灵霄宝殿,寡人这宝座要让给他了!务望众仙卿各尽所知,推举贤才,惩此凶顽,寡人不胜厚望。"

当有太白金星出班启奏道:"臣推举一人,足可收服哪吒。提起此人,乃陛下令甥,敕封昭惠灵显王二郎神杨戬。当初令妹思凡下界,配合杨君,生下此子,相貌堂堂,最奇怪的是别人都只有两只眼睛,他却在双眉之间另生一只直眼,能洞察幽微,透视重泉。陛下因令妹擅配凡人,既破坏天宫秩序,又有失金枝玉叶身份,将她贬谪在桃山之内,是他用斧劈开桃山,救出母亲,至今尚为人传说不衰。现居灌州灌江口，使一柄三尖两刃刀，有万夫不当之勇。手下有梅山六弟兄，乃康、张、姚、李四太尉，郭申、直健两将军，帐前有一千四百草头神，还有一只哮天犬，端的神通广大，武艺高强。若得他出山，收服哪吒，犹如反掌之易。"

玉帝听了，满心欢喜。当即颁下玉旨，命太白金星即日赍旨前往灌州灌江口，宣召杨戬前来天宫听命。

太白金星又躬身启奏道："陛下大概忘了，当初二郎真君因恨陛下贬谪他的母亲七仙姬，使他劈山救母，费尽心力，因此不肯臣服陛下，曾在外扬言：他只听调不听宣。为今之计，陛下不如降一道调兵旨意，调他直接出兵去征服哪吒，以免多费周折。"

玉帝准奏，当将宣召旨意改为调兵旨意，仍命太白金星赍旨去调杨戬带兵到陈塘关征服哪吒。

太白金星领了玉旨，径往灌江口来。路上悄悄打开玉旨一看，不禁暗暗皱眉，跌脚道：

"坏了！坏了！这玉帝老儿好不识时务，全不想想那杨戬和你自己是什么关系，面子上是亲家，骨子里是冤家。当初你不念手足之情，把自己嫡亲妹子贬谪在桃山之内，使她深闭重泉，暗无天日，要不是她儿子杨戬劈山把她救出，岂不使她和丈夫儿子永无团圆之日？杨戬所以在外扬言听调不听宣，就是不认你这玉帝，不买你这老儿的账。你虽然封他为昭惠灵显王，也收买不了他的心，改变不了他恨你的念头。他的听调也是很勉强的，不过因为他的母亲毕竟是你的妹子，不便过分表示决绝罢了。你现在有事求他，就该软软款款，和他情商，说明自己的困难处境，再恭维他两句，然后用央求的口气请他出兵帮忙，我这趟差使才有完成的希望。怎么你竟高高在上，尽打官腔，说什么'旨到之日，立即出兵'。真是蟑螂打呵欠，出口就臭人！这和宣召他何异？万一惹恼了他，不要说不肯出兵，恐怕连我老头子这一部长长的白胡须也难免要给他扯个精光！罢！罢！做我不着，勉强硬着头皮走一遭罢！但愿他看了调兵旨意不发怒，就是谢天谢地，万事大吉！"

当下太白金星提心吊胆、战战兢兢地来到灌江口二郎真君庙前，早有把门鬼判，拦住去路，高声喝道：

"来者何人？到此何干？"

太白金星勉强壮着胆子说道："我乃玉皇大帝钦差天使太白金星，奉玉旨前来征调二郎真君到陈塘关去收服哪吒。"

鬼判笑道："你这老头儿敢是失心疯了！谁不知道我家二郎真君和玉皇大帝乃是仇敌，从不接受玉旨宣召。你如果识相，趁早回去，免得惹恼真君，断送了你这片老头皮。"

太白金星声辩道："二郎真君是听调不听宣，我并不是来宣召他去灵霄宝殿，是来调他率兵去陈塘关收服哪吒。我领的是调兵玉旨，并不是宣召玉旨，有何妨碍？"

鬼判迟疑道："既然你是来调，不是来宣，你且在此等候，待我进去通报，且看真君如何发落。"说罢，转身进庙去了。过了好一会儿才出来说："真君命你进去！"

太白金星心中有气，暗骂："无知二郎，好大的架子！我太白金星来此，你也不出来迎接一下。且不说我是上界金仙，你是下土凡神，单就年纪来说，我也比你大三辈。我在西王母蟠桃会上吃仙桃的时候，你还在娘肚里没出世哩！怎敢如此怠慢我！罢！罢！老不和小斗，鸡不和狗斗，只好权且忍耐一下。正是上命差遣，身不由己！"

当下忍气吞声走进庙去，来到殿前。睁眼观看那真君的相貌，果然仪容清俊貌堂堂，两耳垂肩三目光。头戴三山飞凤帽，身披大氅淡鹅黄。镂金靴衬盘龙袜，玉带团花八宝妆。说不尽威风八面将军样，独镇灌江号二郎。

二郎神见太白金星进来，座上抬身，身不离座，叉手当胸，略微一拱道：

"老寿星不在灵霄宝殿值班，远道来我这里灌江口，有何贵干？"

太白金星道："只因有一哪吒，本领颇为了得，连败天兵天将、四大金刚。玉帝龙心忧虑，恐他打上天庭。老夫久仰真君神通广大，武艺高强，特地在玉帝前竭力推荐。因知真君听调不听宣，今奉玉帝征调旨意前来，请真君直接出兵去征服哪吒。"

二郎神诧异道："哪吒，哪吒，哪里来的哪吒？不瞒老寿星说，我在此灌江口，受一方香火，虽然僻处西南，但对上八洞神仙，下九幽鬼王，莫不了如指掌，可就从来没有听说过有什么哪吒！不知他是什么来历？"

太白金星便把哪吒的来历以及他大闹东海、战败佳梦关魔家四将等情形详细讲了一遍。

二郎神打了个哈哈道："我道哪吒是什么三头六臂，原来不过是个乳臭小儿，何足道哉！割鸡用不着牛刀，不劳我自己出马，只着我帐下梅山六弟兄率领一千四百草头神去走一趟，就可以把他手到拿来。"

太白金星忙道："真君切莫小觑这哪吒，哪吒正是善于变化三头六臂，因此又得了个外号叫六臂哪吒。据说是太乙真人因他斗不过石矶娘娘，所以传授给他这变化法术。哪吒正是变化三头六臂打败了四大金刚魔家四将，因此真君千万不可大意。"

二郎神道："既如此，且把旨意拿来我看。"

太白金星暗暗恼怒，心想："好大的口气。要在别的地方，玉帝旨到，少不得要摆香案迎接，跪听宣读，可他却那么随随便便的，叫'把旨意拿来我看'，真是岂有此理！"可是在他屋檐下，也叫无可奈何，只好把玉旨取出，双手捧交给二郎神。

二郎神接过玉旨，在案上打开，三只眼闪闪发光，读了一遍。读到最后，不觉俊面生红，桃花上脸，双眉中间一只直眼闪出火光，拍案大怒，骂玉帝道：

"好混账的老头儿！我就是听你调遣，也是看在我母亲面上。你怎敢对我用命令的口气，说什么'旨到之日，立即出兵'！真是活见鬼！你的什么旨意，在我眼里一钱不值！你可以对上界神仙、下土鬼王作威作福，对我杨戬可丝毫不生效力，看我不当着你那天使的面把你的旨意扯个稀烂才怪！"

二郎神越说越气，真的在案上拿起玉帝的旨意横一撕，竖一扯，撕成十来块碎片，望空中一撒，片片散作蝴蝶飞，然后向太白金星挥挥手，喝道：

"呔！金星老头儿听着：看在我母亲面上，不来罪你！快回灵霄殿去告诉你那玉帝老儿，我当初说听调不听宣，是你以礼来，我以礼往。现在你既然用命令的口气来征调我，我可不买你的账！你另选能神去收服哪吒好了，不要到我灌江口来。"

太白金星吓得胆战心惊，心慌意乱、脚步踉跄地退出庙堂，几乎被门槛绊了一跤。站住了定定心，搔搔光头皮，低声咕哝："可恨无知二郎，毫不客气地把我撺了出来。似这般无礼，叫我如何回天宫去向玉帝交差复命？现在地上反纣王反得非常厉害，已经反了四百路诸侯，看来这一股风潮快要蔓延到天上，由反地上的纣王扩大到反天上的玉帝。陈塘关出了个小孩哪吒，傲来国花果山出了个美猴王孙悟空，而今灌江口又出了个二郎神杨戬，他们个个神通广大，本领高强，却又个个口出狂言，不肯向玉帝低头，如果有朝一日他们三个联合起来，大闹天宫，打上灵霄宝殿，眼见得玉帝老儿的宝位坐不成了！到那时树倒猢狲散，叫我太白金星做何归宿？罢！罢！我还是割下这部长长的白胡须，挂在树上，吊死了罢！"

太白金星正在凄凄惶惶，自怨自艾，猛听得庙前树上一只八哥鸟吱吱喳喳地叫一会儿，跳一会儿，忽然唱道：

> 太白金星白长庚，
> 既白跑兮又白忙。
> 为何不请教我八哥鸟，
> 却想上吊把身亡？

太白金星心上正没好气，听了八哥鸟的讥笑，越发气得心头发火，鼻孔冒烟，指着树上骂道："你这小鸟儿懂得屁事，也敢来揶揄我，你再敢唱，看我不把杖头上挂的葫芦摘下来砸死你才怪！"

八哥鸟又吱吱喳喳地叫一会儿，跳一会儿，继续唱将起来，这次唱得比前次更长：

> 你笑我八哥鸟把屁放，
> 我笑你年纪活在狗身上。
> 二郎神撵你出门又何妨，
> 你何不去请他母亲七仙娘？
> 二郎生平最孝母，
> 听了母言必定调兵遣将。
> 我劝你不必愁眉苦脸凄凄惶惶，
> 赶快去找七仙姬上温江。

这一番歌唱提醒了太白金星，猛然一拍凸出的额角头道："我真是聪明一世，糊涂一时。二郎神确实最孝顺母亲，只要他母亲七仙姬一句话，比玉帝老儿一万道调兵旨意还灵。七仙姬现住温江坝，离此不远，我何不去走一遭，只要她说服杨戬出兵，我就可以完成使命，向玉帝交差。多亏这小鸟儿提醒我，要不然，我几乎空劳往返。"于是就也对着树上唱道：

　　　　　多谢你八哥鸟提醒我白长庚，
　　　　　你不愧足智多谋绣口锦肠。
　　　　　我前言冒犯请你多多原谅，
　　　　　谁想到你小小鸟儿比我老寿星还强。

　　当下太白金星谢过八哥鸟，离开二郎庙，向南径往温江坝来。原来这温江坝和灌江口都在岷江上游，岷江就是长江发源的前面一段，流到泸州，和沱江合流，才称长江。杨戬的父亲是一位治水专家，母亲七仙姬却是个种花能手，她住的地方叫作百花园，有四时不谢之花，八节长春之草。她把她的百花园装点得花团锦簇，各种颜色的鲜花应有尽有，特别贵重的是花中之王牡丹，后世盛称的西府牡丹，就是她这百花园内种植出来的。

　　且说太白金星驾云来到温江坝，降落在七仙姬百花园内，但见姹紫嫣红，芳香扑鼻，不禁目迷五色，眼花缭乱，没口子地称赞道："真是人间仙境，天上少有，怪不得七仙姬要思凡下界，如果在天上，怎么能种植得这许多奇花异草？"

　　道言未了，七仙姬早已闻声迎将出来。她虽已是两个儿子的母亲，儿子且已长大成神，但仍像个少妇一样，毫无老态。她看见了太白金星，满面笑容地说道：

"老寿星，你好！多时不见了，哪一阵好风把你吹到我这温江坝来？"

太白金星本想开门见山地说明来意，转念一想："且慢，不知他们母子是否一条心。如果她的心思也和她儿子一样，岂不又是白讨一场没趣？还是先试探一下她的口气，看她对玉帝的态度如何为妙。"越想越觉有理，便不先说明来意，却顺着七仙姬的口气，和她寒暄道：

"正是因为多时不见仙姬，非常想念，今天有事到灌江口，所以便道来此拜访！"

七仙姬忙道："不敢当！快请进去坐！"

当下宾主一前一后，进入花影轩内。太白金星看这轩中窗明几净，洁无纤尘，窗槛、案头、高脚几上，无不陈列着艳丽而不知名的盆花，忍不住啧啧称誉道：

"仙姬住的地方，幽雅极了！真是此境岂但天上少，人间也属世无双！仙姬住在这样美好的地方，怡情养性，娱悦天年，怪不得年过半百，还是丰容盛鬋[1]，不像老夫的老态龙钟了！"

七仙姬一笑，送上一杯百花香茶。太白金星喝了一口，但觉不凉不热，芳馨扑鼻，香沁心脾，登时精神畅旺，烦渴都消，不由得赞叹道：

"好茶！好茶！宛如玉液琼浆一样！是仙姬自己焙制的吗？"

七仙姬笑道："这是采取百花的菁英，使它饱受日月光华的熏炙，然后用三昧真火焙制而成，所以和寻常的茶不同。"

两下分宾主坐定。七仙姬问道：

"老寿星不在天宫纳福，远迢迢地到这人间来何事？我兄长玉

1　丰满美好的容貌和乌黑如云的鬓发。

帝可好吗？"

太白金星暗道："好了！好了！她既问候兄长，可见她对玉帝并无怨恨之意，要请她去劝说二郎，事情看来有十二分把握了。"当下满怀高兴，却又故做不平的样子，义形于色地道："他好是还好，只是上了些年纪，总不免有些昏聩糊涂。当初仙姬思凡下界，配合杨君，人和神仙缔结姻缘，这也是常事，他却不顾兄妹之情，把你贬谪在桃山之内，手段未免忒嫌毒辣了些！老夫为此常表不平，不知仙姬可有怨恨之念吗？"

七仙姬听太白金星提到玉帝，不觉眼角含嗔，冷笑了一声道："他做哥哥的从前这样对待我，我岂能无怨？所以自从我儿杨戬把我救出重泉以后，我只是在人间种花养草，从不上天与他往来。他做他的天上玉帝，我做我的地上仙姬，人间自有逍遥自在的生活，他在天上也管我不着。刚才因为老寿星从天宫远来，所以顺便问他一声罢了。"

太白金星见话不投机，暗道："完了！完了！原来她的心思也和她儿子一样，把玉帝当冤家看待，看来我这趟又是白跑了！只被这小八哥鸟害得我好苦也！"想着，手搔秃顶，沉吟不语，连茶都忘记了喝。

七仙姬是个聪明人，看了太白金星那样子，知道他必是奉了玉帝之命，来找二郎，碰了钉子，所以来求自己，便故意问道："老寿星刚才说有事到灌江口，不知已见过小儿没有？"

太白金星强笑说道："正是先去见了令郎，才来拜访仙姬。"

七仙姬道："此子性格倔强，我也曾屡次劝他，他现在虽然不听玉帝宣召，但还肯听玉帝征调，总算还存着一些甥舅之情。"

太白金星摇头道："他现在连征调也不听了，哪里还有什么甥舅之情！"

七仙姬诧异道："果真如此吗？"

太白金星这才打开天窗说亮话，把始末根由对七仙姬详详细细说了一遍，特别强调叙述了二郎神把他挥诸门外的情景。

七仙姬听到二郎神斥逐太白金星的光景，不禁有了气，站起身来道："他怎敢如此无礼！老寿星不要恼怒，我立刻同你到灌江口去，叫他向你赔礼！"

太白金星连声称谢。七仙姬从壁上瓶插里取过一柄拂尘，向空一拂，便有一朵彩云降落在花影轩外。两人一同登了上去，那彩云便载着他们，冉冉地向北飞往灌江口去了。

温江坝离灌江口不到三十里，彩云飞得快捷，不消片刻，就已到了二郎真君庙前。把门鬼判抬头望见，慌忙进内通报。二郎神听说母亲来了，不敢怠慢，忙不迭地离座出门跪接。七仙姬按落云头，搀扶着太白金星下了彩云，客客气气地请太白金星上坐。太白金星哪里肯依，彼此谦让了一会儿，七仙姬这才在杨戬的座位上坐下，吩咐鬼判另拿一把椅子来，请太白金星在居中和自己并肩落座。她只顾和太白金星叙礼周旋，却把个杨戬冷落在一旁，不理不睬。

杨戬待七仙姬坐定，再次拜伏在地，口称："孩儿不知母亲驾临，有失远迎，还望母亲恕罪！"

七仙姬偏着头，洋洋不睬。杨戬见母亲生气，只好伏在地上，不敢起来。

二郎神明知母亲是为太白金星做说客来的，但不清楚母亲为什么不睬他，便问："孩儿并没有得罪母亲，不知母亲为何生气，还望明示。"

七仙姬道："你说没有得罪我，为什么六亲不认，自食前言？你舅舅从前对为娘虽有些不是处，但他毕竟是为娘的嫡亲兄长；你自己也亲口答应听调，为何现在太白金星带了你舅舅的旨意来征调你到陈塘关去收服哪吒，你却自食前言，不听征调？"

太白金星心上一块大石头落了地，暗暗欢喜道："毕竟是嫡亲兄妹。这趟不会白跑了！"

二郎神一面跪拜，一面声辩道："孩儿因为玉帝用命令的口气，叫孩儿'旨到之日，立即出兵'，觉得这和宣召无异，一时愤怒，把旨意撕毁。他既来征调，就应语气和缓，何得强行命令孩儿？"

七仙姬道："你舅舅是玉皇大帝，一向下命令惯了，偶尔带一些命令的口气，也是常事。那旨意里究竟还说了些什么？"

二郎神说不出。太白金星在一旁道：

"贫道还记得，好像前面是说'今特调贤甥同结义兄弟前往协力收服'。下面才说'旨到之日，立即出兵'。"

七仙姬向杨戬道："住了！他既称你贤甥，就可见他并没有忘记亲情，你何得把他的调兵旨意撕毁，而且口出狂言，是何道理？"

二郎神无话可说，只好低头认罪。

七仙姬又道："太白金星远来是客，而且比你年大三倍，乃是你的长辈，你却待他毫无礼貌。刚才我来此，见殿内并不设座，还是我叫鬼判拿来，可见他前番光降，你高坐堂皇，却教他侍立阶下，这岂是待客之道？常言道：'人而无礼，不如禽兽！'你如此不识礼貌为何物，岂不坍了我杨家的台？还不赶快向老寿星赔礼！"

二郎神不敢怠慢，慌忙转向七仙姬身旁的太白金星座前，倒身下拜，口称："前番多有失礼，还望老寿星恕罪。"

太白金星离座搀扶，连说："不敢当！不敢当！只望真君以后少搭架子，少叫几声'老头儿'，少说'命你进去'，不再随随便便挥之门外就好了！"

七仙姬问道："你现在待怎样？"

二郎神磕头道："孩儿知罪。待孩儿立刻调兵遣将，前往陈塘关征服哪吒便了。"

七仙姬起身离座，让儿子去发号施令。二郎神有意要讨好母亲，一经升座，立刻便喊：

"康、张、姚、李四太尉，郭申、直健两将军何在？"

梅山六弟兄应声道："有！"一齐走到案前，躬身施礼，听候命令。

当下二郎神传令道："你们立刻率领一千四百草头军前往陈塘关捉拿哪吒，我随后赶来接应。"

"得令！"康、张、姚、李四太尉，郭申、直健二将军暴雷也似的一声呐喊，便出外唤齐一千四百草头神，就地卷起一阵狂风，飞沙走石，折木扬尘，滚滚向东去了。

七仙姬轻轻拉了太白金星一把，低声说道："老寿星，你的使命已经完成，可以回天宫复命去了。"

太白金星当即起身离座，向七仙姬和二郎神告辞。

七仙姬目送着太白金星驾云冉冉升天而去，这才转过身来，嘱咐儿子道："你也赶紧收拾收拾，上陈塘关去罢！千万小心在意，不要把一世英名，付诸流水，如果打他不过，趁早回来。"

二郎神道："母亲放心，刚才听太白金星说，哪吒乃是个出世不久的小孩，谅他胎毛未退，乳臭未干，能有多大能耐？孩儿此去，必能手到擒来。"

七仙姬正色道："你千万不要大意，既然你舅舅特地命太白金星来调你去征服，此孩童本领必非小可。你僻处西南，孤陋寡闻，没有见过大世面，我怕你今番说不定要栽倒在这小孩手里！"

二郎神不耐道："母亲怎么尽长他人志气，灭自己威风！孩儿曾凿离堆[1]，斩蛟龙，岂惧这小小孩童？母亲请早回温江坝安居，静听孩儿的胜利消息便了。"

七仙姬盯了杨戬一眼，见他满脸骄气，不禁暗叹："自古骄者必败，这孩子生平未经大敌，偶尔有了一些成就，便志得意满，不可一世。我现在就是劝他也不中用，他一定要受过一番教训，碰了额角头才知道转弯。我也管他不得，且由他去！"当下闷闷不乐地转回温江坝去了。

这里杨戬也不多耽搁，拿起三尖两刃刀，带上哮天犬，吩咐鬼判紧闭庙门。出得门来，喝声道："疾！"也是一阵狂风，铺天盖地地卷着他，滚滚地扑向陈塘关而去。

且说哪吒自从打跑四大金刚以后，更加不把天宫放在眼里，以为玉帝再多调遣些能神来，也未必能打赢自己，所以只是无忧无虑地自在玩耍。只有李靖终日愁眉不展，不知此事如何了局。

这天，哪吒正在后花园玩耍，帅府的后花园虽比不上七仙姬的百花园，但也有不少五色缤纷的鲜花。他先采了些小花小草编了个花环，戴在头上；又采了几枝大的鲜花，扎成一个花束，预备拿去交给母亲殷夫人插在花瓶里。

花束扎成后，觉得颜色不鲜艳，尤其缺少大红的花朵，未免逊色。正想寻找几株红花来配合，忽然"呼"的一声，一阵狂风刮来，登时地黑天昏，沙飞石走。这风是黄色的，原来风中挟着不少黄沙，乃是西南干燥地区特有的产物，向东方滚滚刮来时，沿途又带来长江黄河流域之间的沙尘，声势更加浩大，眯得人眼都几乎睁不开来。

哪吒乃天生慧眼，不但沙子眯不了他的眼睛，他还能看清沙

---

1 在今四川都江堰，为秦国太守李冰所凿，根据民间传说，二郎神杨戬是李冰的儿子。

中隐隐现出六员凶神恶煞似的神将，个个顶盔贯甲，面目狰狞，有的手执宣花斧，有的手执镏金锤，有的手持镔铁棍，有的手持明晃晃的长枪大刀，有的身背雕弓，手执双剑，身后紧跟着一望无际的许多奇形怪状的神兵。哪吒情知又是玉皇大帝派来捉拿自己父子的神兵神将，只不知是从哪里调来的。他毫不畏惧，只是觉得讨厌。于是自顾寻找红花，不去理睬他们。

这六员神将正是奉二郎神之命到陈塘关来捉拿哪吒的梅山六弟兄。他们所以先降落在帅府后花园，乃因帅府在西南，陈塘关在东北，他们从西南向东而来，必然先经过帅府。他们惯会刮风，卷石飞沙，自己却被沙尘眯了眼，看不清陈塘关所在，所以降落在帅府后花园里。看见花园里静悄悄的，只有一个小孩在东寻西找，个个心里疑惑不定，康太尉首先喝问道：

"兀那小孩，这里可是陈塘关吗？"

哪吒刚找到一棵鲜艳的红芍药花，虽然还嫌不够大，但已高兴得欢蹦乱跳，连忙从枝头上折下来，插进花束里，正在端详花朵颜色配合得是否匀称，听了问话，头也不抬地回答道：

"这里是陈塘关总兵李靖帅府的后花园，陈塘关还在东边。"

姚太尉赶紧追问道：

"这里既是李靖的帅府，你可知道李靖的三儿子哪吒在哪里？"

哪吒笑道："你们要问哪吒，远在天边，近在眼前，小爷就是哪吒，哪吒就是小爷！"

梅山六弟兄听了此言，几乎谁都不相信自己的眼睛和耳朵。他们想不到哪吒会这样小，连和合二仙[1]都要比他大一倍，戏金蟾

1　神话传说中的两个娃娃神，他们的形象是蓬头笑面，身穿绿衣，一个执荷花，一个捧盒子。旧时婚礼中常挂他们的像，取夫妻和谐好合的吉兆。

的刘海[1]也要比他长五龄，看他小手小脚小身子又白又胖，不信他竟会大闹龙宫，打败天兵天将、四大金刚，闹得玉皇大帝都六神无主，寝食不安，要派太白金星来征调二郎神出山相助。大家都疑惑不定地看得呆了。哪吒却连正眼都不瞟他们一下，只管笑嘻嘻地欢蹦乱跳，握着花束预备到上房去献给母亲。

康太尉见他要走，哪肯放松，抢前一步，喝道："且慢！你就是哪吒吗？别走！我们正要拿你！"

哪吒笑嘻嘻地道："拿不着！你们无非是玉皇老倌派来的酒囊饭袋，小爷有事，少陪了！等会儿再来和你们答话。"

姚太尉喝声："休走！"把宣花斧向腰间一插，就伸着两只利爪如钢的粗毛大手，像老鹰捉小鸡似的来捉哪吒。你们看见过老鹰捉小鸡吗？老鹰先在空中盘旋作势，双眼紧盯着小鸡，觑得准了，然后猛然一扑而下，捉个正着。现在姚太尉也是这样，两眼紧盯着哪吒，然后猛然一扑，满以为可以手到拿来，谁知竟扑了个空，哪吒忽然不见了。

姚太尉不禁失惊道："奇哉怪也！哪吒呢？哪吒到哪儿去了？难道这孩子会土遁吗？"

哪吒从来不会土遁，太乙真人也从来没有传授过他土遁的法术。那么，哪吒怎么会忽然不见了呢？原来他用隐身符隐身走了。哪吒哪里来的隐身符？各位看官，你们忘了，从前太乙真人不是曾赐给他灵符一道，他佩了这符，人家就看不见他，因而在南天门把龙王痛打了一顿吗？这符就是隐身符。他多时不用，几乎把来忘了，这时见姚太尉像老鹰捉小鸡似的来捉他，猛然记起自己一直没有把这符交还给师父，还藏在红兜肚里，这时正好取出应用，

---

1 也是神话传说中的娃娃神，他的形象是头绾双丫髻，短发齐眉，逗弄着一只金蟾蜍。

于是连忙从兜肚里摸出来，在胸前一贴，登时无影无踪，使姚太尉捉了个空，他却跳跳纵纵地回上房见母亲去了。

哪吒把手里的花束献给了母亲，殷夫人见他头戴花环，越发出落得标致，不禁又喜又爱，一面把手里的花束交给养娘去插在胆瓶内，一面把哪吒搂在怀里。亲热过了一会儿以后，才问：

"刚才后花园里不知什么声音响动得厉害，好像有千军万马杀来一般。幸亏你爹在困午觉，没有听得，要不然，又要疑神见鬼，以为是天兵天将捉拿他来了。让我出去看看。"

哪吒慌忙阻止道："娘，你不要出去，不过是几个小毛贼，让我去对付他们就是了。"

说罢，便把七尺混天绫扎在胸背上，再把乾坤圈、火尖枪、青龙刀、映泉剑、定风锤一齐取出，带在身边，这才脚踏风火轮，到后花园会那捉拿他的六员神将去。

梅山六弟兄正在猜疑不定，不知哪吒何以忽然不知去向。猜疑了一会儿，又互相埋怨刚才不该文绉绉地和他打话，没有先下手为强，一拥齐上去捉住他，现在不见了他的踪影，如何去向二郎神复命。正在彼此懊悔，忽见哪吒又出现在他们面前，而且全副武装，和先前的柔弱模样判若两人，这才觉得他神出鬼没，不是寻常小孩可比，不禁暗暗有些胆怯。哪吒见他们相顾失色，意气沮丧，便把火尖枪指定他们，高声喝问：

"你等何人？敢是受玉皇老倌派遣，来捉拿小爷的吗？赶快通下名来！"

康太尉等报了姓名，说道："我等乃是受玉帝征调，奉二郎真君之命前来拿你。"

哪吒笑道："你们六人号称梅山六圣，不知比起佳梦关魔家四将四大金刚来如何？"

姚太尉道:"魔家四弟兄四海驰名,许多庙宇都塑造他们的神像,我们梅山六弟兄跟他们相比可差得远了!"

哪吒仰天打了个哈哈道:"那魔家四将都被小爷打得大败亏输,何况你们!识相的,赶快都夹着尾巴给我滚回去,倘使敢到太岁头上来动土,管教你们来得去不得,梅山六圣变作霉山六鬼!"

姚太尉大怒,抢起宣花斧,望哪吒当头便砍,哪吒毫不在意地举起火尖枪向上一拨,姚太尉便觉臂腕酸麻,宣花斧几乎脱手,勉强战了几个回合,支撑不住,败下阵来。

康太尉接着上阵,手提明晃晃的大砍刀,恶狠狠地向哪吒拦腰砍来。哪吒挺枪架住,喝道:

"且慢!"

康太尉误以为哪吒怕他们和他车轮大战,一人敌不过六人,有些胆怯了,便道:

"你敢是服输了,还不趁早投降,更待何时?"

哪吒冷笑道:"非也!小爷岂惧你等鼠辈,只因这后花园不是交战之地,不要白糟蹋了一园好花木!有种的,跟小爷到陈塘关外来决一雌雄。"

说罢,念动咒语,驾着风火轮冉冉上升。梅山六弟兄率领一千四百草头神紧追在后,一同到了陈塘关外旷漠之地,眼前一片天垂平野阔的平原,正是良好的战场。到了这战场之上,少不得要彼此交锋,梅山六弟兄哪里是哪吒的对手,个个都是战不到几个回合,就败下阵来。六人聚在一起,私下商议道:

"怪不得玉帝忧虑,这哪吒果然神勇非凡。为今之计,只有以多取胜。俗话说:'双拳难敌四手,好汉架不住人多。'我们有十二只手,他只有两只手,何不一拥齐上,一个打他的上三路,一个打他的中三路,一个打他的下三路,一个抢他的风火轮,一个夺他的火尖枪，一个卡他的脖子，叫他顾此失彼，只要有一路得手，其他各路就互相配合，攻他的弱点，不怕不把他制伏。"

计议已定，便分工合作，各攻一路。殊不知哪吒早有防备，见他们聚在一起计议，情知他们想六打一，心里暗暗好笑："这不过想以多取胜，何足道哉！"

好哪吒，真是艺高人胆大，望着他们微微冷笑，就像不知道他们的阴谋诡计似的；等到他们一拥而上，突然暗中念动咒语，摇身一变，变成了三头六臂。上面一只手里的定风锤磕飞了直健将军的镏金锤，中间一只手里的青云刀砍折了康太尉的大砍刀，下面一只手里的映泉剑削断了张太尉的镔铁棍。郭申将军把宝剑插在背后，伸开两只蒲扇似的大手来卡哪吒的脖子，刚刚觑准了哪吒的脖子想下手，不防哪吒的脖子两旁忽然长出两颗头来，一头张口咬住了他的左手，一头张口咬住了他的右手，痛得郭申将军哇哇怪叫，慌忙把手夺出来时，已经每只手被咬断了三根指头，鲜血淋漓地败下阵去。姚太尉把宣花斧插在腰间，一个鹞子翻身翻到哪吒面前，施展猿猴献果、玉女偷桃的武术，打算空手入白刃地来夺哪吒的火尖枪，不料却被哪吒中间一只手里的混天绫紧紧把他双手一齐裹住，裹了又裹，越裹越紧。这时哪吒又执着混天绫在空中旋转，让姚太尉被裹着的手随绫一层层地解开；旋到最后，把个姚太尉直甩到一丈以外，跌了个狗吃屎。李太尉手执长枪，和张太尉的镔铁棍双管齐下，不过目标不同，张太尉的棍是扫哪吒的下三路，李太尉的枪是刺哪吒的风火轮，想卡住轮轴，使轮子不能转动。满以为哪吒要对付张太尉的镔铁棍，一定来不及兼顾脚下的风火轮，不防哪吒变化的三头六臂能互相联络运用，随着张太尉手里的棍子被哪吒一只手里的映泉剑削断的同时，哪吒另一只手里的乾坤圈向李太尉的长枪上重重一击，李太尉只喊得一声"哎哟"！登时虎口裂开，长枪被震折成三段。

梅山六弟兄不是负伤，就是丢了兵器，吓得心胆俱裂，狼狈向西败退。哪吒忍不住在风火轮上哈哈大笑，一面追击着没命奔逃的一千四百草头神，一面向梅山六圣喊道：

"你们这伙霉山里的倒霉鬼，凭你们这种能耐，也敢到小爷面前来现世！谅你们那二郎神也无非是这么个脓包货色，你们可带话告诉他，不要再上小爷这陈塘关来，免得出乖露丑！"

自古骄者必败。哪吒只顾在风火轮上扬扬自得，猛可里眼前发黑，脑后生风，脖子旁边一痛，一个黑乎乎的东西一口咬住他左边脖子上的一颗头不放。哪吒吃了一惊，连忙睁开中间那颗头上的正常的眼睛看时，原来是一条满身乌黑的猛犬，也不知是从哪儿钻出来的。哪吒急忙用手里的乾坤圈把它打落，一面念动收诀咒语，把三头六臂的形象收起，依旧恢复了本相，幸亏那个头只被咬落了颈边的一块皮。

哪吒出世以来经过不少战斗，也曾败在石矶娘娘手里，却从没有受到过突然袭击，更没有负过伤，不由得勃然大怒，骂道：

"哪里来的恶狗，敢欺负你小爷，暗地伤人，真是畜生！你家主人是谁？纵容你突然咬人，也不是好汉！有种的赶快出来，光明正大地面对面战斗，不要鬼头鬼脑地指使你这畜生来害人！"

狗哪里听得懂人话，只是围绕着哪吒脚下风火轮前后左右，龇牙咧嘴，猖猖狂吠，得空就扑上来咬。这时前面却传来一个声音道：

"哪吒休得猖狂，吾神特来拿你！"

哪吒忙于对付那狗，眼睛只是注视着下面，没空抬头，听得声音，这才趁那狗被火尖枪逼得略微后退之机，举目向前看时，只见前面黄沙笼罩中，闪现出一员青年神将，头戴飞凤紫金冠，身披淡黄色大氅，里面露出黄金锁子甲、护心明镜，手执三尖两刃刀，相貌威武英俊，最奇怪的是在双眉中间比旁人多生一只直眼。刚才被打败的梅山六圣都聚集在他身边，依然全是一副狼狈相。看罢，不由得把小嘴一撇道：

"你说我猖狂，你自己才是猖狂透顶！看你是个青年人，却不走正路，一团歪风邪气！大丈夫做事应该光明磊落，你上阵交锋，不通名报姓，不明枪交战，却鬼头鬼脑地放出狗来咬人！照你这种行径，就该刮鼻子羞你！你好不要脸！先把你那恶狗收回去，再来跟小爷打话。"

杨戬被哪吒数说得满面羞惭，只好打一声呼哨，那狗这才不再缠扰哪吒，奔了回去，跳上杨戬的肩头，原来它正是二郎神的哮天犬。杨戬每次上阵，总是先放出哮天犬去，正像猎人要捕捉野兽，必先放出猎狗去探寻踪迹一样，不想今番却被哪吒数说了一顿。

哪吒明知来者就是二郎神，却故意装作不认识的样子问道："你是何处邪神，哪家走狗？到这里来啰唣！"

杨戬中间一只直眼闪闪发光，雄赳赳地说道："吾神乃灌州灌江口玉皇大帝外甥二郎神杨戬是也！你这孩子胆大包天，横行不法，竟敢大闹龙宫水府，打死巡海夜叉、龙王太子，打伤龙王，连败天兵天将、四大金刚，这也是他们本领低微，以致败在你手里，让你这孩子逞能！现在撞着吾神，是你的晦气星到了，赶快下拜投降，饶你一死！"

哪吒刮着鼻子笑道："羞！羞！好不要脸！你满嘴'吾神、吾神'，你配称什么神道！凡为神者，必须光明磊落，正直无私，你却暗箭伤人，冷不防地放出恶狗来咬你小爷！你枉自比别人多生一只眼睛，却不辨善恶，不识好丑，那东海龙王敖广，要吃童男童女，才真正是横行不法的家伙！小爷打死他的走狗巡海夜叉李艮、三儿子敖丙，打得他龙头长肉瘤，龙鳞全扯光，这样所作所为，才配称光明正直的神道。你说别人本领低微，你手下那霉山六鬼顶什么用，还不是照样给小爷打得夹着尾巴灰溜溜地逃回你身边去！谅你也不过是个脓包，不是你小爷的对手，还不如趁早回你灌江口去，别在你小爷眼前丢人现世！"

哪吒这番话义正辞严，说得二郎神杨戬怒从心上起，恶向胆边生，不由分说，举起三尖两刃刀，就向哪吒刺来。哪吒挺枪相迎，两下刀来枪去，刃刺枪挑，战够百余回合，直杀得天昏地暗，日月无光，依旧不分胜负。梅山六圣在一旁都看得呆了，觉得这真是从未见过的大战。

哪吒虽是神勇，毕竟还是个小孩，体力有一定限度；二郎神却是年轻力壮，百战不倦。初战还是彼此力量平衡，不分高低；战到后来，哪吒渐渐觉得气力不支。偏偏那只哮天犬在他们争战的当儿，又蹿上跳下，围绕着哪吒缠扰不休，动作疾如迅雷，快似闪电，得空就钻，逢隙便咬。哪吒刚用火尖枪挡开二郎神的三尖两刃刀，哮天犬又蹿了上来；刚用乾坤圈赶开哮天犬，二郎神的刀又下，弄得哪吒手忙脚乱。暗想："不先结果这畜生，不但不能取胜，还有性命之忧。"于是卖个破绽，跳出战阵，念动咒语，风火轮冉冉上升。

二郎神虽能腾云，哮天犬却超不过他，只好在半空露着獠牙，猗猗狂吠。哪吒趁二郎神略一迟疑，驾云追来之机，解下背上缚着的混天绫，猛地把风火轮向下一降，乾坤圈往腕臂一套，举起混天绫，望哮天犬身上抛去。但见红光一闪，那混天绫已把哮天犬身子裹住。混天绫虽只有七尺，门幅却很宽阔，哮天犬被裹在中间，眼睛给绫遮住，蒙头转向，不辨东西南北，只见满眼红光，于是一面猗猗狂吠，一面拼命挣扎。谁知越挣扎，混天绫裹得越紧。哪吒抓住混天绫的一端，把哮天犬抽上来，手起一乾坤圈，正砸在犬腰中间。哮天犬"嗷！嗷！"一阵惨叫，浑身哆嗦。哪吒也不管它伤在哪里，连绫带犬向二郎神抛去，一声狂笑："还你宝贝！"那混天绫随抛随解，最后正好把那只半死不活的哮天犬抛在二郎神脚前。

二郎神看他的宝犬时，已经变成了残废，一瘸一拐，行步艰难，走一步就要喘一口气，哪里是什么哮天犬，简直成了哮喘犬。二郎神又急又气，三尖两刃刀如雨点般劈刺过来，恨不得把哪吒剁成肉酱，代自己的爱犬报仇。哪吒勉强又战了十几个回合，实在招架不住，只好回身就逃。二郎神哪肯轻舍，大步流星地追来，嘴里不住吆喝：

"哪吒，往哪里走，赶快下轮受死，把你的小命抵偿我的宝犬！你就是逃上天去，我也要追你上三十三天；你就是钻进地去，我也要追你到十八重黄泉！"

哪吒暗中念动咒语，加快了风火轮的速度。谁知二郎神身轻似燕，健步如飞，哪吒尽管把风火轮踏得快上加快，二郎神的形影却始终不离他左右，甩也甩脱不了。

康、张、姚、李四太尉，郭申、直健两将军见二郎神打败了哪吒，好不欢喜，连忙催动一千四百草头神赶来助阵。他们哪里追得上杨戬、哪吒？越追越离得远，最后竟连影子都望不见了。

哪吒见二郎神紧追不舍，而且身影常不离左右，心里暗道："不好！这回要出丑！"情急智生，又伸手到兜肚里去，摸出师父太乙真人赐的隐身符来，向胸前一贴，向二郎神笑嘻嘻地说了声："对不起！少陪了！"话刚出口，登时无影无踪，连人带风火轮都不知去向。

二郎神诧异道："哪吒呢？哪吒到哪儿去了？奇哉！这孩子确实有些刁钻古怪，莫非因为我方才说不论上天入地都要追到他，真个上天入地了不成？"

杨戬四下寻找哪吒，哪吒却坐在东海边的一块大石头上想心思呢。原来他从陈塘关一直向东逃，不知不觉已经跑到东海边来了。他在想什么心思？想的是怎样打败杨戬、捉住杨戬。你们别看哪吒年纪小，他却比大人还要机灵百倍。确实，有些大人头脑僵化，远不如小孩灵敏。人们称赞小孩子，常常说："这孩子很鬼！"什么叫作"鬼"？"鬼"就是聪明伶俐，灵巧百出。他眼望着东海，眉头一皱，小眼乌珠一转，立刻计上心来。

你道他想出了什么诡计？原来他眼望着面前蓝澄澄的东海，就想到从前龙王要吃童男童女，自己在路上遇见一伙渔民，手提酒壶菜榼，去慰问儿子被选作童男的遭难渔民黄经的光景来。暗想："二郎神只知道我会变化三头六臂，却不知道我还会七十二变，我何不就变作一个老渔翁，把他诓骗进东海去，浸他一个半死，不就可以打败他、捉住他了吗？"越想越觉得这主意不错，于是便把隐身符收进兜肚里，现出身形，把风火轮变成一只渔船，火尖枪变成船橹，混天绫变作船缆，乾坤圈变作酒壶，那些青云刀、映泉剑、定风锤，乃是人间打造的兵器，不能变化，只好把来藏在船舱里，预备万一被杨戬识破机关，来不及把火尖枪、乾坤圈变过来时，可以取出抵挡。

一切都准备停当，就是酒壶里没有酒。哪吒本来想在东海里舀取些水来冒充酒浆，转念一想："可恨那妖神，苦苦相逼，不肯放松，谁高兴请他喝酒？就是请他喝东海里的咸水，也嫌厚待了他，还是撒一泡尿给他喝。"哪吒素来是精赤条条，不穿裤子的，只用兜肚遮着下身。当下掀开兜肚下幅，在乾坤圈变的酒壶里撒了一泡尿。抬头一望，远远见杨戬正在东寻西找，快要走近东海边来，便提着酒壶上岸，口唱李靖过去常唱的歌词道：

白发渔翁江渚上，惯看秋月春风。一壶浊酒喜相逢。古今多少事，都付笑谈中。

杨戬听得歌声，见到哪吒假扮的渔翁，果然丝毫没有疑心，走到近前，躬身施礼，问道：

"老丈，可曾见有一个脚踏小车轮子的孩子经过这里吗？"

哪吒肚里暗笑："中吾计也！好笑这二郎神枉自生了三只眼睛，却识不破我哪吒的变化改扮，真是瞎子戴眼镜，多一层！你既然只只眼里插棒槌，我管教你来得去不得！"当下故意装作苍老的口音说道：

"将军何来？你问的是谁家孩童？老汉天天在这海边打鱼，却从没见有小孩骑着车子到来，因为这海边乃是沙滩，一脚踏下去就陷没到腿肚，不是行驶车子的地方。再说，前面就是东海，汪洋万顷，只能行船，不能行车。将军，试问世上哪有脚踏轮子过海的傻瓜？"

杨戬点头道："老丈言之有理！吾神乃灌州灌江口二郎神杨戬，奉玉帝征调，来此陈塘关收服哪吒，刚才和他大战百余回合，他不支败逃，吾神追赶到此，不知他玩弄什么妖术邪法，忽然形影全无，踪迹不见，故而动问老丈。既然哪吒没有在此经过，吾神别处寻找去也！"

哪吒连忙挽留道："将军远来不易，力战辛苦，且到老汉船上休息一下。老汉打得一壶浊酒在此，只是一人独饮，寂寞寡欢，难得将军来此。刚才老汉曾唱道'一壶浊酒喜相逢'，老汉今天和将军相逢，也算有缘，就请同到船上小饮三杯，共谈古今兴废、人世沧桑何如？"

你道哪吒何以出言吐语，这般文雅？殊不知哪吒早把李靖过去读的书背得滚瓜烂熟，所以既能说顽皮的小孩话，也能说文雅的大人话。

闲话少说。且说杨戬正因和哪吒力战了百余回合，身体很觉困乏，听了这话，欣然从命。两个一同步上船头，在这狭小的船上也叙不得宾主之礼，就在船头上促膝而坐。哪吒先开口问道：

"刚才听将军说，奉玉帝征调来此收服哪吒，未知哪吒有何过犯？将军来陈塘关以前，有否对哪吒的所作所为，调查清楚？"

杨戬先前听了哪吒一番理直气壮的话，本来就已觉得过失似乎在龙王和玉帝，不在哪吒。当时只为气不过哪吒的讥笑，受不住哪吒的责备，没有细想，就和哪吒交战；这时听了假渔翁的问话，内心很是惭愧，不觉红潮上脸，搭讪着说道：

"吾神远处灌江口，对这里的情况不大了解。只以为玉帝征调，必是哪吒横行不法，事前确实没有调查清楚。老丈久住此间，见闻较切，对情况必然熟悉，未知能否告知一二？"

哪吒正色道："将军差矣！任何事情都必须经过实地调查，了解真实情况，才能判断是非曲直。老汉每天都在海边打鱼，深知横行不法的是东海龙王敖广，不是哪吒。将军虽处远方，但人情相去不远，当知天地无私，谁都不能独占。譬如那江上清风、山间明月，任何人都可以享受，如果有人竟想独占，说只许我一人观赏，不许你们分享，势必引起公愤。这一片东海，何异于清风明月？可是那龙王敖广却想占为己有！"于是将事情经过细说了一遍之后，又道："请问将军，哪吒和龙王二者之间，究竟谁是谁非？曲在哪一边，直在哪一边？将军事先没有调查清楚，就兴师动众，前来征讨，为恶霸伸冤，使正人侧目，未免过于冒失！现在纣王无道，人民把帮助纣王的人称作助纣为虐。将军师出无名，老汉斗胆，给将军题一个名称，叫作助龙为虐。将军纵使打败了哪吒，恐怕也难免落一个助龙为虐的千古骂名！"

一席话说得杨戬哑口无言，只觉面部像火烧似的滚烫，半晌才道："据老丈所说，确是直在哪吒一边，曲在龙王一边。吾神错见，事先没有调查，若非老丈指教，几乎帮助了独霸东海的大恶霸！"

哪吒肚里暗道："原来他也还识得是非善恶，怪不得他会反对玉帝，听调不听宣。照他这样，不该给他尿酒喝。"无奈尿已撒在酒壶里，无法更换，只好暂且由他。于是又道：

"老汉闻得聪明正直之为神。将军如今所作所为，恐怕难以说得上聪明正直吧？"

杨戬被说得坐立不安，连称："吾神错了！多蒙老丈指点，顿开茅塞。这事过失，确如老丈所说，是在龙王和玉帝，不在哪吒，哪吒可算是一个急公好义、正直无私的小英雄，吾神不胜钦佩！只怪我母亲听信太白金星之言，责怪我不该不服从玉帝征调，吾神不及细问情由，因而铸此大错！语云'不知者不罪'，想老丈也不致罪我。可惜现在哪吒不知去向，吾神正四处寻找，如果找到他，吾神一定向他赔礼道歉，然后率领梅山六弟兄和一千四百草头军回灌江口去，从此不管他们的闲账！"

哪吒暗暗高兴道："好也！好也！现在我们两人走到一处，有了共同的语言，可以握手言欢了。"当下就想露出本相，转念一想："且慢，他虽然是受了蒙蔽，如今已经醒悟，不过毕竟太鲁莽，应该给他一个教训；而且他刚才打败了我，我如果不翻本，传说开去，岂不被人家笑我哪吒无能，枉为太乙真人的弟子，坍了师父的台？我必须想法捉住他，一来使他不敢轻视我，二来也使大家知道我哪吒并没有败在他二郎神杨戬手里。"哪吒毕竟是小囡脾气，要强好胜，不肯吃亏服输，因此他仍旧不动声色，静看杨戬下一步做何动作。

杨戬哪里知道哪吒肚里转的鬼念头，他觉得渔翁的话是对他很好的教育，因此便拎起搁在船头上的酒壶来道：

"吾神今日得遇老丈，饱听教益，也算三生有幸，现在就领老丈的情，痛饮三杯，回灌江口去也！"

哪吒想不到杨戬竟拎起酒壶来，暗道："不好！他竟要喝我撒的尿。当初原是因为给他打败，气他不过，不肯舀海水当酒，撒了泡尿。现在他已知过认错，如果让他喝了我撒的尿，天下人都要骂我小鬼头不该使促狭。"于是连忙阻止道：

"将军且慢，这酒已经凉了，待老汉生起火来，热一热，再把早晨打来的鱼烧一尾做下酒菜，这样才像个东道主。"

说罢，便伸手过来，想接杨戬手里的酒壶。

杨戬拦住道："不必了！吾神既知所行非是，便觉归心似箭，一时三刻都耽搁不住。酒凉一点何妨，吾神叨扰领情就是。只是请借一只杯子来。"

哪吒露出为难的神气道："老汉船上就是没有预备酒杯，平常都是对着壶嘴喝的。"

杨戬道："好！在这渔船上，一切从简，不比赴宴，吾神也就对着壶嘴喝罢。"

说完，便把手里的酒壶斜倾，正要喝，忽然停住，揭开壶盖，闻了闻，眉头不觉皱了起来，眉中间的直眼也一开一闭。

你道为何？原来杨戬闻到壶中的酒气味有异，不禁老大地犯疑，不肯再喝，当下问道：

"请问老丈，这酒里为何有一股异味？"

哪吒勉强忍着笑道："可能隔了一夜，酒变馊了。"

杨戬摇头道："此非馊味，乃是一股臭气，好像尿臊臭似的。"

哪吒见已被杨戬辨认出来，无话可答，只好掩饰道："此酒乃昨夜沽来，放在床下，可能是孩子们不懂事，错把酒壶当尿壶，撒了尿在里面了。让老汉拿去倒掉，洗干净酒壶，再去沽来，与将军痛饮如何？"

杨戬听说是尿，哪里还肯再喝，放下酒壶，怀疑地问道："老丈膝下有多少儿孙？"

哪吒不知杨戬问这话是何用意，信口答道："老汉单身一人，并无儿孙子女。"

杨戬道："可又来，老丈既无儿孙子女，何来孩子撒尿在酒壶里面？"

哪吒这才明白，原来杨戬话中带着钩和线，要从自己嘴里钓出是非来。他没有防到这一着，几乎被问住，但他毕竟聪明，马上哈哈大笑道："老汉虽无儿孙，但平素喜欢孩子，常有邻近渔村中的孩子前来玩耍，夜间回去不得，就在老汉屋里宿歇，因此给他们撒了尿在酒壶里面。"

杨戬三只眼珠乱转了一阵，微微冷笑道："这也罢了。刚才听得老丈唱的歌词，非常动听，且又切合眼前情景，不过好像是下半首，不知上半首老丈可还记得吗？何妨唱来听听，以助一时之兴。"

哪吒不明白杨戬为什么忽然要听他唱歌词，他毕竟是个小孩子，喜欢卖弄聪明，想让大家称赞自己的能耐，当下不假思索地唱道：

> 滚滚长江东逝水，浪花淘尽英雄。是非成败转头空。青山依旧在，几度夕阳红。

唱罢，正待听杨戬的夸赞，不料杨戬忽然翻转脸皮，暴雷也似的大喝道：

"住了！你既久在海边打鱼，应该知道这里陈塘关只是靠海，并不通江，你怎么说'滚滚长江东逝水'？这滚滚东逝的长江水从何处流向陈塘关来？吾神先前听你唱'白发渔翁江渚上'，心里就已犯疑，现在听你这一唱，更加露出马脚，你这厮莫非就是哪吒变化改扮的不成？"

哪吒见已被二郎神识破机关，二话不说，一把抢过二郎神身边的三尖两刃刀，望着海中便跳。好哪吒，真是眼明手快，二郎神正被他这突如其来的行动惊得微微一怔之间，哪吒已在海中念动收法咒语，恢复了自己的小孩本相，酒壶仍旧变作乾坤圈，船缆仍旧变作混天绫，飞回他身上；特别是那小小渔船，一旦仍旧变作风火轮，飞回哪吒脚下，船上的杨戬和那些不能变化的青云刀、映泉剑、定风锤等人间兵器便都纷纷落水。

哪吒一手拿着杨戬的三尖两刃刀，一手接过船橹变成的火尖枪，指着杨戬，笑嘻嘻地说道：

"听你刚才所说，能够知过认错，不愧人称二郎神，确是一尊聪明正直的神道。你说如果找到了我，要向我赔礼道歉；现在我在这里，也很佩服你。我起初不知道你能分辨邪正是非，几乎教你错喝了我撒的尿，也有不是，两边拉直，你也不用再向我赔礼道歉。我们往日无怨，平日无仇，我们两家头讲和了罢！只要你承认我哪吒没有败在你手里，我还你三尖两刃刀，欢送你回灌江口去。"

杨戬本来在判明是非曲直以后，很佩服哪吒的正直无私、见义勇为，想找到哪吒后就跟他讲和，回灌江口去，不再管这笔闲账；不料一经识破哪吒的伪装，哪吒就突然夺去他的三尖两刃刀，使他翻身落水，而且提出要挟的条件，不许自己说把他打败，不由得重新勾起怒火。他原是江神，深通水性，只在海里略一翻身，便仍旧威风凛凛地挺立在波涛之上，指着哪吒冷笑道：

"小鬼，你要把吾神淹死，休想！吾神江里生，水里长，吾父是治水专家，万里长江的上游岷江，就是吾神的家乡，正是万顷波涛何足道，长江源头是吾家！区区海水，岂能奈何得了我？刚才听你说的所作所为，可算得上是个急公好义的小英雄，吾神有心想结识你，跟你交个朋友。谁知你仍是个小淘气、小顽皮，无端夺我武器，翻我落水，吾神一时不察，中你诡计，这也是吾神太相信人，直肠直肚之过！你玩弄阴谋诡计取胜，满嘴光明磊落，喊得震天价响，行动却鬼鬼祟祟，算不得英雄好汉！你以为吾神手里没有武器，就奈何你不得吗？不要走！吾神就凭这一双空手，也要捉住你这小鬼！"

哪吒暗叫："不好！我道他不识水性，落水要喊救命，谁知道他原来是江里生，水里长，水就是他的娘家！正是小巫见大巫，鲁班门前弄大斧！现在我手里虽然拿着两般武器，但都是长枪大刀，两手难以同时施展，反不如他赤手空拳，轻巧灵便，如果再败在他手里，岂非前功尽弃？三十六计，走为上计，还是趁早把脚底板给他看！"想着，便把三尖两刃刀和火尖枪并在一手，腾出一只手来，从兜肚里摸出隐身符向胸前一贴，立刻在海面上消失了踪影。

第十二回 | 四海龙王水淹陈塘关

二郎神杨戬手无寸铁，只剩下肩头上一只成了残废、不住哮喘的哮天犬，哪吒又不知去向，这种形势，要说不败，也不可能了。他正垂头丧气地从海面迈步登岸，后面梅山六弟兄已率领一千四百草头神赶了上来。他们本来是见杨戬大获全胜，赶来助威的，不想迎接着的却是一个像斗败公鸡似的杨戬，大家不禁都吃了一惊，问是怎么回事。杨戬把自己受骗的经过约略说了一遍，梅山六弟兄面面相觑，作声不得。杨戬叹道：

"古人说：穷寇莫追。我违背古人的教训，以致反胜为败，后悔莫及！哪吒这孩子确实刁钻古怪，他装龙像龙，装虎像虎，变化作渔翁，竟活生生的像个打鱼佬，说的话句句像大人，不像个孩子，难怪我会受骗上当。据哪吒所说，此事过失确实在玉帝和龙王，我只有不管他们的闲账，自回灌江口去。只是失落了随身武器三尖两刃刀，今后无法上阵作战，如何是好？哦！有了！我且上陈塘关问李靖讨去。"

当下杨戬率领梅山六弟兄和一千四百草头神来到陈塘关帅府。守门官飞报李靖。李靖暗暗吃惊，连忙整一整衣冠，大踏步地出迎。

杨戬留心打量李靖，见他年约五十开外，白净面皮，三绺长须，打扮得和自己不相上下，像个元帅模样，手里托着一座七层玲珑宝塔。当下开门见山地说明来意。

李靖正恨哪吒闯祸，使上门问罪的人越来越多，无法应付，又见杨戬说话谦恭有礼，更觉哪吒不该，连忙躬身答道：

"孽子自恃是太乙真人弟子，有几分本领，不断在外闯祸，致累尊神远来征讨，不胜惶恐！此皆李靖教子无方之过！待李靖派人去找哪吒来，向尊神赔罪，奉还兵器便了。"

说罢，便命家丁张龙到陈塘关去查问哪吒是否在关上；又命家丁李虎传话后堂，叫丫鬟养娘到后花园去寻找。

哪吒果然已经回家，收了隐身法，下了风火轮，正在后花园里赏玩杨戬的兵器。那三尖两刃刀煞是奇怪，既不像刀，也不像枪，却又像枪，又像刀，中间宛如半段宝剑，两面锋利如刀，所以名两刃刀，刀的两旁仿佛花开两瓣似的，向左右分开两尖，连同中间的刀尖，合称三尖。哪吒看罢，心想："二郎神失落了这兵器，一定要来索讨，我留着他这兵器也没有用处，少不得要还他。但是就这样还他，无凭无据。日后他在外宣扬，只说他打败了我，如果拿不出凭据来证明我后来反败为胜，夺得了他的兵器，这便怎么办？"寻思无计，很是愁烦，忽然灵机一动，想道："有了，我何不把他这三尖两刃刀的中间一段打下藏起，做个凭据，任凭他能言善辩，口若悬河，也难辩清胜败谁属，岂不妙哉！"

当下哪吒把杨戬的三尖两刃刀平放在地，举起乾坤圈，在刀根和银柄连接处用力一砸，只听得雷震似的乒乓一响，真是仙家宝物，妙用无穷，要知杨戬的三尖两刃刀并不是凡间兵器，乃是当初大禹铸鼎时聚九州铁铸剩下来的钢渣打造而成，真是百折不挠，千揪不断，但在乾坤圈的打击下，却像破铜烂铁似的，只见火花飞迸，刀、柄分离，只剩下左右两个尖角，中间一段已像半截宝剑似的折断在地。

哪吒把这一段一尖两刃刀藏在兜肚里，从地上拾起只剩下两个尖角的烂银柄来，越看越好笑，笑得打跌，说道：

"好个二郎神的兵器，现在变作光杆了！这哪里还像三尖两刃刀，应该给它另外起一个名字，叫两尖无刃枪才对。"

哪吒正笑得弯腰直不起身子，丫鬟养娘已经寻到后花园里来。那养娘就是哪吒的保姆，素来托熟惯了，见面就埋怨他道：

"小少爷，你还在开心！外面那三只眼睛的二郎神好不怕人，缠住了老爷，口口声声地讨什么三尖两刃刀，老爷正在寻你，你还不快到花厅里去。"

哪吒暗叫："哎哟！坏了！他怎么来得这样快！我刚弄坏了他的兵器，还没来得及设法弄个银样镶枪头装上还他，他就上门来讨了。如果拿这光杆两尖无刃枪归还，他怎么肯接受，少不得又要打起来。打起来，他就是赤手空拳，我也不是他的对手。这便怎么是好？"

哪吒被难住了吗？不！不！哪吒乃是个小机灵精，什么事能难得倒他？他黑漆漆的小眼乌珠骨碌碌地转了两转，肚里立刻有了主意，暗想："我不跟他硬碰硬，只对他用软功。我只消对他赔不是，说好话，凭我这三分笑脸，管教他气消十分。"于是便拿着杨戬那被打断了的光杆两尖无刃枪，毫不在意地跟着丫鬟养娘们走到花厅里去会杨戬。

到了花厅后的屏门前，哪吒把枪杆靠屏门放着，走进厅堂去，笑嘻嘻地朝杨戬躬身作揖道：

"仁兄在上，小弟拜揖。小弟不知仁兄光临，有失迎接，还望仁兄恕罪！"

杨戬诧异道："哪吒！你这小鬼，怎么跟吾神称兄道弟起来了？"

哪吒笑道："这有什么可奇怪的？从来年长者为兄，仁兄比小弟年长三倍，正是我的老兄！"

杨戬见哪吒嬉皮笑脸的，真是气也不是，恼也不是，又碍着李靖的面，不便当着父亲打他的儿子，只得说道："这也罢了！刚才你在东海边假扮渔翁，骗得我好苦！又不知道用什么障眼法……"

哪吒连忙更正道："不是障眼法，是隐身法。"

杨戬道："我也不管你是障眼法还是隐身法，总之是逃跑法。你连逃两次，害我寻找得好苦！事情已经过去，我也不来怪你。我刚才细想你变化作渔翁时说的话，觉得很有道理。我决定不再管这笔闲账。你千不该，万不该，不该在我说不管以后，还要盗我的兵器。现在快把兵器还我，我就此打道回灌江口去也。"

哪吒取过靠屏门立着的光杆来，双手捧呈杨戬道："奉还仁兄兵器。"

杨戬接过来一看，刀不像刀，枪不像枪，倒像一根叉火棒，只是柄太长了些，忍不住诧异地问道："这是我的兵器吗？"

哪吒道："正是仁兄的兵器。"

杨戬道："这兵器叫什么名称？"

哪吒道："它的名称，就和它的形状一样，叫作光杆两尖无刃枪。"

杨戬大怒道："胡说！我的兵器是三尖两刃刀，天上地下无不知晓。你从何处拾到这废铜烂铁，拿来偷换我的兵器，打算蒙混过关？"

哪吒辩道："小弟就是有泼天大的胆子，也不敢偷换仁兄的兵器。仁兄请看，这闪闪发光的烂银柄，不就是仁兄常常握在手里的吗？"

杨戬低头细看了一下，果然不错，便道："柄是对了，还有别的呢？"

哪吒指着柄端两边两个尖角道："仁兄请看，这像花开两瓣锋尖向上的尖角，是不是你三尖两刃刀的两尖？"

杨戬细细一看，点头道："不错。但是还有中间那一尖两刃刀呢？"

哪吒抱歉地笑道："对不起！那中间一段一尖两刃刀，被小弟不慎打断了！小弟因见仁兄兵器式样新奇，不同凡品，忽发奇想，想试试它坚牢不坚牢，便把师父太乙真人所赐乾坤圈在它中间打了一下。不料仁兄的兵器竟是虚有其表，好像豆腐做的，一打就断成两截，正是世间好物不坚牢，彩云易散琉璃脆！小弟不小心，误断仁兄兵器，不胜惶恐，还望仁兄恕罪！"

杨戬怒不可遏，指着哪吒骂道："好小鬼！你无故抢我兵器逃走，已属不该，又把我的兵器断成两截，格外混账！你叫我拿着这光杆两尖无刃枪怎么和人交战？难道凭这两个尖角去戳人不成？还要在我面前嬉皮笑脸，巧语花言，真正可恶可恨！"

哪吒赔笑道："仁兄何必如此大发雷霆？兵器乃身外之物，随时随地都可得到；身体乃无价之宝，为兵器而气坏身子，未免太不值得！仁兄虽非天上神仙，也是地面的一位正神。凡为神者，除了光明磊落、正直无私外，还得宽宏大量。小弟无意间损坏了仁兄的兵器，固然不该，但仁兄如此计较，也未免过分。俗话说：'大人不记小人过，宰相肚里好撑船。'还望仁兄大量包涵。"

哪吒这一番软中带硬的话，说得杨戬啼笑皆非，如果再要动怒，那就真成了哪吒所说的过分计较了，岂不惹人耻笑？没奈何只得说道：

"这也罢了！你且把那给你打断了的中间一段一尖两刃刀还我，让我去找名工巧匠重新安装上去，打造坚固。"

杨戬那一段断刀就藏在哪吒的兜肚里，要还他非常容易，只要从兜肚里取出来就是。但这样一来，岂非成了无凭无据？将来要说曾打败过杨戬，谁能相信？可要不还，杨戬一定不肯善罢甘休，势必坐索不走，又将如何了局？事出两难，哪吒怎样对付呢？

好哪吒，他早就预先做好了准备。他准备的是什么？那就是见机行事。当下他不慌不忙地答道：

"仁兄问我要兵器上的一段一尖两刃刀，我先唱一支山歌给仁兄听听如何？"

杨戬疑惑不解地问道："这是什么意思？"

哪吒笑道："我们小孩子家唱的山歌叫作儿歌。仁兄听完了，就知道你那一段断刀的下落，不会再问我讨了。"

杨戬道："既如此，你且唱来。"

哪吒于是引长了声音，曼声唱道：

天上星，地上星，舅母叫我吃点心。吃的啥点心？豆腐炒面筋。面筋甜，买包盐；盐味咸，买只篮；篮底漏，买斤豆；豆肉香，买块姜；姜汤辣，买只鸭；鸭会叫，买只鸟；鸟会飞，一飞飞到天上去。

杨戬听哪吒唱山歌，越听越好笑。听完了，便道："我问你，你唱的这山歌，和我那被你打断了的一尖两刃刀有什么关系？"

哪吒笑道："怎说没有关系，关系大得紧哩！小弟刚才在后花园里，用师父所赐的乾坤圈，在仁兄的兵器上打了一下，只听得乒乓一声响亮，仁兄兵器上那一段一尖两刃刀，就像我山歌中唱的那鸟儿一样，一飞飞到天上去了。"

杨戬道："岂有此理！我不相信！"

哪吒笑道："仁兄相信也罢，不相信也罢，总之你的一尖两刃刀已经上天，不能下地，你在这里逼死我也无用，还是上天宫去问玉皇老倌讨。仁兄和玉帝是甥舅至亲，一定会照顾你，叫灵霄殿上的千里眼、顺风耳帮你找寻，不难寻到，强似在我这里做徒劳无益的争吵！"

杨戬摇头道："我和玉帝虽是至亲，却是冤家。当初他干涉我母亲婚姻自由，把我母封闭禁锢在暗无天日的桃山之内，我和他仇深似海；现在他又多行不义，帮助作恶多端的龙王，我怎肯向他低头求情！"

哪吒忍不住夸奖道："仁兄正直无私，小弟非常钦佩！仁兄不肯向玉帝低头求情，这也不难。小弟闻得仁兄所住灌州灌江口地处蜀中，蜀中物产丰饶，世称天府之国，铜山铁矿，遍地皆是。仁兄兵器，也无非是人间凡铁铸成，何难再采精钢，重铸武器？小弟和玉皇老倌的一番交涉还未了结，少不得总有一天重上天庭，跟他算账。如果找到仁兄那段一尖两刃刀，当专诚到宝地灌州灌江口拜访，奉还宝器。"

杨戬起初疑心哪吒把他那段断刀藏起，故意放刁撒赖，这时见他说得活龙活现，不能不相信，谁知竟又上了哪吒的当。当下情知在这里缠扰无用，只好万分无奈地拿着那两尖无刃的光杆，起身向李靖告辞，又在哪吒的额角头上重重地戳了一下，含笑带爱地骂了声："今番便宜了你这小鬼头！"驾起一阵黄风，带同梅山六圣和一千四百草头神滚滚向西回灌江口去了。

李靖一见二郎神走了，心里虽也欢喜，但总敌不过畏祸怕事的心理，他对哪吒正色说道："现在虽然说退了二郎神，难保没有新的祸事到来，要及早做好准备。"

李靖的话果然不幸说中。正是乐极悲生，一波未平，一波又起，就在大家欢笑得乱作一团的时候，忽然关上探子来报：

"陈塘关平地水深三尺，东海里的海潮不住向关隘涌来。守关的金将爷赶紧传令关城，以免大水涌进城来，淹没民房。可是城门一关，城内居民算是暂时安全了，城外的老百姓却遭了难，大家都在水里挣扎，把小孩子跨骑在脖颈上，避免灭顶。现在水已齐腰，如果再涨上去，就要齐颈，请元帅快去应付。"

李靖大吃一惊，也来不及研究这水是从哪里涌来的，连忙跨上青骢马，飞奔关上。到得关前，果见平地水深三尺，城墙被水围住。李靖赶紧在马上传令，叫守城兵士放下绳索挠钩，援救城外百姓进城。

不表李靖忙着在陈塘关前救援难民。且说哪吒在帅府花厅里听了探子的报告，心里暗暗诧异，想道："陈塘关地势虽不高陡，筑在一片平原之上，但距东海相当远，又且并不通海，怎会平地水深三尺，海潮汹涌而来，这事情很是蹊跷。"他是个绝顶聪明的孩子，立刻想起龙王敖广从前说过的话：要约齐四海龙王共起波涛，造成特大洪水，淹没陈塘关，使全城百姓都变作鱼鳖虾蟹。莫非现在就是这四条妖龙在作怪？"若果如此，必须赶快去降伏他们。"想着，立刻回身进后花园去，取了乾坤圈、火尖枪，登上风火轮，念动咒语，径向东海边而来。

哪吒猜得一点不错，陈塘关前的特大洪水和滚滚怒涛，正是四海龙王发动的。原来哪吒在东海边变作渔翁，被杨戬识破，冷不防抢了杨戬的兵器逃入海中，那些人间打造的兵器青云刀、映泉剑、定风锤纷纷落水，被虾兵蟹将拾着，拿到水晶宫里来给龙王敖广观看。接着，一个巡海夜叉来报：哪吒在海面上和一位戴紫金冠披大氅的三只眼睛神将打话，一只手里执着火尖枪，另一只手里拿着那神将的兵器，不久，便在海面上消失了踪影，不见了。

敖广听了，大吃一惊，暗想："好个哪吒，端的神通广大！那神将不用说是玉帝派遣来的，既然连兵器都被哪吒夺去，可见一定已被哪吒打败。这小鬼头这样厉害，不论天上地下，神、鬼、人都胜不了他，看来依靠玉帝已经无用，上控天庭也是枉然，这便如何是好！"

敖广越想越愁烦，忽然想起自己当初"要淹没陈塘关，使全城百姓都变作鱼鳖虾蟹"的一番话来，暗想："我何不就实行这一着。"于是立刻传令：

"擂聚龙鼓，撞召龙钟！"

你道什么叫聚龙鼓、召龙钟？原来这是水晶宫里独有的宝物：聚龙鼓是用鼍龙皮制成，召龙钟是采首山铜铸就。从来最上等的钟鼓，擂撞起来，也不过声闻数里，唯有这聚龙鼓、召龙钟与众不同，它们和西海、南海、北海都有联系，一脉相通。

当下鳝力士撞得钟鸣，鳖将军擂得鼓响。钟鼓响处，西海龙王敖闰、南海龙王敖钦、北海龙王敖顺立刻应声而至，齐集水晶宫中通明殿前，向东海龙王敖广躬身施礼道：

"兄长擂鼓鸣钟，必有紧急大事，请问发生了什么变故，有何驱遣？"

敖广忧形于色地把前后经过情形和水淹陈塘关的计划详细告诉了亲兄弟，又说道："愚兄思量，唯有这样才能逼使李靖杀死哪吒，报仇雪恨。不知贤弟们对愚兄的计划是否赞同？"

北海龙王敖顺气愤愤地道："何物哪吒，敢欺负我兄长，我如不代兄长报仇，誓不为龙！我管领北海，北方壬癸水，是一条水龙，发洪水是我的拿手本领。兄长下令，小弟头一个打先锋，代兄长出一口恶气。"

说罢，摇身一变，现出原形，乃是一条乌龙，身长数丈，腰粗十围，口吐龙涎，水花四射。猛可里一声霹雳，这乌龙直上九天，顷刻间狂风大作，一股比木桶还粗的黑色水柱裹着他的身形扑奔陈塘关去，所到之处，平地变成江海，阡陌纵横的良田成为一片汪洋，庐舍村庄全被淹没，陈塘关外的老百姓呼儿唤女，哭声震天。

接着，南海龙王敖钦也横眉怒目地说道："我管领南海，南方丙丁火，是一条火龙，扬烈火喷浓烟是我的家常便饭。兄长要水淹陈塘关，我完全赞同，但要制伏李靖，战胜哪吒，不能全靠水淹，必须兼用火攻。让我兴起一团烈火，去把陈塘关里的房屋都烧成灰烬，不怕李靖和哪吒不束手投降。"

说罢，摇身一变，现出原形，乃是一条赤龙，身长十丈，体阔五停，口喷浓烟烈火。猛可里天崩地裂的一声焦雷响处，这赤龙蜿蜒直上九天，顷刻间烟云滚滚，烈焰腾腾，漫天盖地的烟火裹着他的身形扑奔陈塘关去，所过之处，树林成为火海，房屋变成飞灰，陈塘关的城楼和民房都被烧得红光冲天，梁柱窗棂都被烧得变成焦炭，像纸片一样纷纷坠落，哭喊"救命"之声震天动地。这时的陈塘关人民真是身处水深火热之中，惨不忍睹。

哪吒因为先来到东海边，所以没有看见陈塘关人民的惨状。他满以为射人先射马，擒贼先擒王，只要在东海里擒住了四海龙王，就可以挽救陈塘关人民的浩劫，根本没防到北海龙王敖顺和南海龙王敖钦会先到陈塘关去肆虐，弄得人民水深火热。

且说哪吒脚踏风火轮，来到东海边，只见海里波涛汹涌，浊浪如山，东海龙王敖广和西海龙王敖闰都已现出原形。东海龙王是一条青龙，西海龙王是一条金龙，都是身长数丈，腰大十围，正在海面兴波作浪。只听得敖闰对敖广说："我管领西海，西方庚辛金，是一条金龙，金能生水，所以我是水的祖宗，水是我的儿孙。两位兄弟已经先上陈塘关去了，让我再发一场特大洪水，赶上去助他们一臂之力。"

哪吒听了，气冲牛斗，连忙口念咒语，催动风火轮，冲进波涛中间，劈面正遇蜿蜒游来的青龙敖广。哪吒过去曾在南天门逼他变作一条小青蛇，现在虽已身长数丈，但原形未改，尤其胁下光滑滑的一片，没有龙鳞，是个最好的标记，所以一见就认识。当下挺起火尖枪，直刺青龙咽喉，大喝：

"妖龙，你干得好事！还不赶快收起风浪，平息波涛。如敢耽搁，小爷一枪把你的喉咙刺个透明窟窿。"

敖广是被哪吒打怕了的，真是望风丧胆，见影惊心，连忙把龙头一偏，躲开了枪刺，诺诺连声地道："是！是！"

哪吒转过枪尖，指着敖闰问道："这就是你兄弟吗？既称四海龙王，为何只有两条？"

敖广战战兢兢地道："还有两条，是舍弟北海龙王敖顺和南海龙王敖钦，他们已经先到陈塘关去了，只剩下这位舍弟西海龙王敖闰和我在此。"

哪吒深悔自己没有先到陈塘关去，忍不住心急火燎，无心留恋在这东海海面。但又恐自己一走，这两条妖龙又要兴风起浪，为非作恶，于是威武地命令道：

"你们立刻把海面平静下来，不许吐涎喷沫，卷起波涛，等候小爷回来处治。"

东海龙王连声应"是"！西海龙王敖闰却不知哪吒厉害，勃然大怒道：

"何物哪吒！寡人恨不得把你碎尸万段！休走，看寡人来拿你！"

哪吒冷笑道："你是什么寡人，不过一条小小妖龙，也敢来惹小爷，真是老虎嘴里拔牙，太岁头上动土！你算啥个寡人！"

敖闰气得龙须直竖，怒发如雷，张着獠牙，舞着金爪，便来抓咬哪吒。哪吒哪把他放在眼里，手起一乾坤圈，向他拦腰一打，正好打在他七寸里。俗话说："打蛇打在七寸里。"其实龙和蛇一样，打龙也要打在七寸里。这一打，只打得敖闰痛不可支，"哇哇"乱叫，口吐鲜血，数丈长的龙身在海面上飞舞翻滚，激起浪涛如山，淹没了海滩，冲坍了沿海数里的堤坝。哪吒大怒道："你还要作孽！"抡起乾坤圈，继续追上来打。敖闰见势不妙，慌忙缩小身子，把头向海底一钻，暂时避风头去了。

哪吒心里牵挂着陈塘关上的父亲，也不暇多耽搁，便催动风火轮而来。

敖广心里虽然惧怕哪吒，但弟兄休戚相关，怎肯置之不理，唯恐敖顺、敖钦不知哪吒厉害，也像敖闰一样，遭哪吒的毒手，等哪吒去远，便会同敖闰，悄悄跟在后面，向陈塘关来。

哪吒到得陈塘关，举目一看，关里关外，已成滔滔滚滚的江河，陈塘关哪里还有过去巍峨的气势，只有一行雉堞在汪洋大水中若隐若现。城楼已化成飞灰，栋折梁崩，不复存在，连城楼前香案上供奉的乾坤弓、震天箭也影踪全无，大概都淹没在水里了。城内外呼儿唤女、哭喊叫号之声，惨不忍闻。

哪吒无心观听，只是四下寻找李靖。毕竟在一片汪洋大水之中，目标明显，容易寻找，只见李靖骑着马在陈塘关背后一个阴暗角落，被一条乌龙、一条赤龙挟持着。乌龙口喷黑水，赤龙口吐烈火，真是水火夹攻，无异于城内外人民的水深火热。李靖仍骑在马上，水已过了马颈，下半身全浸在水里，在水火夹攻之下，口口声声只喊："大王饶命。"

哪吒大怒，赶紧催动风火轮，飞奔过来救援。但见红黑二龙各自用龙须缠住李靖的颈项，厉声催逼：

"李靖，你小儿子哪吒在哪里？赶快把他交出来，万事俱休！牙龈道半个'不'字，立刻把你绞死！"

李靖被龙须缠缚得有气无力地哀求道："大王饶命！哪吒在李靖帅府花厅里，请大王开恩放我回去，让我唤他来，听凭大王们发落！"

哪吒看不过李靖那懦弱无用的样子，暴雷也似的一声大喝："妖龙，休得伤我父亲！冤有头，债有主，大丈夫一身做事一身当！小爷天不怕，地不怕，岂怕你们四条妖龙？杀敖丙，抽龙筋；打敖广，扯龙鳞，全是你小爷，与我父亲无干，赶快放他回去。你们想捉拿小爷，小爷在这里等候你们来拿！"

说罢，左手抡乾坤圈打敖钦，右手挺火尖枪刺敖顺。敖钦、敖顺慌忙解散缠缚李靖的龙须，各自夭矫飞腾，准备来战哪吒。忽然一阵狂风过处，云端里现出一条青龙，正是东海龙王敖广，他惧怕哪吒，不敢近前，只是远远地躲在云端里高喊：

"贤弟们，哪吒厉害，敖闰弟已被他打伤，千万不可和他动手！你们只缠住李靖不放，把他捉到水晶宫里去，做个押头，不怕他不交出哪吒！"

敖顺和敖钦依言，果然不来和哪吒交锋，继续用龙须去缠缚李靖，并且一左一右把李靖连人带马紧紧夹住，远远避开哪吒，蜿蜒游向东海去。

敖广得意地在云端里哈哈大笑道："哪吒，现在看你还有什么办法？你要想保全你父亲的性命，赶快束手投降。杀人偿命，欠债还钱，你杀了我儿子敖丙，少不得要偿命，我把你开膛破肚，祭奠我儿子敖丙的亡灵！"

接着又回过头来，向敖顺和敖钦喊道："贤弟们，你们把李靖押解到我水晶宫里去。现在先问他：肯不肯把哪吒交给我们？他要说不肯，你们先在他身上咬下两块肉来，且看哪吒心痛不心痛。如果哪吒赶上来救护，你们不等这小鬼近前，先咬下李靖的头来。"

敖顺和敖钦果然如法炮制地逼问李靖。李靖在红黑二龙挟持下，只好向哪吒喊道：

"哪吒，你到处闯祸，罪孽深重，还不赶快下轮，向伯父们投降，静候发落！"

哪吒见父亲落在敌人手里，且又口口声声只叫自己投降，万分无奈，只得向云端里的敖广说道："你要我投降，必须先让我去向师父太乙真人请示，征得师父同意。师父如果不答应，认为你们残害生灵，非剿灭不可，或者和我同来，或者付我法宝，命我消灭你们，那我自当谨遵师父法旨，把你们杀一个精光。至于我父亲，你要把他当押头，要挟我投降，那完全是做梦！"

敖广听哪吒说要去向师父请示，不觉面有惧色。他深知太乙真人法力高强，连有千年道行的石矶娘娘都被他炼成顽石，何况自己。因此在胜利的喜悦中，不免带上几分忧虑。

第十三回 | 哪吒剔骨还李靖

却说李靖因不能和哪吒齐心协力，一味屈膝求和，但求息事宁人，在恶势力面前步步退让，结果反被恶势力不断进逼，四海龙王水淹陈塘关，使苍生涂炭，百姓遭殃，连自身也保不住，被四海龙王劫往水晶宫做押头。哪吒空有浑身本领，无奈投鼠忌器，在父亲被劫持的形势下，只好怀着满腔悲愤的心情，到乾元山金光洞来，向师父太乙真人请示。

哪吒满以为这次一定也和上次收石矶那样，会得到师父的助力。何况今番与前不同，前次石矶不过是对付自己父子两个，现在却是四海妖龙作浪掀波，兴风纵火，残害陈塘关全城百姓，师父决无坐视不救之理，说不定会把当初收服石矶的宝物九龙神火罩传授给自己，去罩那四条妖龙。

谁知今番和上次不同，刚到得金光洞前，便见师兄金霞童子把手中拂尘向他一拂，挺身挡住洞门，向他喝道：

"师弟慢来，师父奉玉虚尊者之命，为姜子牙兴周灭纣，正在全力制订封神榜，任何人不得进洞打扰！"

哪吒出于意外，忙道："师兄，请你放我进去，我有急事，关系陈塘关数万老百姓性命，非同小可！"

金霞童子仍旧挡住洞门不放，微笑着把拂尘向哪吒轻轻一拂。

这次因为距离近，拂尘上的尾巴毛竟一直拂到哪吒的眼睛里，拂得哪吒眼睛发痒，忍不住伸出一只小手来揉着眼睛，一面又向金霞童子哀求道：

"师兄还是代我进洞去向师父通报一声。四海妖龙这次水淹陈塘关，全是为了报小弟三打东海妖龙敖广之仇。不是小弟夸口，凭小弟这身本领，要捉拿四海妖龙，勒令他们退水灭火，易如反掌。无奈家父李靖一味退让，反被四海妖龙劫往水晶宫，小弟进退两难，既怕伤了父亲，又不甘听凭妖龙摆布，所以特地前来请求师父示下，到底怎样对付才好。"

金霞童子这才进内通报。得到师父许可，出来向哪吒招手。哪吒恭恭敬敬地走进洞去，一直走到碧游床前，双膝跪下。

太乙真人仍旧盘膝坐在碧游床上，不过面前摊着一幅很长的黄绢，正提着朱笔在黄绢上写些什么。

哪吒知道金霞童子的话不假，师父确实在制订封神榜了。暗想："真不凑巧！师父正在百忙中，未必肯管我这笔闲账，且看他如何发落。"想着，偷眼去看师父的脸色。满以为师父一定很不高兴自己在他百忙中前来打扰，不料师父的脸色竟是从未有过的温和。只见他搁下手中的朱笔，拿起床上的拂尘，和颜悦色地说道："善哉！善哉！徒儿，你的来意，我已尽知。东海龙王敖广所作所为，实属横行不法，理该挨打。你正直无私，急公好义，为民伸冤，大快人心。他不知悔过，改恶从善，反而联合弟兄，向你报复，作浪掀波，兴风纵火，使陈塘关全体人民不分善恶，玉石俱焚，陷人民于水深火热之中，真是目无法纪，罪犯天条！你在南天门第三次打敖广，是为师我叫你打的，我也有相当责任。本应同你到陈塘关去，了此一重公案，开导他们，晓以大义，使他们自动解散合纵，各归海域，实现海晏河清。无奈我现在奉玉虚师尊之命，制订封神榜很忙，无暇出山，并且你也应该早日帮助姜子牙兴周灭纣，不应纠缠在陈塘关。如今我先问你一句话，你满意不满意你父亲李靖？"

这一问出于哪吒意外，但却触着他心头蕴藏已久的不满和隐痛，忍不住泪如泉涌地道：

"师父要问这话，教弟子怎么说好呢！弟子出世虽还不久，但耳朵里却听够了许多混账话，什么'天下无不是的父母'呀，什么'子不言父过'呀，什么'父要子死，不得不死'呀，真是胡说八道，岂有此理！什么叫'子不言父过'，难道父亲做了坏事，儿子也该代他隐瞒？从前有个父亲做贼，偷了人家一只羊，叫儿子不要告诉人家，儿子老实证明父亲偷羊[1]，难道也是儿子不对？最没有道理的还是说什么'父要子死，不得不死'，譬如有个恶人，专做坏事，儿子打了这恶人，恶人向父亲告状，要父亲处死儿子，父亲怕事，一味退让，竟答应了恶人的要求，要儿子死，难道儿子就不得不死？现在弟子的父亲李靖就是这样，不问是非，不分善恶，只知道做老好人，做和事佬，但求息事宁人，不惜一再向人家让步，情愿牺牲儿子，讨好恶人。过去他就曾听凭敖广把弟子拉往水晶宫，现在敖广更进一步，索性纠集弟兄，四海妖龙一齐来向弟子寻仇，他还不许弟子反抗，要弟子束手投降，听凭妖龙摆布，丝毫亲子之情都没有。敖广就利用他这个弱点，劫持他做押头来胁迫弟子。弟子受够了气，到今天实在忍无可忍，只怪自己投错了胎，不该做他的儿子！还望师父指点一条明路，怎样才能摆脱这个软骨虫、专门和稀泥的没有骨气的父亲！"

太乙真人耐心听完哪吒的一大篇诉述，点点头，把拂尘向左

1　这个故事出自《论语》，说是"其父攘羊而子证之"。

右轻轻一拂道：

"徒儿，你所说的都是正理。你父亲李靖和你的性格恰好相反：你聪明、正直、机智、勇敢，他畏葸、庸懦、怕事、无能。你确实是投错了胎。原来你本是南天竺国毗沙门天王三太子，名叫那罗鸠婆，是一位护法神，和普通人不同，所以在娘怀内耽了三年六个月，才以肉球的形式出世。那李靖肉眼凡胎，不认识这肉球名叫灵珠，你乃是灵珠里面的子，错认作是怪胎，把你抛弃，若不是恰巧遇见为师，你几乎冻死在荒郊旷野。这是他无情的表现。现在我问你，如果叫你和李靖从此一刀两断，永远断绝关系，你愿意不愿意？"

哪吒一个鹞虎跳从地上跳起身来，眼泪还含在眼角上，却嘻嘻地笑了起来。他竖起大拇指说："愿意！愿意！一百万个愿意！"

太乙真人微叹了一声道："为师并不反对孝道，子女应该尊敬父母，父母年老了，丧失了劳动力，子女正当年富力强，孝养父母是应该的。如果抛弃父母不顾，甚至虐待老人，乃是犯罪。为师反对的是愚孝，就是一味顺从父母，父母做坏事，也不声不吭，甚至帮着父母一起做，这种愚孝，就绝对要不得，这是助恶。"

哪吒对师父这番话不感兴趣，因为他还是小孩子，养老的事对他来说时候还早。他只是不住追问道：

"师父，要怎样才能和我那冥顽不灵的父亲一刀两断，永远断绝关系呢？"

太乙真人微笑道："这并不难。你既是李靖夫妇所生，你的身体就是他们给你的，你身上的骨肉乃他们的精血所化，父亲的精构成你的骨，母亲的血构成你的肉。你剔出骨头来还给你的父亲，割下肉来还给你的母亲，不就和他们一刀两断，永远断绝关系了吗？现在就问你有没有这剔骨割肉的勇气了。"

哪吒呆了一呆道："师父要问弟子有没有剔骨割肉的勇气，弟子这勇气是有的。可是师父，我如果剔出骨头来还了父亲，割下肉来还了母亲，那我哪吒在哪里呢？哪里？哪里？哪！哪……岂不是哪也没有了，吒也没有了，这世上没有我哪吒存在了！"

太乙真人把拂尘向空中一拂，点头道："善哉！善哉！这话不错。你剔出骨头来还了父亲，割下肉来还了母亲，你的小身体就不存在了。归根一句话：你是死了。"

哪吒气得眼中出火，鼻内冒烟。"哐"的一声，右手抛下火尖枪；"当"的一响，左手抛下乾坤圈，捏着两个小拳头，对太乙真人道："师父，你跟弟子开玩笑吗？弟子要是死了，还能帮姜子牙灭纣兴周？你这不是帮弟子的忙，是帮四海妖龙的忙，如了他们在弟子身上报仇的心愿；是帮我父亲李靖的忙，让他去息事宁人，助长恶势力的气焰！"

太乙真人微微含笑，用慈祥的眼光注视着哪吒，轻轻挥动着拂尘道："善哉！善哉！徒儿，你且少安毋躁。为师岂是不明是非之辈，颠倒去帮助那横行不法的四海龙王和你那一味怕事的糊涂老子不成？你且听为师道来：原来人死以后，确实是什么都完了，再没有什么鬼会活现形、会兴妖作怪了。但是，你和普通人不同，因为你原是神，不是人。你死以后，你的元神还在，到那时为师会用别的东西给你另外造一个小身体。这样，世上就会重新出现一个活灵活现的小哪吒，不至于哪也没有，吒也没有，哪不知到了哪里去，吒变成叱叱吒吒了。"

哪吒半信半疑地道："身体也可以重造吗？"

太乙真人冷笑道："你真是少所见，多所怪，为师忝居神仙，仙家自有妙用，要代你再造一个身体，有何难哉！"

哪吒恍然大悟，高兴得重又倒身下拜道："师父在百忙中还代弟子如此操心，弟子感谢不尽。现在弟子就遵照师父的嘱咐，回到陈塘关去，剔出骨头来还给父亲，割下肉来还给母亲……"说到这里，身子突然一哆嗦，迟迟疑疑地道："且慢！师父，弟子不满意的只是不明事理的父亲，至于母亲，那就不同了，她很爱我，我也很爱她，她又不像我父亲那样帮着别人压制我，我好端端的为啥要割下肉来还她，伤她的心！师父，我还是只剔骨头不割肉罢！"

太乙真人笑道："徒儿，你痴了！怎么说出这种痴话来？岂不知人身骨肉是相连的，何能分离？肉附骨而生，骨倚肉而立。骨离开了肉，便变成一具髑髅；肉离开了骨，便变作一个面团。并且骨在肉里，不割肉无从剔骨。即使如你所愿，骨和肉能够截然分开，试问你这没有骨架的一团软肉，连站都站不起，瘫在那里，有何能为？好在为师不久就会代你重造躯体，使你再世为人，到那时你仍可和母亲团聚在一起。话就说到这里，现在陈塘关正乱作一团，你不必在此多留，快回去罢！"

哪吒含着两包眼泪，向师父磕了一个头，悲悲切切地站起身来，正要辞别师父出洞，太乙真人忽又唤住他道：

"且慢，你这一次回去，不是打败四海龙王，而是牺牲自己，不能简单地就在水晶宫里剔骨割肉算数。若果如此，岂不灭自己威风，长他人志气了？他们岂不更要扬扬得意，自以为占了上风，越加横行不法了？所以一定要逼令他们先退水灭火，然后同到帅府里去。总之，即使是剔骨割肉，也要做得轰轰烈烈，使他们眼看你死了也不敢轻视你哪吒。"

哪吒点头道："师父所嘱，正合弟子之意，弟子决定照办。弟子知道对强盗只能用刀，对恶狗只能用棍，绝不能对恶势力示弱。"

说罢，便气昂昂地从地上重新拾起火尖枪，套上乾坤圈，走出洞去，在洞门外登上风火轮，念动咒语，冉冉地径向东海水晶宫来。

且说东海龙王敖广见自己大获全胜，李靖已被自己兄弟敖钦、敖顺用龙须缠缚，连人带马被押往水晶宫去做人质，哪吒被逼得去乾元山金光洞向师父太乙真人求救，止不住喜心翻倒。等哪吒一走，他就从云端里降落下来，回到水晶宫，在通明殿宝座上大模大样地坐下，吩咐手下虾兵蟹将把李靖捆绑在蟠龙柱上，马匹牵出去另外安置，准备杀牛宰马大摆庆功筵席时再把这匹马杀掉。

敖钦和敖顺因刚才在陈塘关水火夹攻，大肆破坏，十分快意，兴犹未尽，便向敖广要求继续到陈塘关去肆虐。敖广因哪吒不在跟前，自己胜券在握，志得意满，便也一口答应，只叮嘱他们速去速回。敖钦、敖顺大喜，于是就在通明殿上现出本相，霹雳一声，一条赤龙、一条乌龙夭矫蜿蜒地破空飞往陈塘关作恶去了。

敖广望着被缚在蟠龙柱上的李靖，得意扬扬地挖苦道：

"李靖，想不到你也会有今天！你到我水晶宫里来是客，本该请你上坐，可惜你纵子为非，作恶多端，如今我敖家和你李家冤仇有海样深！现在你被我擒拿到此，成为我水晶宫里的俘虏，乃是你自取灭亡，非我之过也！未知你尚有何话说？"

李靖早已吓得魂不附体，这时听着敖广的奚落，身子不住哆嗦。他已不敢再和敖广称兄道弟，只是不住叫着"大王"，没口子地求饶：

"大王饶命！李靖教子无方，罪该万死！哪吒这孩子生性顽劣，他在外闯祸，都是瞒着李靖在外干的。李靖只是难辞失察之咎，绝对不是同谋。事情发觉后李靖也曾多次告诫，无奈这孩子倔强不听话，李靖也拿他没有办法！总之，冤有头，债有主，罪魁祸首是哪吒，与李靖无干。务请大王开恩，放李靖回家。至于哪吒，李靖已决定不再认他为子，要杀要剐，听凭大王处置，李靖决不过问，就当没有生这小冤家！"

敖广在宝座上见李靖哀求饶命，说话时懦怯的嘴唇不住颤抖，不由得开怀大笑，心想："像你这种没用的脓包，杀了你不足为武。你不认哪吒为子，难道我就罢了不成！我正要利用你做香饵，引哪吒这条鱼上钩，岂能轻易放你。"当下在座上打了个哈哈道：

"李靖，放你回去不难。只是放了你，哪吒一定毫无顾忌，来向本大王寻仇，所以放你不得，只好委屈你在此做个押头，好教哪吒服服帖帖地投降。如果哪吒敢轻举妄动，本大王就先砍下你这颗狗头。"

敖广正在快心快意地数说李靖，忽见探事龙兵气急败坏地进来报告：

"启禀大王，大事不妙。今有哪吒脚踏风火轮，分波劈浪地杀奔水晶宫来也！"

敖广吓得屁滚尿流地倒撞下宝座，忙喊：

"刀斧手何在？赶快亮出刀斧，架在李靖脖子上，如果哪吒敢扰乱龙宫，就把李靖斩首号令！"

话犹未了，哪吒早已雄赳赳地冲入殿内，风火轮在殿前滴溜溜地转个不歇。敖广只喊得一声"不好"！连爬带滚地钻到龙案底下，没命地喊：

"虾兵蟹将、鲌太尉、鳖将军，快来保驾！"

虾兵蟹将个个胆战心惊，谁敢上前。西海龙王敖闰不久前才被哪吒一乾坤圈打中七寸里，至今伤还未愈，自知不是哪吒对手，躲在宝座背后，盘成一团，连大气也不敢透。武班中鳖将军勉强硬着头皮，挥舞丈八蛇矛，上前迎战。哪吒哪把他放在眼里，冷笑道：

"你这老甲鱼，也敢来跟小爷动手，真是自讨苦吃！识相点，赶快爬过一边去。"

鳖将军既已上阵，不得不勉充好汉，手起一矛，向哪吒刺来。哪吒毫不在意地举火尖枪一隔，鳖将军只喊得一声"哎哟"！丈八蛇矛脱爪飞去，把通明殿的琉璃天窗刺穿了一个透明窟窿。

　　哪吒见鳖将军人立而行，雪白的里甲朝外，忍不住笑道：

　　"真是乌龟学人样，学来学去学不像！还不赶快给我躺下！"

　　说着，又是一枪向鳖将军刺去。鳖将军只觉得仿佛有千钧重力向身上一撞，连喊也来不及，立刻跌了个仰面朝天，背负硬壳滴溜溜地在殿上盘旋不歇，四爪头尾伸出伸进，只是翻不过身，爬不起来。

　　哪吒也不去理他，伸火尖枪向龙案下一搅，喝道："敖广还不出来，更待何时？"

　　敖广战战兢兢地从龙案下爬出来说："小爷去看师父同来了，不知尊师怎么吩咐？"

　　哪吒把手里的火尖枪抖了个碗大的枪花，怒吼道："师父命我讨伐你们这伙兴波作浪、残害生灵的妖龙，还不快来纳命？"

　　敖广信以为真，吓得浑身乱抖，只恨水晶宫里没个地洞可以钻下去，只好步步后退。不防背后那被哪吒一枪刺倒的鳖将军还没翻过身来，正在团团盘旋，敖广背后没生眼睛，给他绊了一跤，正好一屁股坐在他白甲上面，几乎压碎了他的鳖壳，痛得他"哇哇"乱叫。敖广站起来，恨恨地踢了他一脚，恰好帮他翻过身来。鳖将军满面羞惭，缩头缩脑地回到武班去了。

　　哪吒一眼看到被绑在蟠龙柱上的李靖，给虾兵蟹将团团围住，把刀斧交架在他颈上，不禁暗叹："这就是你对恶人让步的结果。"他经过师父的指示，已决定剔骨还父，对李靖的看法已和以前不同，所以暂时不去理他，只是向敖广紧紧追问：

　　"陈塘关外的水已经退掉没有？"

敖广支支吾吾地答道："还没有！"

哪吒勉强按捺着怒火，用他那一双点漆似的眼珠在水晶宫里搜索了半晌，不见其他三海龙王，又问："刚才小爷去乾元山金光洞以前，曾嘱咐你们四条妖龙都留在水晶宫里，等候小爷回音，为何现在只有你单独在此？"

敖广抖抖索索地从宝座后面把敖闰拉将出来道："这是我兄弟西海龙王敖闰，他并没有走开。"

"还有南海、北海两条妖龙呢？"

敖广迟迟疑疑地答道："他们又到陈塘关去了，大概就要回来的。"

哪吒大怒道："小爷临走前吩咐你的话，你一句没有照办，反而纵容你弟兄南北两条妖龙继续到陈塘关去向众百姓肆虐，全不把小爷的话放在心上！你一定自以为胜利了，小爷奈何你不得了，可以由你作威作福了，呸！做梦！"

敖广吓得连称："不敢！不敢！"一面步履跟跄地不住后退，边退边说："小龙一时糊涂，还望小爷恕罪。"哪吒哪肯轻饶，一步紧一步逼到他身边，挺起火尖枪，觑准他额角头上还没有退肿的一个肉包子，手起一枪，刺个正着。痛得敖广现出原形，在殿前上下翻腾，一迭连声地悲呼：

"哎哟喂……喂！痛煞我也！小爷饶命！"

哪吒喝道："你要小爷饶你，赶快把陈塘关外的水退去，然后叫齐你兄弟，四海妖龙一齐来听小爷训话！"

"是！是！"敖广只好没口子地答应说，"请小爷高抬贵手，把枪收回，让小龙到陈塘关外退水。"

哪吒并不把枪收回，反而挺起枪尖，在敖广额角头上的肉包里搅了一下，痛得敖广两泪直流，连呼"饶命"！

哪吒指着被绑在蟠龙柱上的李靖，向敖广冷笑道：

"你还想把他当作押头，来威胁小爷！刚才小爷进来时，你不是还在喊刀斧手把刀斧架在他脖子上，说小爷如果敢扰乱龙宫，就先把他斩首号令吗？事情是小爷干的，与他何干？还不快放了他！"

敖广连称："是！是！"忙命虾兵蟹将放下刀斧，解了李靖的捆绑，牵出马来还他。

李靖虽然获得了自由，上马出了东海，但仍舍不得离开，依旧在陈塘关前徘徊，要看这场大祸如何了局。他见哪吒的态度和过去不同，不像过去那样亲热，心里也有些疑虑不安。

哪吒见李靖已被释放，这才收回枪。敖广不敢怠慢，连忙带着敖闰，离开水晶宫，来到陈塘关，张开血盆大口，把水一吸。别看陈塘关外白浪滔天，毕竟没有东海海面那样宽广，只一吸，就把陈塘关外的水吸了个精光。

西海龙王敖闰见敖广退让太甚，心里有些不服。正想抖须喷沫，暗中吐水再来浸淹陈塘关，敖广好像已明白了他的心思，慌忙游到他身边，把身子触了触他，示意他不要轻举妄动，然后腾空而起，进入陈塘关内。只见南海龙王敖钦还在兴风纵火，北海龙王敖顺还在作浪掀波。敖广急忙一迭连声地喊道：

"兄弟们，赶快住手，把火灭掉，把水退掉！现在保全性命要紧！"

敖钦把一双龙眼睁得像灯笼般大，向敖广提出疑问道："大哥，你这是怎么回事？你不是叫我们来代你报仇的吗？现在你却颠倒叫我们退水灭火，岂非跟我们开玩笑？真正岂有此理！"

敖广把头摇得像拨浪鼓似的道："兄弟，话不是这样说。从来得势猫儿欢似虎，失败凤凰不如鸡。现在哪吒奉他师父之命来讨伐我们，刚才愚兄已领教了他火尖枪的滋味，眼见得这仇又报不成功了，再不退让，大家性命莫保。贤弟莫要错怪愚兄，愚兄何尝不想报仇，无奈形势于我不利，不能不趁早收兵，也是情非得已！"

敖钦气得眼中出火，鼻内冒烟，冲着敖广的脸骂了声"呸"！他是一条火龙，随着这"呸"的一声出口，一团火焰就飞到了敖广面前，把敖广的龙眉龙须烧得烈焰腾腾。敖广慌忙举爪扑打，好一会儿才把火扑熄，已烧得只剩半部络腮胡须。只听得敖钦高声骂道：

"呸！你这脓包！叫我们报仇的是你，叫我们退让的也是你！成也是你敖广，败也是你敖广！我好端端地在南海享福，你没来由地叫我来干吗？既然这里用我不着，我仍旧回南海去也！"

敖广急得满头大汗，连忙拉住他道："去不得！哪吒小爷命令我叫齐我们弟兄四海龙王听他训话，如果你跑了，只剩下三海龙王，岂非违背他的命令？叫我如何向他交代？"

敖钦气得满空翻腾，火花四溅，张牙舞爪地指着敖广骂道："你这脓包！你还叫他小爷，满嘴命令、训话，真是没用的废物！气煞我也！我问你，你还有一点志气没有？你把我们四海龙王的脸都丢光了！"

北海龙王敖顺素知敖钦性如烈火，深恐事情闹决撒了，使敖广无法应付，便也从旁劝道："二哥少安毋躁，不必动怒，现在暂且退水灭火，出城去听哪吒怎么说，再做计较。"

说着，先把陈塘关内的水喝干，然后帮着敖广做好做歹地来劝敖钦。敖钦无奈，只得把火灭了，跟着敖广出了陈塘关，和西海龙王敖闰会齐，来听哪吒训话。

哪吒见四海龙王已经到齐，便念动咒语，驾着风火轮冉冉升到陈塘关顶，把手里的火尖枪指着四海龙王，威风凛凛地说道：

"四海妖龙听着：你等掀波作浪，兴风纵火，荼毒黎民，残害生灵，罪恶滔天，神人共愤！小爷本当一律诛戮，为民除害，只因自身有事未了，师尊命我先行解决，所以暂且把你等罪恶记在账上，待你等恶贯满盈，再来收拾不迟。"

敖广听了哪吒的话，心上的一块大石头方才落地。他是个老奸巨猾，惯能打鼓听声，说话听音，见哪吒说到"自身有事未了"时，把眼光射到李靖那边，就知道他们家庭必有纠纷。他对哪吒恨之入骨，巴不得他自己家里来一个窝里反，所以听了哪吒的话，心里暗暗高兴。于是大着胆子，靠拢关前问道："请问小爷，你自身的事，莫不是和你父亲……呃，令尊大人，有什么枝节？"

哪吒小眼乌珠一弹，喝道："什么父亲，我不认这种没用的脓包做父亲！我今天准备和他一刀两断，从此他是他，我是我，我不算他的儿子，他也不算我的父亲！"

敖广心中暗喜，觉得这回有好把戏可看了，这正是他求之不得的。于是又追问一句道："怎样一刀两断呢？他和你是骨肉之亲，分不开呀。"

哪吒翘起小嘴道："谁说骨肉之亲分不开？我割开肉，把骨头剔出来还他，不就跟他一刀两断了吗？"

敖广不听犹可，听了这话，忍不住肚里笑开了花，暗想："活该今天轮到我报仇雪恨了！他割开肉，剔出了骨头，怎么还能活命？真是小孩子家没见识，这是他自找死路，怨不得谁！"想着，假意跷起大拇指夸赞道："小爷不愧英雄好汉，割肉剔骨不怕痛，就怕说得出做不到！除非小龙亲眼看见你割肉剔骨，血像水一样地流，不皱一皱眉头，才相信你，佩服你！"

哪吒小眼乌珠一转，早已瞧破敖广不怀好意，一挺火尖枪，指着敖广骂道："你这该死的妖龙，你当小爷不明白你的鬼心思。你分明是想借此报私仇，看着小爷割肉剔骨还父母，死于非命，好快意满足你报仇的心愿。老实告诉你：小爷顶天立地，能死能生，你等罪犯天条，小爷总有一天收拾你们，你不要臭得意！"

敖广被哪吒揭破了心里的鬼念头，不觉打了个寒噤，身子不因不由得向后一缩，退离陈塘关一丈多远。

哪吒见敖广被自己一席话吓退，心里暗笑："好个没用黑心龙，小爷正要你们认识天下自有不怕死的哪吒，何惧你等窥伺！"当下把火尖枪向前一指，厉声喝道："敖广听着：你说小爷说得出做不到，你们可跟小爷到陈塘关师府里去，看小爷割肉剔骨皱不皱眉头。可是，话得说明在先，冤有头，债有主，事情是我哪吒干出来的，跟他李靖无干，我死以后，你们可不得再去跟他寻仇！"

"一定！一定！"敖广一迭连声地答应说。连四海龙王中最桀骜不驯的南海龙王敖钦，也不知不觉地说了声"一定"！

哪吒这才念动咒语，驾着风火轮从陈塘关顶上冉冉降落在关外平地。

李靖自从出了水晶宫，离开东海，一直孤零零地独自站在陈塘关左侧，哪吒和敖广的问答他都听得清清楚楚。他虽然庸懦无能，力求息事宁人，压制哪吒，但毕竟父子之情未断。这时听哪吒说要割肉剔骨还自己，跟自己一刀两断，永远断绝父子关系，心上好像被抽了辣辣的一鞭。回想自己过去对待哪吒，确实太嫌过分了一点。而哪吒对待自己，却不愧是个好儿子，尤其是当初被石矶娘娘摄往骷髅山白骨洞，哪吒一听到消息，赶紧前来救援，两相对照，谁有情谁无情，昭然若揭。不禁悔恨交集，一阵心酸，眼里流下了两滴痛泪，忍不住飞步跑到风火轮前，哽咽地说道：

"哪吒，好孩子，为父过去所作所为，确实有许多地方对不住你；不过也因为你年幼，怕你闯祸。我和你父子一场，你怎舍得下此绝情，割肉剔骨还我，和我永远断绝关系？快快收起了你这念头。你素来爱母亲，你母亲也爱你，你不看爷面看娘面，不看鱼情看水情，你就看在你娘面上，原谅为父一遭，跟我回家去罢！"

哪吒寒着脸道："不必多言，我在你那里受的腌臜气已快要胀破肚子，再也受不住了！总之一句话，是你对不住我，不是我对不住你。我哪吒的脾气就是这样：宁可站着死，决不跪着生！我今番割肉剔骨还了你，和你永断葛藤。从此我做我的大丈夫，你做你的软骨虫，咱们各归各，两不相干。"

李靖虽知道哪吒这孩子非常烈性，但想不到他会如此决绝。过去恨他闯祸，就是让敖广把他抓往水晶宫去也毫不顾惜，这时见他真要和自己断绝关系，却有些割舍不下，觉得自己不该对他如此无情，后悔莫及。所以尽管哪吒斩钉截铁地拒绝他，他仍旧含悲带泪地央求道："哪吒，好孩子，不要这样。为父纵有不是，毕竟是你父亲，难道你就不能原谅我一遭吗？何况我也是为了你好。天下哪一个大人不责打小孩？几曾见小孩被打了就要求和大人脱离关系，割肉剔骨还给大人的？"

哪吒起初听李靖要自己原谅他，触动天性，心中也不觉一动，但听到后来，又是天下无不是的父母那一套，忍不住火冒三丈，冷笑道："还说是为我好，我的小命都差点儿给你断送了！你不用再噜苏，我今番和你一刀两断，是奉师父太乙真人之命，任你磨破嘴唇皮，也休想我来听你！"

说罢，便不睬李靖，自顾催动风火轮，径奔陈塘关帅府而去。李靖无奈，只好垂头丧气地骑马跟在后面。四海龙王也互相厮趁着来到帅府。

殷夫人听报四海龙王水淹陈塘关，李靖和哪吒匆匆出外应付，接着便见一股洪水汹涌奔流进来，平地水深数尺，连忙吩咐丫鬟养娘把箱笼什物搬到高处，免遭水淹。箱笼太多，人手不够，自己也亲自动手，因为忙碌，便把丈夫和儿子暂时忘怀了；及至地上洪水忽然退尽，这才想起李靖和哪吒来。她深知哪吒的能耐，明白水退就是哪吒得胜的标志，因此也就放下了心。她是个总兵夫人，平时养尊处优，很少劳动，这时忙乱了一阵，很觉吃力，正坐在榻上休息，忽见哪吒雄赳赳地驾着风火轮进来，不禁喜出望外，连忙伸手前来拥抱。

哪吒看见了母亲，心里止不住一阵难过。想到她平素热爱自己，现在却要当着她的面割肉还她，不知她将怎样伤心，不由得心乱如麻，六神无主，手里的火尖枪"当"的一声落地，跌跌撞撞地下了风火轮，扑奔到母亲面前，双手抱住她的腿，眼里泪如泉涌，哀号道：

"娘啊！儿子要和你分手了！可惜你竟是白养了我一场！"

殷夫人给哪吒突如其来这么一抱一哭，闹得糊里糊涂，又见四海龙王都跟在李靖后面进帅府来，更加莫名其妙。她见哪吒哭得泪人儿似的，不禁又爱又怜，心疼万分，便也抱住了他哭道："儿啊，你这是为什么？不要哭，慢慢点对娘说。"

哪吒还没有来得及回答，李靖先就怒气冲冲地指着哪吒对殷夫人道：

"夫人，你统不知道，他说要跟我永远断绝父子关系。我因为他到处闯祸，教训他一下，这也是稀松平常的事，谁家大人不教训孩子？可他就是不服管教，说要割下肉来还你，剔出骨头来还我，跟我们一刀两断。你说这逆子气人不气人？"

李靖越说越火冒，又气又恨又伤心，容色惨淡，面孔铁青，眼角含泪。他这时的神情，就是十八个画师也描画不出。

哪吒小眼乌珠圆睁得像铜铃似的，反唇相讥道："你说我逆子，你才是顽父。你有什么资格配教训我？你应该自己教训自己：做人就是要做一个有骨气的人，自己要有主张，不能只是对恶人让步，让人家牵着鼻子跑。你退一尺，人家进一丈，眼前陈塘关这场浩劫，和你被他们绑在水晶宫柱上做押头，就是你的让步造成的。我哪吒眼里看不起你这软骨头！"

殷夫人听说哪吒要割肉剔骨，不禁吓得魂飞胆落，也不理会他们父子间的争吵，一把将哪吒搂进怀里，心肝宝贝地乱叫道："哪吒，你怎么会想出这种主意来？你看你这又白又胖又嫩的小身体，多么可爱！不要说割下一块肉，就是刺破一些皮肤，流出一滴血，娘也要心疼死了！你赶快丢开这念头，你父亲就是有种种不是，对你不住，你也应该看在为娘面上。娘是疼你的，从来没有亏待你，你怎舍得下这绝手？"

殷夫人越说越伤心，忍不住放声大哭。

哪吒也抱住母亲哭道："娘，我知道你爱我，我难道就不爱你？我刚才也曾对师父说过，我恨的只是父亲，要剔出骨头来还的也只是父亲。我不愿意割肉还母，要求师父让我只剔骨不割肉。师父笑我是痴话，说人生骨肉相连，分不开，要剔骨就不能不割肉，我也没有办法！"

殷夫人哭道："痴孩子，你就是要跟你父亲一刀两断，永远脱离关系，也有别的办法，比方说远走高飞，从此永不和他见面，不就完了，犯得着用小性命去拼吗？"

哪吒还没回答，李靖在旁听得不耐烦，喝道：

"夫人，你只管絮絮叨叨地干吗？这逆子不念父母之情，自寻死路，他要割肉剔骨，就让他去割去剔好了。正是天堂有路他不走，地狱无门他要闯，谅他也未必真会做出来，不过吓唬吓唬你罢了！他一没有刀，二没有剑，只有一支火尖枪、一只乾坤圈，难道凭这两样东西，就能割肉剔骨吗？"

哪吒听了这话，不觉一声冷笑，推开母亲，伸手到红兜肚里去一摸，摸出一件武器来，向李靖一扬道："你打量我没有别的东西割肉剔骨吗？你睁开眼来看看，这是什么东西？"

李靖被那晶莹夺目的武器闪耀得眼都花了，仔细定睛看时，见那武器刀不像刀，剑不像剑，可又既像刀又像剑，最奇怪的是没有握柄，好像一口断剑，却又没有剑长，忍不住诧异地问道："你这是什么东西，从哪里来的？"

哪吒得意地把那武器向空一抛，又接在手里，笑道："这就是二郎神杨戬三尖两刃刀的中间一段，我给它起了个名字叫一尖两刃刀。它并没有飞上天去，乖乖地藏在我的兜肚里。现在我就用它来割肉剔骨还你这软骨虫！"

李靖这才知道哪吒真是说得出做得到，并不是空口吓唬自己，不禁吓得魂飞魄散，慌忙喝令：

"家将们，赶快抓住他，不许他动手！"

众家将齐称："得令！"正要扑奔上前来抓哪吒，说时迟，那时快，哪吒已把一尖两刃刀在自己的左臂上划开很长一条口子，登时鲜血如泉水一样地涌将出来，他确实连眉头都没有皱一皱。

殷夫人见了这光景，心如刀割，好像这一刀不是划在哪吒手臂上，而是划在她心上似的。她跌跌撞撞地扑奔上来，抱住哪吒血淋淋的左臂，急于想为他止血，又是用嘴舔，又是用自己的长袖给他包扎。

哪吒咬一咬牙，把母亲推开。他不是不爱他母亲，也不是不感激他母亲的爱子之心，但他知道眼前只要稍存妥协的念头，不但要被四海龙王所嗤笑，也难以和李靖一刀两断，永断葛藤。他相信师父不会骗他，不久一定会给他重造一个躯体，到那时仍可以和母亲在一起，所以他毫不犹豫地割开肉，先把左腕骨甩向李靖，接着又甩左肘骨，这一甩，无巧不巧地甩在李靖手里托的七层玲珑宝塔上，把塔檐上的金铃打落了两颗，证明哪吒的骨头确实是非常硬的。

在旁瞧热闹的东海龙王敖广高兴得横跳八尺，竖跳一丈。他一心想报自己被打之仇，无奈力量敌不过哪吒；纠集了弟兄，四海龙王一齐来淹陈塘关，也还报不了仇，只好徒唤奈何。想不到天赐良机，哪吒竟会割肉剔骨，自残肢体，遂了他报仇的心愿，使他心花怒放，几乎想掀髯大笑。可惜他颔旁的一部龙髯刚才被兄弟敖钦烧掉一半，无髯可掀，只好幸灾乐祸地夸赞说：

"真是英雄好汉！割肉剔骨，不怕痛，不皱眉，若无其事，天下有几个人能做到？李靖啊李靖，你生了这样一个英勇的儿子，不知道爱惜，还拼命想把他推出去，这样的糊涂虫，连我敖广也看不入眼，难怪哪吒不要你这父亲！"

李靖却呆若木鸡，哪吒把骨头甩在他手托的宝塔上，这一震从他的手直震到他心房，但更使他震动的是敖广那一番话。他原先认为老子教训儿子是应该的，儿子如果反抗，就是大逆不道。至于为人处世，则是以和为贵，息事宁人为上。大家都说西伯周文王好，纣王凶暴无道，流传着两句话，说是"见文王施礼乐，遇桀纣动干戈"。他却怕伤了和气，一心想化干戈为玉帛，竟反其道而行之，颠倒帮助纣王，反对西伯。这时听了敖广的话，明显地看出他幸灾乐祸的卑鄙心理。这才明白一味退让求和，忍辱偷安，不分是非善恶，只能使仇敌快心，造成莫大的悲剧。同时也明白并非凡是尊长所作所为都是对的，不能反抗；只要一言一行不合正义，不但儿子可以教训老子，就是臣下也可以反对帝王。为什么人心归向西伯周文王，八百路诸侯倒有四百路反商？显然那些反对纣王的诸侯都站在正义一方面，而对纣王竭尽愚忠的自己，反是助纣为虐。可是他明白虽然明白，却已迟了，哪吒剔出的骨头宛似雨点般飞来，不管他怎样东躲西闪，也难免挨着两下。

哪吒先剔胫骨、腿骨，再剔股骨、肩骨，最后才剖开胸膛。正要剔出肋骨的时候，哭昏在地的殷夫人已悠悠醒转，看见满地血肉狼藉，不禁痛彻心骨，也不顾地上的血污，扑过来，抱住哪吒半段身体，只哭得一声："儿啊！"又昏死过去。

哪吒也喊了一声："娘呀！"小眼乌珠一闭，死了。

第十四回 | 殷夫人思儿立庙

哪吒一死，陈塘关帅府内登时布满了愁云惨雾。真是天昏地暗，日月无光；家丁家将，个个垂泪；丫鬟养娘，平时常和哪吒在一起，感情很深，更是放声大哭。

四海龙王却和大家相反，兴高采烈，喜溢眉梢。东海龙王敖广见自己私仇已报，心满意足，向李靖拱一拱手，率领三位兄弟兴辞而去。

殷夫人虽然昏厥过去，犹兀自抱着哪吒半截身躯不放。丫鬟养娘忙着给她灌姜汤，掐人中，好容易救醒过来，还不住哭喊："哪吒，我的心肝宝贝，你好狠心啊！"丫鬟养娘拉的拉，扶的扶，才把她架回内室，换去衣裙，放在榻上休息。

李靖虽然恼恨哪吒不该和自己断情绝义，毫无商量挽回余地，毕竟和他父子一场，于是一面叫家将到野马岭去通知自己的另外两个儿子——金吒和木吒，一面叫家丁张龙去买一副小棺木来，盛放哪吒的尸体，抬到翠屏山去埋葬。

金吒素来热爱这小兄弟，当初又是他首先把哪吒抱回家来的，现在见哪吒忽然死去，好像割去了一块心头肉一样，说不出地哀痛，哭得死去活来。

李靖因为是幼丧，并且恨哪吒，所以没有去送葬。只有金吒、木吒两人伴送哪吒的棺木到翠屏山。

金吒照顾得十分周到，督促家将们在山南向阳的一面掘地，要求掘得深、掘得宽。掘好了，还自己跳进坑里去，试试下面的土地是否松软，是否潮湿。直到试出坑里十分干燥，这才命令家将下棺，自己动手铲土掩埋，筑起一个六尺高的圆圆的坟堆。

金吒和家丁家将筑好哪吒的坟以后，首先惦记着的就是自己的母亲。他知道母亲素来把这位小兄弟看得比自己的性命还宝贵，真是含着怕热，捧着怕冷，现在一旦永远失去，好比割去她一块心头肉一样，所以一回陈塘关，木吒就到帅府正厅去见父亲，他却径到后堂来安慰母亲。

他还没有走近上房，恰好殷夫人从昏迷中醒了过来。她一醒转，眼前就仿佛出现了哪吒那半截身躯，剖开的胸膛，砍断的臂膊，鲜红的血肉，忍不住心痛欲绝，号啕大哭道：

"哪吒，我的好儿子啊！你好狠心啊！怎舍得割肉剔骨丢了为娘去啊！"

金吒正想进房去劝慰，忽又听得殷夫人厉声喝骂丫鬟养娘们道：

"你们这班东西，我老早关照你们要好生顾照小少爷，怎么你们竟忍心见死不救，眼睁睁地看着他割肉剔骨，也不帮我抓住他？你们打量我说话不算数，不会打你们。来！看家法伺候！"

丫鬟养娘们一齐罗拜在地，央告道："奶奶息怒！我们哪个不爱小少爷，哪个愿意看着他割肉剔骨，走上死路？实在是小少爷性子太强，连那么多家丁家将都抓他不住，何况我们？"

金吒连忙走进房去，劝阳母亲道："娘，她们说得对，不干她们事。我看一定是爹干了什么对不住他的事，所以惹发了他的小性。"

正在这时，李靖从外面走了进来，沉下脸对金吒道：

"你怎么在这里，不回野马岭去？你弟弟木吒早已先回去了。近来形势又紧张起来，东伯侯姜文焕虽已投奔西岐去了，但又反了南伯侯鄂顺，领人马二十万，取三山关。这里陈塘关地当四方要冲，要时刻提防有失。现今权臣当道，我和朝内大臣费仲、尤浑没有往来，无事还恐他们生非，如果出了什么纰漏，让他们抓住把柄，那我这官职就完蛋了！你还不快回去！"

金吒寒着脸冷笑道："爹只关心自己的官职，目今天下纷纷，纣王的江山总之是保不住的。我只问你：哪吒有什么不是？你苦苦地逼着他走上割肉剔骨的死路，所为何来？现在造成这样悲惨的局面，好好一个家庭，弄得骨肉分离，你扪心自问，对得住对不住哪吒？"

李靖喝道："逆子，你也想像哪吒一样忤逆不孝吗？还不快给我回野马岭去！"

"不去！"金吒斩钉截铁地说，"我要留在这里陪娘。娘今天受的刺激太深了，我怕她会发生意外。今夜我就住在哪吒住的房里，等她精神安定了再回去。"

李靖没奈何，只好叹一口气，退出房去，暂且在书房里安歇。他真没有想到，哪吒一死，他竟成了世上最孤独的人，真是众叛亲离，连家丁家将、丫鬟养娘，也都变成了面从心违，在他不注意的时候就投他以白眼。他私下思量，为什么会造成这种结果？难道哪吒和帅府内外上下人等都结交到，所以才会如此得人心吗？显然不是。哪吒之所以受人好感，是因为他正直、善良、心灵纯美，站在正义的立场上。人情都喜爱真、善、美，讨厌假、恶、丑，自己正是站在后者立场上，为邪恶势力做着护符，难怪要受人鄙视和厌恶了。怎样重新树立自己的威信，他为此盘算得终夜睡不着觉。

和李靖同样彻夜无眠的还有个殷夫人。她自哪吒死后，就得了个心悸怔怔的病，一合眼就仿佛看见哪吒那血淋淋的半截身躯矗立在眼前，从而心跳加剧，失声惊呼，冷汗直淋。这样直闹了大半夜，累得服侍她的丫鬟仆妇也都睡不好觉。最后折腾得心力交瘁，才蒙蒙眬眬地睡去。

正是日有所思，夜有所梦。她梦来梦去，所梦无非是哪吒，但梦中出现的哪吒，已不再是血淋淋的残躯，仍是平时那样白白胖胖玉雪可爱的小囡。殷夫人欢喜得不知怎样才好，伸出两手来做着要抱的姿势，欢呼道：

"哪吒，好孩子，你把我想死了！原来你还活着，并没有死，快过来给你娘抱抱、亲亲！"

哪吒连忙闪避开去，不让他母亲抱，仍用平时的小孩声口说道："娘，我当真死了，并没有活，你是在梦里梦见我。我现在来看你，是想求你帮助我一件事。你能不能给我在坟前空地上造一座庙，泥塑一座金身，让我的元神有个栖息的地方？"

殷夫人连连点头道："这是很容易办到的，也是应该办的。娘因为想你想昏了，哭你哭昏了，所以没有想到这一层。现在你既然来要娘代你造庙，娘一定如你的愿，帮你造。"

哪吒这才依依不舍地说道："娘，我去了！你好好保重身体，不要哭，不要想念我，我不久就会重新回到你身边来的。"

殷夫人一觉醒来，方知是梦，回忆哪吒在梦中所说的话，非常惊奇。只是不明白他临走时说不久就会重新回到她身边来是怎么回事。便到哪吒卧室来找金吒，细说方才梦中之事。

金吒仔细思量了一会儿，忽然喜形于色地道："娘，你且放宽心，照哪吒梦中的嘱咐，保重身体，不要哭，不要想念他。哪吒生来就很神异，何况他的师父又是神通广大的太乙真人，法力无穷，会眼睁睁地看着他死吗？总有一天会用法术把他救活过来，所以他说不久就会回到你身边的话一定不假。现在他既叫你帮他在翠屏山造庙立像，你就照他说的话办好了，别的什么都不必管。好在帅府里的营造司是现成的，明天我就去召集工匠动手施工。"

殷夫人好像吃了一颗定心丸，心悸怔忡的毛病马上好了，也不再含悲带泪地思念哪吒了。但一说起造庙，她又不无顾虑地对金吒说："关于造庙一层，你爹如果知道了，不会反对吗？"

金吒摇手道："娘，你对此不必担心，我们可以瞒着爹造。现在局势又紧张起来，爹又每天都要到野马岭操练三军。趁他不在家的时候，我和你先一同到翠屏山去踏勘一下地势，立刻召工动手。到他发觉的时候，庙已经立起来了，哪吒的金身也造好了，他就是要反对，也已经来不及了！"

说话间已经日上三竿，丫鬟仆妇开始进房来服侍夫人梳洗。金吒估计李靖这时必已到野马岭去操练三军，便离开上房，走到外面厅堂里去。他做事是很有条理的，先查问哪吒昨天抛下的风火轮、火尖枪、乾坤圈、混天绫在什么地方，知道已搬到武库存放，便叫家将向管库的要了钥匙，取出来，亲自送到后面哪吒房里去安置。接着又到营造司去召集造房工人，说明要代哪吒立庙，计算要用多少木材、砖瓦、石灰，先行车运到翠屏山去，所有土木两作工人和营造司官吏都押料同往。

话休絮烦。十天以后，庙已筑成，像也造好。但见碧瓦雕檐，粉墙朱户，帐幔悬钩，幢幡列队，特别是中间那座哪吒的神像，更是造得栩栩欲活。原来当时能工巧匠很多，有一个最擅塑造神像的手艺人，绰号泥塑张，也是营造司工人之一，他虽没有机缘和哪吒接近，但常在帅府出入，对哪吒的神情体态揣摩得很熟透。他把哪吒塑造成一个脚踏风火轮，手执火尖枪、乾坤圈的小英雄，那七尺混天绫就展开在他身后。这样的造型设计先就超凡出众，引人注目，何况他还把哪吒的容貌塑造得既英武又活泼，和蔼可亲，笑脸迎人，那一双漆黑明亮的眼珠仿佛在向人打招呼，自然更加逗人喜爱了。

金吒看了，首先连声赞好。次日陪同母亲坐轿来看，殷夫人竟以为哪吒复活，想上前拥抱，久久注视着，舍不得离去。金吒大喜，并亲笔书写"哪吒行宫"四个大字匾额，挂在庙门前。

哪吒生前为老百姓做了不少好事，因此立庙以后，轰动四方，远近男女老幼，前来哪吒行宫进香的，络绎不绝。

第十五回 | 李靖怒毁哪吒庙

　　光阴迅速，转眼又过了半年，局势越来越不妙。外间纷纷传说：纣王要杀两个儿子，被神仙刮风救去。三朝宰相商容上疏苦谏，纣王不听，反要杀他，商容撞死在蟠龙石柱上。因此人心日益背离，都说纣王无道，杀子诛妻，刑戮忠臣，我们这班老百姓哪里还在他心上，进退都是一个死，不如大家反了罢！

　　这些话传到李靖耳里，好不心焦，暗想：目下人心如此，如果再要对纣王尽忠，显然只有同归于尽，死路一条。但要反叛罢，自己手下这一些人马，分明是以卵击石，螳臂当车；现在连天下兵马大元帅武成王黄飞虎都还不敢轻举妄动，何况自己，进退两难；再加儿子哪吒又和自己决裂，割肉剔骨而亡，真是国难家仇，两相交逼而来，使他闷闷不乐，不知怎样才好。

　　一天傍晚，李靖在野马岭操练三军完毕，照常骑马在家将簇拥下回帅府去。人马从翠屏山下经过，忽见一群群老百姓手执香烛祭品，东一簇，西一伙，络绎不绝，扶老携幼地沿着石磴道拾级向上攀登。李靖见了，非常诧异，连忙勒马问道：

　　"此乃一座空山，平时只有樵夫牧子往来，你们既不是为采柴，又不是来牧羊，却手携香烛酒果，纷纷奔上山去，意欲何为？"

　　由于翠屏山距离陈塘关有四十里路，所以附近一带的居民很多人不认识李靖。有人听他说是空山，疑心他是发昏，用奇异的眼光看了他两眼，也不理睬他，就自顾上山去了。有人见他顶盔贯甲，外披大氅，像个大将模样，知道来头不小。其中有一个妇人纠正李靖的错误道：

"爷爷，罪过！怎说是空山？山上明明有一座大庙，庙里有一尊娃娃神，常常来帮我们做好事。我们理应前来朝山进香，还愿酬神，报答他的恩惠。爷爷却说这是一座空山，岂不奇怪。"

李靖更加诧异道："有这等事！何处邪神，胆敢占据空山，骗取香火供奉！你且说来，那山上庙里的神道，是什么一个样子？"

那妇人道："这神是个小孩，年纪不到三四岁光景，我们都叫他娃娃神，想不到居然有这么大的本领！小妇人如果有这样一个娃娃，喜欢得连梦里也要笑出声来了！听说他的名字叫作哪吒。"

李靖听了"哪吒"两字，登时怒发如雷，用马鞭指着山上骂道："畜生呀畜生！你生前扰得家翻宅乱，使全家不得安宁！死后还敢欺世盗名，欺哄愚民，情理难容！上山众百姓听着：赶快向两旁闪开，让出路来，免得触着马蹄，误伤性命！本帅来也！"

说着，便纵马登山，在马屁股上加了一鞭，那马展开四蹄，风驰电掣地向山上奔去。众家将紧随在后，相继上山。到得半山腰，便见那一片平阳地上矗立起一座庙宇，庙门前高悬匾额，上书"哪吒行宫"四个大字。李靖认得是金吒手笔，忍不住暗暗咬牙恨道："原来这逆子也和哪吒一党。我想夫人一介女流，大门不出，二门不迈，纵有银钱，何能顷刻间造此宏大庙宇？此必金吒逆子从中出力，督促营造司发料兴工，所以才能落成得这样快。木已成舟，我还蒙在鼓里，只被他们瞒得我好苦！"想着，恨不得一鞭把匾额打得粉碎。勉强忍耐着走进庙去，但见天井中瓷砖铺地，中间陈列着一只古鼎香炉，廊下分塑着两个鬼判，一个执笔，一个执簿书，居然像人间官衙模样；只是殿上没有公案，而是设着一张供桌，桌上摆列着诸品奇珍异果、美酒佳肴，桌前一座烛架，架上烛火荧煌；架下就是拜坛，不少善男信女正在虔诚叩祷，顶礼膜拜。

李靖看了，怒不可遏，暗想："这畜生生来不安分，居然吸引了这许多善良的老百姓的信仰，这还了得！"当下厉声吆喝：

"家将何在？取我的六陈鞭来。"

家将不敢怠慢，连忙取鞭递上。你道什么叫六陈鞭？原来此鞭乃陈年老藤、陈年藜木等六种最坚韧的植物合制而成，其坚似铁，其硬如石，不论什么坚牢的东西，无不应手立碎。李靖取鞭在手，正想向神龛内的哪吒泥塑金身打去，吓得庙里所有的善男信女个个面如土色，大家狂喊："使不得！"纷纷扑奔上来拦阻，一齐挽住李靖的手臂不许他动，胆大的甚至抢上来夺他的鞭子。老百姓对哪吒的爱护愈增加李靖的怒火，因为这正好反衬出他自己的不得人心，毫无威望。他忍不住怒吼道：

"你等闪开，此非神道，乃本帅孽子，本帅有自由处置之权，你们不得阻挠，致干未便！"

没有一个人理睬他。挽住他臂膊不让他动手的人依旧牢挽不放，有的人挽不到他的手臂，就从后面抱住他的腿脚，七嘴八舌地道：

"他是我们的娃娃神，我们喜欢他，尊敬他。"

"你是坏蛋，你无权处置他！"

"你敢打他，你敢碰一碰他的神像，我们大家咬死你！"

这一片震动屋瓦的喧呼声，吓得李靖面都黄了，同时四肢都被人牢牢抱住，动弹不得，好比蚂蚁钉牢螳螂，蜘蛛网住苍蝇，像这样陷身人海、落入重围的境况，他生平还是第一次经历，比给敖广劫持做人质的况味还要难受百倍。他这时才知道什么叫众怒难犯。

正在没摆布处，人丛中忽然闪出个老头儿来，向他抱拳作揖道：

“将军何来？借问将军贵姓高名，现在官居何职？何故要毁此神像，以致引起众怒？”

李靖见那老头儿说话谦恭有礼，又见他一出来说话，众人都停止了喧哗，静看他们交涉，知道此人必有相当来历，便也和颜悦色地说道：

“多蒙老丈动问，本帅非别，乃陈塘关总兵李靖是也。刚才从山下经过，见众百姓纷纷上山进香，问起来才知并非什么神道，乃是本帅已故第三个孽子哪吒，恨他死后还愚弄百姓，因此想打毁他的塑像，夷此庙为平地。不料愚民无知，妄肆阻挠，不可理喻，还望老丈细加开导，勿阻拦本帅动手。”

那老头儿听了李靖的官爵名号，并无尊敬之色，反有愠怒之容，冷冷地说道：“原来将军就是陈塘关总兵李靖，失敬了！小老儿祖辈相传，久居在这翠屏山下翠屏乡，蒙众乡亲不弃，推举小老儿担任三老五更[1]之职。小老儿虽是乡村朴野之人，浅薄无能，但也粗知为人处世之道，必须正直无私，能刚能柔，既不固执己见，顽固不化，也不遇事随和，一味迁就；同时也能察言观色，聆音觅理，思考是非善恶，明辨邪正曲直，因此薄负人望，遇事都来找小老儿判断。”

李靖明白了那老头儿的身份地位，怒火不觉又冒了上来，大喝一声道：“原来你就是三老五更，你虽非现任官吏，但也负一乡重望，是全乡人民的表率，为何纵容愚民，妄奉本帅已故孽子为神道，使他接受香火供奉，顶礼膜拜！”

那老头儿听了李靖的责备，面不改色，微微冷笑道：“将军言之差矣！自古聪明正直者之为神，何在乎年长年幼？小老儿住在

1　古代帝王设三老五更，选取一乡年老而又德高望重的两人担任，由群众推举，地位等于乡长，但又并非官职。所谓三老，是知三德（正直、刚、柔）；五更，是通五事（貌、言、视、听、思）。

这翠屏乡，离陈塘关虽有四十里，但也久闻哪吒的声名，众口相传：他正直、勇敢、机智、聪明，见义勇为，嫉恶如仇。他曾打破东海龙王的禁区，让孩子们自由自在下海洗澡、游泳，又曾搭救童男童女，三打龙王。像这样聪明正直、无私无畏、乐于助人的人，死了是娃娃神，为何不可称神？可是将军却忍心让自己的爱子听凭东海龙王拉下海去摆布。小老儿在半年前听得人说，哪吒忍无可忍，决心割肉剔骨还给将军的时候，就不禁想：兽类尚有爱子之情；将军是人类，却毫无为父之义，将军实在人不如兽远矣！"

一席话数落得李靖面红耳赤，勉强硬着头皮说道："你这是强辩。如果依你所说，岂不是天下父母都不能管教儿子了？"

那老头儿哈哈大笑道："将军言之差矣！哪吒难道是顽童吗？是小淘气吗？非也！他是一个人才！小老儿并不主张天下顽童不该管教，如果到处都是皮大王，只知顽皮，不知学习，大起来全变成废物，要家长老师何用？将军之错，就错在把哪吒当作闯祸坏看待，殊不知哪吒所作所为，并非闯祸，而是伸张正义，主持公道。将军自己站错了位置，把一切都看颠倒了，首先责怪的应该是自己。现在纣王无道，天下纷纭，八百路诸侯反了四百路以上，将军身为镇守一方的大将，却不明顺逆，不辨善恶，甘心助纣为虐，你不知反躬自责，尚有何面目责备哪吒？小老儿忝居三老五更，自当代表民意，阻止将军干出违反民意的举动。还望将军三思，不要恶民之所好，赶快放弃捣毁哪吒像的打算，趁现在太阳还没有落山，回你陈塘关去是正经。老实说，这里的民众爱戴哪吒，与你将军何干？哪吒活着已经剔骨还你，死后你有何权毁他的像？"

李靖想不到这老头儿会这般能言善辩，真是气也不是，恼也不是。在众目睽睽之下，觉得这个面子万不能丢，所以仍想强词夺理地辩论。不料周围群众竟一片声地赞扬起那老头儿来：

"三老五更的话说得对，他逼死了儿子，还有什么脸以父亲自居？"

"夺下他的鞭子，赶他们出去！娃娃神早已跟他恩断义绝，他无权捣毁娃娃神的像！"

这一片声的叫嚷使李靖完全丧失了理智，不觉恼羞成怒起来。他虽读过兵书战策，毕竟是个鲁莽武夫，平素又掌惯了权，眼里根本没有民众，总以为小民只应该服服帖帖地受他统治，否则就是犯上作乱。因此忍不住火冒三丈，决意蛮干，一面喝令家将："给我看管住这老头儿，调兵上山来驱散众愚民百姓。"一面抖擞精神，双臂一摆，甩脱了攀住他手臂的一群善男信女，扬起六陈鞭，就待向帐幔内的哪吒像砸去。可是他的双腿仍被进香的群众牢牢抱住，寸步难移，同时被他甩脱的人又都扑奔上来，不顾死活地来抢夺他手里的鞭子。

正在扰攘纷乱的当儿，一员家将已领着山下的兵马上山进庙来了。李靖如虎添翼，连忙指挥他们把众百姓赶过一边，然后提着六陈鞭走到神龛前，横七竖八一阵乱打。但见风火轮折，火尖枪断，乾坤圈化作两截环，混天绫裂成三重绉。众百姓不顾家将兵丁的拦阻、李靖鞭锋的厉害，抢着扑奔到神龛前，捡拾哪吒泥像的断肢残骸，有的抱着头颅，有的捧着断臂断腿，像珍宝一样地紧搂在怀内不放。

李靖见民心这样爱戴哪吒，更加暴跳如雷，像发疯似的掀翻供桌，踢开烛架，蹬倒鬼判，从殿内一直打到殿外，又一鞭向天井中的古鼎香炉打去。不料这香炉乃生铁铸成，比六陈鞭还要坚韧，鞭打在炉上，正好比罗汉遇金刚，硬碰硬，不但没有把香炉打倒，反而把鞭子直荡开去，震得他右手虎口裂开，血流不止。李靖愈怒，拼出九牛二虎之力，向香炉撞去，把香炉撞翻在地，然后传令："把百姓赶出庙外，拆庙，放火，烧成一片白地。"

那被众人推选为三老五更的老头儿冷眼旁观着李靖的一切举动，越来越显出轻蔑的神气，冷笑道：

"由他去胡作非为，不要理他！凡是倚仗权势蛮不讲理的人，到头来一定没有好下场！"

李靖毁庙以后，还嫌未曾泄愤，一不做，二不休，索性下令刨坟掘棺，把山中枯枝柴草堆满棺木四周，放起一把火来，霎时间浓烟袅袅，烈火腾腾，烧得满山通红。

李靖这才心满意足，也不管众百姓侧目而视，一声号令，整队下山去了。

第十六回　哪吒现莲花化身

李靖在翠屏山滥用权威，大肆捣乱，毁庙碎像，刨坟焚尸，下了如此断情绝义的毒手，连三老五更和众百姓也切齿痛恨，为什么哪吒却毫无动静？

原来这天哪吒的元神恰好出游在外，不在庙里，直到傍晚才回行宫。到得山前，不觉大吃一惊，但见：

> 腾腾火起，烈烈焰生；苍松翠柏枯焦，碧瓦雕墙断裂；浓烟弥漫，山峰都变黑模糊；火舌翻腾，霄汉尽成红一片。

再上山看时，景象更为可骇：庙宇毁成瓦砾；金身不知去向；四山尽赤，遍地皆焦；古鼎香炉翻倒，肴果盆盎狼藉……

哪吒正在惊疑不定，恰好两个泥塑判官一瘸一拐地含泪来见，备述李靖毁庙的一切情形，然后含泪说道：

"可恨李靖这厮心肠狠毒，小鬼们给他蹬倒在地，一个跌瘸了手腕，一个跌伤了脚筋，弄得一瘸一拐，痛苦非凡！还望娃娃神给我们做主！"

哪吒不听犹可，一听之下，不觉内心也像山头的景象一样，腾腾火起，烈烈焰生。当下横眉怒目，咬牙切齿地恨道："好个狠心的李靖，我已经割肉剔骨还你，和你断绝父子关系，你何得无端碎我金身，毁我行宫，焚我尸棺，伤我判官？你们且同我去看，我的尸骸被他烧成怎样了。"

两个判官一齐摇头道："娃娃神，不必去看了，棺材都已烧成了灰，哪里还有什么骸骨？"

哪吒不依道："你们没有经过查访，怎么知道我的骸骨已经不存在了？快同我去看。"

两个判官万分无奈，拐脚判官愁眉苦脸地道："我的脚拐了，走不动！"

哪吒望着那瘸手判官道："你的脚不拐，你扶他走。"

瘸手判官哭丧着脸道："我的手瘸，扶不动！"

哪吒命令拐脚判官道："你的手不瘸，可把手搭在他肩上，借他的力，拖着你的拐脚走。"

拐脚判官不敢违背哪吒的命令，只好把手搭在瘸手判官肩上。瘸手判官身上骤添了重压，忍不住连喊："哎哟！哎哟！我吃不消了！我吃不消了！"

两个判官一瘸一拐地勉强厮趁着走到墓穴旁边。哪吒见墓穴洞开，穴中满是枯枝乱柴烧成的灰烬，覆盖得密密层层，看不见下面的尸棺被烧成什么模样，便吩咐瘸手判官道：

"你去找根竹竿来，把灰拨拨开。"

瘸手判官甩着他的瘸手，连连摇头道："我的手连转动都不能转动，就是找到竹竿，也拨不开灰，何况这山上的树木都被烧光，哪里还有竹竿可找？"

哪吒道："没有竹竿，山上枯柴总还有一些的。"于是命令拐脚判官道："你的手不瘸，你去拾些枯柴来。"

拐脚判官带着哭腔说道："我两只脚一拐一拐的，连路都不能走，怎么还能去拾枯柴！"

哪吒怒道："你们两个全是好吃懒做的懒坯！只知享受老百姓的香火供奉，果品祭飨，吃饱喝足，就躺倒啥也不干。依着我的性子，恨不得也把你们一脚一个蹬倒，躺在地上叫'哎哟'！你们还是像现在这样大家搭扶着走，跟我去拾枯柴。"

瘸手判官见哪吒动怒，不禁吓得乱抖，因为抖得厉害，拐脚判官搭不牢他的肩，两下分了开来。瘸手判官身上减少了重量，正觉得轻松，拐脚判官却因骤然失去依靠，站不稳身子，不禁喊了一声："不好！"一个倒栽葱跌进墓穴里去，只听得"咕咚"一声，恰好跌在灰烬上面，登时尘灰四起，宛如大雾弥天。他跌下去时并不是仰面朝天，而是倒伏下去的，想爬起来，手脚齐施，恰好做了扒挖柴灰的工作。

哪吒忍不住叫道："妙啊！你的手不瘸，就不用爬上来，索性在这墓穴里给我扒，看里面的尸骸有没有也化成灰。"一面又命令瘸手判官："你也下去！"

瘸手判官正苦着脸说："我的手瘸，不会扒！"忽然看见穴底光华闪烁，无数五色缤纷、晶莹光亮的珠子在灰堆里滚动，立刻身也不抖了，手也不瘸了，只听得他喊了声："乖乖！好宝贝！"一个筋斗翻下了墓穴，和拐脚判官抢夺起珠子来。

正是人为财死，鬼为珠亡，两个判官你抢我夺，毕竟瘸手判官手腕转折不灵，抢到手的珠子没有拐脚判官多。拐脚判官两手满握珠子，可双脚一拐一拐的，连身子也站不直，更不用说爬出墓穴，只好央求瘸手判官说：

"你把肩膀移到我手臂下来，给我搭一搭，让我借你的力，好爬到上面去。"

瘸手判官乘机要挟道："我不给你搭，除非你把手里的珠子分一半给我。"

拐脚判官冷笑道:"岂有此理!搭一搭你的肩膀,就要分我一半珠子,你的心肠未免太黑了!"

哪吒见两个判官争吵得难解难分,不禁暗暗皱眉,心想:"我哪吒一生正直,不谋私利,怎么庙里的判官这样贪财,没的坏了我哪吒的名声!"当下恼怒地发令道:"你们不许争,大家都把珠子放下。这里是棺材的下半截,原是安放我骨头的地方;现在你们再去扒棺材的上半截,看我的血肉有没有烧成焦炭,或者也化作珠子。"

两个判官不敢违拗,只好都把手里的珠子放下,继续去扒。遮盖在棺材上的草木灰虽然厚密,毕竟经不起多久扒挖,很快就扒到了底层,两个判官同声喊叫了起来:

"这里没有珠子,只有一堆烧焦了的肉。可煞奇怪,这肉香得很哩!外皮虽然烧焦,却是一堆香喷喷的上好的烤肉!"

哪吒像受了什么打击似的一震。现在怎么办呢?肉已被烤熟,骨又变成珠子,自己显然已无法去寻李靖报仇。可是造成自己眼前这种上不着天下不着地的光景,罪魁祸首是李靖,这仇岂能轻轻放过?不放过又怎样?

哪吒正在委决不下,偏偏那两个判官还不识相,他们闻得烤熟了的肉透出的香气,止不住馋涎欲滴,齐来向哪吒央告道:

"娃娃神,这肉烧得香喷喷的,一定很好吃。我们闹腾了这半天,肚里饿得咕噜噜响了,请你赏给我们吃了罢!"

哪吒怒喝道:"胡说,这是我的肉,怎么能够给你们吃?好混账!还不快给我滚开去!"

两个判官吓了一跳。拐脚判官首先站不住脚,向右仰面朝天地跌倒,恰好一屁股坐在那堆烤熟了的肉上。瘸手判官向左五体投地地跌倒，恰好跌在那堆五色明珠中间，他在心惊胆战的当儿，还不忘记伸出瘸手来抓珠子，真是棺材里伸手，死要钱！

哪吒喝退了两个判官，继续沉思，忽然想起："当初师父亲口嘱咐，说他会用别的东西给我另造一个身体，使我再世为人。现在何不就此去求师父，只要造成身体，便不怕不能找李靖算账了。"

他正这样想着，忽见瘸手判官伏在珠上，伸着瘸手乱抓珠子，不禁灵机一动，暗想："不知师父用什么东西给我另造一个身体？我的骨头焚化后会变成五色明珠，这事情很透着奇怪，我何不把这些珠子带到师父那边去，也许师父在给我另造身体时有些用处。"越想越觉有理，于是便命令两个判官：

"你们把这些珠子都拾起来，藏在衣兜里。然后，你，拐脚，在右边抓住我的手；你，瘸手，在左边抓住我的手，跟着我见师父去！"

两个判官遵命拾起珠子，藏进衣兜，一边一个抓住哪吒的手。哪吒思念着师父太乙真人，顷刻间就向西飞到乾元山金光洞，毫无阻挡地飞进了洞里。

太乙真人制订封神榜已完，正在碧游床上打坐，忽见哪吒飞进洞来，便把手中的拂尘向空一拂，喝道："来者莫非哪吒吗？"

哪吒应了声"是"，跪倒在碧游床前，正要开口，太乙真人把拂尘向他一指，微笑道：

"善哉！善哉！徒儿不必多言，为师一切尽知。这都是李靖不该，他的手段忒嫌毒辣了点，但你也不必记仇，否则冤冤相报，何时得了！现在姜子牙即将下山，你要帮助他灭纣兴周，不能没有一个身体。为师早已有言在先，要用别的东西给你重造身体，再次为人，现在已是时候了。可是用什么东西来造你呢？"

太乙真人偏着头苦思冥想，不得其法。原来神仙也不是凭空能够想得出法子来的。他忽然看见哪吒那白中透红宛如莲花的脸蛋，那又胖又嫩好像白藕似的手臂，又看到他的红兜肚，想到"牡丹虽好，还须绿叶扶持"的话，如果把他的红兜肚配上绿荷叶，红红绿绿，鲜艳夺目，岂不好看煞人！不禁一拍脑门道：

"有了！有了！我何不如此如此，把这东西给他再造一个身体，岂不美哉！"

当下走下碧游床，手执拂尘，招呼徒弟金霞童子，带哪吒和那两个判官跟着自己一齐来到洞后五莲池畔，只见池中莲花盛开，红白分明，鲜绿的荷叶凌波而立，亭亭如盖。池水清澈见底，可以望见池底污泥中露出的雪白的嫩藕，藕上荷梗挺然兀立，梗上长着碗大的莲蓬，每一只莲蓬里丛生着二十多颗莲子。太乙真人眺望了一会儿，回头吩咐金霞童子：

"你到池中去取两朵莲花、一颗莲蓬、十根荷梗、三瓣荷叶、四段藕来。"

金霞童子依言取到，太乙真人命他先剖开莲蓬，取出莲子，就把这剖成两瓣的莲蓬作为头颅，又把一朵莲花作为面孔。接着叫金霞童子把四段藕拗成八节，分布成左右臂、腕、左右腿、股，然后把八根荷梗拗成十六段，分别布成肩骨、肋骨，剩下的四根荷梗雕刻成左右十个手指、十个脚趾。再把一朵莲花作为股肉，三瓣荷叶围绕腰下成为围裙。于是地上出现了一个具体而微的人形，全是池中的莲藕做成。

太乙真人见一切都布置齐全，便问哪吒道："你的舍利子呢？"

哪吒莫名其妙，反问太乙真人道："师父，啥东西叫舍利子？舍利子是啥东西？"

太乙真人道："舍利子就是你的骨头烧化成的五色明珠。现在你的舍利子何在？"

哪吒恍然大悟，知道师父是要珠子，忙道："有！有！在那两个判官衣兜里。"

一面说，一面命两个判官从衣兜里把珠子取出来，放在地上，登时五彩缤纷，光华耀眼，好看煞人。

太乙真人吩咐金霞童子道："你把这些珠子都填在那八节藕孔里，使哪吒成形时骨节坚固，刀砍不伤，火烧不烂，雷震不断，锤击不碎。"

金霞童子答应了一声，从地上拾起一节藕来，正要把珠子填进藕孔里去，一旁早慌了两个判官，只见拐脚判官两脚一拐一拐，瘸手判官双手一瘸一瘸，争先恐后地扑奔地上，来抢珠子，满嘴嚷着：

"这是我们的珠子，不能拿去塞藕孔！"

哪吒气往上冲，厉声喝道："什么你们的珠子！这本是我的骨头烧化成的！你们还不快滚开去！"

两个判官为财所迷，仿佛脂油蒙了心，平时哪吒一喝就会使他们吓得跌跌跄跄，这时却丝毫不放在心上，眼见珠子快要不是自己的了，急得横眉竖目地来和金霞童子抢夺。

太乙真人见此情状，便命金霞童子暂时停手，用拂尘指着他们问道：

"你们抢了这些珠子去，想要做什么？"

拐脚判官两手满握珠子，得意扬扬地摇头晃脑，献宝似的笑道："有钱横行天下，无钱寸步难行！咱老子有了这些珠子，下半世用不着愁了，谁还高兴做这判官，掌管这些文书簿籍？回家乡去做个老封君，吃吃喝喝，坐坐躺躺，玩玩逛逛，啥也不干，三杯美酒通大道，一枕华胥梦也甜！逍遥自在，不亦快哉！"

太乙真人叹道："我只道人活着才争权夺利，好逸恶劳，想不到你这泥塑的判官也爱钱贪财，好吃懒做！皆因纣王无道，造成世风日下，道德败坏，许多人都只顾自己，不顾别人，见利忘义，为富不仁，诈骗盗窃，连泥土也不干净，塑成的判官都是这等货色。贫道眼里容不得你们这些贪财爱宝、好吃懒做的懒鬼！你们想拿了珠子回家乡去享福吗？呸！做梦！我不等你们好梦醒来，先教你们万事全休！"

说罢，举起拂尘，向地上轻轻一拂，真是妙法无边，拂尘过去，就像吸铁石似的，把地上和两个判官手里的五色明珠都吸引到拂尘的尾端，组成一条五彩的珠链。太乙真人转动着拂尘，空中登时现出一条五色长虹，不过这长虹不是静止不动，而是龙飞凤舞，灼烁生光，但见缤纷五彩绕天空，万丈光芒照宇宙。金霞童子仰头看得呆了，两个判官却呼天抢地，痛不欲生，一个踮起拐脚，一个伸长瘸手，号啕大哭地想抢空中的珠子，没口子地嚷着：

"还我宝贝，还我珠子！"

太乙真人皱一皱眉头，喝令金霞童子："给我把这两个满脑钱魔、浑身铜臭的泥塑鬼判推下五莲池中去，让他们和这池中的污泥混合在一起。我这仙山洞府五莲池中的污泥也是干净的，倒可以洗净他们肮脏龌龊的身心。"

金霞童子领命，一手抓住一个泥塑判官，就像抓住两根灯草似的，毫不费力地把他们抛进五莲池中去。两个判官连一声"哎哟"也没有来得及喊出，早已翻身落水，在水里泡了两泡，顷刻间都变成一团泥浆。正是：满身铜臭归何处？尽入莲池净水中。

太乙真人见金霞童子已处置了两个泥塑判官，便停止转动拂尘，把那五色明珠组成的珠链垂在金霞童子面前，让他一粒一粒地嵌进藕孔里去。金霞童子在每个藕孔里都塞进了一粒珠子，依旧照原来四肢的部位排好，然后上前禀告太乙真人道：

"师父，现在哪吒师弟的人形已经粗具规模，就是眼孔里还缺少两颗眼珠，请问师父，这眼珠是用珠子来做，还是用莲蓬里剥出的莲子来做？"

太乙真人点头道："画龙必须点睛，画人先要画眼，传神写照，都在这两颗眼珠上面。这莲蓬的子太小，哪吒如果长了一双莲子眼，凸出两颗小眼珠，岂能显出他的威武，又怎能表现他的活泼？这珠子拿来做眼珠倒不大不小，恰巧合适，可它又五色斑斓，哪吒如果长了一双五彩眼，岂不成了妖怪？哦！有了，让我来把它改造一下。"

太乙真人说着，就在拂尘尾端拣了两颗不大不小的五色明珠，放在手心里，呵一口气，那两颗珠子登时变得乌黑锃亮，仿佛点漆器具一样，黑中透光。太乙真人把珠子交给金霞童子，叫他去安放在哪吒的眼孔里，自己猛可里抓住哪吒元神，朝地上由莲花、荷叶、莲房、荷梗、嫩藕组成的人形上面一推一合，大喝一声：

"哪吒不现莲花化身，更待何时？"

声音刚落，一个活泼可爱、威武勇敢的新哪吒已从地上跳了起来，依旧是短发齐眉，双髻绾顶，面如莲花，白中透红，眼如点漆，黑里泛光。腿臂白如嫩藕，指趾赛过削玉。腹系红兜肚，腕套黄金镯，都和过去一模一样，只是红兜肚下多了一条绿荷叶围裙。他扑翻身向太乙真人纳头便拜，口称：

"多谢师父代弟子再造人形，此恩此德，没齿不忘！"

太乙真人把拂尘尾端剩余的珠子摘下来，编成一条珠项圈，亲自给哪吒套在颈上，然后把拂尘向哪吒身上一拂，语重心长地说道：

"善哉！善哉！徒儿，且喜你再次成人，只可惜这新哪吒反而不如旧哪吒！"

哪吒大吃一惊，一个鲤鱼打挺，翻身站了起来，双目圆睁地望着太乙真人，怀疑地问道：

"师父，这是怎么说？怎见得我这新哪吒反而不如旧哪吒？"

太乙真人伸出食指，在哪吒的太阳穴上戳了一下道："你这新哪吒不如旧哪吒，就在你这头脑上。当你还是旧哪吒的时候，你生的是人脑子，现在你这新哪吒虽然再次成人，却是莲花化身，脑子是莲蓬做的。这莲房剖成两半，取出莲子，里面虽也脉络分明，却比不上人脑，倘若自己不注意，便容易迷失本性，误入歧路，受骗上当。小孩子头脑本来简单，可以变好，也可以变坏。你这莲蓬做的脑子更加没有记性，缺乏识别力，弄得不好，会把鱼目当作珍珠，山鸡看作凤凰。为师虽有本领，也无法把你的莲脑变作人脑，所以我说你这新哪吒反不如旧哪吒！"

哪吒把指头含在嘴里，沉思了半晌，然后认真地说："师父，我可以向你发誓，我哪吒现在既已再次成人，就一定要做一个好孩子，不做坏孩子。我一定要永远记住师父的话，不受人家的骗，不上人家的当，请师父放心好了。"

太乙真人冷笑道："徒儿，你的嘴巴尽管硬，可全是空谈！就算你能记着为师的话，但事到临头，由不得你自己做主，单是嘴硬，又有什么用处？"

哪吒呆了一呆，两只小手一摊，哭丧着脸道：

"师父，那弟子怎么办呢？弟子本心立志要做一个好孩子，可到那时却身不由己，做起坏事来，让大家都说我哪吒是个坏孩子，弟子是死也不甘心的。"

太乙真人见哪吒说话时小脸通红，眼泪已含在眼角，快要落下来，不禁点头微笑道："善哉！善哉！徒儿，你既有想做好孩子的心，那么即使被妖邪迷失了本性，也自有能人来指引你、提醒你。你此去帮助姜子牙兴周灭纣，日子还长，经历还多，不能没有一个年长的人经常在你身边指导你。为师不能常在你身边，你父亲李靖是个老好人，不分邪正，不别善恶，也指点不了你什么。幸亏在你以前，早有一个能人出世，他神通广大，武艺高强，聪明、机智、正直、勇敢，和你不相上下，而且生就一双火眼金睛，能够识别妖邪，区分善恶，只有他才能帮助你、提醒你，指引你走上正路。你将来遇见他，要尊他为兄，听他的话，才能使你哪吒美名远扬，不至于被旁人指指点点地说你哪吒是个坏孩子！"

哪吒忍不住破涕为笑，高兴得跳跳蹦蹦地道："师父，这位能人住在什么地方？弟子要去找他，拜他为兄，接受他的教导、指引。将来我如果被妖邪迷失了本性，误入歧路，就可以请他提醒我，使我接受他的劝告。倘若我和他一面不识，那他就是提醒我，我也会当作耳边风，怎么能接受他的劝告呢？师父，你能把他的来历告诉我吗？"

太乙真人摇头道："现在还不是你和他会面的时候。至于他的来历，为师早已提起过。你可还记得当初你被石矶打败，逃进洞来求救，石矶追来，跟为师斗嘴的时候，为师不是曾笑她不过是一块顽石，远不如傲来国花果山的石猴孙悟空吗？这孙悟空就是能够提醒你、指引你走上正路的能人，你必须尊他为兄，受他的教导。"

哪吒不高兴地撇着小嘴道："我道是什么能人，却原来是只猴子！"

太乙真人正色道："你不要看不起猴子。你的莲蓬头脑算得什么？怎敢看他不起！"

哪吒不服道："他不过是一只石猴，石头是最冥顽不灵的东西，他的头脑是石头做的，早已僵硬了，我的莲蓬头脑虽然简单，可里面很软很嫩，并没有僵硬，怎见得我不如他？"

太乙真人暗暗叹息："这新哪吒真不如旧哪吒，刚刚再次成人，就倔强不听话，和师父顶嘴，还要自以为是，看不起人。这也是我事先考虑不周，一心只想使他再次成人，没想到这莲蓬头里洞眼不少，随时会出纰漏。现在木已成舟，莲已成脑，无可奈何，也只好由他去了。"想到这里，不觉叹了一口气。不过仍旧少不得要告诫他一番，以免他目中无人，于是便沉下脸说：

"你不要看不起他是石猴，他将来的名气可能比你要大得多。你小小年纪，应该谦虚谨慎，须知人外有人，天外有天，如果不知天高地厚，将来吃亏的还是你自己。"

太乙真人边说边看着哪吒的面色，见他仍是一脸不服的神气，忽然想道："这孩子生性要强好胜，加之出世以来没有打过败仗，我如果专说使他丧气的话，他不但听不进，而且挫折了他的进取心。"便转而鼓励他道：

"不过我也希望你能够胜过他，在这世上创造一番事业，使大家提起你哪吒来，就没口子称赞你是位小英雄，即使不能胜过他孙悟空，也得和他并驾齐驱，一同美名远扬。"

这一说果然有效，哪吒立刻眉花眼笑地道："师父说得对，这孙悟空既是个能人，那么不管他是猴子也罢，石头也罢，总有出人头地的地方，我一定遵照师父的教导，拜他为兄，同时又处处地方要求自己能够胜过他，不使世上的人只知道他孙悟空，不知道我哪吒。"

太乙真人点头道："这样就好。你母亲爱你如同珍宝，听到李靖碎像焚庙的消息，一定焦急不安。你既再次成人，理应回去探望她一下，也好让她欢喜欢喜。你现在就回家去罢。不过为师还有话嘱咐你：你这次回家，可不要向李靖寻仇。他此番对待你的手段固然忒嫌毒辣了些，不过他毕竟是你父亲，何况不经他此番辣手，你又怎能实现莲花化身？你应该宽宏大量，不要鸡肠狗肚，和他寻仇不休。"

哪吒漫应了一声，便翻身出洞。师父虽向他谆谆嘱咐，他却并没有消除仇恨李靖的心思，仍旧一心想跟李靖算账。

第十七回　哪吒寻仇败李靖

哪吒一面痛恨李靖，一面思念母亲，就在爱和恨交织的心情中，由金光洞一路向东回陈塘关去。

这时陈塘关帅府上房，殷夫人正和李靖吵得不可开交。

原来李靖把翠屏山烧成一片白地以后，兀自怒气不息，回到帅府，下了青骢马，也不休息，就扑奔上房来找夫人算账，见面就骂：

"你生得好儿子，贻害我不浅。现在又替他建造庙宇，塑立泥像，煽惑百姓香火供奉，这还了得！你妇人家好没分晓，如今奸臣当道，我又不和纣王宠臣费仲、尤浑二人往来，倘若这消息传到朝歌，奸臣说我假邪降神，左道惑众，为自己死去的儿子造庙立像，收买人心，断送我这条玉带尚是小事，说不定还要造成灭门之祸！这种事全是你妇人家做出来的，只被你害煞我也！"

说罢，气呼呼地宽下腰间玉带，掼在案上，一屁股坐进交椅，扶着头，不住唉声叹气。

殷夫人是给李靖压制惯了的，正所谓积威之下，不敢抬头，当下战战兢兢地问道：

"现在哪吒的庙怎样了？"

李靖头也不抬地道："还问他怎的？给我烧掉了。我把他的尸骸也烧成了灰，免得他死后还在人间兴妖作怪！"

殷夫人不听犹可，一听此言，忍不住哭道：

"相公，你太狠心了！你逼死我哪吒孩儿不算，还要焚烧他的庙宇和尸骸，你的良心何在？妾身这条命不要了，跟你拼了罢！"

李靖想不到素来温驯的夫人，今天竟会一反常态，柳眉倒竖，杏眼圆睁，像一头怒狮似的向他反扑，不禁暗暗心惊，只好垂头丧气地回过头来说："你就不想想我这条玉带得来不易，难道就让你白白断送了不成？"

殷夫人又气愤又伤心，抓起案头的玉带，向地上重重一摜道："你的玉带算得什么，怎比得上我哪吒孩儿？唉唉！我苦命的哪吒孩儿啊！"

李靖吓得跳起身来，弯腰拾起玉带看时，一条羊脂白玉做的腰带已经断成两截，不禁怒吼道："好泼妇！怎敢如此放肆，还我玉带来！"

"还我哪吒孩儿来！"殷夫人像疯了似的，一头撞向李靖胸前，李靖猝不及防，被她撞得踉踉跄跄地退后七八步，几乎跌倒。丫鬟养娘仆妇慌忙上前劝解。李靖见殷夫人披头散发，泪流满面，知道劝不住，只好摇头叹气，拿着断成两截的玉带，闷闷不乐地出外去了。

殷夫人在丫鬟养娘们的劝慰下，怒气稍息，但却伤心不已，越想越觉得哪吒的可怜。她哭一会儿，喊一会儿"哪吒我的好孩子"，无论丫鬟养娘们怎样劝慰，都无法使她不伤心。直到哭倦了，才和衣躺倒床上，向里睡去。丫鬟养娘不敢惊动她，都悄悄退出去了。

哪吒就在她躺倒的当儿回转家来。他对殷夫人和李靖争吵的事丝毫不知，也不知她面朝里床是在伤心哭泣，还当她睡着了，想逗她玩一下。他毕竟是小囡脾气，有些顽皮，虽然对李靖怨恨交并，但对母亲却充满了爱意，平时撒娇惯了，这时再次为人，更想逗逗母亲，使她出其不意地发现他已经重新活了过来，惊喜交集。于是蹑手蹑脚地走进房去，一直走到床前。他现在是莲花化身，身轻如叶，所以殷夫人一点都没有觉察。他走到殷夫人背后，把三根手指头凑到嘴边呵了口气，望母亲胳肢窝里一插，笑嘻嘻地说：

"胳肢！胳肢！娘，你怕痒不怕痒？"

殷夫人本没想到哪吒会重新活过来呵她的胳肢窝，还当是李靖回来，忍不住恨恨地伸手向外一推，哽咽地说："走开！谁要你虚情假意地来讨好，你只还我哪吒来！"

哪吒没防到母亲会有这一推，倒被推得跌了一跤，一屁股坐在地上。他不想再逗母亲玩了，听母亲说"还我哪吒来"，就应声说："好！还你哪吒来了！"

殷夫人吃了一惊，翻身坐起来看时，只见哪吒活灵活现地坐在地上，依旧是雪白粉嫩的一个胖娃娃，睁着两只漆黑的小眼乌珠微笑地望着她。她根本没想到哪吒会重新活转来，还疑心自己是在做梦，不由得哭道："儿啊！你的庙和尸骸都给你狠心的父亲烧掉了，你要为娘的给你再造一座庙吗？"

哪吒摇头道："我不要！我已经重新活转来了，还要庙做什么用？"

殷夫人仍旧以为自己是在梦里，直到咬了咬手指头，觉得痛，才知道不是做梦，这一喜非同小可，连忙扑过来，一把拉起坐在地上的哪吒，把他搂在怀里说：

"哪吒，我的宝贝，我的心肝，你真的重新活转来了吗？怎不喜煞为娘也！你是怎样活过来的？我正在恨你父亲……"

哪吒恨恨地截断他母亲的话说："不要叫他父亲，应该叫他李靖，我没有这样的父亲！"

殷夫人也正在恨李靖心肠毒辣，又满心喜爱哪吒，哪肯违拗他的意思，忙道："娘说错了，他确实不像个父亲。我也不叫他李靖，叫他老杀才。你且说，你的尸身不是已经给那老杀才烧作灰了吗？怎么又会重新活转来？娘亲眼看见你割肉剔骨，血流满地，怎么你现在仍旧是个雪白粉嫩的胖娃娃，一点损伤也没有，臂膊也没割断，你的小身体是从哪里来的？"

哪吒把师父用五莲池中的莲花、莲蓬、荷叶、嫩藕给自己重造身体的经过向母亲说了，然后说道："娘，我现在已经是莲花化身，刀砍不伤，火烧不烂，雷震不断，锤击不碎，也不会再死，可以在你身边陪你了，你心里欢喜不欢喜？"

殷夫人把哪吒紧紧一搂道："娘欢喜得要命！但愿我们母子俩以后永远在一起，生生世世不分离！"

哪吒从母亲怀里脱出身来道："这办不到，我就要帮助姜子牙兴周灭纣，只能陪伴你一些时候，不能永远和你在一起。"

殷夫人半喜半忧地道："我也不希望能和你生生世世不分离，只要下半辈子能和你在一起，就谢天谢地了！"

哪吒忽然凸出小眼乌珠，气吽吽地说道："可恨李靖这厮，我已经割肉剔骨还他，和他断绝了父子关系，他何得毁我庙宇，焚我尸骸？如非恩师帮助，赐我莲花化身，这世上岂非将要永远没有我哪吒？我一定要和他算账，母亲且在此安坐，等我去杀了他，再来陪你。"

殷夫人虽然刚和李靖争吵了一场，毕竟多年夫妻，情义不浅，她只不满意李靖对待哪吒的狠心辣手，却从没有想到要断送他的性命。这时听哪吒说要去杀他，不觉吓了一跳，慌忙阻止道："好孩子，使不得！你父亲……不，那老杀才虽然无情无义，心狠手辣，到底和为娘夫妻一场，你如果杀了他，为娘不是要做寡妇了吗？依我说，你也不必向他寻仇，离开他算了。为娘愿意和你远走高飞，跟你过一辈子，不再同他见面，这不就完了吗？"

哪吒连师父的劝告都听不进，哪里肯听母亲的劝告。他的心里已经充满了仇恨李靖的烈火，再加他的莲蓬头常在烈日下蒸晒，容易发热，虽然有时也会冷静下来思考，但如果是些不入耳的话，那效果适得其反，只有更使他决心做他自己要做的事。所以他完全不听母亲的劝告，头也不回地就往外跑，一面嘴里恨恨地说："母亲不必多言，今天不是他死，就是我亡！"

殷夫人一把没有拉住，哪吒已飞跑出房去了。她心里急得很，但她是一个女流之辈，除了空自着急外，又有什么办法？只有求天保佑，不要发生什么不幸的事。

哪吒跑出上房，被外面的凉风一吹，发热的头脑渐渐清醒过来，独自站在庭院里沉思："要找李靖报仇，少不得要和李靖交锋，我现在手无寸铁，怎么能和李靖战斗？"接着又想起："金吒哥哥可能已把我割肉剔骨时留在帅府厅堂里的风火轮、火尖枪、乾坤圈、混天绫搬到我房里去了，何不回房去拿？况且那些丫鬟养娘，平素和我很要好，现在活着回来，也该和她们见见面，让她们欢喜欢喜。"想着，便不忙于到厅堂里去找李靖，先回自己房里来。

这时天刚入夜，丫鬟养娘仆妇们刚吃过晚饭，正坐在房里谈山海经，忽见一个鲜灵活跳的哪吒仍像过去那样从外面跳跳蹦蹦地进来，疑心是鬼出现，忍不住个个惊呼："哎哟！不好！有鬼！有鬼！打鬼！打鬼！"大家跌跌撞撞，四散奔逃，只恨爹娘少生两只脚。

哪吒见她们都把自己当作鬼出现，不禁惹发了小囡脾气，想索性装鬼吓唬她们一下，开开玩笑。于是便装腔作势地说道：

"鬼来了！鬼来了！小爷正是哪吒的鬼，你们大家都不许逃。我且问你们，你们见了我，就喊'打鬼！打鬼！'，想打起我来？

可见在我生前你们待我全是虚情假意，嘴里喊得亲热，心里却想打我一顿！现在你们一个一个听候小爷审问，说得对便罢，说得不对，马上捉你们去做鬼！"

丫鬟养娘仆妇都战战兢兢的，不知哪吒将怎样审问她们，唯恐说错了话，给哪吒捉去做鬼。

哪吒先问养娘道："你是怎样待我的？"

养娘道："我给小少爷铺床叠被，夏天挂了蚊帐，还怕蚊子叮了你，在帐外给你扇蚊子；冬天天气冷，怕冻坏你，想给你生炉子，你说你吃了辟寒丹，不怕冷，叫我拿开去。小少爷，我这样待你，总算不错罢，你怎忍心捉我去做鬼？"

哪吒点头道："你待我不错，我不捉你。"又问仆妇道："你呢？"

"我给小少爷烧饭做菜，你想吃什么，我就烧什么给你吃，除非天边的星星月亮无法摘下来给你做菜，别的全给你办到了。你如果捉我去做鬼，那算是天字第一号没良心！"

"对！我哪吒不是没良心的人，我不捉你。"哪吒发落了仆妇，突然指着那服侍他的利嘴丫鬟道："你在大热天用滚烫的热水给我洗澡，想热死我，你良心不好，我先捉你去做鬼！"

利嘴丫鬟慌忙辩解道："洗澡要用香汤热水，这是奶奶吩咐的，小婢怎敢违背。小少爷不愿意用热水洗澡，小婢也曾指点你到东海里去洗冷水浴。小少爷说我良心不好，要捉我去做鬼，太冤枉了！"

哪吒笑道："你确曾指点我到东海边去，可以将功折罪。不过你为什么咒骂我到东海去洗澡要两脚笔直，死在海里？我现在就先叫你尝尝两脚笔直的滋味。"

利嘴丫鬟急得杀猪也似的叫喊起来，平素伶牙俐齿能说会道的嘴巴这时竟笨拙起来，不知说什么好，只是没口子地央告丫鬟养娘们说："众位姊姊妹妹，阿姨大娘，请你们向小少爷求求情，我以后再也不嘴快了！"

丫鬟养娘们都讨厌她那张利嘴，不但能言善辩，把自己的过失推得一干二净，而且喜欢煽风点火，搬弄是非，闹得大家不和。这时见哪吒要把她捉去做鬼，个个暗中称快，没有一个人肯代她求情。

哪吒把那利嘴丫鬟一直揪到门口，忽然放松了她，笑嘻嘻地说："好姐姐，我逗你玩的，原来你是银样镴枪头，全副本领不过武装了一张嘴巴，吃不起吓。你看，我只要扮一只老虎，就会把你吓死！"

说着，便用两根小指头拉开嘴巴，两根食指扳着下眼皮，在她面前跳跳纵纵地说：

"哟哟乎，皮老虎，我老虎来了，你怕不怕？"

那利嘴丫鬟见哪吒放了她，说是逗她玩的，胆子就大了，看了哪吒的样子，不觉"噗哧"一笑。真是江山好改，本性难移，又恢复了她嘴快的天性，不住摇头晃脑地说："小少爷，你哪里像老虎，我看你倒有点像猫咪。你这种样子，连老鼠也吓不倒，哪里吓得倒我！"

哪吒笑道："你说我像猫咪，我就算猫咪，咪呜！咪呜，猫咪来了。"

哪吒这一番举动，把众丫鬟养娘仆妇都引笑了。哪吒趁大家发笑的当儿，就像过去常和她们在一起闹玩时那样，笑嘻嘻地走到她们中间说："我既不是猫，也不是鬼。天下从来没有鬼。我是你们的小少爷哪吒重新活转来了！"

这一说不打紧，房里登时乱成了一锅沸腾的粥，丫鬟养娘仆妇一齐把哪吒团团围住，簇拥得水泄不通。大家七嘴八舌地说：

"小少爷，你真的活了吗？"

"你是怎样重新活转来的？"

"咦！你怎么多了一条绿围裙？配着这红兜肚，真是好看极了！"

哪吒又把太乙真人用五莲池中的莲、藕给他重造身体的经过说了一遍，大家忍不住都欢呼雀跃起来，争着来拥抱哪吒。哪吒忙道：

"慢来！慢来！我现在是莲花化身，很软很嫩，经不起抱！刚才娘把我紧紧搂抱了一下，我还觉得胸口的肋骨隐隐作痛哩！"

大家听哪吒这样一说，果然都不敢再来抱他了。两个丫鬟悄悄商量道：

"他怕抱，我们何不做轿子来抬他。我把右手握住左臂，搭在你的手臂上，你把左手握住右臂，搭在我的手臂上，做成一顶井字形的轿子，请他坐上去，我们两个把他抬起来，不是比抱他好得多吗？"

于是两个丫鬟把手臂搭成的轿子搁在哪吒面前，请他坐上去。哪吒觉得好玩，欣然跨登她们搭的轿子，一屁股坐在她们的手臂上，还把双手勾住她们的脖颈。

大家同声喊"好"，两个丫鬟非常得意。养娘们看了眼红，私下商量道：

"她们会抬轿子，我们何不来吹喇叭！"

"好是好，可是喇叭在哪里呢？"

"喇叭没有，我们就用嘴巴做喇叭。"

于是两个养娘就张开嘴，仿效喇叭的声音，"比叭！比叭！"地吹起来。这一来可就热闹了，登时房里充满了一片"比叭！比叭！"的喇叭声。

哪吒给她们吹喇叭、抬轿子闹得昏头昏脑，不觉有些讨厌起来，暗想："吹喇叭、抬轿子的人这么多，实在不成体统；再这样玩下去，也没什么味道，还不如早点找出兵器来去向李靖算账。"当下一个筋斗翻身跳下轿子，问那利嘴丫鬟道："上次我金吒哥哥曾在这房里住过几夜，不知他可曾把我的兵器搬来没有？"

利嘴丫鬟连忙答道："老早搬来了。小婢当时很奇怪，既然奶奶叫大少爷在翠屏山给你造庙立像，为啥不把这些兵器搬到庙里去？真刀真枪，不是比泥捏的更好吗？"

哪吒听说兵器已经搬来，也无心去理睬她的噜苏，立刻在房里搜寻起来。金吒办事很周到，不但风火轮、火尖枪、乾坤圈、混天绫都在，连他做割肉剔骨用的一尖两刃刀也给取了来。哪吒拿着这半截断剑似的一尖两刃刀，想起过去割肉剔骨时的光景，不由得无限感慨，同时觉得把刀留在身边也许有些用处，于是便也把来收在红兜肚内，登上风火轮，手执火尖枪，臂套乾坤圈，背扎混天绫，依旧雄赳赳气昂昂，比从前还要英武。

丫鬟养娘们连忙拦住问道："小少爷又要到哪里去打仗？"

"去找李靖算账！"哪吒板着面孔说了这一句，便念动咒语，风火轮冉冉上升，飞出窗棂去了。

丫鬟养娘们都吓坏了，慌忙到上房来报告奶奶。她们还不知道哪吒早已把这话告诉了殷夫人，殷夫人正在发急哩！

哪吒飞出了窗户，本来打算穿过后花园，到前面厅堂上去。转念一想："这样不行，这还是过去和李靖做父子时走的路，现在他是他，我是我，怎么还能由内向外跑，让人家当我仍是他家里人？我必须到帅府门前去，喊他出来打话，才是正理。"

想着，便催动风火轮，越过层层屋顶，一直来到帅府门前，降落地上，大喊：

"李靖何在？快出来纳命！"

这时虽已入夜，帅府门前依旧灯笼火把，明如白昼，原来李靖从内室出来，并未回书房安歇，正在厅堂居中豹皮椅上落座，吩咐家将去招能工巧匠来，把断成两截的羊脂白玉带修复完整。站在门前的守门官和家将，忽见哪吒依旧粉妆玉琢地脚踏风火轮，手执火尖枪，雄赳赳气昂昂地大声呼喊，不禁个个称奇。有一个家将满腹狐疑地说：

"真是怪事！三公子已经死去，怎会重又出现？"

守门官道："不管怎样，先去报告了元帅再说。"于是如飞跑到厅前，禀报了一遍。

李靖大吃一惊，暗想："莫非他来闹鬼找我报仇不成？"想着，心头好像有十七八个小鹿在乱撞，勉强硬着头皮说：

"胡说！人死岂能复生？不知是何方妖怪，哪处邪神，假冒哪吒形貌，来此兴妖作怪！家将何在？且牵出青骢马，取过方天画戟来，待本帅前去会他。"

李靖跨马提戟，出得府门，果见哪吒又鲜灵活跳地站在风火轮上，与过去无异，慌忙喝道：

"孽畜，你已死去，怎么又来？你是鬼出现，还是当真又活转来了？"

哪吒微微冷笑，把火尖枪向李靖一指道："我蒙恩师太乙真人搭救，赐我莲花化身，重新回复人形，特来取你狗命！"

李靖大怒，喝道："好孽畜，你生前害我不浅，死后还要兴妖作怪，愚惑百姓！我鞭打你的泥胎，拆毁你的妖庙，火烧你的尸棺，乃为民除害。你既承太乙真人搭救，回复人形，就该安分守己，重新做人，何得再来向我寻仇，缠扰不休？我身经百战，岂惧你这三尺孩提？你想要我的命，怕不那么容易！"

哪吒鼻孔里哼了一声道："你自夸身经百战，不过战胜了些酒囊饭袋罢了，碰小爷，就得一败涂地！休走，看枪！"

　　说着，把手里的火尖枪紧一紧，向李靖劈面刺来。李靖忙举画戟相迎，两下轮马盘旋，戟枪并举，遮拦隔架，战作一团。李靖勉强战够七八回合，直杀得马仰人翻，骨软筋酥，气喘吁吁，汗流浃背，只有招架之功，毫无还手之力。哪吒又一枪刺来，李靖勉强举画戟相迎，枪尖恰好刺进画戟的方孔里，哪吒笑嘻嘻地把枪向上一挑，李靖只觉得仿佛有千钧之力挑向戟端，直震得膀臂酸麻，刚喊得一声："不好！"方天画戟已脱手飞向天空，只得拍马落荒而逃。他虽心慌意乱，但神志还清楚，知道野马岭前哨阵地聚有重兵，足可抵挡哪吒一阵，便拨转马头，向东北方逃去。

　　哪吒催动风火轮，紧紧追赶，一面嘴里不住吆喝："李靖，你今番休想活命！任你逃上天去，我也要追你到灵霄殿；任你逃下地去，我也要追你到黄泉路！小爷今番不杀你，决不罢休！"

　　李靖胯下的青骢马虽也是匹日行数百里的好马，但却不如哪吒的风火轮快。转眼间就已轮马相交，刚喊得一声"罢了"，风火轮已突过马头，哪吒回身一枪刺来，李靖吓得翻身落马，爬起来就跑。他是个大块头，肚皮很大，跑得很慢，跑时身上披的那件大氅凌空飞舞，裹不住身子。李靖只喊得一声："吾命休矣！"哪吒枪尖早到，幸亏一枪正刺在大氅上，飘飘飞举的大氅恰好裹住哪吒的枪尖，急切解脱不开。

　　李靖趁势就地一滚，滚出七八丈远，急中生智，猛然想起自己当初在西昆仑学道，师父度厄真人曾传授土遁的法术，如今情势危急，何不借土遁逃脱此难。想着，连忙念动遁甲破土真言，果然地面裂开了一条长缝，李靖大喜，正是得缝便钻，一头钻下地去，刚自以为得计，不料只钻下半截身子，就钻不动了，心下好生奇怪。正自思量，身旁忽然冒出个矮小的老头儿来，头戴三角鱼头帽，身穿黄衫，腰束麻绦，脚踏芒鞋，手持拐杖。李靖认得是当方土地公公，忙问：

"土地公公，怎么今番土地坚硬，钻不进去？我被孽子哪吒追赶，命在旦夕，请你快来帮助我一臂之力，使我能借土遁逃脱此难，当永远不忘大德！"

土地公公本是白须白眉，狮子鼻白如玉削，此刻不知如何，须眉皆焦，鼻子通红，变成了一个酒糟鼻。只见他怒目圆睁，把拐杖指着李靖，咬牙切齿地骂道：

"李靖，我且问你：这野马岭到翠屏山一带地下，乃我当方土地管辖的所在，你何得无端放火烧山，掘开地面，一直烧到地下，把吾神的白须白眉烧得乌黑，眉毛尽焦，一部白胡须烧成络腮胡，还把我的鼻头烧得通红，真乃无妄之灾！我只道无法找你算账，谁知你也有今日，钻到我地下来，真乃天网恢恢，疏而不漏。你想借土遁逃走吗？呸！做梦！我叫你半截身子陷在土里，进退两难，上既上不得，下又下不去，这也是你应得的报应！"

李靖暗道："不妙！我只知放火烧山，称心快意地把哪吒这孽障的尸骸烧成灰烬，万不料祸延土地老头儿。现在他不让我土遁，把我卡在土地中间，上下不得，如何是好！"当下只好低声下气地赔礼道："土地公公，我李靖多有不是，还望恕我初犯，救我一命。"

土地公公气得连连吹着烧焦了的络腮胡子道："住了！我是里社[1]之神，这一带土地都归我管辖。你未曾起意烧山也该想一想，为何不先和我打个招呼，叫我出来问一声，就擅自放火烧山，自由行动，难道这土地之主不是我而是你不成？照你所作所为，本当把你永远卡在这里，现在姑且饶你初犯，只不许你土遁，把你逐回

---

1 里是乡里，土地古时叫社，俗称里社的神叫土地公公。

地面。冤有头，债有主，由你自己去对付哪吒，让哪吒来处置你。去罢！"

说着，把拐杖向地上叩了一下，地层又复裂开，李靖身子松动，连忙向上一耸，重又回到地面，地面又合得严丝没缝。

李靖身子虽侥幸获得自由，但重又面临哪吒追杀之难。他此刻手无寸铁，身无坐骑，绝难和哪吒对敌，只好偷偷摸摸，连爬带滚，想逃过哪吒的视线，滚进一个山坳里去，暂时藏住身形，伺机再行逃跑。

哪吒一枪刺中李靖的大氅，被裹住枪尖，刚解脱开来，把大氅甩过一边，忽然不见了李靖，知道借土遁逃走了。师父没有教过他土遁，他只好空自着急。正在没摆布处，忽见李靖又复冒出地面，不禁大喜，连忙赶来捉拿。李靖吓得心胆俱裂，大喊："我命休矣！谁来救我？"

第十八回 | 群仙聚会劝和

喊声未落，忽见一个道童，短发垂肩，宽袍大袖，麻鞋白袜，丫髻丝绦，手执一把七星宝剑，一路踏歌而来，口里唱道：

> 野马岭头防守，只为四处烟尘。
> 何时清风明月，容我养性修真？

唱罢，把手中七星宝剑一摆，叫道：

"父亲休慌，孩儿救你来也！"

李靖抬头一看，认得来者是次子木吒，心下稍安，但仍是半喜半忧。喜的是自己有了救星，忧的是木吒本领有限，恐不是哪吒对手。

哪吒正催动风火轮，如飞赶来捉拿李靖，忽被一个道童迎头拦住去路，持剑冲着他大喝：

"孽障慢来，你苦苦追赶我父亲，意欲何为？"

哪吒定睛一看，认得那道童是木吒，便道："二哥，你别多管闲事，我要和李靖算账，今天不杀他，决不罢休！"

木吒喝道："胡说！他是你父亲，你怎么可以杀他？"

哪吒冷笑道："我早已割肉剔骨还他，何况他待我也从来没有半点父子之情，他是我哪家父亲？"

木吒道："住了！我且问你：你我都是一母所生，我的母亲是不是你的母亲？"

"是我的母亲。我只是不要他这父亲，可从没有否认过我的母亲。"

木吒道："这就是了。从来说'单丝不成线，独木不成林'，单有一个母亲，不能生下你我，一定还要有一个父亲，你既然从没有否认过母亲，也就难以否认他是你父亲。他既然是你的父亲，那你就不能追杀他。"

哪吒大怒道："岂有此理！天下哪有这样狠心辣手的父亲？何况我现在身上并没有他李靖丝毫骨血，我怎么不能追杀他？"

木吒且不回答哪吒的问话，反问道："你说你身上没有他丝毫骨血，那么你身上一定也没有母亲的肉了，是不是？"

"当然是这样，我现在全身都是莲花、莲蓬、荷叶、嫩藕组成，既没有父亲的血，也没有母亲的肉。"

"那你还认母亲不认？"

"怎么不认？"

木吒微微冷笑道："住了！你既承认母亲，又不承认父亲，有母无父，你是哪里来的野种？"

哪吒一听"野种"两字，忍不住火冒三丈。他还很清楚地记得，他刚出世回家探亲，就在陈塘关前受到木吒的阻拦，劈头便骂他"野种"，现在又骂起"野种"来了！这叫他怎么忍受得住？于是一抡火尖枪，向木吒当头便刺，口内大喝：

"你骂我野种，且教你知道我野种的厉害！"

木吒连忙举剑相迎，两下枪来剑去，战够七八回合，哪吒见李靖在旁跃跃欲动，似乎想趁他们交战的当儿，乘机逃跑，不觉暗暗焦躁，便把枪架住木吒的剑，喝道：

"二哥，你不是我的对手，趁早闪开，别跟我厮缠，放走了李靖！"

木吒哪里肯听，又是一剑砍来，喝道："少要胡说！你既无父子之情，我和你更何有兄弟之义！休走，吃我一剑！"

两下又是枪来剑去，轮步盘旋，杀作一团。李靖在旁觑得真切，暗道："此时不走，更待何时？"于是蹑步潜踪，悄没声儿地一溜烟径向野马岭前哨阵地逃去。

李靖的行动，哪里瞒得过哪吒，见他悄悄溜跑，暗道"不妙"，连忙虚晃一枪，隔开木吒的宝剑，催动风火轮，径来追赶李靖。木吒怎肯放松，急步追上，举剑猛砍，两下又战在一处。

李靖见木吒把哪吒挡住，觉得机不可失，哪敢怠慢，连忙加快脚步，没命飞奔，只恨爹娘少生两只脚，正是忙忙如丧家之犬，急急如漏网之鱼。他只知没头苍蝇似的乱撞，浑不见前面正有一个道人，手执拂尘，从山坡上冉冉走来，口里唱着：

朝餐胡麻夕餐霞，洞府修真岁月赊。
池畔绿水盈盈照，白云深处是吾家。

李靖只顾夺路飞奔，不防一头撞进那道人怀内，慌忙退后两步。那道人却仿佛认识他似的，微笑着把拂尘向他一拂，朗声说道：

"将军何来？为何这等慌张？"

李靖觉得声音很熟，抬头看时，认得正是长子金吒的师父，五龙山云霄洞文殊广法天尊。连忙扑翻身，纳头便拜，口称："师父在上，快救末将性命！"

文殊天尊打了个稽首道："将军少礼，且把详细情由道来，贫道自有处置。"

李靖站起来，躬身说道："师父容禀：皆因孽子哪吒不孝，目无尊长，不听教诲，胡说要和末将永远断绝父子关系，竟自割肉剔骨死去，死后又复在翠屏山兴妖作怪，末将恨他愚惑百姓，所以把他的尸骸烧成灰烬。不料他竟求他师父帮助，用莲花化身恢复人形，来陈塘关向末将寻仇，一直追杀末将到此。末将被他杀得大败亏输，兵器脱手，翻身落马。幸得次子木吒赶来，抵挡一阵，但恐他也不是哪吒对手，还望师父救命！"

文殊天尊道："贫道刚才驾云前来，见空中有一物晃动，细看乃是一支方天画戟，想来就是将军失落的兵器了？"

李靖点头道："正是末将的画戟，被哪吒挑上天空去的。"

文殊天尊道："贫道略施小术，把它定在空中，现在且取下来还给将军。"

说着，走上山冈去，把手中拂尘向天空轻轻一拂，只见空中毫光一闪，随即便有一物"叭哒"一声，不偏不斜地落在李靖面前，正是刚才被哪吒用火尖枪挑到空中的一支方天画戟。

李靖道声"惭愧"，从地上拾起自己的兵器，叹道："虽然物归原主，可惜我李靖武艺平庸，此物回到我手中，和干柴棒没有两样，不过摆摆样子罢了，岂能抵敌哪吒！"

文殊天尊笑道："将军不可灰心，贫道当助你一臂之力，你且把戟收起，少停哪吒到来，贫道自有妙法，使你用这戟战胜哪吒。"

李靖听了，将信将疑，不过有文殊天尊在旁，毕竟使他壮了几分胆量。

文殊天尊又嘱咐李靖道："哪吒战你不过，一定疑心是贫道暗中施展法术帮助你，少不得要迁怒贫道，来和贫道交战，你可趁他和贫道战斗之机,火速到野马岭去。"

不表文殊天尊和李靖计议。且说哪吒无心和木吒交战,只想捉拿李靖,无奈木吒紧紧缠住他不放,一剑又一剑地砍来,不禁心急如焚,暗想:"再这样和他缠下去,势必被李靖逃脱,我何不如此如此。"于是一面和木吒枪来剑去,一面暗中祭起乾坤圈,向木吒打去。木吒只顾举七星剑和哪吒战斗,不提防空中来了乾坤圈,落下来正中后背,一跤跌倒在地。

哪吒脱却了木吒的厮缠,连忙催动风火轮,飞云掣电般来追李靖。追到山坡前,只见李靖正和山冈上一个道人打话,他不认识文殊广法天尊,心想:"哪里来的牛鼻子老道?且不去管他,先捉住李靖再说。"想着,便挺枪向李靖刺来。

李靖侧身躲过,自知不是哪吒对手,连忙飞奔上冈,躲在文殊天尊身后。

哪吒催动风火轮,追上山冈。文殊天尊把拂尘指着他问道:"来者可是陈塘关总兵李靖的小儿子哪吒?"

哪吒把火尖枪一举,答道:"只我便是哪吒,但不是李靖的儿子。你是哪里来的?为何叫李靖躲在你背后,阻我追杀?"

文殊天尊喝道:"好孽障!你既是李靖夫妻所生,就是把骨头磨成了灰,也还是李靖的儿子。"

哪吒怒道:"我的骨头已经给他烧了,虽没有烧成灰,也烧成了五色明珠!你这牛鼻子老道半路里插进来干预,真是狗抓耗子,多管闲事!"

文殊天尊冷笑道:"你连我也不认识!你知道我是谁?只我便是你兄长金吒的师父,五龙山云霄洞文殊广法天尊是也!"

哪吒暗道:"坏了!原来他是我金吒哥哥的师父。金吒哥哥是我的好哥哥,单是看在哥哥面上,也得让他师父三分。"于是躬身施礼道：

"原来是师伯，小侄不知，多有得罪，还望宽恕。只是小侄和李靖怨大仇深，现在他把师伯当作靠山，躲在你背后，小侄投鼠忌器，要想对他动手，又恐误伤了师伯。还望师伯把他交出，听由小侄处置。"

文殊天尊收霁威严，和颜悦色地道："既如此，且听贫道劝告：李靖对你虽然多有不是，但也怪你自己太过烈性，小孩子家不应如此倔强，难道你就没有一丝半点错处？你不要丈八灯台照远不照近，只见别人眼里的树木，不见自己眼里的森林。你既然对他怨气难消，我现在就当着你的面，责备他几句，代你消消气，你也从此解仇释怨，和他重为父子如初，怎么样？"

哪吒暗想："他说的话也有几分道理。只是李靖如此狠心辣手地对待我，岂是责备几句就能轻轻饶过。"

你道哪吒为何如此固执？原来他这莲蓬做的头脑不但容易发热，而且容易走极端，一走起极端来，就丧失了理智，总是自以为是，听不进别人的劝告。所以他依旧犟头犟脑地说：

"师伯虽然言之有理，不过小侄被他碎像焚尸，难道此仇就罢了不成？师伯不必多言，还是把他交出来为好，否则，除非他杀得过我手里这条火尖枪……"

文殊天尊发怒道："你这畜生，脾气怎这般倔强！我好言相劝，你却苦苦向他寻仇，是何道理？好！我现在就把他交给你，且看你杀得过杀不过他。"

说着，便从身后把李靖拉出来说："你就下去和他杀一回，看是谁胜谁败。"

李靖愁眉苦脸地道："师父，这畜生力大无穷，末将杀不过他。"

文殊天尊对李靖劈面啐了一口，又在他背脊上猛击一掌，说道："你只管下去和他厮杀，有我在此，包你无事。"

李靖勉强大着胆子，从山冈上走下山坡，持戟向哪吒便刺，哪吒举火尖枪相迎，两下仍和上次一样，戟枪并举，杀作一团。

哪吒满以为不消三五回合，就可把李靖打败。不料这次远非昔比，战了五六十回合，还不分胜负，直杀得哪吒汗流满面，心里暗暗奇怪："怎么他的力气竟变大起来了？"忽然想起刚才文殊天尊曾啐他一口，击他一掌，暗道："是了，必是这牛鼻子老道在李靖身上施了什么邪法，给他平添了不少力气。我必须先制伏这老道，然后再拿李靖。"于是卖个破绽，虚晃一枪，撇开李靖，催动风火轮，直上山冈，向文殊天尊挺枪便刺。李靖得了这个空隙，自顾到野马岭去了。

文殊天尊见哪吒挺枪来刺自己，把拂尘的尾端向枪尖一拂，便有一朵白莲花托住了枪尖。哪吒见了这光景，暗想："这伙牛鼻子老道都有道术，我不是他对手，况他又是金吒哥哥的师父，冲撞了他，将来难免要被金吒哥哥埋怨。我和他本来无冤无仇，还是去追赶李靖要紧。"于是念动咒语，脚下冉冉风生，烈烈火发，又复飞云掣电般向南追来。

李靖正安步当马，缓缓走向野马岭去。他因身体胖，走得很慢。忽听耳边风火声响，回头一看，只见哪吒又脚踏风火轮从后追来，口里大喊：

"李靖休走，我哪吒来也！今番看你还能逃到哪儿去，趁早纳下命来！"

李靖心胆俱裂，暗暗叫苦道："我今天性命合该丧在这畜生手里，是福不是祸，是祸躲不过，我就跟这畜生拼了罢！"

想着，便紧一紧手里的方天画戟，回身来和哪吒交锋，满以为文殊天尊刚才啐他一口、击他一掌，增加他的力气还在，可以对付哪吒，不料这临时添加的气力并不能维持长久，战不到三五个回合，就汗流浃背，骨软筋酥，只好虚晃一枪，回头便逃，暗道："此番休矣，再没有文殊广法天尊来救我的命了！"

李靖正被哪吒追赶得上天无路，入地无门。忽然山脚下又有一个声音问道：

"来者可是陈塘关总兵李靖？"

李靖低头一看，只见一个道人，头绾双抓髻，身穿水合袍，手持一根竹杖，杖端挑着一只莲花灯，背靠山石，十分逍遥自在。他正在危急之际，好比见到了天外飞来的救星，忙道："末将正是李靖。"

"为何如此慌张？"那道人站起身来说。

李靖来不及躬身施礼，只是气喘吁吁地说："孽子哪吒追赶末将甚急，末将性命危在旦夕，还望师父垂救！"

那道人道："你不是别号托塔天王吗？你那七层玲珑宝塔何在？为何不托在手中？"

李靖猛然记起，自己因和哪吒交战，嫌一手持戟一手托塔不方便，把塔藏在怀里。忙从身边取出，托在手中说道："塔在这里，不知师父要它何用？"

道人微笑道："你且托在手里，少停哪吒追来，贫道自有妙用。"

话到人到，哪吒风火轮早已到了面前，他见李靖和那道人站在一起谈话，心下暗暗焦躁："怎么这里也是牛鼻子老道，那里也是牛鼻子老道，个个帮他不帮我，鬼头鬼脑地在一块儿捣鬼，想叫我吃亏！你这牛鼻子老道既然帮他，我且先把你一枪刺死，再取李靖的狗命！"于是什么话都不说，手起一枪，向那道人刺来。

道人把手中的莲花灯一举，罩住哪吒的枪尖，含嗔说道："你这孩子，好生无理！怎么也不通名报姓，也不问问我是谁，就刺我一枪？我看你好像那些顽皮孩子一样，总之是没有家教！"

哪吒冷笑道："我虽没有家教，却有师教，我乃乾元山金光洞太乙真人的徒弟哪吒是也，你可别小觑了我。"

那道人摇头道："我看你也未必有良好的师教，要不，怎么会不问问人家的姓名，就凭空刺人一枪？你知道贫道是谁？贫道乃灵鹫山玄觉洞燃灯道人是也，和你师父太乙真人是好朋友，可没想到他会教出你这种野蛮无礼的徒弟来！你实在丢尽了你师父的脸，原来你的师教就是刺冷枪！"

哪吒被燃灯道人数说得面红耳赤，暗道："坏了！原来他是师父的好朋友。如果他将来告诉师父，师父岂不要责备我小孩子家不懂得礼貌？罢了！还是向他赔个不是罢。"于是连忙躬身施礼道："原来是燃灯师伯，小侄不知，多有冒犯，还望师伯恕罪！"

燃灯道人回嗔作喜道："这才像个乖孩子！"边说边把手里的莲花灯向上一举，让哪吒的火尖枪脱出，又道："你现在就乖乖地回家去罢，不许你再向他寻仇。"

哪吒心里不服，暗道："他们都是我的长辈，怎么全都帮着他李靖，不帮我哪吒？以大压小，不问个是非曲直。"越想越觉怨气难消，忍不住噘着小嘴道：

"师伯，小侄有一事不明，想向师伯请教。"

燃灯道人问道："何事不明，你且说来。"

哪吒于是把李靖欺压他的情形从头至尾说了一遍，说到伤心处，忍不住泪下如珠，伸出小手拭眼抹泪地说："他如此待我，太觉心狠手辣！师伯，你说，到底是他的不是还是我的不是？"

燃灯道人点点头，回身向李靖说："这就是你的不是了！他既剔骨还你，和你已无关系。那他在翠屏山立庙造像，与你何干？你何得无故毁他像、庙？这还不算，你还要焚烧他的棺、骸，这般赶尽杀绝，是何道理？如果你尚认他为子，那就更不该如此断情绝义。难怪他怨气冲天，追杀不舍，这是你自取其祸，非他之过。"

李靖在燃灯道人责备之下，无话可说，只好躬身认错道："这确是末将不该，如今后悔也迟了！还望师父善为调解。"

哪吒见燃灯道人把李靖责备得满面惶恐，不禁心花怒放，暗道："好也！好也！这才像是我的师伯，不愧是我师父的好朋友。"

他正在暗暗开心，燃灯道人忽又向他说道：

"现在他已认错，自知不该，你且听贫道劝解，重为父子如初怎样？"

哪吒过去对能够接受他的意见的人，都是愿意与之弃嫌修好的。但这时他却是莲花化身，脑子也是莲蓬做的，他的耳朵连在莲脑上，也是左耳朵进，右耳朵出，任何劝告他都当作耳边风，听不进，所以他仍旧倔强地不肯和李靖重为父子。燃灯道人不觉恼怒起来，向李靖大喝一声道：

"哒！你那七层玲珑宝塔何在？"

李靖连忙把托在手里的宝塔高高一举道："在这里。"

"你且把它抛在空中。"

"遵命！"李靖依言把宝塔向空中一抛。

燃灯道人举起宽阔的袍袖对准宝塔一拂，但见祥云缭绕，紫雾盘旋，那宝塔在空中由小变大，由大更大，一直大到和地上矗立的宝塔相似，泰山压顶般向哪吒当头罩来，七层宝塔上的窗户齐开，"飕"的一声，把哪吒连人带火尖枪吸进塔里，只剩下风火轮在地上滴溜溜地乱滚。燃灯道人把竹杖上挑的莲花灯向上一举，猛地一张口，喷出一团三昧真火，点燃了莲花灯，举到宝塔窗户前去，顷刻间烈焰飞腾，火舌乱舞，宝塔上的窗户自动关阖，把个哪吒紧紧封闭在塔里，受烈火焚烧。

燃灯道人得意地笑道："孽障，且教你再一次遭烈火烧身之灾，贫道且问你现在可肯不肯认你的父亲？只要你开口喊一声'饶命'，说一声'我认'，贫道就放你出来，使你依旧毫发无伤；如果再要倔强，就把你烧个皮焦肉烂。"

可煞作怪，那七层宝塔层层起火，节节冒焰，足足烧够了一个时辰，被封闭在塔里受烈火锻炼的哪吒却无声无息，既不喊"饶命"，也不喊"我认"，就像没事人似的。燃灯道人好生诧异，忍不住喊道：

"咦！奇哉怪也！怎么烧了这半天，连一声也不吭？莫非这孩子烈性，不肯认父亲到底，宁死也不喊饶不成？要不是借火遁逃走，就是已经被烧得皮焦肉烂，死了，不能再开口了。倘若把他烧死，太乙道友面上可不好看！也罢。我且把他放出来，看看他被烧得如何再说。"

当下举袖一拂，宝塔上窗户洞开，火灭烟消。定睛看时，哪吒不但没有被烧得皮焦肉烂，而且还精神百倍地在塔里练火尖枪法哩！他见窗户开了，立刻紧握着枪，一个筋斗翻身落地，正好落到还在滴溜溜乱滚的风火轮上。只见他笑嘻嘻地说道：

"我乃莲花化身，刀砍不伤，火烧不烂，区区火焰，何足道哉！倒烧得我有趣。可你这燃灯道人燃的断命灯，和他的宝塔一搭一档，联合在一起，欺负我小孩子，万难容忍！"

说着，手起一枪，向莲花灯刺来。燃灯道人猝不及防，来不及抵御，枪尖到处，莲花灯应手而碎，六瓣莲花纷纷坠地，只剩下一个莲座灯托，挂在杖头上摇摇荡荡。

哪吒呵呵大笑道："有趣！有趣！这回燃灯道人成了无灯道人也！"

燃灯道人气得吹胡子瞪眼睛，正待发作，忽然半空中一声鹤唳，太乙真人身驾玄鹤从西方冉冉飞来，到得近前，飘然落地，向燃灯道人打了个稽首道：

"道友请了！"

燃灯道人依然在吹胡子瞪眼睛，并不答礼，半晌，才气愤愤地说："道友，你教得好徒弟！打碎了我的莲花灯，还笑我成了无灯道人。这口气叫我如何消得？"

太乙真人看了看碎裂在地上的六瓣莲花，早知就里，当下把手里的拂尘在地上轻轻一拂，六瓣莲花依然飞上灯托，完好如初，这才向燃灯道人赔礼道："道友不必动气，小徒顽劣，待贫道来责罚他。"

于是唤过哪吒来喝问道："大胆畜生！你为何目无尊长，毁损师伯的神灯？从实道来。"

哪吒慌忙下了风火轮，拜伏在地，磕头道："师父容禀：只因师伯包庇李靖，和他联合一起对付我，叫他祭起宝塔，把我吸进塔里，他又喷火燃灯，把我关在塔里焚烧，要不是我莲花化身，火烧不烂，早已烤成熟肉，化作飞灰了。"

燃灯道人冷笑道："这是因为你不听贫道良言劝告。他既已认错，自悔不该，你就应和他弃嫌修好，重为父子。你却执意不从，所以贫道不得不惩戒你一下。"

太乙真人听到这里，突然面色一沉，大喝一声："哪吒，你且过来。"

哪吒听得师父的声音既怒且威，慌忙重又拜伏在地，不敢仰视。

太乙真人威严地喝道："哪吒，你这畜生，你在下山出洞前，为师何等嘱咐你，叫你不要向李靖寻仇，你却执意不听，甚至目无尊长，羞辱师伯，种种不肖，实足使师门蒙羞！现在有两条路听你自择：一条是你答应愿意和李靖弃嫌修好，重为父子如初；一条是你离开为师门下，所有过去传授给你的火尖枪、风火轮、乾坤圈、混天绫乃至隐身符一律交还，连那些三头六臂、七十二变化的咒语口诀，为师也当一一收回，使你永远失去记忆，不能再利用它们为非作歹。何去何从，由你自己选择。"

哪吒见师父的态度非常坚决，终于不能不屈服了，于是磕了个头说："弟子愿意同他和好，重为父子如初。"

"那么你去拜他一拜，叫他一声'父亲'，以尽人子之礼。"太乙真人收霁严威，和颜悦色地说。

哪吒又倔强起来了，暗想："这种父亲算啥父亲？还要我拜他叫他，我死也不甘服！"但又不敢违背师父的命令，只好勉强忍气吞声，不是面对李靖，而是歪歪斜斜地胡乱磕了一个头，马上站起身来，站在一旁，面带不忿之色。

太乙真人道："单是拜还不行，还得叫'父亲'。"

哪吒无奈，勉强叫了一声"父亲"，然后退立一旁，暗暗磨牙。

太乙真人早已瞧破哪吒那咬牙切齿、愤愤不平的样子，觉得他总是杀性难驯，寻思无计，正在没摆布处。忽然满天空祥光万道，瑞气千条，雾霭氤氲，异香馥郁，引得众人都抬起头来观看，只见青狮白象、紫凤彩鸾，种种珍禽异兽，从空中冉冉下降，各种禽兽背上，都跨坐着一位神仙。燃灯道人和太乙真人认识来者全是自己的同道好友，共是清虚道德真君等八位神仙。当下彼此稽首行礼。太乙真人问道：

"诸位道友同时降临此地，未知有何事故？"

清虚道德真君道："我等奉掌教元始天尊之命，因姜子牙下山辅佐姬昌在即，需派哪吒前往相助，哪吒却向李靖寻仇不已，实属不成事体！所以命我等前来，劝他们父子和好，不必再计较前事。"

太乙真人叫过哪吒来道："你这孽障，为你之故，竟烦众位师伯前来劝和！现在你更有何说？"

哪吒见眼前这等声势，觉得再要倔强下去，难免自讨苦吃，万一犯了众怒，十个神仙来对付他一个小孩，哪里还有命活！于是只好老实说："弟子情愿与他讲和，重为父子。"

太乙真人见哪吒已经答应，便对李靖道："目今纣王无道，激反了四百路诸侯，闹得兵戈遍地，灭亡就在眼前。你却贪恋富贵，助纣为虐，实属不明顺逆。一旦商纣灭亡，那时玉石俱焚，悔之晚矣！你应早日弃官归隐山谷，待姜子牙义师到此，哪吒随同到来，你再出山献关归周，建功立业，岂不美哉！"

李靖拜伏在地道："师父金玉良言，指点迷途，末将茅塞顿开。此番回去，就挂印封金，弃官归隐，再也不当这陈塘关总兵了！"

太乙真人道："目今姜子牙尚未下山，哪吒孝爱母亲，你可同他回去，盘桓些时日，重为父子，乐叙天伦，待时机到来，他去西岐，你归山谷不迟。"

李靖唯唯听命，同哪吒回陈塘关去了。

第十九回　玉帝收李靖哪吒

李靖自从群仙聚会劝和以后，就弃官归隐山谷；殷夫人仍旧住在陈塘关，由哪吒晨昏侍奉，母子劫后重聚，情感更深。不久哪吒就奉师父太乙真人之命，出关帮助姜子牙兴师灭纣，这些情节，《封神演义》里已说得很清楚，这里没有再多说的必要，按下不表。

且说有一天，玉皇大帝正在玉阙云宫灵霄宝殿坐朝，忽有御前香案吏王灵官上殿奏称：

"启禀万岁，外面有东海龙王敖广头顶表文进呈，听候宣召。"

玉帝闻奏，龙颜变色，凤眼含嗔，传旨："宣他进来。"

敖广奉宣，直到灵霄殿前，三呼"万岁"，舞蹈扬尘，礼拜已毕，躬身立于殿下。

玉帝拍案大怒道："大胆敖广，前番你隐瞒自己吃童男童女罪行，蒙奏天庭，朕误信你花言巧语，命天兵天将擒拿李靖、哪吒父子，反被哪吒杀得大败亏输，损伤天威……"

王灵官正站在敖广身旁，听玉帝说到这里，想起当初被哪吒打得捧着屁股狼狈逃跑的情景，觉得如果不是敖广蒙奏，自己何致吃这一番痛苦，不禁怒从心起，仗着玉帝在宝座上看不见殿下动静，悄悄把手中牙笏对准敖广七寸里重重打了一下，打得敖广捧着屁股直跳，又恐有失朝仪，只好勉强忍痛，不敢则声。

玉帝继续说道："朕闻王灵官回奏哪吒抗旨情节，始知全是你蒙奏之过，正欲拿你治罪，你复不知悔悟，纠集弟兄，四海龙王水淹陈塘关，荼毒生灵，罪恶滔天，枉为掌管一方海域的正神！敖闰、敖钦、敖顺与你狼狈为奸，理应一体治罪。朕尚未暇处理，你今复上奏天庭，意欲何为？莫非又想蒙诉，欺瞒朕躬不成？"

敖广战战兢兢地俯伏殿阶，手揉腰眼，奏道："微臣过去所为不法，罪该万死！但今启奏，非为哪吒，乃因臣贴邻，傲来国花果山水帘洞出一妖猴，名孙悟空，自称美猴王，神通广大，来臣水宅，强索兵器，硬要披挂，捣翻东海，赛过恶霸，吓得龟鳖藏头，鱼虾缩颈，比哪吒还要凶恶十倍。微臣力不能制，心难甘服，特来恳求陛下救援，非敢欺瞒，实出无奈！"

玉帝闻奏，吓得从宝座上跳起来，拍案叫道："罢了！罢了！前者千里眼、顺风耳来报，朕就知这妖猴出世，必为心腹大患，今日果然。他既会捣乱龙宫水府，也一定会来大闹天宫玉阙，何况又比哪吒凶恶十倍，眼见得朕这宝座休矣！怎不叫朕寝食难安？这表文也用不着看了，众位仙卿智广才多，未知有何妙策，擒此妖猴？"

当有太白金星出班奏道："陛下再也休提一个'擒'字，非臣轻视天兵天将，实因前番陈塘关擒拿哪吒，已有前车之鉴。陛下试想，擒一小小孩童哪吒，尚且如此其难，这妖猴岂能轻易擒拿？"

玉帝皱眉道："然则如之奈何，难道朕这宝座就轻易让此妖猴推翻不成？"

太白金星奏道："此猴虽出自石卵，但他也曾顶天立地，服露餐霞，现在既修成仙道，炼就降龙伏虎之能，与人何异？臣启奏陛下，可否降一道招安圣旨，把他宣来上界，授他一个大小官职，把他拘管在这里。如果他接受天命，以后再行升赏；如果他违抗天条，当场即行擒拿。一来不必劳师动众，二来可以收服拘管，此乃两全之道也。"

玉帝闻奏,满心欢喜,笑逐颜开,随问两班文武:"哪位卿家可下降尘凡,前往东胜神洲傲来国花果山水帘洞,代朕招安石猴孙悟空?"

众文武尚未开言,太白金星抢先奏道:"要招安孙悟空,非老臣前往不可!"

玉帝见太白金星秃顶生光,长须垂地,不胜怜惜,摇头道:"卿家太辛苦了!前番长途跋涉,去灌州灌江口调二郎神杨戬征服哪吒,多多有劳!卿年事已高,岂可长此奔波劳碌?还是暂且休息一下,朕当另选贤能,去招安孙悟空。"

太白金星微笑道:"陛下体恤老臣,实深感谢,但此猴禀天地灵气而生,受日月精华感染,不但勇力过人,而且机智百出,非老臣亲往,不能说服他接受招安,来天宫任职。若由他人前往,恐他恃强逞智,不肯低头降服,顽抗圣旨,有误大事,反为不美。"

玉帝点头道:"既如此,只好仍旧偏劳卿家。"随命文曲星君修诏,遣太白金星往花果山招安。

太白金星领旨去后,玉帝传谕敖广暂回东海。正打算卷帘退朝,南极仙翁忽然出班奏道:

"金星此去,事之成否未可逆料。如果孙悟空肯受招安,当然最好没有,万一他顽抗不服,须派能人征讨。即使他低头来降,接受官爵,也须防他野性难驯,倘若他上了天庭,竟撒起野来,那时无人能制,岂非惹火烧身?"

玉帝沉吟了半晌道:"卿家所言极是。只是这制伏孙悟空的能人往何处找寻?可不烦恼煞朕也!"

南极仙翁笑口大开地道:"陛下怎么如此健忘,刚才还提起,一会儿却又忘了。这个能够制伏孙悟空的能人非别,就是陛下心腹之患中的一个，陈塘关的哪吒是也！"

玉帝恍然大悟，忍不住拍案叫道："妙哉！妙哉！卿家这一提，不但提醒了寡人，而且化心腹大患为心腹大利，真乃安邦定国之良策！一方面招安孙悟空，另一方面收哪吒做朕的臂助；如果孙悟空顽抗不服，就叫哪吒去征服孙悟空，使他们两败俱伤，一石打二鸟，除去朕的心腹大患，岂不妙哉！如果孙悟空肯接受招安，哪吒又来天宫供职，有这两个能人做朕的两条膀臂，一左一右，还有谁敢造朕的反？事不宜迟，就烦卿家去陈塘关一行，召哪吒来天宫封官拜爵。着文曲星君即刻修诏。"

文曲星君领旨，正要去提笔修诏，南极仙翁忽然伸手止住他道："且慢！"

玉帝迷惑不解地问道："卿家何故阻止文曲星君修诏？莫非有什么窒碍难行之处不成？"

南极仙翁顿首奏道："非也！请问陛下，既召哪吒来天宫任职，却把他父亲李靖置于何地？父子休戚相关，理应一视同仁，不可厚子而薄父。陛下如命文曲星君修诏，不宜单召哪吒，须在诏上写明，召李靖、哪吒父子一起来天宫封官晋爵，才合情理。"

玉帝双手乱摇地道："不要！不要！这李靖送给朕也不要！他乃是个无用的东西，谁都知道他是个和事佬，最大的本领就是一味迁就别人，但求苟安无事。朕天宫岂能用此无能之辈？"

南极仙翁皱了皱眉头，复又奏道："陛下不可如此。过去哪吒与李靖父子不和，陛下如单独宣召哪吒，正如他的心愿。现在却不同了，他们父子齐心帮助姜子牙兴周灭纣，同为周朝一殿之臣，弃嫌修好，和睦如初。陛下如撇开李靖，恐怕哪吒也未必肯来。还请三思！"

玉帝见南极仙翁不明白他的心理，只好低声说道：

"爱卿，你活了这一大把年纪，已经是老寿星了，难道还不知朕的心思？朕所怕者，是那些神通广大、力足推翻朕的宝座的能人，像孙悟空和哪吒，才是朕的心腹大患，必须收服他们、招安他们，使他们服服帖帖做朕的奴才，朕的宝座才万无一失。至于那些无用之辈，像李靖等人，他们有什么能耐？朕要他们何用？老实说，他们做朕的奴才也不配！"

南极仙翁肚里暗笑："原来这老儿一肚皮心思，无非是想保牢他的宝座！"于是正色说道："陛下差矣！天下滔滔，能人只是少数，无能之辈才是多数，如果普天下都是神通广大的能人，试问陛下这宝座还能坐得牢吗？李靖虽然无用，陛下又何惜封他一官职，让他在天宫吃一口闲饭，借此束缚住哪吒，岂不美哉！"

玉帝猛然省悟，拍案叫绝道："对呀！对呀！毕竟还是老寿星见多识广，现在天下尸位素餐者比比皆是。不有此辈，饿煞此辈！朕天宫广大，岂吝惜此区区一只饭碗？就依卿所奏，着文曲星君修诏，宣召李靖、哪吒父子来天宫任职便了。"

南极仙翁领了旨意，驾起一道祥云，径往陈塘关来。

原来李靖自从接受太乙真人劝告后，就弃官归隐山谷。不久，姜子牙辅佐周武王兴师伐纣，一路势如破竹，兵到陈塘关，李靖就出山收拾兵众，献关归降，和哪吒一起参加征战，终于灭了商朝。武王因李靖父子四人均参战有功，哪吒年幼，未便封爵，推恩及父，召李靖入朝，封为夏官大司马。李靖因家小都在陈塘关，苦苦辞朝，武王遂命他以大司马兼理陈塘关事。哪吒在家侍奉母亲，日子过得很快乐。

有一天，李靖父子夫妻正在一起家宴，忽见空中祥云霭霭，降下一位仙人来，额头凸出，长须拂地，双耳垂肩，秃顶放光，手执一根丁字形拐杖，杖头上挂着一只葫芦。李靖认得是南极仙翁，慌忙起身迎接道：

"老寿星何来？吃过饭没有？"

南极仙翁微笑道："不消客气！贫道饥餐灵芝肉，渴饮金茎露，素来不食人间烟火。今奉玉帝旨意前来……"

李靖听说玉帝有旨，不敢怠慢，忙命摆香案迎接，跪听宣读。南极仙翁展开玉旨，读了一遍，内容无非是说召他们父子上天庭任职。宣读已毕，李靖接过玉旨，供奉香案，与南极仙翁重新叙礼寒暄。南极仙翁还是初次见到哪吒，看他眉清目朗，齿白唇红，短发齐眉，粉妆玉琢，不胜喜爱，没口子地夸赞道：

"好孩子，小小年纪，有这么大的本领，怎不喜爱煞人也！"

哪吒却不住玩弄着南极仙翁杖头上挂着的葫芦，见它晶莹白亮，似玉非玉，似石非石，光光滑滑，不由得爱不忍释，仰起面来，向南极仙翁央求道："老寿星，这葫芦很好玩，送给我罢！"

南极仙翁摇头不依道："这葫芦里藏着我多年修炼成的万寿金丹，怎么能送给你？你要它何用？"

哪吒手抚颈上悬挂的珠项圈道："我拿它来装这个玻璃珠。"

南极仙翁说道："胡闹！我不能把这葫芦给你当玩具！"

哪吒听说不给，立刻小脸含嗔，一把揪住南极仙翁的白胡须道："你给不给？不给，我把你的胡须全揪下来，做一把扫帚扫地！你枉为老寿星，一点人情都不懂，第一次上门，见了人家小囡，一点见面礼也不送，我问你讨，你还不给，真是天下少有的小气鬼！你敢说三个'不给'，我先揪下你的胡须，再把你的葫芦砸个稀烂！"

南极仙翁痛得极叫连天，直喊："哎哟……喂！痛煞我也！"

李靖忙喝："哪吒，休得无礼！"

殷夫人也慌忙过来把哪吒拉开，向南极仙翁敛衽万福，赔礼不迭地说："小孩子家不懂事，老寿星请不要动气！"

南极仙翁隔着胡须揉了揉下巴道："好说！好说！他责备得我很对，本来我也有不是，初次登门，又是长辈见小辈，怎可不备一点见面薄礼？无奈钦命在身，临行匆促，没有准备得！他要这葫芦，本当送他，但因内中装有万寿金丹，修炼不易，一经倒出，无宝安盛，难免失去效用。好在玉帝已有旨意，宣召两位上天宫任职，往后见面机会尽多，届时另选一只宝葫芦送他便了。事不宜迟，请将军赶快收拾收拾，和哪吒束装登程，上天庭封官晋爵。"

李靖和殷夫人商量道："人间富贵，怎及天上荣华？况且位列仙班，就可长生不死，机会难得，不可错过！"

殷夫人也愿意李靖前去，只是有些舍不得和丈夫分离，更舍不得哪吒。红着眼说："不知天上是不是容许携带家小？要不然，你们都上天去了，撇下妾身孤零零单身一人在此，又没有哪吒在身边侍奉，这日子叫妾身怎么过得下去？想也要想死了！"

李靖踌躇道："这倒不曾问过，不过下官常听得人说'一人得道，鸡犬升天'，想来是可以同去的。现在先问哪吒肯不肯去。"

于是问哪吒道："你听见了吗？玉帝降旨宣召我们上天，你去不去？"

哪吒噘着小嘴连连摇手道："不去！不去！那玉皇老倌一会儿气吽吽地派天兵天将来捉拿我们，一会儿又客客气气地请我们上天做官，白面孔出，红面孔进，一时狗脸，一时猫脸，谁高兴上天去听他使唤！"

李靖向南极仙翁道："哪吒不肯去，如之奈何？还有一层，末将如果在天宫供职，撇下山妻单身在世，夫妻不能会面，仙凡远隔，虽非死别，实等生离，情所难堪。不知有无两全之道？"

南极仙翁摇头道："将军要携带家眷上天，这一层恐难办到。

要知仙凡异路，必须断绝情缘，这也是无可奈何的事！"

李靖皱眉道："末将年过花甲，早无儿女私情，只是哪吒恋母情殷，这样一来，恐怕更不肯去了，这便怎么办？"

南极仙翁尚未开言，哪吒在一旁听得分明，忍不住大嚷大叫起来道："不去！不去！要我和娘分开，我就不高兴上他那天宫去。我在人间跟娘在一起，何等逍遥快活，谁稀罕他天宫那一口闲饭？何况那天宫岁月，和人间不同，我常听得小孩们唱：'王子去求仙，丹成入九天，洞中方七日，世上已千年。'只怕我在天宫勾留一日，回到人间来，我娘已经一命呜呼了！我去做啥？不去！不去！"

南极仙翁搔搔光头，暗想："哪吒不肯去，我这趟差使如何完成？如果带了李靖这饭桶上天，却让哪吒这宝贝留下，岂非买椟遗珠，玉帝一定要怪我不会办事，众仙卿也都要暗笑我南极仙翁其实是南极饭桶，今后我还有何面目位列仙班？"

南极仙翁正在没摆布处，忽然一眼看见杖头上挂的葫芦，登时眉头一皱，计上心来，笑容满面地道："哪吒，你不用担心天宫七日，世上千年，贫道葫芦里的万寿金丹，平常人吃一粒可以活一万岁，这样，你到天宫去一趟，回到人间来，你母亲还鲜灵活跳地活在世上，你大概可以放心了。"

哪吒点头道："既如此，我就跟你去一趟。你且把金丹拿来。"

南极仙翁小心谨慎地揭开葫芦盖，倒出一粒金丹来，交给哪吒。那金丹约有龙眼核大小，红如朱砂，香气扑鼻。

哪吒接过金丹，给殷夫人吃了，说道："娘，你吃了这粒金丹可以活一万年，你不用愁烦，以后我们在一起的日子多着哩！"

南极仙翁以为大功已经告成，便提起拐杖来，向哪吒道："现在一切都依了你，可以走了。"

哪吒睁圆了小眼珠道:"咱们的条件还没有谈好,怎么能走!"

南极仙翁呆了一呆道:"我已经给了你金丹,你还提什么条件?"

哪吒把头一歪道:"这跟金丹不相干,送我金丹,是你老寿星和我小孩子的私人交情;要我上天,还得玉皇老倌答应我约法三章。"

南极仙翁莫名其妙地道:"什么叫约法三章?"

李靖在一旁笑道:"这孩子就是喜欢跟人约法三章。他所谓约法三章,就是要人家答应他三个条件。"说罢,便斥责哪吒道:"你这孩子真是胡闹!那玉皇大帝乃是管理天上地下、五湖四海、十洲三岛至高无上的统治者,非东海龙王敖广可比,你怎么也要和他约法三章?"

南极仙翁道:"且看他提的是什么条件。"于是对哪吒道:"你且把你的三个条件说给我们听听。"

哪吒道:"第一条,我们小孩子家喜欢玩耍,我到了天宫,要随我玩,不许管束我,使我不得自由自在。"

李靖斥责道:"你又来这一套了,小孩子家哪能没有大人管束?"

南极仙翁道:"你且慢怪他,小囡总是喜欢玩的。哪吒,你放心,这一条可以依你,我想玉帝也不会不准。那天庭广大,有三十三座天宫、七十二重宝殿,御花园内各种琪花瑶草、蟠桃仙果,应有尽有,你尽可随便玩耍,恣意饱啖,只要你不使促狭,弄花巧,决没有谁来干涉你。第二条呢?"

哪吒道:"第二条,每隔一天,要让我从天宫回人间探望母亲一次。"

南极仙翁点头道:"可以,可以,完全可以。天宫七日,世上千年，三下五除二，二七一十四，三七二十一，天上每隔一天，世上就是一百四十三年。难为你有这样的孝心，我想玉帝一定会答应你的。第三条呢？"

哪吒忽然双眉一竖道："那玉皇老倌几次三番帮助恶人，来捉拿我这好人，老寿星，你说，是他错还是我错？"

南极仙翁不明白哪吒为什么不说第三个条件，却先向玉帝问罪，估量有些不妙，只好说道："这确实是玉帝的错，现在他已深悔前非，这次宣召你们父子上天，也是为了补过。"

哪吒道："既然是我对，他错，那我这第三条就是要他下位来对我哪吒稽首三次，表示赔不是。"

这一条要求却把南极仙翁难住了，他伸伸舌头，皱皱眉头，摸摸光头，想了多时，无法回答，只好和李靖商量道："这事确是玉帝不该，哪吒要求，并不过分。但是天下无君拜臣之礼，何况是玉皇大帝？要他下位向哪吒三稽首，他岂肯答应？这便怎么办？"

李靖摇头道："理他呢！小孩子家瞎胡闹，怎能当真？由他去胡说八道，只不睬他便了。"

南极仙翁沉吟道："这不是好办法，你不睬他，他就不去，岂不误事？好在只有这一条，依我之见，还是姑且含糊答应他，等到了天上，再相机行事为妙。"于是便对哪吒道："错既在他，你这条件并不过分，但是我非玉帝，不能代他做主，只好到了天上，贫道代你提出这条要求，看他怎么办。"

哪吒见自己的三条要求都没有问题，便欢蹦乱跳地说："好，那我就跟你去罢！"他一直跳到殷夫人面前，抱住她说："娘，我去了。你今后安心在家享福，不要想念我，我过一百四十三年再来看你。"

殷夫人且喜且悲，喜的是丈夫和儿子平地登天，悲的是夫妻母子不免要暂时离别。当下少不得有一番叮咛嘱咐的话，不必细表。

南极仙翁拭了一把极汗，暗叹："好难！好难！这趟差使几乎折了我半条寿命！"当下向空中招来一朵祥云，和李靖一同登了上去，正待招手叫哪吒，哪吒已双手连摇地说：

"你们先走，不要管我，我驾风火轮马上就来。"

南极仙翁无奈，只好和李靖乘云驾雾，先行升天，一路提心吊胆，唯恐哪吒滑脚，不跟上来，使他无法在玉帝面前交差。

第二十回 | 哪吒下凡探母

　　云头飞得迅速，不多时，已到了南天门，当有邓、王、张、晁四元帅率天兵挡住去路，南极仙翁远远地在云端里打招呼道："贫道奉玉帝旨意，宣召李靖父子，现在回来复命，请将军们让路。"接着又向四天将介绍说："这位就是李靖将军。"

　　四天将早在陈塘关和李靖见过面，这时听说是奉旨宣召，不敢怠慢，连忙躬身退立一旁，伸手道："请进！"

　　南极仙翁进了南天门，还不放心，回头叮嘱四天将道："后面哪吒乘了风火轮来，将军们千万不可阻挡，万一惹恼了他，不肯去见玉帝，跑掉了，贫道可担当不起罪责，将军们也有干未便！"

　　邓、王、张、晁四元帅唯唯听命，南极仙翁这才领着李靖走上灵霄宝殿去。

　　李靖还是初上天堂，但见朱门紫府，贝阙珠宫，玉宇琼楼，丹墀金銮，不禁目迷五色，看得呆了。直到南极仙翁低声唤他朝拜，他才如梦初醒，慌忙山呼舞蹈，口称：

　　"下界草茅凡臣李靖见驾，愿吾皇万岁万岁万万岁！"

　　"平身！"玉帝在宝座上细看李靖，见他剑眉朗目，三绺长须，容貌倒也相当清秀，身材魁梧，肚子圆圆凸出，于是在座上开口宣谕道：

"卿在尘世勘定祸乱,建再造社稷之功。红尘事了,造化需人,故召卿来天庭供职。今封卿为……"

玉帝说到这里,说不下去了,暗想:"封他做什么好呢?本没有打算召这无用的饭桶来,所以也没有准备封他什么官爵。现在既来之,则用之,必须给他一个封号。可是到底封他做什么好?"正筹思间,忽然一眼看到李靖手里托着的七层玲珑宝塔,暗道:"有了!他在人间不是有托塔天王的别号吗?现在就依样画葫芦好了。"于是便道:"今封卿为托塔李天王,命力擘华山的巨灵神为卿前部先锋,镇守南天门的邓、王、张、晁四元帅均归卿指挥。钦此!"

李靖刚谢恩退下,便有探事星官进殿报称:

"启禀陛下,哪吒来也!"

话犹未了,哪吒已脚踏风火轮,手执火尖枪,雄赳赳气昂昂地闯上灵霄宝殿来,风火轮在殿前滴溜溜地转了个圈。玉帝举目观看哪吒,不过是个六七岁的小小孩童,头绾双丫髻,用两根红丝绳束住,短发齐眉,眼如点漆,鼻似琼瑶,唇若涂朱,面如冠玉,白中透红,颈挂珠项圈,腕套金镯,胸扎红兜肚,腰围绿荷叶裙,小臂小腿白如嫩藕,一手执乾坤圈,一手执火尖枪,眉目间英气勃勃,不禁又惊奇又喜爱,回头向南极仙翁道:

"怎么哪吒竟是这样一个小不点儿?朕就不相信他小小年纪会打败天兵天将、四大金刚!"

南极仙翁道:"人不可以貌相,小不点儿不可轻量,陛下切莫小觑了他。他不但勇力过人,而且机智百出,妙计多端,所以天兵天将、四大金刚都不是他对手。老臣这次奉旨去宣召他,也被他多方刁难,吃了不少暗亏,此真不世出之神童也,岂可因他小而轻视哉!"

玉帝还没有开言，哪吒忽把火尖枪向他一指，大喝道：

"小爷来了，玉皇老倌怎么还不下位迎接？"

满朝文武尽皆大惊失色，掌礼仪的太常仙卿慌忙出班喝阻道："兀那小孩，休得无礼！天宫重地，理应肃静无哗，岂得容你撒野，高声喧嚷！"

玉帝连忙摇手止住道："他是小孩子家，岂能和大人一体看待？卿家且退。"

太常仙卿默然退了下去。玉帝转向哪吒道：

"小爱卿，从来文臣出使，武将出征，完成使命，回朝之日，天子也有郊迎之礼。只是你初上天庭，无尺寸之功，怎么也要朕下位迎接？"

哪吒冷笑道："你少要托大！我不管你什么文臣武将，出使出征，我只问你，你既请我上天宫来，我是客，你是主，岂有客人到来，主人反端然高坐之理？"

玉帝笑向南极仙翁道："到底是小孩子家，他只讲主客，却忘了君臣。自古以来，岂有君下位迎臣的道理？"

南极仙翁皱眉道："老臣正有一事难办！这小孩刁钻古怪，臣奉旨召他，他多方留难，先要葫芦，后要金丹，不如他意，就装腔作势，不肯上天。最后还要陛下答应他约法三章，前两章还可，后一章却万难如他所愿，他竟要陛下下位向他三稽首，这比要陛下下位迎接还更进一步了！"

玉帝暗想："只要他能辅弼朕躬，巩固朕的宝座，朕又何惜曲加礼遇。只是稽首礼重，非同小可，这却有些为难。"心里这样想，面子上却不便露出来，只问："他为什么无缘无故地要朕向他稽首？"

南极仙翁道："他认为陛下过去派天兵天将和四大金刚拿他父

子是错了，所以要陛下向他赔不是。"

玉帝暗想："过去误信东海龙王蒙奏，调兵遣将捉拿李靖父子，确是朕的过失。只是朕乃万人之上，比人间帝皇还要尊贵百倍，岂能失体统？这便怎么办？"正苦思不得善策，忽然一眼看到御案上供着的一盆刚由宫娥送来的蟠桃，眉头一皱，计上心来，暗道："有了！有了！朕何不如此如此。"于是便对哪吒道："小爱卿，过去东海龙王敖广隐瞒自己吃童男童女的罪行，蒙奏天庭，朕一时不察，误信谎言，遣将拿你父子，实有过失，朕已深悔前非。但君无拜臣之理，朕今赐你仙桃三枚，每枚代替一稽首，三枚代替三稽首，卿意如何？"

哪吒毕竟是个小囡，小囡嘴馋，觉得有东西吃胜过受他礼遇，便道："也罢，你且拿来！"

玉帝即命传言玉女从御案上取了三枚蟠桃，拿下殿去送给哪吒。哪吒接过，连皮也来不及揩，就送进嘴里去大嚼起来，只觉满嘴甜汁淋漓，似饮玉液琼浆，香气扑鼻，凉沁心脾，不由得连声夸赞："好吃！好吃！"一连吃了三枚，还嫌不过瘾，直喊："再来几个！"玉帝索性把案上的一盆蟠桃都交引奏金童送将下去。哪吒一个接一个，狼吞虎咽，宛如风卷残云，顷刻间吃得精光，这才揩揩小嘴，笑道：

"好也！好也！我跟你玉皇老倌讲和了罢！"

玉帝大喜，对南极仙翁道："卿认为最难办的约法一章现在已经解决了，还有两章是什么？"

南极仙翁道："一章是要让他在天宫里自由玩耍，不得干涉他的行动。"

玉帝点头道："小孩子家总是喜欢玩的，朕天宫广大，可以随他玩耍，就是御花园里树上的各种果子也可以由他摘来吃，绝没有谁干涉他。"

南极仙翁道："臣也是这样想，所以先答应了他，只等陛下允准。还有一章是他要每隔一天由天上回人间去探望母亲一次，臣想天上众文武仙卿也有休沐的日子，所以也权且答应了他，不知陛下是否允准？"

玉帝踌躇道："这虽是他的一点孝心，朕可准奏。但没有一万，也要防个万一，目下神通广大的能人辈出，朕的宝座岌岌可危，万一有什么意外，如那花果山水帘洞的妖猴孙悟空闹上天宫，朕天上唯哪吒能制，他却在人间探母，不在天上，这便如何是好？"

南极仙翁安慰道："陛下不必担忧，太白金星已奉旨前往花果山，看来招安有望。即使那妖猴不受招安，反上天宫，也不是一朝一夕的事，尽可等哪吒回天宫抵敌。"

玉帝道："既如此，那就全答应他罢。"于是便对哪吒说道："小爱卿，你可以在天宫随处玩耍，想到哪里玩就到哪里玩，想吃什么就吃什么。每隔一天就回人间探望母亲一次，但你必须守信，不可贪恋红尘，不回天上。"

哪吒点头道："我哪吒生平最重信义，说一是一，说二是二。人无信不立，我如果不遵守信约准时回天，就禽兽不如！"

玉帝见所有条件都已解决，正思量封哪吒什么官爵，忽然从殿后走出一个宫娥，俯伏在座前奏道：

"启禀万岁，王母娘娘刚才在屏风后看见哪吒，非常喜爱，说'真是个神童'，要召他进宫，认他做干儿子。不知万岁是否允准？"

王母娘娘就是玉帝的皇后，宫娥们习惯地叫她王母娘娘。

玉帝传谕："你回去禀知娘娘，朕不久就带哪吒进宫。朕也非常喜爱哪吒，只是他肯不肯做我们的干儿子，还得问他自己。"随即问哪吒道:"王母娘娘要做你的干娘,你愿意不愿意?"

哪吒小嘴一撇道:"什么干娘潮娘,我哪吒哪有这许多娘?也罢,她要做我的娘,就得送我见面礼。"

南极仙翁在一旁笑道:"这孩子就喜欢问人家要见面礼。"

玉帝道:"等会皇后见了他,自会送他礼物,这一点可以不必管他。倒是这哪吒,封他什么官职为好?他小小年纪,如果封他大官,恐怕众文武不服;倘若封得小了,他一个不高兴,跑回人间去,又无人能制伏他,你说怎么办?"

南极仙翁道:"老臣曾听得他师父太乙真人说,他原是南天竺国毗沙门天王三太子,托生尘世,投在李靖夫人殷氏怀内,恰好也是第三个儿子,怀胎三年六个月,生下他是个肉球,这肉球其实是灵珠,他就是这灵珠里面的子……"

玉帝打断南极仙翁的话道:"卿家不必再说,朕已有了主意:朕有两个太子,如今皇后要收他做干儿子,他又排行第三,恰好做朕的三太子。朕就这样封他便了。"于是对哪吒道:

"朕今封你为灵珠童子哪吒三太子。既为父子,理应休戚相关,今后好好辅弼朕躬,擒拿妖孽,使天宫永固,是所厚望。钦此!"

哪吒也不省得谢恩,只说:"你想做我老子,占我便宜,就得好好送我一笔见面礼。今后不许压制我,以大欺小;不许听信谎言,帮助恶人,如果有一点不是落在我眼里,须得吃我一乾坤圈,不要说儿子不能打老子,孙子有理还打太公哩!"

两班文武听了哪吒的话,个个惊得面如土色。玉帝却早已想收场,连称:"好!好!"吩咐卷帘退朝,带领哪吒回后宫去见王母娘娘。

哪吒见玉帝要带他进宫,便把风火轮交给引奏金童,火尖枪交给传言玉女，叮嘱道：

"你们好生给小爷保管着，不许玩弄，不许丢失，如果弄坏了，弄丢了，小爷找你们算账！"

金童玉女不由得都皱起了眉头，肚里暗骂："这小子好生无礼！我们乃灵霄宝殿上的金童玉女，又不是你的奴仆丫鬟，怎么要我们给你当差，代你保管东西？"但见玉帝喜爱他，不敢得罪，只好勉强接受下来。

玉帝出了灵霄宝殿，乘上龙辇，抱着哪吒坐在膝上，一路回宫去。哪吒举目看时，只见玉宇琼楼，珠宫贝阙，洞房曲室，绣闼雕檐，真个是天堂景色非凡丽，万户千门耀眼花。

哪吒心里暗想："怪不得大家都说'上有天堂'，原来这天堂竟是如此富丽雄伟，比起我住的陈塘关帅府来超过万倍。可是这样一座天堂，给玉皇老倌独家享受，太不公平了！"

正想间，龙辇已停在一座华丽的皇宫前，玉帝抱着哪吒下车，他毕竟是帝皇之尊，要顾一点体统，未便抱着小孩进宫，只好把哪吒放下。哪吒见宫中御座上端坐着一位半老妇人，头戴珠冠，身披凤帔，见玉帝进来，慌忙下座迎接，拜伏在地，口称："臣妾迎接圣驾！"

玉帝连忙扶起道："梓童[1]免礼，这就是你喜爱的哪吒。"

哪吒想起过去师父师伯都责备他没有礼貌，便合着两个小拳头，对王母娘娘作了个揖，嘴里却嚷道："玉皇老婆，你要做我的干娘，赶快拿出见面礼来。"

两旁排队侍立的宫娥都不禁吃了一惊，窃窃私议道："怎么这孩子外表彬彬有礼，说出话来却这样粗野！"

---

1 古时皇帝对皇后的称呼。

王母娘娘却不以为忤，弯腰抱起哪吒来，含笑说道："你急些什么？哀家既然做了你的干娘，自然有礼物送你。"说着，又拿起他的两只小手来，放到嘴边亲了亲，忽然问道："怎么你手上的金镯只有一只？"

　　哪吒望望自己的手腕，呆了一呆道："我也不知道，我出世时就只右手上有一只金镯，左手没有。后来蒙师父太乙真人送我一枚乾坤圈，金光闪闪的，我就把来套在左肩上，当它是一只大金镯。"

　　王母娘娘摇头道："乾坤圈是乾坤圈，金手镯是金手镯，一大一小，不能成双配对。"说着，从手腕上取下一只约臂金钏来，给哪吒套在左手上，笑道："这就算你干娘送你的见面礼。"

　　哪吒看了看两只手腕上的金手镯大小相当，恰好配成一对，忍不住满心欢喜地说："好也！好也！我就认你做干娘罢！"

　　王母娘娘见哪吒已认她做干娘，非常高兴，但又有些担心，不知玉帝肯不肯认下界的尘凡小孩做干儿子。

　　玉帝好像已看穿她的心事，微笑道："朕已封哪吒为三太子，命他守卫天宫，今后皇基永固，朕的宝座再也不怕谁来推翻了。"

　　王母娘娘笑逐颜开地在哪吒脸上亲了一亲道："好孩子，现在你是我皇家的人，天之骄子了。你好生在宫里陪伴为娘，这宫里有珍禽异兽，四时不谢之花，八节长春之草，可以随你玩耍；还有山珍海味，美酒仙桃，可以供你大嚼。你就留在天上，永远快乐逍遥，用不着再想地上的家了。"

　　王母娘娘原想用这番话打动哪吒，使他留恋天宫，不想重回尘世，不料效果适得其反，哪吒听得一个"娘"字，一个"家"字，不觉触动了思乡之念，登时归心似箭，一个豁虎跳，跳出了皇后的怀抱说：

"我不陪你这假娘，我要陪我的真娘。我不高兴留在这天上的家，我要回我地上的家。"

王母娘娘变喜为忧，一把拉住哪吒的小手不放，回过头来对玉帝道："小囡总归是小囡，他只想回自己的家，不愿意留在这天上陌生的家，这便如何是好！陛下可有什么办法，帮臣妾留住他？"

玉帝想了一想道："刚才他在殿上，要朕向他三稽首，朕给他吃三枚仙桃以为代替，他吃完了还嫌不足，索性把一盆仙桃全吃光了。小孩子家总是嘴馋，御妻只把桃子给他吃，他也许就不再想回家了。"

王母娘娘笑道："这就好办！"随即吩咐宫娥："快把刚才在御果园里摘来的蟠桃送给三太子吃。"

当下就有一个宫娥捧了一盆蟠桃送给哪吒。哪吒已经吃饱了，不想再吃，但也不肯推辞不要，他解下系在肩背上的七尺混天绫，把盆里的蟠桃打成一包，扎在背上，然后向玉帝和王母娘娘作了个罗圈揖道：

"干爹干娘，少陪了！我把这桃子带回家去给娘吃。"

王母娘娘慌了，忙对玉帝道："他虽孝心可嘉，但仍旧不肯留在天宫，怎么办？"

玉帝也无办法，只好对哪吒道："你跟朕约法三章，其中一章是每隔一天回人间去探望母亲一次。既称约法，理应双方共同信守，怎么你刚来了半天，就想回家去了？"

哪吒扮了个鬼脸道："半天还少吗？天上半天，人世就是七十多年。我娘虽然吃了南极仙翁的万寿金丹，不会死亡，可我留在这里半天，她在世上也已活到一百二十岁，我实在不放心她，不知她现在老到怎样了！我现在算是向你们请个假，回家去探望一下就来，好不好？"

玉帝无可奈何地道："既如此，速去速来。朕正命太白金星去招安一头妖猴，恐他野性难驯，到了天宫，不服王化，大闹起来，无人能敌，须你在此，方能制伏，你切不可留恋人间，误了大事！"

哪吒答应了一声，正待出宫，玉帝又唤住他道："你也用不着携带兵器，可留在天宫，等你回来应用。去罢！"

哪吒想想觉得不错，便也不再讨兵器，辞别了玉帝和王母娘娘，走出宫来。可是一出宫门，他却难住了。为什么？是因天堂上千门万户，他好像走进了迷宫，摸不着出路了吗？非也。原来他过去上天下海，全凭风火轮，只要念动咒语口诀，那风火二轮便能由他想上就上，想下就下，进退自如。现在没有风火轮，弄得他既不能上，又不能下。师父没有教他腾云驾雾的法术，又没有给他安上翅膀，叫他怎么下凡？

哪吒寻思无计，想要到灵霄宝殿去找引奏金童，问他讨还风火轮，又忘了灵霄殿在哪里，而且刚才玉帝说他们已经下值，即使找着了灵霄殿，也未必能够遇见。

哪吒呆了好半晌，忽见天空中有一朵彩云飞过，云端上站立一位仙翁，秃顶生光，白须垂膝，不禁喜出望外，忙喊：

"南极仙翁，快来教我腾云驾雾的法术！"

那仙翁在云端里望了哪吒一眼，好像并不认识，嘴里嘀咕道："你这孩子，看模样倒有些像是太乙真人的徒弟哪吒，可怎么连人都不认识？你看我额角头凸出，手里也拿着挂了葫芦的拐杖，就以为是南极仙翁了，其实我乃太白金星是也！奉玉帝旨意，前往东胜神洲招安一头妖猴，现已完成使命，那妖猴愿意接受招安，到天宫供职。他会驾筋斗云，一个筋斗十万八千里，目下可能已到南天门。我驾彩云来得慢，刚从东边飞到这里，就听得你叫喊。你这小孩是不是哪吒？怎么会到天上来的？却又不会驾云！"

哪吒道："原来是太白金星，你和南极仙翁一样，都是一把白胡须的老寿星，也难怪我认错。我正是哪吒，刚由南极仙翁宣召，和家父李靖一同来到天宫。玉皇老倌认我做干儿子，封我为灵珠童子哪吒三太子。"

太白金星道："你这小鬼头，为了你，害得我灌江口、温江坝跑得团团转！人家都说你神通广大，怎么到了天上，却一筹莫展？现在你意欲何为？"

哪吒道："我想回人间去探望母亲，玉皇和王母娘娘都已答应，可我把风火轮交给引奏金童保管，找他不着，我又不会腾云驾雾，正在这里为难。难得金星到来，就请你行个方便，让我登上你这朵云头，送我回家好吗？"

太白金星摇头道："我要去见玉帝复旨，没空送你回家，另招一朵云送你好了。"说罢，便招来一朵黄云，让哪吒登上，自顾催动彩云，冉冉而去。

哪吒一径来到南天门。只见李靖顶盔贯甲，手托七层玲珑宝塔，正率领邓、王、张、晁四元帅在南天门把守，便上前叫了声："父亲！"

李靖问道："孩儿，来此何干？"

哪吒道："孩儿因思念母亲，想下凡去探望一下，已蒙玉帝和王母娘娘答应。"

李靖道："既如此，速去速回。刚才有一猴子，一个筋斗翻到南天门，要闯上灵霄宝殿，被邓、王、张、晁四元帅拦住不放。那猴子大怒，从耳朵里摸出一根绣花针，晃一晃，变成一条碗口粗的金箍棒，一阵乒乒乓乓，打得四元帅无法招架。幸亏为父到来，问起情由，才知是太白金星奉玉帝旨意招安他上天庭，他驾筋斗云来得快，先翻到了南天门，把个太白金星远远丢在后面。为父劝他少安毋躁，等太白金星到来，再一同去见玉帝。那猴子还跳跳蹦蹦的，大骂：'金星老儿，言而无信，既说玉帝奉请俺老孙，为何俺老孙来了，却叫这批龟孙子动刀动枪地拦住去路？'为父见他火眼金睛，尖嘴窄腮，活像一个雷公，相貌着实惊人，本领必非小可。恐他野性难驯，一言不合，大闹天宫，无人能制，须得你在此，方可收服得了他。"

哪吒点头道："孩儿晓得，回去看看母亲就来，不会耽搁多久，请父亲放心。"

说罢，催动黄云，出了南天门，一径飞到陈塘关帅府后花园，按下云头，一个鹞虎跳翻身落地，径到上房来见母亲。

殷夫人这时已经一百二十岁，她虽然吃了万寿金丹，但毕竟要受生理条件的限制，此刻已是满头白发，老态龙钟，走路必须扶拐杖了。她忽然看见哪吒从外面进来，真是喜从天降，连忙伸开两臂，扑过来拥抱，因为欢喜过度，竟忘了拿拐杖，脚下一个趔趄，几乎向前栽倒。哪吒慌忙扶住，殷夫人趁势将他一把搂在怀里，没口子地嚷道：

"哪吒，我的好孩子，你毕竟回来了。你撇得为娘好苦！自从你和你父亲上天去后，丢下为娘单身一人在家，过了七十年冷冷清清的岁月，连个可以谈心的人都没有，实在难受极了！"

哪吒道："娘，我也知道天上半天，人间就已七十年，所以很不放心你，提早下凡回来；如果我再在天上耽搁半天，回家你已经二百岁了，不更要寂寞难受吗？现在好了，我可以在家陪你一百四十三年，再回天上去，你该快活了罢？"

殷夫人听了此言，满腹离愁别恨登时烟消雾散，化作一团高兴，笑逐颜开地道："不要说一百四十三年，就是有你这好儿子在娘身边一天，娘也要笑花眼睛了。"

丫鬟仆妇都是新来的，不认识哪吒，听他叫殷夫人作"娘"，殷夫人叫他"好儿子"，个个心里暗暗奇怪："怎么这位一百二十岁的老太太，竟有这么一个六七岁的小儿子？她到底是几岁生出他来的？"

殷夫人只顾把哪吒搂住不放，忽觉哪吒背上鼓鼓囊囊的，便问："你背上背着什么东西？怎么这样硬邦邦的？"

哪吒这才猛然记起，忙从背上卸下包裹，解开混天绫，拣了一枚极大的蟠桃，送给母亲道：

"娘，你尝一尝，这是干娘送我的仙桃。"

殷夫人变色道："你哪里来的干娘？"

哪吒把王母娘娘要收他做干儿子，玉帝封他为灵珠童子哪吒三太子的经过情形详细说了一遍。

殷夫人不由得发愁道："王母娘娘认你做干儿子，当然是好事，可你有了天上的干娘，会不会忘了地上的亲娘？"

哪吒摇头道："怎么会忘记！天上的干娘是假娘，地上的亲娘才是真娘。我要是忘记了娘，也不会提前回来探望你了。"

殷夫人这才转愁为喜，把手里的蟠桃咬了一口，只觉甜浆满口，香沁齿牙，不禁连声夸赞道："果然是天上仙桃，不同凡品！"

哪吒看看身旁，只有三个丫鬟仆妇伺候，都是陌生面孔，一个也不认识，忍不住问道："我那养娘呢？还有那服侍我的快嘴丫头呢？"

殷夫人叹道："你还问她们作甚？她们又没吃万寿金丹，早已死了！我因为你不在家，就不再用养娘，只用了这三个丫鬟仆妇，帮我洗衣烧饭。我老了，全靠她们服侍。她们虽是新来的，做事还算不错。"

哪吒不胜伤感，暗想："不料在天上耽搁半天，人世间就发生了这许多变化，现在再没有人和自己说说笑笑了。"想着，没精打采的，很是扫兴。随手取了三只桃子，分送给三个丫鬟仆妇道：

"你们服侍得我娘好，赏你们每人一枚仙桃。"

丫鬟仆妇们道了谢，对这位小少爷虽觉得可亲可爱，但还是很陌生，走近前接桃子时都有些怯生生的。

哪吒把剩下的桃子装在一只盆子里，端到后花厅，摆在一张条桌上，供母亲随时取食，仍将混天绫缚上肩背。

殷夫人却在这当儿絮絮叨叨地对哪吒说：

"娘不但裁减了丫鬟仆妇，连那些家丁家将都遣散了。自从你父亲上天去后，这陈塘关总兵已经换了人，在帅府正厅后面造起一堵墙，内外隔绝，那些家丁家将自然用不着了。今后你要出门，须从后花园出去，外面已走不通了。你从天上回来辛苦，早点去困觉罢！"

随即吩咐丫鬟仆妇："你们去把小少爷的房间打扫干净，那些锦被绣褥，罗帐珠帘，如果已经破旧，到我屋里来拿。一定要把小少爷服侍得称心满意。"

丫鬟仆妇们领命，自去布置。哪吒虽知道天上和地面时间有差异，但却没想到人世间的一切会流变得这么厉害，正是江山依旧，物是人非，现在除了一个老娘亲外，其余的人恐怕多半不存在了，这使他感觉非常凄凉寂寞。尤其是新来的丫鬟仆妇对他过分尊敬，在他面前拘拘束束，反而减少了乐趣。当下闷闷不乐地勉强在床上睡了一夜，第二天一早起来，见那些丫鬟仆妇只知侍候他，没一个和他亲近，更觉单调乏味。憋着一肚皮闷气跑到上房来，和殷夫人谈谈天宫景致，才略觉快活。

这样过了一个多月，哪吒毕竟是小囡心性，好动恶静，便对殷夫人说："娘，我在家里闷得慌，想出外去玩玩。"

殷夫人道："现在没人管束你了，你要玩就去玩罢，可不要又在外面闯祸。如今不比从前你爹在家的时候，新任的陈塘关总兵和我家毫无交情，但尊敬我是周武王时代的夏官大司马夫人，逢年过节常派人送礼问安，你要是闹出乱子来，彼此面上都不大好看。"

哪吒听了"闯祸"两字，不禁记起从前三打龙王的事来，便问："娘，现在那东海龙王敖广可还像从前那样横行不法吗？"

殷夫人摇头道："他现在安分得多了，倒不是给你打怕，为娘听说新近出了一个神通广大的猴子，到他水晶宫里去索宝，倒海翻江地大闹了一场，吓得他战战兢兢，凄凄惶惶。如今你又回来，他更加不敢放肆了。"

哪吒心里暗暗纳闷："怎么到处都在说猴子？难道这猴子比我哪吒还要神通广大，可不掩没了我哪吒的英名！"心里虽然不服，却不便在母亲面前露出来，只说：

"既然龙王已经安分，想来这里也没有比他更厉害的坏人，孩儿不会闯祸，母亲放心便了。"

说着，便从后花园出了门，一时却不知到哪里去好。本来打算到陈塘关去看看，但想到那守关偏将金焕恐怕也已经死了，自己又没带风火轮，不会升上城楼，去也没味，还是到东海边去玩玩。想着，便径向东海走去。

这时红日初升，海面风平浪静，海水呈蔚蓝色，和青天的颜色不相上下。天连水，水连天，一望无际，正是秋水共长天一色。海边静悄悄的，一个人都没有，既无渔翁打鱼，也无孩子游泳。哪吒独自站在海边，想到过去怎样在这里和孩子们在一起骑龙游海，怎样三打龙王，现在一切都成了陈迹，那些孩子们恐怕都老的老了，死的死了，海天依旧，人事全非，越想越觉感慨，正没精打采的想回家去侍奉母亲，忽然听得有人在喊：

"哪吒！哪吒！"

哪吒回身四顾，海边依旧悄无一人，心里暗暗奇怪："是谁在喊我？"抬起头来一看，只见天空中一朵白云飞过，那喊声就是从云端里发出来的。再一细看，云端上站着的原来是太白金星。哪吒见他按住云头冉冉下降，连忙上前躬身施礼道：

"老寿星，你怎么又下凡来了？你一大把年纪，不在天堂享福，却一刻不停地到处奔波，玉皇老倌实在太不体恤你了！"

太白金星道："哪吒，你只知在人间快活，却不知天宫已被妖猴闹得快要翻转来了！"

哪吒道："原来是猴子闹事！老寿星远来辛苦，请到我家安坐细谈。"

哪吒把太白金星带到家里，请出母亲来相见。殷夫人也错把太白金星当作了南极仙翁，见面就说：

"老寿星，多谢你给我吃了万寿金丹，如今已经活到一百二十岁了。只是眼看着熟人一个一个死去，连丫鬟仆妇也换了好几代，觉得一个人在世上活得太长久了也无甚意思！"

哪吒知道母亲误会了，连忙纠正她道：

"娘，你不要冬瓜缠进茄门里，拉着太白金星当作南极仙翁话家常！"

殷夫人道："我也不管是太白金星还是南极仙翁，我只觉得丢我一人在家太冷静了！多亏哪吒孩儿回来陪伴我，你老寿星可不要又把他拉回天上去。"

太白金星道："如果是前一阵子那妖猴大闹天宫的时候，要不叫哪吒上天去制伏他可不行，幸亏那妖猴在大闹天宫以后，现在又逃回地面来了，我是请哪吒帮忙和我同到花果山去收服妖猴，并不带他上天，老太太只管放心就是。"

哪吒恐母亲缠绕不清，便道："娘，我不会上天，你回房安息去罢！"

殷夫人听太白金星说不同哪吒上天，便也放下了心，自顾回房安息去了。

哪吒这才对太白金星道："我这次从天上回家，经过南天门，也曾听得家父说起，那猴子一个筋斗先翻上天庭，怪天兵天将不该阻拦，大骂老寿星言而无信。不知他到底是怎样大闹天宫的，请老寿星详细告诉我好吗？"

太白金星道："玉帝所以要招安这妖猴，只因认定他是心腹大患，怕他造反，推翻宝座，想把他拘管在天上，本来就没有打算封他什么官职，所以直到召他上殿进见，还是毫无准备。后来听说猴子能避马瘟，就封他做弼马温，叫他到御马监养马，不料他嫌官小，翻起脸来，大闹天宫，打出南天门，杀败巨灵神，逃回花果山。玉帝不念前过，二次召他上天。谁知他野性不改，又大闹王母娘娘的蟠桃宴，偷吃仙桃御酒，闯入灵霄宝殿，窃据宝座，醉卧御案。玉帝命天兵天将擒拿，没有一个打得过他。现在他又逃回老巢，称圣称王去了。"

哪吒道："那猴子虽然大闹天宫，但他既已离开天庭，回到人间老巢，不就完了吗？老寿星又何必辛辛苦苦，到此找我？"

太白金星道："玉帝深知这猴子在世一天，终是天宫的心腹之患，难保不再上天来捣乱，闹得天宫鸡犬不宁，必须把他捉住，压在大山底下，或者用铁索铁锁把他锁在淮河里面，才能一劳永逸。现在无人能制伏他，只有你或能把他捉住，所以派我来召你去花果山征服那妖猴。"

哪吒道："既然这猴子是在人间，不在天上，用不着我再上天去一趟，这也罢了。但我回家时把风火轮和火尖枪都留在天上，交给金童玉女保管，现在手无寸铁，怎么能去征服他？要再上天去取，难免又迁延岁月。"

太白金星道："这不用愁。玉帝早已想到这一层，派我来时，已命王灵官去向金童玉女取来还你，我前脚动身，他后脚送到。你看，那边天空祥云霭霭，可不是王灵官带了你的风火轮和火尖枪来也！"

话犹未了，王灵官已按落云头，来到面前。他好像还有些惧怕哪吒，不敢把兵器面交，却交给太白金星。哪吒从太白金星手里接过火尖枪，跳上风火轮，看着王灵官那一副尴尬面孔，不觉笑道：

"灵官，灵官，你要是有三分机灵，也不致吃我一乾坤圈。现在你的屁股可还痛吗？"

王灵官揉揉屁股，皮笑肉不笑地道："哪吒三太子，不是我不机灵，无奈我两只脚滑起来不如你那风火轮快！你应念我是上命差遣，身不由己，大不该打我一乾坤圈，至今屁股还隐隐作痛。现在事已过去，不必再提了。我不怪你，只怪那东海龙王敖广不该蒙奏天庭，害我遭受无妄之灾，所以这次他来控诉妖猴，我用牙笏在他七寸里重重打了一下，打得他捧着屁股直跳，出了我心头一口恶气。谅他遇到孙猴子这对头克星，今后也不敢再横行不法，兴波作浪了。如今兵器送到，小官使命已完，就此告辞，回天宫复命去也！"

哪吒见王灵官已驾云去了，便对太白金星道："怎么你们都吹捧那猴子，好像他有通天本领，不管谁遇见他，都是对头克星，我就不服气，要和他见个高低。老寿星，你且说，他那花果山在什么地方？”

太白金星道：“那花果山在东胜神洲傲来国，国近大海，地处东方海外……”

哪吒截断他的话头道：“为啥叫傲来国？”

太白金星道：“我也不明白，有人说‘傲来’是‘噢来’的谐音，海上的船夫划船时喊道：‘噢来！噢来！’就像挑着重担的脚夫喊‘杭育！杭育！’一样，就取作国名，所以傲来国其实是噢来国。”

哪吒道：“我们这里不也是东胜神洲吗？”

太白金星摇手道：“不，这里不是东胜神洲，是南赡部洲。”

哪吒道：“岂有此理！这里陈塘关明明是在东海边上，就算不是东方海外，也是东方海内，怎么说是南赡部洲？它跟南方有哪一点儿搭界？你且说，东胜神洲和南赡部洲的界线在什么地方？”

太白金星搔搔光头道：“我是天上的长庚星，不明白人间的地理方位，你要问我东胜神洲和南赡部洲在哪儿交界，我这老头子也是稀里糊涂，说不出个所以然来。可你又何必问它什么南北，什么东西，你只要到这猴子住的地方去征服他就是了。这花果山的原名叫作云台山，因为它遍野花草，满山鲜果，所以大家都叫它花果山，反把它的原名云台山湮没了。这山是矗立在大海中的一座孤岛¹，本是泰山的支脉，渡海而来。这山最特别的地方，就是洞穴独多，真个是洞天世界，大洞、小洞，方洞、圆洞，高洞、矮洞，形状不一，共有七十二洞，洞外奇峰突起，洞中秀石嶙峋，洞中有洞，洞洞相连。其中有一座洞，顶上有一股泉水，瀑布般飞泻下来，仿佛珠帘倒挂似的，遮住了洞口，叫作水帘洞，那妖猴就率

---

1 古时云台山确实是孤立海中的岛屿，直到清康熙四十年后，海水下退，才和大陆连成一片。

领一群大小猿猴，猴子猴孙，住在这座洞里，自称美猴王，渴饮涧泉，饥餐山果，好不优游自在，快乐逍遥。"

哪吒不胜羡慕道："他住在这么个好地方享福，怪不得连天堂也不稀罕了。玉皇老倌把他从这样的洞天福地召去，却叫他到臭烘烘的御马监养马，他难道有福不会享，倒来当苦差使？自然心有不甘，要大闹天宫了。这都是玉皇老倌昏聩糊涂，祸由自取，怪不得谁。"

太白金星道："现在天宫没有能人，没奈何，只好麻烦你走一遭了。玉帝已收你做干儿子，封你为三太子，你应念父子之情，助他一臂之力，你却还口口声声玉皇老倌，未免太觉不情！"

哪吒道："我倒不是为了什么父子之情，我只不服气你们把这猴子抬得太高，拿我哪吒压了下去，说什么他是我的对头克星，难道他比我手下的败军之将四大金刚、二郎神还强？要我才是他的对头克星哩！他所以敢这样耀武扬威，无非因为所遇见的对手不过是像巨灵神一样虚有其表的酒囊饭袋罢了，要是碰到我哪吒，哼哼！还不是瓮中捉鳖，手到拿来！"

太白金星暗暗摇头："这小孩怎么这样骄气冲天，目空一切！从来骄者必败，你还没有出马，就先存心轻视那妖猴，恐怕到头来不免要败在那妖猴手里。"心里这么想，嘴里却不敢说出，望了望日影道："我们谈得太长久了。现在一切经过都已说明，那妖猴住的地方你也了解，事不宜迟，就请你动身，到花果山水帘洞去征服那妖猴，我也要回天宫复旨去了。"

哪吒道："且慢！要我动身容易，说去就去，催动风火轮，片刻就到花果山。可我要不要告诉娘？如果不告诉她，她忽然不见了我，岂不要急煞？如果告诉了她，她一定不肯放我去，这便怎么办？"

太白金星想了一想道："你不是说手到拿来吗？既然这么容易，想来也费不了多少时间，那就先不用告诉她，等拿住了那妖猴，上天宫去报捷，再对她说不迟。"

哪吒道："既如此，那么，老寿星，再会！我就此上花果山去也！"

第二十一回 | 哪吒大战孙悟空

不表太白金星回天宫向玉帝复旨。且说哪吒催动风火轮，风驰电掣般飞越东海上空，不多片刻，便望见东北方海中矗立着一座高山，远看仿佛一只绿毛乌龟蹲伏海中，近看却是青山绿水，山上种满了树木，一阵风来，枝叶摇曳，好像一片绿色林海，鲜果累累挂满枝头，奇花异草漫山遍野。到了岛上，果见满山洞穴，到处飞泉，奇峰怪石玲珑，瑶草琪花争艳，真个是：

山如驾海海环山，山海奇观非等闲。

尘寰仙境丰姿秀，福地洞天在此间。

哪吒驾着风火轮，来到一座铁板桥前，举目看时，桥边有花有树，中间一道飞泉，跳珠溅玉，向下直泻，恰似水做的帘子。但它毕竟是溪涧中流出的泉水，不像瀑布那样千古长如白练飞，一条界破青山色，因而疏疏朗朗的，隐约可见下面被水帘遮闭的洞门。洞旁竖着一块石碣，上面刻着两行字："花果山福地，水帘洞洞天。"

哪吒忍不住啧啧称赞道："好一个人间仙境，果然是福地洞天！"但同时却又为难住了，暗想："这洞和师父的金光洞不一样，四面都被水帘遮住，且又洞门紧闭，怎么进去呢？不要说进洞，单是去敲一下洞门，也会淋得透湿。这种天气，洗个冷水澡，倒也爽快，可我是捉拿那妖猴来的，如果浑身湿淋淋地去见他，像个什么样子？岂不倒了威风，被他笑话！"

正在寻思无计，忽然一团黑魆魆的东西飞来，恰好打在他额角头上，摘下来看，原来是一颗未剥开的布满针刺的毛栗，正想抬头看是谁恶作剧，不料上面果壳瓜皮宛如雨点般飞将下来，打了个满头满脸满身。哪吒仰面一望，原来上面有许多小猴在跳树攀枝，啃瓜摘果，吃下来的果壳果核瓜皮，就都朝下面他身上扔。哪吒怒吼一声："你们这伙顽皮猴子，乱扔果壳瓜皮，还不快给我滚！"

这一吼不打紧，吓得众小猴东跳西奔，纷纷缘着树身落地，可是没有逃散，反而从四面八方包围过来，把哪吒团团围在核心。显然它们都不知道哪吒的厉害，看他不过是个小孩，跟它们差不多大小，于是都大胆地过来跟他闹玩，有的把他的风火轮推来推去，有的摸他的光身子，有的翻弄他的红兜肚、绿荷叶裙，有的吊在他脖子上荡秋千，有的握着他的手臂，嘴里叽叽咕咕的，似乎问他身上为什么没有毛。哪吒陷在猴海之间，心里又好气又好笑，不愿多和它们厮缠，猛然念动咒语，风火轮冉冉风生，烈烈火发，向空中升将上去，吓得众小猴屁滚尿流，趺趺爬爬，东逃西散。

哪吒不由得冷笑道："什么美猴王，原来不过是率领一伙调皮捣蛋小猢狲的猢狲王，正是山中无老虎，猴子也称王！"

道犹未了，忽然洞门大开，跳出一只赤尻马猴来，眼望空中，冲着哪吒大喝道："何方小子，哪处顽童，胆敢驾着小车，到我花果山水帘洞门前玩耍，扰乱洞天福地的安宁？谅你也不知道我家美猴王的厉害，知趣的，赶快退走，免得惹恼了美猴王，一棒打成肉浆！"

你道什么叫赤尻马猴？原来赤尻就是红屁股，马猴是最大的猴，赤尻马猴就是红屁股大猴。

哪吒暗暗称奇："怎么猴子也会说人话？"于是重又念动咒语，把风火轮降落地面，挺起火尖枪，指着赤尻马猴喝道："我乃灵珠童子哪吒三太子是也，今奉玉帝钦差，前来擒拿捣乱天宫的妖猴，你这红屁股猢狲不是我的对手，赶快回洞去，喊你的主子老妖猴出来，会你小爷！"

赤尻马猴歪歪尖嘴，扮了个鬼脸，冷笑道："好大的口气！看你身长不满三尺，黄毛未退，乳臭未干，也敢口出大言，说什么擒拿我家大王，真是做梦！你也不想想我家大王曾大闹水晶宫，占领灵霄殿，卧御案，登宝座，吓得玉皇老儿屁滚尿流，走投无路。连比你大二三十倍的巨灵神，都不是我家大王对手，谅你这小小孩童，何足道哉！不消我家大王亲自出马，只消我这美猴王麾下马流元帅两只毛手动一动，就可以把你这小鬼杀得大败亏输！"

哪吒生性要强好胜，最恨人家小觑他，听了赤尻马猴这番话，不禁气得小脸通红，暴跳如雷地道："你这红屁股猢狲，怎敢如此轻视小爷！你说你那猴头大闹水晶宫，他几时曾像小爷一样三打龙王？你那猴头不要脸，又偷仙桃又偷酒，喝醉了躺倒御案，你却吹牛皮说他占领灵霄殿！真是有什么主子就有什么奴才！他不过打败了一个巨灵神，怎及得小爷打败四大金刚？你这猢狲算什么东西，也敢在小爷面前耀武扬威？休走，看枪！"

说着，手起一枪刺来。赤尻马猴赤手空拳，无法招架，慌忙一个筋斗翻进水帘洞，取了把宝剑出来斗哪吒。谅它岂是哪吒的对手，不消三五回合，就被哪吒一枪刺中手腕，"哎哟"一声，撒手丢剑，拍拍红屁股就逃。

哪吒也不追赶，从地上拾起宝剑，看了看，晶莹透亮，倒也是把利剑，不觉欢喜道："这猢狲给小爷送剑来也！想当初在东海边假扮渔翁，被二郎神识破，夺他兵器，翻他落水，却把自己的青龙刀、映泉剑、定风锤也丢在海里，从此变化三头六臂时，三只手里依然缺少兵器，虽然得了二郎神的一尖两刃刀，毕竟还有两只手空着，难得这猢狲给我送了兵器来。可惜这剑太长，兜肚里放不下，怎么办？且先把来插在绿荷叶裙里再说。"

哪吒正低头插剑，猛觉脑后风生，忙把风火轮向后一转，只见一只通臂猿手持一柄铜锤，正恶狠狠地向他后脑勺打来。

你道什么叫作通臂猿？原来这种猿猴手臂最长，两臂在背后通连，所以又叫通背猿。它的两臂虽长，可是两腿却很短，当它两臂高悬时，下面垂着个矮墩墩的身子，就像一把长柄酒壶一样。

哪吒忍不住怒骂道："暗地伤人，不是好汉！你是什么东西，手臂这样长，专门在背后偷偷摸摸！"

"我乃美猴王麾下崩芭将军是也！"通臂猿说，"你这小孩踏着小车子来偷窥我洞天福地，我负责保卫洞府，怎反说我偷偷摸摸？休走，吃我一锤！"

说罢，又是一锤打来。哪吒哪把它放在眼里，举起火尖枪一隔，他力大无穷，通臂猿陡觉似有千钧重量压向锤端，把锤反弹回去，真是自作自受，崩芭将军将了自己的军，铜锤正打在它自己额角头上，只听得"崩芭"一响，额角头虽没有开花，却也长起个大肉包子，止不住"哎哟"一声，铜锤脱手，慌忙高举双臂，攀树缘枝，一路荡秋千似的逃开去了。

哪吒从地上拾起铜锤，得意地笑道："好也！好也！现在我六臂哪吒六只手里都有兵器了！"

他把铜锤插在左边绿荷叶裙里，和右边的宝剑正好配成一对。再看水帘洞时，洞门直洞洞地开着，正想不顾上面泻下来的飞泉，驾着风火轮闯进洞去，忽见一大群手执兵器的毛猴簇拥着一位王者模样的猴子出来。那猴子头戴凤翅紫金冠，足蹑藕丝步云履，身披一件赭黄衮龙袍，内衬锁子黄金甲，外表庄严，颇有帝王气象，只是嘴似雷公尖，眼比铜铃大，满脸黄毛白毛，衬着一副削骨瓜脸，未免貌相不雅。

那猴王出得洞来，高声喝问："是谁在洞外啰唣？"马流元帅、崩芭将军狼狈地跑过来，一个握着手腕，一个揉着额角，伏在地上，把哪吒打败它们的情形，如此这般地禀告了一番。猴王大怒道："俺老孙已离开那劳什子天宫，回到花果山水帘洞老家享福逍遥，和玉皇老儿已是天悬地隔，水火无交，他何得赶尽杀绝，还派人来骚扰俺洞天福地，妄想擒拿俺上天！难道俺老孙不给你避马瘟，就有什么罪过不成？"

那猴王越说越气，伸出一只毛手搔耳摸腮，蓦地从耳朵里掣出根绣花针来，迎风一晃，变成根丈把长的如意金箍棒，大吼一声："俺老孙倒要看看，是什么移山倒海、顶天立地的好汉，敢这般猖狂无忌，想来拿俺！"

哪吒在风火轮上看得清楚，知道这猴子就是太白金星所说大闹天宫的妖猴了，便把手中的火尖枪摆一摆，抖了个枪花，指着他喝道："大胆妖猴，扰乱天宫，罪不容诛！小爷奉玉帝钦差，特来拿你，趁早纳下命来！"

猴王定睛仔细一看，不觉把怒吼声降低成一声微细的"咦"！他将金箍棒就地一插，搔搔猴头，诧异地说道："怎么竟是这般一个小不点儿？喂！你这吃奶孩子，俺且问你：你当真是玉皇老儿差来的，还是来俺花果山玩耍，误伤俺马流元帅、崩芭将军？如果当真是奉玉皇老儿差遣，那他叫你这小不点儿当先锋，他那天宫可说毫无能人！"

哪吒听了这番小觑他的话，不禁气冲牛斗，涨红了脸皮骂道："泼妖猴，你欺小爷小吗？谅你这草野猢狲，也不知你家小爷的来历，老实告诉你：小爷曾三打东海龙王，杀败天兵天将，四大金刚被我杀得抱头鼠窜，二郎杨戬对我甘拜下风，我父是托塔李天王，玉帝封我为哪吒三太子，只我就是惯会降妖捉怪的能人，曾辅助姜子牙兴周灭纣，把无数邪神妖道一一诛灭，送上封神台。你这泼妖猴出世不久，不知天有多高，地有多厚，姜子牙封神时还不知你在哪里，榜上无名。玉帝召你上天，你却嫌官卑职小，擅离职守，偷桃偷酒，醉卧御案，窃据宝座，毛手毛脚坐天下，叫人笑歪了嘴巴！现在小爷到此，还不束手归降，更待何时？"

猴王哈哈大笑，对哪吒道："你这小不点儿乳牙未退，胎毛未干，所以不知道你家美猴王的来历！你那姜子牙算得什么，无过于从商到周而已！你可知俺老孙生在什么时候？俺要告诉了你，准得吓你一跳。自从盘古开天地，三皇五帝定乾坤，就有俺这石猴存在，只因俺要吸收山川灵气、日月光华，所以迟迟没有出世。若说论资排辈，俺在这花果山生、水帘洞长的时候，你这小不点儿还没投胎到你娘怀里去呢！"

哪吒听到"石猴"二字，忽然记起自己初现莲花化身时师父在金光洞里所说的一番话，心中不禁一动，便把语气放和缓了些说道："你既然出世很早，理应在天庭供职，像我父子一样。为何大闹天宫，逃回下界？可见你猴性顽劣不改，只顾自由自在，不守纪律法度！"

猴王冷笑道："那玉皇老儿有眼无珠，昏聩糊涂，不知礼贤下士！召俺老孙上天，不封俺高官显爵，却听信胡言乱语，说什么猴子能避马瘟，封俺做弼马温，实际是避马瘟，叫俺给他养马，连品位都没有。你说俺该不该闹他一闹？俺放着这花果山人间仙境不享受，没来由倒在他那马棚里闻臭气不成？"

哪吒道："依你便待怎样？想他封你什么？"

猴王指着洞门左边高杆上悬挂的一面旌旗道："你看俺这旗上写的是什么字号？要俺再上天庭，除非玉皇老儿照这旗上的字号封俺官爵。"

哪吒这才注意到洞旁绿树丛中竖着一根高杆，杆上挂着一面旌旗。方才因为只看洞门正面，又被浓密的树叶遮蔽着，没有留心。看那旗上时，却是四个大字："齐天大圣"。

哪吒不懂道："啥叫齐天大圣？"

猴王道："俺乃天生圣人，所以叫作大圣；齐天者，和天一样齐也。自从开天辟地以来，就有俺老孙这块仙石存在，岂不是与天同齐？"

哪吒鼻孔里哼了一声道："只有玉帝才称高天上圣，你这猴子居然也敢称大圣！还说什么与天同齐，天是你这猴子所能齐并得的吗？好不识羞！"

猴王大怒道："你怎敢讥笑俺天生圣人？俺既与天同寿，岂不配称齐天？看你身长不满三尺，俺一棒就可把你打成肉饼，还不赶快滚开！"

哪吒冷笑道："休得猖狂！你要能赢得小爷手中这杆火尖枪，小爷就乖乖地退去，只怕你未必比四大金刚更为厉害。"

说着，一枪刺来。猴王毫不在意地举棒一挡，满以为哪吒身材既小，枪杆又细，一棒就可把他连人带枪打下风火轮，不料哪吒的身子依然挺立在风火轮上，纹丝不动，枪棒相撞，仿佛钉头碰铁头，"叮当"一响，火星四溅。猴王不觉怔了一怔，才知这小不点儿不可轻视，忙脱下身上那件赭黄袍，免得碍手碍脚，这才把金箍棒舞了个车轮大的圆圈，来和哪吒交战。

两下枪来棒去，棒打枪迎，战够三十回合，不分胜负。哪吒毕竟是小孩，渐渐地气力不济，猴王却依旧棒如雨下。哪吒暗道："不妙！这回又要像当初和二郎神交战一样，败下阵来也！我何不变化三头六臂，擒此妖猴？"于是念动咒语，顷刻间颈旁长出两头，胁下平添四臂，六只手里分别执着火尖枪、乾坤圈、混天绫、一尖两刃刀，和从两只猴子手里缴来的剑和锤。

　　猴王见了，暗暗心惊道："这小不点儿倒也有些手段！可你且慢卖弄神通，难道俺就不能？俺只消施展七十二变化的一变，也会变出六臂三头来。"于是也念动咒语，登时现出三颗猴头、六条毛臂，不过六只手里不像哪吒那样有六般不同的兵器，只只毛手握的都是金箍棒。当下六棒交加，打得哪吒措手不及，只有招架之功，毫无还手之力，三头先被打破两头，接着六只手里又被打落了剑和锤。

　　哪吒心里暗暗焦躁："这妖猴果然神通广大，而且力大无朋，百战不倦，如果和他苦战不休，必无便宜可占。我何不先祭起混天绫把他缚住，再用乾坤圈打他，就算他是砸不烂的石猴，也得砸下他几片皮来。"越想越觉有理，便把握着混天绫的那只手一扬，一道红光直向猴王飞去。

　　猴王正因自己占了上风，满心欢喜，冷不防一朵红云飞来，把他的三头六臂连同毛手里的六根金箍棒裹得严严密密。睁开火眼金睛仔细一看，才看出裹着他的是一条七尺长的红绫。

　　好猴王，真个神通广大，机智百出，虽被红绫裹住身子，却心不慌，意不乱，看那裹的红绫是长方形的一块，上下长，左右狭，长的一面虽然裹得严密，狭的一面却并非天衣无缝，登时计上心来，便把变化出来的五根金箍棒插在地上，变作自己的三头六臂模样，依旧让红绫裹着，自己的真身却变作一只苍蝇，从红绫缝里钻将出来，飞到洞旁石碣背后，恢复了原形，又从身上拔下两根毫毛，呵口气，喝声"变"！立刻变成两个一模一样的哪吒，个个脚踏风火轮，手执火尖枪，依着猴王的指点，悄悄从哪吒背后偷袭过来。

哪吒没有觉察，正得意扬扬地指着被红绫裹住的假猴王，笑得合不拢嘴地说："好也！好也！饶你猴子凶似鬼，也被小爷缚将来！我手执乾坤圈将你打，打得你妖猴石烂皮开！"

边说边念咒语。收起三头六臂，恢复本相，催动风火轮，来到假猴王身边，举起乾坤圈，恶狠狠地一阵乱打，只听得"乒乒乓乓"一片声响，红绫里面的三头六臂猴王应手而倒。

哪吒诧异道："怎么这猴子身体这般不结实？"连忙收起混天绫看时，哪里是三头六臂的猴王，却原来是五根枯木被打断在地上。

哪吒吃惊道怪地道："那猴子呢？猴子到哪里去了？果然神通广大，竟会移影换形！"

道犹未了，忽然脑后风生，两个和自己一模一样的哪吒，脚踏风火轮，手执火尖枪，一左一右，从背后如飞包抄过来，到得近前，挺枪便刺。哪吒又惊又怒，急忙举枪相迎，三个哪吒战成一团。猛听得石碣顶上一声狂笑，哪吒抬头看时，只见那猴王一脚踏着石碣，一脚勾起，一手握金箍棒放在背后，一手向他招招，乐呵呵地说：

"哈！哈！哪吒三太子，三个哪吒太子，哪吒打哪吒，好看煞人也！"

哪吒几乎气破了肚皮，愤然挺枪直刺两个假哪吒。他这里使尽平生之力，其实却是割鸡用牛刀，根本用不着那么费事，两个假哪吒挨着枪，登时了账，原来是两根猴毛，脚下的风火轮也变成两片枯叶。

那猴王跳下石碣，身子一抖，把两根猴毛收上了身，然后把搁在背后的金箍棒转过来，指着哪吒，咧开了尖嘴笑道："怎么样？小哥儿，现在该知道俺齐天大圣的厉害了吧？俺劝你还是趁早回去吃奶为妙，别再在俺这花果山水帘洞前丢人现世了！"

哪吒恨得咬牙切齿，挺枪又来和猴王交锋。他力战多时，又受了假猴王的迷惑和假哪吒的缠扰，一直未得休息；猴王却在被混天绫裹住身子后就已退出战场，站在石碣顶上看真假哪吒厮杀，此刻神闲气定，越战越勇。哪吒勉强厮杀了十多回合，只杀得气喘吁吁，遍体出汗，实在招架不住，心里忽然动了一个念头："我何必和他苦战，他会拔猴毛变我哪吒的模样，我虽没有猴毛，但有这个身子在，难道就不会变作他的模样，混进他水帘洞去捣乱一番？可我的身子被他拖住，怎样才能脱离这战场？而且当着他的面，又怎能变作他的模样不被他觉察呢？"

他这里低头寻思，不免分神，冷不防猴王一棒打来，正打在他枪杆上，力重千钧，打得他身子晃晃荡荡，几乎跌下风火轮。

哪吒连忙倒拖火尖枪，催动风火轮，飞也似的逃跑，猴王在后紧追不舍，嘴里得意地高喊："小不点儿，这番看你往哪里逃？除非你滚下地来，朝俺磕三个响头，俺老孙才高抬贵手，放你逃生！"

哪吒生性要强，哪肯低头服输，向猴王磕拜，但不如此怎能逃脱这场危难呢？过去他被石矶追急，有师父解救，如今在这孤悬海外矗立海中的花果山上，却是举目无亲，全是猴子的天下，无人能解救他的危难。因此他一面逃，一面小鹿儿在心头乱撞。无意间伸手到兜肚里一摸，恰好摸着师父太乙真人赐给他的隐身符，不禁喜出望外，暗道："好也！好也！这回有救了！"连忙取出来在胸前一贴，登时连人带风火轮都消失了踪影。

猴王追赶正急，忽然前面不见了哪吒，不禁"咦"了一声道："这小不点儿逃往哪里去了？俺这双火眼金睛从来不曾失错，怎么会忽然不看见了他，莫非他会什么隐身法不成？"于是满山遍野地寻找起来。

就在他四处寻找哪吒的当儿，哪吒却潜踪匿迹，悄没声儿地来到水帘洞口，想象着猴王的模样，念动口诀，喝声"变"，登时变作火眼金睛尖嘴削腮的美猴王，一样的头戴紫金冠，足蹬步云履，手里的火尖枪也变作了金箍棒，就只脚下的风火轮是猴王没有的，只好把来藏在石碣背后。于是披上猴王脱下的赭黄衮龙袍，纵身一蹿，穿过水帘，走进洞去。到了洞里，只见是一座很宽敞的石房，里面石床、石凳、石盆、石碗、石锅、石灶俱全，虽是个洞窟，但却是翠藓堆蓝明似晶，钟乳挂白玉无瑕，梅花纸帐铜瓶亮，俨然像个雅人家。

原来那洞纵深很长，一眼望不到头，走了二三十步，才见居中摆着张长方形石桌，桌后设着石座，座上蒙着虎皮，恰和那猴王腰下系的虎皮裙一模一样。哪吒知道这就是猴王起坐的地方了，便大模大样地在石座上坐将下来。

一众猿猴、狨猴、马猴看见大王回来，不知道他是哪吒假扮，一齐上前参拜，问道："大王和那小孩交战，胜负如何？"

哪吒故意愁眉苦脸地道："大事不妙！刚才俺和那小孩同样，变化三头六臂，打破他两颗头，打落他两条臂里的剑和锤，本来占了上风，不料那小孩放出一条红绫，把俺没头没脑地裹住，幸亏俺施展移花接木的法术，用五根枯木代替了身体，才得逃将回来。看来这孩子神通广大，法术无边，是咱们的对头！咱们必须早做准备。从来说'三十六计，走为上计'，咱们还是趁早搬场，若等他打进洞来，那时节玉石俱焚，悔之晚矣！"

众猴听了，个个忧形于色，狼狈四顾，看着周围的石器家具，现出无可奈何的为难神气道："大王爷爷，要说搬场的话，谈何容易！我们洞里的器具都是石头做的，沉重非凡！那些石盆、石碗，小猴们还勉强可以顶着捧着走，可那石锅、石灶，石桌、石凳，石床、石座，小猴们气力有限，实在搬不动！"

哪吒毫不介意地道："搬不动，就砸烂它、打碎它。自古兵凶战危，总不免要打碎一些瓶瓶罐罐的，如果爱惜这些身外之物，被它们束缚住手脚，怎么还能打胜仗？咱们要轻装上路，只有把它们砸个稀烂，让那小孩打进洞来，除了一洞碎石外，毫无所得。"

众猴齐声说："是！我们搬它们不动，就把它们彻底打个稀烂！可是用什么东西打呢？"

哪吒道："你们不是有刀剑棒锤等兵器吗？就用这些兵器砸打好了。谁要是没有兵器，用石头打也可以，石头打石头，照样有效，两败俱伤，一齐粉碎！"

众猴于是爬的爬，走的走，攀的攀，缘的缘，顷刻间卷堂大散。不多一会儿，又都手执兵器石块，纷纷聚集在石桌前。

哪吒在座上喝道："小的们，听俺号令：预备，动手，一！二！三！砸！砸！打！打！打！砸！"

众猴齐喊："得令！"各自手执兵器石块，奋勇向那些石器家具攻打，这边也是"乒乒乓"，那边也是"乒乒乓"。但见：

石锅破裂，碎片与煤灰齐飞；石灶无烟，砖块与柴薪杂糅。盆盆碗碗，四分五裂瓣开花；凳凳床床，缺腿断身丝连藕。仿佛是：石破天惊余齑粉；霎时间，洞天福地变荒沟。

哪吒见众猴在水帘洞里大肆破坏，把一切器具捣毁得精光，好不快心满意，暗道："好也！好也！你会拔猴毛变哪吒打我哪吒，我也会变你这猴子捣毁你的猴窠，如今出了我的恶气，好不欢喜煞人也！"

他正在暗暗得意，不防猴王因为在花果山上寻不着哪吒，也回到水帘洞来，一看居中虎皮石座上坐着和自己一模一样的一个猴王，正在指挥群猴大肆破坏，把好好一个水帘洞砸得稀烂，遍地碎石，满洞齑粉，不禁气得三尸暴跳，七窍生烟，一抢金箍棒，大吼一声：

"是谁敢假扮俺孙悟空，捣毁俺洞天福地？休走！吃俺一棒！"

哪吒猛听得"孙悟空"三字，不禁大吃一惊，暗道："当初师父明白指出将来能引导我走上正路的能人是傲来国花果山的石猴孙悟空，叫我遇见他的时候，必须尊他为兄，受他教导。可我的莲蓬脑子毕竟粗疏，竟把傲来国花果山忘记了，只记得'石猴孙悟空'五字，刚才他提到自从开天辟地以来就有他这石猴存在时，我心中也曾一动，何况他还口口声声自称'俺老孙'，我大不该不问问他的名字，就鲁莽地和他厮杀。现在难得他自报姓名，看他神通广大，武艺高强，机智勇敢，千变万化，确实不愧是位能人，完全配做我的兄长。可我现在又做了一件错事，把他的水帘洞砸得稀烂，谅他怎肯轻饶，这便如何是好？正是事不三思，必有后悔！"

哪吒正在自怨自艾，猴王已是怒气冲冲地一棒打来，宛似泰山压顶，势不可当。哪吒勉强举起火尖枪变的金箍棒往上一架，随即一个镫里藏身，钻到了石桌下面，恢复了本相，从石桌下面爬出来，就势拜伏在碎石之间，口称：

"悟空兄长在上，恕小弟不知，冒犯虎威，多有得罪！今闻大名，如雷贯耳！尚望仁兄大量包涵！"

悟空一棒磕飞了哪吒的假金箍棒，因为来势凶猛，竟把石桌砸成两半，幸亏哪吒早从桌下爬出，不然连小身子也要被拦腰打断。他一棒没打着哪吒，正作势准备再打，忽见哪吒拜伏在地，满

嘴"兄长、小弟",有道是"礼多人不怪",悟空不禁消了怒气,手也软了,诧异地说道:

"咦!你闹什么鬼把戏? 莫非因为战俺不过,故意装模作样,想欺骗俺老孙不成?"

哪吒满面含笑,如此这般地说了师父教导的话,接着又道:"今番小弟误受玉皇驱遣,唐突仙境,仁兄又只道姓而不通名,以致引起争战,实属不幸! 现在话已说明,千万请仁兄恕小弟无知妄为,并请与我结为兄弟,经常指导、教诲,不胜幸甚!"

悟空听哪吒转述师父的言语,把他抬得那样高,不觉眉花眼笑地道:"俺虽没有见过你师父太乙真人,可是听他的法号和太白金星一样,想必也是一位神仙。承他这样看重俺,单是看在你师父面上,俺也得收你这位小兄弟。可是小兄弟,你大不该砸烂俺的水帘洞,使俺没有容身之地、坐卧之具、炊食之器!"

说时,见众猴还在洞内乱砸,忍不住大喝一声:"小的们,你们疯了! 筑室自毁,是何道理? 今后往何处安身? 还不赶快住手!"

众猴懵懵懂懂地道:"大王不是说要搬场,叫我们统统砸烂打碎吗?"

原来这一群猴子砸昏了头,个个眼光专注在石器家具上,并没有见悟空进洞,再加哪吒很快恢复本相,也没见两个孙悟空打成一团,还当真孙悟空就是哪吒变化的假孙悟空。

悟空大怒道:"胡说! 吃饭家伙可以打碎吗?"

哪吒很觉难为情,红着脸抱歉地笑道:"不知者不罪。这些石器乃是身外之物,仁兄神通广大,何难再置办一套。小弟误毁尊府,还请原谅勿罪。"

悟空正色道:"你虽尊俺为兄,可你这趟来意不善,是奉玉帝的命令来讨伐俺的。听你说来,你父子都在天宫供职,玉帝还封你为三太子。你和俺到底是朋友还是敌人，倒要弄弄明白，不能既是朋友又是敌人，墙头草，两边倒。你且说来，你的心到底是向着俺还是向着玉帝？"

哪吒觉着很难回答，只好说："仁兄何必苦苦与玉帝为敌，你不是说你并不稀罕他那宝座吗？你不过因为玉帝不知礼贤下士，召你上天，不封你高官显爵，却封你做弼马温，叫你给他养马，避马瘟，气他不过，所以想推翻他的宝座罢了。现在我上天去，叫他就照你的意思，封你做齐天大圣，事情不就完结了吗？还分什么朋友和敌人？"

悟空哈哈大笑道："小兄弟，你错了！你以为俺是因为气不过他封俺做养马的弼马温，才想推翻他的宝座，只要他封俺做齐天大圣，事情就一了百了吗？不！你知道俺为什么打出齐天大圣的旗号？老实告诉你，俺是要和他分庭抗礼，平起平坐，他称高天上圣，俺称齐天大圣；他据天位，俺要齐天。如果只是贪图他的封号，那不论他封俺做弼马温也罢，封俺做齐天大圣也罢，都还是他的奴才，俺老孙就是不做这种奴才！"

哪吒暗暗吐了吐舌头道："这猴子真是心比天高，怪不得当初师父在石矶老妖婆面前那样夸赞他！"想想自己和玉帝的关系，又觉得他的话有些刺耳，便道：

"仁兄说不做别人的奴才，是否认为小弟做了玉帝的奴才？"

悟空冷笑道："谁说不是，你名为哪吒三太子，实为哪吒小奴才！"

哪吒气得跳起身来，哇呀呀地怪叫道："你……你……你……怎敢如此侮辱我的人格！"

悟空毫不客气地道："你做了人家的奴才还不知道，还争什么人格？老实说，你的人格远不如俺老孙的猴格！"

说到这里，见哪吒剑眉倒竖，朱颜变色，牙齿咬得格格响，忽又安慰他道："小兄弟，不要动气，俺不是侮辱你，是提醒你。毕竟是你的莲蓬头脑疏漏，受了人家的骗，上了人家的当，自己还不知道。你以为玉帝召你到天宫供职，封你做三太子，是真的有厚爱于你吗？非也！他不过怕你推翻他的宝座罢了。俺过去并不认识你，今天交了手，知道了你的本事，可以说：如今天下英雄，力足以打倒玉帝者，唯你哪吒与俺孙悟空耳！俺劝你千万不要受他的骗，他对你也像对俺一样，一心只想咱们做他的奴才，不起来打倒他，他的宝座就坐牢了，并非有所爱于你。他大概因为你曾三打龙王，杀败天兵天将、四大金刚，以为你比俺难对付，所以给了你一个太子的尊号，对俺就老实不客气，叫俺给他养马，做未入流的弼马温了。可这样一来，也被俺看穿了他的鬼心思，大闹天宫。看他现在实在很怕俺，因此俺虽已回到老家，他还不肯放松，要赶尽杀绝，派你来擒拿俺。这番咱们结为兄弟，他天宫更无能人可以对付俺，一定又会转过脸来，请俺上天。只要俺不打倒他，让他安坐龙廷，不要说封俺为齐天大圣，就是向俺叩头也愿意。但俺决不上他的当，好就罢，不好再把他那天宫闹个落花流水。做人嘛，就是要做一个堂堂正正的人，不做奴才。"

　　哪吒恍然大悟道："仁兄说得不错。那玉皇老倌确实不怀好意，先是三番两次派人来擒拿我，后来见打我不过，又叫南极仙翁召我父子上天，一时狗脸，一时猫脸，实在不要脸。现在小弟已经明白，决计不再受他的骗，从此和他一刀两断，永不再上天庭，自顾在陈塘关侍奉母亲。我本来和他约好，每隔一天，回家探望母亲一次，现在既已明白他是要我当他的奴才，我还回天宫做什么？我哪吒要做一个顶天立地的好孩子，决不做他玉皇老倌的奴才。"

　　悟空赞道："好！有志气！可你那陈塘关在什么地方？"

哪吒道："就在东海边上，可这里是东海之东的东胜神洲，照方位来说，该是在西边。"

悟空道："你来了有多少时候了？来时告诉过你母亲没有？"

哪吒看看天色道："大概有一天一夜了吧。因为同是人间，估量来回不过一两天工夫，所以来时并没有禀告母亲。"

悟空摇头道："不好，小兄弟，你快回去，说不定这时你母亲在陈塘关已经发生意外了。"

哪吒忍不住笑道："仁兄忒过虑了！天上半天，人间就是七十多年，我母亲已经活到一百二十岁，还是好端端的，这一两天哪会发生意外！"

悟空道："话不是这样说，现在人间妖魔鬼怪很多，谁能担保永远太平？没有一万，也得防个万一。小兄弟，你不要忒大意了！"

哪吒给悟空这样一说，登时归心似箭，连忙从地上拾起火尖枪，向悟空拜了一拜，依依不舍地道：

"仁兄，此番一别，不知何时再见！我和仁兄相交虽然不久，可是情如手足，今后不能追随左右，聆听教导，思想起来，好不痛煞人也！"

悟空道："小兄弟，俺也有些舍不得离开你。你年纪虽小，可是机智勇敢，像你这样的聪明人，只要肯学好，前程无量！俺这里花果山离你陈塘关不远，你随时都可以来，不必担心没有再见的机缘。去罢！"

哪吒出了水帘洞，从石碣后取出风火轮，登了上去，向悟空说了声："小弟告辞了，仁兄多多保重！"便念动咒语，风火轮冉冉升入空中，越过大海，向西飞往陈塘关去。回过头来，只见悟空还站在水帘洞前向他招手。

第二十二回 | 罗刹女陈塘关寻仇

　　哪吒在去花果山战孙悟空以前，自恃本领高强，以为此去好比瓮中捉鳖，可以手到拿来，要不了多少时间，所以并没有禀告母亲。想不到这样一来，竟使哪吒抱恨终天，再不能和殷氏夫人见上一面。

　　你道为何？原来就在哪吒和孙悟空大战花果山的时候，有一个妖精前来向哪吒寻仇，没有找着哪吒，竟扼死了哪吒的母亲殷氏夫人。可惜南极仙翁枉自给她吃了万寿金丹，结果却只活了一百二十岁。

　　各位看官，你们看到这里，一定要问，这妖魔是谁？和哪吒有什么仇恨？说起来你们大概还记得，这妖魔非别，就是被太乙真人用九龙神火罩炼成顽石的石矶娘娘的好朋友，孙悟空的结义弟兄牛魔王的妻子罗刹女。

　　这罗刹女并非生自中土，而是来自外邦，是个绝顶美人。她来到中土后，便在火焰山芭蕉洞居住，和骷髅山白骨洞的石矶娘娘成了好朋友。这火焰山有八百里火焰，周围寸草不生，五谷不结，别人住在这里，热也要热死，她却不怕，因为她有一把用铁树上的凤尾蕉叶做的扇子，一扇熄火，二扇生风，三扇下雨，所以她又名铁扇公主，人们尊称她为铁扇仙。

当初罗刹女和牛魔王结婚的时候，石矶娘娘曾到火焰山来贺喜，吃了三天三夜喜酒，在闹新房时，又是她出主意，教罗刹女用红绸斗牛，战胜了牛魔王，使牛魔王俯首贴耳地让老婆骑在他身上，而且倡议每个女妖敬罗刹女三杯得胜酒。罗刹女占尽了面子，心里十分感激石矶娘娘。可是她却没有想到，石矶娘娘被紫云童子唤回去以后，就因追杀哪吒，给哪吒引进金光洞里，被太乙真人炼成顽石，死于非命。一别竟成永诀。

这已经是很久以前的事了，为什么罗刹女直到这时才来陈塘关向哪吒寻仇呢？

原来火焰山芭蕉洞和骷髅山白骨洞相隔太远，又无人来向她报告石矶死去的消息，同时罗刹女自己也被纠缠在欢乐、痛苦、离情别绪等纷纭事故之中：最初三年新婚燕尔，快乐非凡，生下了一个孩子，浑身皮肉呈粉红色，取名叫作红孩儿。谁知红孩儿生下不到两年就死了，于是欢乐变成痛苦，终日以泪洗面。偏偏丈夫牛魔王又耐不住火焰山的炎热气候，听说东方海外东胜神洲傲来国有一座孤悬海中的花果山，是个洞天福地，山上有七十二洞，气候凉爽宜人，要搬家到那边去居住。罗刹女舍不得离开本乡本土，不愿搬过去，牛魔王竟抛下娇妻，独自一个浮海到花果山，和石猴孙悟空等六个结拜为七弟兄，占据了一座叫作海天洞的洞穴，从此乐不思蜀，再也不肯回火焰山。罗刹女也曾三番四次地渡海寻访，劝他回家，牛魔王只是不从。

罗刹女独处闺中，既烦恼，又寂寞，终日望空愁叹，对月长吁，这样又过了多年。忽听得周武王兴师伐纣，以姜子牙为军师，帐下聚集玉虚宫元始天尊门下正教群仙，把许多助纣为虐的妖邪诛戮殆尽，吓得她躲在芭蕉洞里再也不敢出头。好在她住的火焰山僻处西南，也没谁来问起她。

直到姜子牙筑坛封神以后，她才敢继续到东土来，第一件事当然是到花果山找她丈夫牛魔王。她来时正是孙悟空大闹天宫重回老家、哪吒未到花果山以前。孙悟空刚打出齐天大圣的旗号，牛魔王也自称平天大圣，其余五位结义弟兄纷纷学样，有的自称混天大圣，有的自称驱神大圣，还有称移山大圣、复海大圣、通风大圣的，个个都成了大圣，正在兴高采烈，各自在洞里你请我，我请你，举杯庆贺，欢笑耍乐。罗刹女恰在这当儿来劝牛魔王回去，哪里劝得动？

　　罗刹女碰了一鼻子灰，只好闷闷不乐地离开花果山，渡海西行，上了大陆，想就近到骷髅山白骨洞去和好朋友石矶娘娘相聚一些时候，略解愁怀。不料还没到骷髅山，便听得路人传说，石矶娘娘已被陈塘关总兵李靖的小儿子哪吒打死，现出真形，乃是一块顽石。路人不知道太乙真人火炼石矶的底细，以为石矶是被哪吒打死的。

　　罗刹女听了，不禁大吃一惊，忙问哪吒是什么样子，路人说是个白白胖胖的小孩，看上去不过六七岁光景。罗刹女惊疑参半，她不相信有数千年道行的石矶，会打不过一个小孩，死在他手里；想起过去石矶和她的情分，止不住既伤心又恼怒，于是便到陈塘关来找哪吒，代她的好朋友报仇。

　　罗刹女在取道前往陈塘关时，虽然充满了一团怒气，但也暗怀着一颗私心。原来红孩儿的死去，仿佛割掉了她心头一块肉，一直希望再生一个儿子，以慰膝下空虚；无奈丈夫牛魔王已迁居花果山，剩下她独自一个在芭蕉洞里守活寡，怎么能生出儿子来？只好徒存虚愿。现在听说哪吒的模样正和红孩儿差不多，便暗地动了一个念头，想收服哪吒做她的儿子，代替红孩儿。

　　闲话休提，言归正传。且说罗刹女来到陈塘关，问起关里人，才知道现在的陈塘关总兵已经不是李靖，只有李靖的夫人殷氏和丫鬟仆妇住在后花园，哪吒刚回来不久，终日在家侍奉母亲，便不经帅府正门，径从后门穿过花园来找哪吒。

陈塘关帅府规模宏大，气势巍峨，不仅是帅府正厅，就是后花园也屋宇深邃，洞房曲室，里面有滴翠轩、后花厅、殷夫人住的上房、哪吒的卧室、李靖的书房，还有丫鬟仆妇们的卧房。罗刹女路径不熟，只好东张张，西望望，找寻哪吒。

她不知哪吒这时正在花果山和孙悟空激战，哪里找寻得着。见上房内有一个满头白发的老妇人躺在床上睡午觉，估量是哪吒的母亲，便暂不去惊动她，悄悄地钻进了后花厅。

只见居中条桌上供着一盆蟠桃，鲜红夺目，异香扑鼻。罗刹女住在草木不生的火焰山，见此鲜果，不禁喉咙发痒，口角流涎，忙取下顶端的一只，咬了一口，但觉琼浆溅齿，玉液沁心，如饮甘露，似喝醍醐，一缕甜味从咽喉直透肠胃，止不住暗暗夸赞道："好桃子！真是天下少有，也不知他是从哪里弄来的！"

罗刹女吃完一只，还想伸手再拿，忽然心生毒计，自己提醒自己道："我留着这桃子，正可做个诱饵。他既供在厅上，必然自己也要吃，且让我在桃子里面下毒，使他吃了，服服帖帖地做我的红孩儿。"

你道罗刹女要在桃子里下什么毒？原来她采取火焰山火焰的精华，炼就一种火云丹。这火云丹每粒比针眼还小，可是其毒无比，任何人服了，登时烈焰焚脑，猛火烧心，完全迷失了本性，不但体内充满了火焰，而且只要用拳头捶一下鼻子，连口鼻里也会喷出烟火来。

当下罗刹女从腰间取出装火云丹的盒子，解开头上的团花手帕，取下根贯发金簪，在每个蟠桃上刺了个小孔，纳入三粒火云丹。刚把桃子在盆内重新堆叠整齐，就听得上房里有打呵欠的声音，回头一看，见殷夫人已经醒转，翻过身来，眼望着外面。忙把金簪插上，系好团花手帕，这才袅袅婷婷地走进房来。

殷夫人已坐在床上，忽见外面花厅里走进来一位美貌女子，貌若莲花，眼横秋水，头裹团花手帕，身穿纳锦云袍，恍如广寒仙子临凡，宛若洛浦神女再世。

殷夫人看得呆了，忍不住问道：

"小娘子，你是何方闺秀，哪家娇娃？莫非是帅府千金，错走到我后花园里来不成？"

罗刹女本想将错就错，转念一想："不行！还是骗她一骗。好在哪吒不在这里，任我胡编乱造，也无人出来对证。"于是便信口开河地说：

"老太太，奴家不是帅府千金，是你家哪吒小少爷收留奴家，叫奴家到府上来做丫鬟，服侍你老人家的。"

殷夫人吃惊道："罪过！罪过！哪吒这孩子真是胡闹！像你这样如花似玉的一位千金小姐，怎么能叫你做低三下四的差使？哪吒现在在哪里？怎么一天一夜不回来？你是在何处遇见他的？"

罗刹女故意装作愁眉苦脸的样子道："老太太，你不要看奴家穿戴整齐，其实孤苦伶仃，父母双亡，孑然一身，无依无靠。刚才在东海边遇见你家小少爷，见奴家可怜，蒙他大发善心，收留了奴家，叫奴家先到府上，他大概不久也就要回来的。"

殷夫人听说哪吒平安无事，就放下了心，觉得既是哪吒叫她来的，不收留她难免要使哪吒不快，便道："既如此，你且在此安坐，等哪吒孩儿回来，再做安排。"

罗刹女暗喜道："这老贱婆中吾计也！可是，如果哪吒回来，弄清真相，必然同我厮杀，这便怎么是好？"想到这里，凶睛一转，恶念顿生，暗道："量小非君子，无毒不丈夫。有这老贱婆在，怎能使哪吒认我做母亲？我必须先杀了这老贱婆，然后扮作这老贱婆的模样，来一个鱼目混珠，使哪吒上当，才好于中取事，收服哪吒做我的红孩儿。"恶计转定，便假装谦逊的样子道：

"老太太在上，哪有奴家的座位！"

殷夫人道："不要客气，既然哪吒孩儿愿意收留你，今后就是一家人了。老身正想找个贴身使唤的，今后就请姑娘在此陪伴老身好了。"

罗刹女肚里暗骂："老贱婆，你瞎了眼。老娘是来要你的命，谁当你的奴才？"表面上却声色不露，目不转睛地不住揣摩殷夫人的神情态度。

你道这是为什么？原来罗刹女不能变化，她想假冒殷夫人欺骗哪吒，只好模仿殷夫人的神情举止，以免被哪吒看出破绽。但是殷夫人满面皱纹，鸡皮鹤发，缺牙龋齿，完全是老年人的模样，绝非罗刹女的朱颜皓齿、满头青丝所能代替。

罗刹女也自知无法完全学像，只好暂时搁过一边，转而思其次。于是假意应和着殷夫人说：

"老太太，我也很愿意服侍你老人家，可我身上的服色太不像个下人了。老太太，请把你的衣裤脱下来，让我试穿穿好吗？"

殷夫人诧异道："你改换服色，应该同丫鬟们去商量，怎么要穿我的衣裤？"

罗刹女慌忙解释道："因为我服侍的是老年人，所以要穿老年人的服色，这才显得老成持重。"

殷夫人虽然满腹狐疑，毕竟性情随和，觉得借给她试穿一下也无妨，便脱下衣裤来交给罗刹女。

哪知罗刹女穿上殷夫人的衣裤，竟不再脱下，而且得步进步，索性一屁股在床沿上坐下来。

殷夫人满心不悦，暗想："这女子好生无礼。"便不客气地说："姑娘，请你到对面椅子上去坐，把衣裤脱下来还我！"

罗刹女哪里睬她，猛然发出一声狞笑，伸出十根宛如钢爪一样的手指来扼殷夫人的喉咙。

殷夫人这才知道眼前的美貌女子原来是个妖精，正是貌比花娇，心如蛇毒，不禁吓得魂飞天外，连忙侧身躲避，口中高呼："哪吒孩儿何在？快来救我！"

哪吒远在海外，哪里听得见？即使听见，也来不及救援。因为罗刹女锐利如钢爪般的十指已扼紧了殷夫人的咽喉。可怜殷夫人连最后一声"救命"还没来得及喊出，就已死于非命。

罗刹女狞笑地指着殷夫人的尸身说："老贱婆，你生得好儿子。我杀了你，算是代我石矶姊姊报了仇，可我不杀你的儿子哪吒，我要收他做我的儿子红孩儿。"

边说边拔出腰间宝剑，割下殷夫人的满头白发，披在自己的头上，就水盆里照了照自己的形象，觉得头发衣服都像殷夫人，足可瞒过哪吒，就是自己这粉面桃腮，实在不像个老妇人，难免露出马脚。于是咬一咬牙，指着殷夫人的尸身道：

"老贱婆，不要怪我残忍，弄死了你还要伤残你的尸体，实在我们两人的年龄相差太远，不得不借你的面皮一用。"

说着，便用宝剑在殷夫人尸身上割下两三片满是皱纹的面皮，蒙在自己脸上，再就水盆照了照，狞笑道："这才有些像了。可是怎样处置这老贱婆的尸体呢？哦！有了！我何不取出芭蕉扇来扇她，把她的尸身扇走，免得留着碍眼，岂不美哉！"

原来罗刹女的芭蕉扇非同小可，不但能扇熄火焰，扇来风雨，而且不论什么东西，只要经她一扇，便会飘出八万四千里。当下罗刹女取出芭蕉扇，对殷夫人尸体一扇，立刻被扇得无影无踪，也不知飘往何方，是落在汪洋大海，饱了鱼腹，还是落在深山高谷，喂了乌鸢。

罗刹女这才收藏起芭蕉扇和宝剑，穿着殷夫人的衣裤，宽袄长袖，端然凝坐在床上，等候哪吒回来。

却说哪吒在离开花果山前，因为听孙悟空说他母亲在陈塘关可能发生意外，不禁平添了无限忧虑，急急忙忙地催动风火轮赶回家来。从帅府后门进了后花园，举目向上房一瞧，只见母亲端然坐在床上。他哪里知道母亲已被杀害，眼前的殷夫人是罗刹女假扮的，还暗笑孙悟空忒嫌神经过敏，无端大惊小怪，危言耸听。他下了风火轮，满怀喜悦地走进上房去，向假母亲扑翻身便拜，嘴里喃喃地说：

"孩儿回来了，母亲身体可好？"

罗刹女见哪吒果然可爱，好像自己死去的红孩儿重又活了转来，不觉喜心翻倒，想得他做儿子的念头更加急切，但又恐露出马脚，便把手帕掩着嘴巴，呜呜喔喔地说道："罢了！这些天你在哪里？"

哪吒道："孩儿到东胜神洲傲来国花果山去征服孙悟空，事先没有禀告母亲，多多有罪，还望母亲宽恕！"

罗刹女道："那猴子神通广大，更兼有结义弟兄牛魔王等相助，不是好对付的，你没来由去招惹他则甚？"

哪吒诧异地问道："母亲在家大门不出，二门不迈，怎么知道孙悟空是猴子？"

罗刹女这才发觉自己一时忘形，说溜了嘴，慌忙掩饰道：

"这猴子天下驰名，谁不知道！为娘虽不出门，却也略有耳闻，深知他神通广大。你这趟去花果山，可曾征服他没有？"

哪吒记起当初从天宫回家探母时，母亲曾提起这猴子到水晶宫去索宝、倒海翻江大闹的事，便不再疑心，喜孜孜地回答道：

"我起初不知道他的名字，跟他大战了一场。后来他自己通名，我才知他就是师父指示给我的能人。我们讲和了，我拜他为兄长。"

罗刹女听了，止不住心惊肉跳，暗暗叫苦道："我虽不知道哪吒本领如何，但他既敢跨海征猴，一定非常了得。现在他又和这猴子结为兄弟，这猴子不但神通广大，而且诡计多端，还有一双火眼金睛，善于识别妖邪，有他在哪吒身边，我如何还能下手？为今之计，趁他们尚无深交，先收服哪吒做我的孩儿，才是万全之策。正是：先下手为强，后下手遭殃。"

她正想叫哪吒到外面厅上去吃桃子，不料哪吒忽然疑疑惑惑地问道：

"娘，你的声音怎么变了？听上去不像老人家苍老声口，却像十七八岁小娘儿们娇嫩的声音。你哪来这样清脆的嗓子？"

罗刹女大吃一惊，暗道："坏了！坏了！这回可要露马脚也！我只知道改换容貌服色，却没有改变声音，如今被他听了出来，怎么是好？"当下搜索枯肠，勉强找出个理由来解释道：

"这有什么值得大惊小怪的！你没听说上了年纪的人能够返老还童吗？我现在越活越年轻，声音自然变娇嫩了。"

哪吒半信半疑，想道："母亲曾服过南极仙翁的万寿金丹，返老还童，事或有之。可她怎么不提金丹，却说什么越活越年轻，难道忘了自己是怎样才活得长的？"再看殷夫人的神情举止，越看越觉得不像他娘，特别是她手里握的一块手帕，非常触目，并且娘也从来没有用手帕掩嘴的习惯。于是又问道：

"娘，你这块手帕是从哪里来的？怎么颜色这样鲜艳！"

罗刹女又暗吃一惊，她只想用手帕遮住嘴巴，以免露出自己的朱唇皓齿，不料越遮掩越露馅，嘴巴没有露出，手帕又成话柄。好在这破绽不大，便又想出话来掩饰道：

"这手帕是娘和你父亲结婚时用的，一向舍不得扔掉，现在拿出来用，也就顾不得颜色鲜艳了。"

哪吒暗道："结婚时的用品？你们结婚的时间已经过去了一百年，手帕早已烂成灰了，还能保存到今天？颜色还这样鲜艳！"但他也不去拆穿，只问：

"娘，你为啥把手帕掩着嘴巴？莫非又掉了牙齿不成？快让我看看。"

说着，便伸出小手臂，来拉罗刹女掩着嘴巴的那只手。

罗刹女一手把嘴巴掩得更紧，一手不住乱摇，含糊不清地说："别看！别看！娘正是又掉了颗牙齿，现在牙痛得紧，看不得！看不得！"

哪吒的左手臂忽然停在空中不动了，因为他从左手腕戴的金镯上，看到反照出来的一个和他母亲完全不同的形象。

你道哪吒左手腕上戴的金镯怎么会有这种奇异的功能？原来这金镯乃是天宫宝物，王母娘娘拿来当见面礼送给了哪吒，哪吒只把它和右手腕上那只与生俱来的金镯同样看待，除了以为正好配成一对外，不以为奇。谁知它竟是一件奇珍异宝，能把事物的真面目在金镯上反照出来。哪吒见金镯上照出来的殷夫人，不是满头散乱的白发，而是梳得很整齐、贯着金簪、裹着团花手帕的一头青丝；不是穿的长袖宽袄，而是穿的纳锦云袍；不是满面皱纹，缺牙龋齿，而是杏脸桃腮，朱唇皓齿，不禁大吃一惊，知道孙悟空并非过虑，眼前坐在床上的显然不是自己的母亲，而是假扮母亲的妖精。

哪吒预料到母亲已被妖精杀死，他爱母心切，要报杀母之仇，因此这时倒冷静下来，变得机智沉着了。他表面上声色不露，装作不知道似的，静看这妖精下一步做何动作，准备伺机报仇。

罗刹女给哪吒层层盘问，闹得窘迫不堪，每次用花言巧语把一个问题搪塞过去，总要出一身冷汗。见他忽然不问了，如释重负，便道："好孩子，你辛苦了！外面厅堂上有桃子，你快去吃罢！"

哪吒暗想："这妖精！我到花果山去一天一夜才回来，她不叫我吃饭，倒叫我先去吃桃子，好不奇怪！莫非她已经在桃子上做了什么手脚，下了什么毒物不成？"

想着，便出房去，把外面厅堂上供的一盆蟠桃端进房来，逐只地验看着，闻闻，有无特殊的气味，看看，有无变异的形状。

罗刹女在旁看了，暗暗心惊肉跳，想道："这小鬼如此精明，看来要使他上当很不容易，幸亏这桃子上刺的孔眼很小，火云丹又没有特殊气味，否则被他看破，可就不好了。"

哪吒虽没看出桃子有什么异样，但他既已认清眼前的母亲是妖精假扮，就步步留心，揣摸这妖精的用意，以免受她的暗害。他知道这桃子里面一定有鬼，便道："母亲，你先吃。"

罗刹女吓了一跳，暗道："这小鬼真鬼！怎么我叫他吃，他反要我先吃？这桃子里我已放下火云丹，如果我自己先吃，可不等于作法自毙了吗？"于是便摇头道：

"我不渴，不要吃。你一路奔波辛苦，大概口渴了，快吃罢！"

哪吒数了数桃子，突然发怒道："你明明已经吃了一只，怎么还说你不要吃？"

罗刹女暗道："这小鬼好机灵，原来他把桃子的数目都记清了。"于是便赖道：

"我没有吃，想是给丫鬟仆妇偷吃了。"

哪吒冷笑道："丫鬟仆妇怎敢偷吃？你知道这桃子是从哪里来的？"

罗刹女不明底细，信口答道："无非是从山上摘来、市上买来的罢了，有什么稀奇？"

哪吒鼻孔里发出"嗤"的一声，他现在更加确信母亲已被害死，眼前的母亲是妖精假扮的了，不然怎会连桃子的来历都不知道。当下气势汹汹地道：

"这是王母娘娘送我的仙桃，是我从天宫带回来的，怎说不稀奇？丫鬟仆妇我都已给她们吃过，哪一个敢大胆偷吃？你说你没有吃，你张开嘴巴，伸出舌头来让我闻闻。"

罗刹女暗想："怪道这小鬼这么厉害，原来他曾上过天宫，我真是有眼不识泰山，还打算收他做自己的孩儿，岂非痴心妄想？"她已怀疑自己能否收服哪吒，只求能赶快离开此地，就算上上大吉。

哪吒见她不肯张嘴，也不去勉强她，只是肚里冷笑："你那副嘴脸小爷已经看得一清二楚了，还拼命遮掩着做什么？"他暗中念动咒语，突然变作三头六臂，六只手里都抓着一枚蟠桃，三颗头同时发出洪亮的声音说：

"你吃不吃？我早看出你是个妖精，害了我母亲，假扮我母亲的模样，在桃子里安下毒药，想害我！你当我还蒙在鼓里，没有看清你的妖怪嘴脸，你的真面目已被小爷看得一清二楚了，你也用不着再遮遮掩掩！我问你：你吃不吃？你答应吃，就把小爷手里的六只桃子一齐吃下去；要不答应，你就来和小爷决一雌雄。"

罗刹女见伪装已被哪吒识，知道瞒也无用，便甩去假发，剥掉面皮，脱下宽袄，恢复自己油头粉面、朱唇皓齿的本相，一手暗握腰间剑把，准备厮杀。

哪吒在金镯上没有全部看清，这时见站在自己面前的竟是一个绝顶美丽的俊俏女子，不觉呆了一呆，随即喝问道：

"你是狐狸精变的吗？你与我哪吒何怨何仇？为何来我陈塘关，害我母亲，假扮我母亲的模样，逗留不去？莫非又想害我哪吒？"

罗刹女奸笑了一声道："我乃火焰山芭蕉洞主铁扇公主罗刹女是也。只因我的好朋友骷髅山白骨洞主石矶娘娘被你杀害，化为顽石，数千年道行丧于一旦，所以特来陈塘关代她报仇，没有找着你，就叫你母亲先做个替死鬼，再来跟你算账！"

哪吒暗想："原来她是石矶老妖婆的朋友。母亲撞在这妖精手里，我偏偏又不在家，以致枉送一命！这妖精无端寻仇，害我慈母，还想害我，可饶她不得！"想到母亲已命丧她手，不能再见，不觉咬牙恨道：

"你要跟我算账，应该找我本人，与我母亲何干？为何要把她弄死？你既然假扮我娘，偷吃我的桃子，为啥不一齐吃完，却要剩下来给我吃？我看这桃子里一定有鬼！你且把我这六只手里的桃子吃下去，如果吃完了平安无事，那么还剩下一只桃子就由我来吃。"

罗刹女暗暗叫苦道："罢了！罢了！这火云丹非常热毒，放进桃子里面，吃一只就会迷失本性，何况连吃六只？但要不吃，他怎么还肯吃剩下来的一只？——哦！有了！我何不如此如此，每吃一只桃子，就偷偷喝一口解药，这样便可安然无事，不怕不瞒过这小鬼了。"

你道是什么解药？原来罗刹女在炼制火云丹的时候，深知此丹热毒，恐自己人误服，无法解救，所以同时炼制了一种解药。这解药是把凤尾蕉的果实捣烂成汁，汲取天降甘露调制而成，盛在一只羊脂白玉净瓶里面，藏在身边。她给这解药取名叫清凉水。

这时见哪吒逼她吃桃子，便悄悄取瓶在手，依靠长袖遮掩，每吃一只桃子，就偷偷喝一口清凉水。果然吃完了六只桃子，仍像没事人一样。

哪吒以为桃子无毒，便收起三头六臂，恢复本相，捧着剩下的最后一只桃子吃起来，边吃边喝问罗刹女：

"你把我母亲究竟弄到哪里去了？"

罗刹女轻描淡写地说："我用芭蕉扇向她一扇，把她扇得无影无踪，谁知道埋葬她的是地、水、火、风！"

哪吒大怒，抓起火尖枪向罗刹女便刺。忽然"哎哟"一声，跌翻在地，口鼻间喷出火来。

第二十三回 | 中妖法哪吒变红孩儿

哪吒本来可以稳操胜算，结果却反着了罗刹女的道儿，真是智者千虑，必有一失！他既逼罗刹女吃他六只手里的桃子，这剩下的最后一枚桃子，何不索性一并给罗刹女吃了，他偏嘴馋，要留给自己吃。这一吃不打紧，登时全局都翻，使他由胜利者变成了失败者。

哪吒倒在地上，只觉得仿佛有一团火在体内到处焚烧，痛得他在地上翻来覆去地乱滚。那一团热火逐渐向上蔓延，烧到他的脑子里，使他的本性完全迷失，记不起自己是谁。那火焰烧了他连脑，又向下烧到他胸口，使他胸部郁塞不舒，先喷了一阵烟，仍不舒服，又捶了两下鼻子，从嘴里喷出火来，才略觉舒畅。

你们也许要问：哪吒曾被燃灯道人封闭在李靖的七层玲珑宝塔里，用三昧真火焚烧了多时，结果还是毫发无伤，怎么现在却经不起火云丹的热火焚烧？原来，过去燃灯道人烧哪吒，是从外部烧，所以烧了几个时辰，依旧毫发无伤。现在罗刹女的火云丹却是从内部烧，哪吒的体内没有抵抗火焰的能力，所以被烧得苦痛难熬。

现在轮到罗刹女来当家做主、发号施令了。她指着倒在地上乱滚的哪吒问："你是谁？"

哪吒因为迷失了本性，记不起自己的名字，回答不出，只是痛苦地说："我……我……我……"

罗刹女威严地指着自己的鼻子说："你再抬起头来看看我是谁，只我就是你的母亲，你赶快叫我一声娘！"

哪吒虽然迷失了本性，可还依稀记得自己的母亲是个慈眉善目的老妇人，不是眼前的红颜少妇罗刹女，便说："你不是我娘，我没有你这种妖里怪气的娘！"

罗刹女大怒，接连在哪吒头上凿了两个暴栗，喝道："你怎敢违抗我，不认我做娘，还说我妖里怪气，看我不要了你的小命！"忽然一眼看到哪吒浑身的皮肤都被他体内的热火烧成粉红色，正和她死去的儿子红孩儿一模一样，不觉意乱神迷，眼也花了，手也软了，连忙改了态度，柔声下气地说道：

"好孩子，你不要糊涂，我正是你的娘，你是我的儿子红孩儿。你看你身上的皮肤不是粉红色的吗，你不是红孩儿是谁？"

哪吒低头看了看自己身上的皮肤，果然都是红色的，便点头道："不错，我的皮肤是红的，我是红孩儿！"

"你还有一个别号，叫作圣婴大王。"

"为啥叫圣婴大王？"

"因为你的父亲牛魔王别号平天大圣，你是平天大圣的婴儿，所以叫作圣婴。大王是对你的尊称。你小小年纪就做了大王，岂不开心？"

哪吒仰天大笑道："哈哈！我现在也成了大王了！好快活！好快活！可我没有什么牛头魔面的父亲，我的父亲是……是……"说到这里，说不下去了，他已经记不起父亲的姓名来。

罗刹女恶狠狠地道："不许胡说！从今以后你只记着，你的父亲是牛魔王，母亲是罗刹女，你是圣婴大王红孩儿，不许再提……"

她本想说"不许再提哪吒",但恐一提"哪吒"两字,会引起哪吒的记忆,所以话到嘴边留半句,把哪吒的名字咽下肚去了。

"好!只我便是圣婴大王红孩儿!"变成了红孩儿的哪吒说。他既迷失本性,忘了自己名叫哪吒,自称红孩儿。我们也就不称他哪吒,称他作红孩儿了。

罗刹女见哪吒已承认自己是红孩儿,欢喜之余,又不免有些担心,暗想:"他虽迷失本性,忘了自己原名叫哪吒,可他的外表还是哪吒的样子。如果给他的师父或者那猴子孙悟空撞见,出来解救他,那我岂不是空欢喜一场!我必须把他的模样改一改,使人家认不出他是哪吒来,方才万无一失。"于是便对红孩儿道:

"我儿,你怎么头披短发,顶绾双髻?不但梳洗麻烦,而且容易藏垢纳污,生虱子!过来,待为娘给你剃成个桃子头,又好看,又风凉!"

说罢,便从腰间拔出宝剑来,权当剃刀,代红孩儿剃头。红孩儿居然温驯如猫地倒在罗刹女怀里,让她把自己头上剃成只有一搭头发的桃子头。

罗刹女改了红孩儿的头发,又来改红孩儿的面孔。在她眼里,什么是美,什么是丑,与众不同。别人认为美的,她说是丑;别人认为丑的,她却说是美。红孩儿的两道直竖的剑眉,本来很美,她却说难看,给他改成倒挂眉毛。红孩儿的两颗点漆似的眼珠,本来很美,她却说丑,给他改成了斗鸡眼。红孩儿的白中透红像莲花似的双颊,本来十分逗人喜爱,她却说是痴肥臃肿,硬在他的胖脸上捶了两拳,双颊登时凹陷下去,陷成两个小洞,她在这小洞里给涂上鲜红的胭脂,看上去像是猴子屁股一样,反说是美丽非凡。

罗刹女就这样按着自己的意思,把红孩儿恣意改造了一番以后,又觉得红孩儿赤身露体,只裹着红兜肚、绿荷叶裙,很不雅相，说是要赏给他一件盘龙绣凤战袍。你道她赏给红孩儿的战袍是什么样？这副披挂织锦绣丝，不像战袍的样子，倒有些像四块瓦片，中间贴身两块，左右臂各一块，吊儿郎当的，看上去非常可笑。红孩儿就穿着这瓦片披挂，跳上风火轮，依旧手执火尖枪。这两件兵器是罗刹女无法改过来的，只好任红孩儿去使用。

火云丹在红孩儿体内生了根，渐渐不再感觉痛苦了。但他却痴痴呆呆的，站在风火轮上，不知干什么好。

罗刹女见大功告成，便站起身来，对红孩儿说：

"为娘有心带你回到我住的火焰山芭蕉洞去，可你已经大了，不再是离不开娘怀抱的吃奶孩子了。你既称大王，也应有一座洞府。现在娘把你带到西牛贺洲去，那边有一座号山，山上有一座洞，叫作火云洞，正在我八百里火焰山之前，你就占据火云洞，做火云洞主，你说好不好？"

红孩儿欢天喜地地道："好也！好也！我现在是火云洞主、圣婴大王了！"

罗刹女道："你且慢得意，俗话说'单丝不成线，独木不成林'，你独自一个在火云洞里做光杆大王，能够干出什么名堂来？你要坐稳火云洞，做好圣婴大王，还得有帮手把你帮。为娘手下有六贼，可以做你的帮手。"

原来罗刹女在火焰山早已收罗了一批小妖，供自己使唤奔走。她在这些小妖里挑选出六个小坏蛋做他们的头目，号称六贼。是哪六贼？

第一个原名叫剪径贼。什么叫作剪径？剪是剪断、截断，径是路径，截断路径，就是拦路抢劫。罗刹女嫌"剪径"二字文绉绉的，就叫他作抢劫贼。

第二个原名叫剪绺贼。什么叫作剪绺？原来凡是丝和线都是一绺一绺的，人的荷包袋都是丝和线编织成，剪绺就是剪开人家的荷包袋，伸进手去扒窃他袋里的钱财。所以剪绺就是扒窃。罗刹女也嫌"剪绺"二字太文雅，给他改名为扒窃贼。

第三个原名叫撩蒱贼。什么叫作撩蒱？撩蒱是一种赌具，不过和后来的赌具不同。罗刹女嫌"撩蒱"这名称大家不懂，干脆叫他作赌博贼。

第四个叫打架贼，专门横眉怒目，揎拳捋袖，拔出拳头来，朝人要害打去，拳头打不着，就继之以脚踢。罗刹女觉得他的名称很容易懂，便依旧叫他打架贼，不给他改名。

第五个叫砸烂贼，生性喜欢破坏，对任何完整的东西，美好的器玩，周鼎商彝，古陶名瓷，他都视同寇仇，非得砸一个稀烂，不足快意。罗刹女也是个喜欢破坏的，和他志同道合，同时也因"砸烂"二字一听就明白，所以仍旧叫他作砸烂贼。

第六个原名叫淘气贼。专门喜欢捣鬼、使促狭。罗刹女嫌他这个名字容易被人误会是淘闲气，便给他改名叫顽皮贼。

罗刹女觉得这六贼很可以做红孩儿的帮手，便对他说道：

"我儿，现在我叫六贼辅佐你，做火云洞主、圣婴大王，你说可好？"

红孩儿像个木头人似的，完全听凭罗刹女摆布，除了没口子地答应"好！好！"外，更无别话。

于是罗刹女便带了红孩儿，回到了火焰山芭蕉洞，喊出六贼来见红孩儿道：

"这就是你们的小主人，圣婴大王红孩儿。我现在封他做火云洞主，命你们去做他的帮手。这样一来，你们就不再是火焰山六贼，而是火云洞六将了。"

六贼虽是小妖，但年纪都比红孩儿大，见红孩儿身长不满三尺，眉毛倒挂，两眼斗鸡，双颊凹陷，其貌不扬，个个瞧他不起，互相交头接耳地议论道："这么个小不点儿，哪里配做我们的主人？我们要是认这三寸丁的小不点儿做主子，人家下巴都要笑落了，嘴也要笑歪了！"

罗刹女在一旁瞧着他们的神气，知道他们心中不服，便对红孩儿道："你显点本领给他们看。"

红孩儿在风火轮上舞了一会儿火尖枪。他的枪法全在克敌制胜，舞起来并没有特别显眼的地方，所以六贼心中仍旧不服。他们起初因为害怕罗刹女，虽然瞧不起红孩儿，还不过交头接耳，这时见红孩儿枪法平平，以为他的本领不过如此，胆子不觉大了起来。打架贼首先冷笑了一声道：

"这样地耍花枪，掉枪花，谁人不会，有什么稀奇！"

罗刹女大怒，杏眼圆睁地望着打架贼道：

"你敢瞧他不起！你过去跟他打。"

打架贼仗着自己惯会打架，巴不得这一声，立刻伸开两臂，一个饿虎扑食，向红孩儿扑来。

红孩儿虽然迷失了本性，但全身武艺仍在，见打架贼气势汹汹地扑来，毫不放在眼里，抛掉火尖枪，跳下风火轮，顺着他的来势，连肩带背一把抓住，托着他的身子在头顶上接连转了几个圈，喝声"去罢"，把打架贼掼出六七尺远。

红孩儿打败了打架贼，正在得意扬扬，冷不防一块磨盘大的石头向他头顶砸来。红孩儿眼明手快，双手高举过顶，向上一接，恰好把石头接在手里，举目看扔过石头来的人时，鹰鼻鼠眼，尖嘴缩腮，相貌很是丑恶，忍不住骂道：

"你是什么家伙，暗箭伤人，不是好汉！休走！小爷就用你的石头砸烂你的狗头！"

话犹未了，手里的石头已经掷出，真个快如闪电，疾似流星，不偏不倚地向砸烂贼打来。砸烂贼喊声"不好"，慌忙把脖子向下一缩，头虽侥幸躲过，身子却吓得软瘫在地上。

罗刹女喝道："砸烂贼，休得无礼！我并没有叫你打架，你怎敢暗地用石头砸小主人？现在你们服不服？愿意不愿意奉他做火云洞主、圣婴大王，做他的帮手？"

抢劫贼、扒窃贼、赌博贼、顽皮贼面面相觑。他们都不善武斗，见打架贼、砸烂贼都不是红孩儿的对手，谁还敢道半个"不"字。大家没口子地说："服！服！愿意！愿意！"打架贼、砸烂贼更是跪地磕头道谢不迭。

罗刹女见六贼都服了，笑逐颜开地对红孩儿道："现在他们都服你了，你就带他们同到火云洞去罢！为娘再派二十名小妖服侍你，供你使唤。"

第二十四回 | 孙悟空大闹火云洞

从此南赡部洲陈塘关失去了哪吒，西牛贺洲号山火云洞却来了个红孩儿。哪吒在初现莲花化身时，曾在他师父太乙真人面前表示，一定要做一个好孩子，不做坏孩子，可是事到临头，吃了迷药，却由不得他自己做主，误入歧途。

太乙真人明明曾指点哪吒，孙悟空是能指引他走上正路的能人，而他也确实能遵照师父的嘱咐，在花果山和孙悟空化敌为友，尊他为兄。那么哪吒遭了难，孙悟空怎么不来援救？他又到哪里去了？其实用不着说，他两次大闹天宫后，被观音从西天雷音寺请来如来佛，用五指化作五行山，把他压在山下。这些情节，《西游记》上已经交代清楚，这里不必再提。

且说这五行山又名太行山，在黄河以北，头在河东，尾在河北，共长七百多里，恰像一个手掌翻转过来一样。手掌上的五指长短不齐，所以这些山头也高矮不同。当初如来佛急于要把孙悟空压住，伸在南面的拇指插入土里比较深，以致南面的山比北面高，北山则被南山挡住，无路可通。

在山北住有一位老人，大家叫他北山愚公。为什么叫他愚公呢？因为他有一股傻劲，不论做什么事，非做到底、做成功不罢手。他见太行山挡住他家门前的出路，便对妻儿说道："我们的家被山挡住，每天进出都要远兜远转，很不方便，我和你们同心协力，把这太行山铲平，挖出一条通路来好吗？"儿子们同声喊"好"。

他的老伴怀疑地说："凭我们这几个人的力量，连个小土山都铲不平，能够挖掉这样大两座太行山吗？并且挖下来的土石放到哪里去？"

愚公道："我们天天挖，哪怕挖不掉？至于挖下来的土石，那容易办，抛进黄河里去就是了。"他的老伴还想拦阻，可儿子们都很起劲，早都拿了锄头、扁担、畚箕来，还有隔壁京城氏寡妇家的一个小孩也跑来帮忙。于是挖山工作就开始了，挥锄运土，忙个不停，单是把土石抛进黄河，来去就要费不少时间。

河曲住着一个老人，名叫智叟，自恃聪明，讥笑愚公说："你这个傻瓜哪，看你风烛残年，人都快进坟墓了，还想挖掉这座太行山！凭你们这几个人的力量，连山上的树木都搬不掉，哪能搬走这许多土石！"

愚公长叹道："你这个老顽固哪！顽固到心眼都打不开窍了！连那个寡妇家的小孩都不如！我活在这世上的时间固然不长了，然而我死了以后，有我的儿子，儿子死了，又有孙子，子子孙孙无穷无尽地挖下去，这太行山虽然很高，却不会再加高了，挖一点少一点，怎么会挖不掉呢！"智叟被驳得无话可答。

愚公父子终日锄呀，挖呀，这座太行山虽然只被挖掉一小部分，可是压在山下的孙悟空背上给搬去不少土石，身体渐渐有些松动了。他像从梦里醒来似的，打了个呵欠，伸了个懒腰，猛孤丁地翻身坐起，先用两只弯弯的毛手遮在火眼金睛上，搭了个凉棚，向上下四周望了望，然后拍拍身上的土石沙尘，站起身来，搔耳摸腮，从耳朵里掣出根绣花针，迎风一晃，变成丈余长的如意金箍棒，突然怒吼一声：

"该死的如来！把俺老孙压在这里，也不知压了多少年头，压得俺腰酸背疼！现在该是俺老孙出头的日子到了！兀那大山，俺已经起来了，你怎还敢站在这里，挡住俺的去路？滚！滚你的！"

悟空越说越气，舞动金箍棒，对准拦在他面前的两座大山就打。但见棒到处土石纷飞，只听得天崩地裂的接连两声响，一座山飞到雍州以南，一座山飞到朔方以东[1]。从此由山西到河南，再没有大山挡路。

且说愚公父子挖山不止，忽然从山下挖出一个毛猴，嘴像雷公，眼像铜铃，不禁吓得大家发一声喊，抛下锄头、畚箕、扁担，拔脚就逃。愚公年老，跑不快，在儿子们扶掖下，脚步踉跄地退走。猛可里发出了天崩地裂的两声巨响，吓得儿子们都只顾自己逃命，无暇照顾老人。愚公刚喊得一声："我命休矣！"睁眼一看，却见自己心心念念想要移去的两座大山忽然不知去向，从北到南出现了一条平坦的大路，梦寐以求的愿望竟然实现了，不禁喜出望外，连眼前毛手毛脚的孙悟空也不觉得可怕了。

悟空铁棒横扫，把面前的两座大山打飞，便独自站在空地上，用毛手背托着尖下巴沉思："现在怎么办？到天宫去找玉皇老儿算账？到西天去找如来报仇？还是回花果山去找猴子猴孙？"想来想去，觉得还是先问清楚这里是什么地方，再打主意。他看见前面不远处有一个老人，正步履蹒跚地向北山跑，便迎上去问道：

"老丈，请问这里是什么地方？刚才你们为什么挥锄运土，忙个不歇？是不是想挖平这座山头？"

北山愚公见孙悟空相貌虽然难看，但却彬彬有礼；又见他手执

---

1 雍州以南就是现在的陕西省南部，朔方以东就是现在的甘肃省东部。

金箍铁棒，威风凛凛，估量刚才打山开路，必是他所为，不觉对他更增加几分好感，便也躬身施礼道：

"此乃《禹贡》冀州之地。这里南临黄河，北至幽州，有七百里太行山横亘其间。老汉住在山北，常苦南山挡住家门，进出不便，所以率领儿孙，群策群力，想要挖掉此山，可惜力量薄弱！今此山忽然移去，变为通途，真乃天从人愿，万千之喜！"

悟空问："这里离西天雷音寺有多少路程？"

愚公久住山中，举目唯见高山，与世隔绝，哪知西天在什么地方，有多少路程。他每听人形容路远，总说是万里之遥，估量万里大概是最远的路了，便含糊回答道：

"老汉也不大清楚，大概有一万里罢！"

悟空听了，不禁踌躇起来，暗想："俺老孙一个筋斗翻十万八千里，他那西天离此不过一万里，我就是翻十分之一的筋斗也恐不免翻过了头。如果翻过雷音寺，再翻回来，岂不麻烦？我宁可少翻一点，没有翻到，就再翻，总比翻过了头再翻回来好。"主意打定，便向北山愚公道了声"聒噪"，驾起筋斗云来。他其实不知道这个筋斗该如何才能翻得恰如其分，不多不少。只是翻了个极小极小的筋斗。

你道孙悟空这个小筋斗翻到哪里去了？他没有翻到西天雷音寺，却无巧不巧地翻到了红孩儿占据的号山。

孙悟空落在号山之上，抬起火眼金睛看时，只见这地方穷山恶水，怪石枯藤，飞禽走兽全无，翠柏乔松稀见，正是惨雾愁云弥宇宙，阴霾暗影锁山头。心中好生焦躁，暗道："这是个什么鬼地方，四下阴阴暗暗的，必有妖怪潜藏在此，不管三七二十一，先打他个落花流水再说。"

主意打定，便抡起金箍棒，前三后四，左五右六，横七竖八，噼里啪啦地一阵乱打，打得天昏地暗，石滚沙飞，打出一伙山神土地来；可煞作怪，个个葛巾少顶，麻鞋缺口，衣衫褴褛，裤裤无裆，好一似：无数叫化来觅食，一群饿鬼下山岗。

这一伙西牛贺洲的山神土地，都不认识东胜神洲的孙悟空，一齐跪在地上高叫：

"号山山神、土地来见，请上圣留名。"

孙悟空忍不住又惊又笑，暗想："原来这地方不但穷山恶水，连山神土地也都是穷鬼！"看他们敝衣百结，前披一片，后挂一块，觉得十分可怜，便道："你们且都起来。俺乃齐天大圣孙悟空是也！俺且问你们：为什么你们这山叫作号山？是神号还是鬼号？山上为什么又有你们这许多山神土地？"

众山神土地道："好教大圣得知，这号山既非神号，也非鬼号，乃是钻头号，共长六百里，每十里一个山神，一个土地，共有六十个山神，六十个土地，现在来迎接大圣的山神土地，还不到一半哩！"

悟空道："原来如此，怪道你们都这样穷，大概就因为你们山神土地太多，地方上香火血食供应不够你们分享。正是：人多就乱，龙多就旱，山神土地太多就吃不饱饭！"

众山神土地道："并非如此。这里人口不多，十里地面只有山神土地各一，老百姓香火祭礼还供奉得起。皆因一千五百年前，忽有一个妖精，偕同抢、窃、赌、打、砸、顽等六贼，占据此山枯松涧火云洞做了巢穴，从此我等山神土地就摩羯星临头！那妖精神通广大，除了指使他手下六贼扰害百姓外，还要小神们代他服役，日间向山下老百姓勒索血食供应，夜里代他提铃喝号，烧火顶门。他手下的小妖也狐假虎威，向我等敲诈勒索，逼我等去打山獐野鹿、狐兔飞禽，不遂所欲，就来庙里抢东西、剥衣裳，弄得我等衣不蔽体，食不周全，痛苦不堪。难得现在大圣到此，万望剿除此妖，以安一方生灵，也使小神们得安享香火血食，免了奔走苦役。"

悟空道："你们且说：那妖精是什么模样，有什么本领？"

众山神土地道："那妖精是个小孩模样，他朝自家鼻子上捶两拳，鼻里会喷出烟，嘴里就会吐出火来。"

悟空道："住了！你们不是说这妖精来此据洞为妖已有一千五百年了吗？怎么还是个小孩模样？"

众神道："我等也都为此奇怪，大概他是天生婴儿，长生不老，所以别号圣婴大王。他手下的六贼就不能活得像他这样长，死了一代换一代，已经换了二十多代了。"

悟空道："他叫什么名字？是哪个妖精生的？他的父母是谁？"

众神道："听说他的父亲叫作牛魔王，母亲叫作罗刹女，生下他来皮肤就是火红的，所以乳名叫作红孩儿。"

这一说不打紧，喜得孙悟空搔耳摸腮，笑逐颜开地道："真是鼓不打不响，话不说不明，俺道是什么妖精在此作怪，却原来和俺老孙带着亲。那牛魔王曾跟俺结为兄弟，罗刹女是俺嫂夫人，这红孩儿说来非别个，乃是俺嫡嫡亲亲侄儿身！"

众山神土地面面相觑，暗暗叫苦："原来这齐天大圣和火云洞里的妖精是嫡亲叔侄一家人，这还了得！一个红孩儿已把我们弄得精赤条条，怎还经得起再加上一个毛脸雷公，岂不要把我们弄得油干水尽，血竭髓枯？罢了！罢了！三十六着，走为上着，还是趁早把脚底板给他看。"于是互相挤眉弄眼，这个向地里一钻，那个向土里一缩，顷刻间都溜得无影无踪。

悟空正为他乡遇亲人而高兴，不料抬头一看，众山神土地已都不知去向，情知他们怕自己是妖精的同党，吓得躲开了，不禁暗笑："你们这批胆小鬼，哪配做山神土地！俺老孙没有你们，难道就找不到火云洞，见不着俺侄子红孩儿？"于是把金箍棒扛在肩上，取路向西走去。

走了约有三四里光景，忽然眼前一亮，别是一番境界，正是：山重水复疑无路，柳暗花明又一村。只见一带苍翠的松林，掩映着林中一条弯弯的曲涧，涧下有碧澄澄的绿水飞流。沿着那涧走去，走到涧梢头，有一座石板桥，桥对面石崖嶙嶙，崖下现出一座洞府，洞门前立着一块石碣，上镌八个大字，乃是"号山枯松涧火云洞"。

悟空喜道："这里就是俺侄子红孩儿的洞府了。虽不如俺花果山水帘洞风景秀丽，但在这穷山恶水的地方，能有这翠柏苍松、小桥流水，却也显得清幽绝俗！"

话犹未了，忽见石碣后面一群抢枪舞剑的小妖，簇拥着一个花衣长发的少年冲将出来。那少年一见孙悟空，就高声喝道：

"此山是我开，此树是我栽，有人从此过，留下买路财。我乃抢劫贼是也！你这毛猴，从我枯松涧火云洞经过，赶快交出买路钱来，放你过去。如敢顽抗，你且看看老子手里是什么东西，这把明晃晃的攮子不刺破你的脑袋瓜也得戳穿你的肚子。"

孙悟空睁圆了火眼金睛，向抢劫贼打量了半晌，忍不住"噗哧"一声笑出来道：

"你这小哥，年纪轻轻，什么事不好干，却要做贼？这山是你开的吗？这树是你栽的吗？你今年多大年纪？是几时开的这山，栽的这树？好不要脸！"

抢劫贼骂道："泼毛猴，你怎敢小觑我，我祖祖辈辈在这号山火云洞剪径，传到我已有二十八代了，这山虽非我开，树虽非我栽，却是我祖公公世代传下来的基业。你不要看不起我小，我们圣婴大王红孩儿也是个小孩子，可他在此已有一千五百年了，你能因为他是个小孩就轻视他吗？"

悟空哈哈大笑道："一千五百年有什么稀奇！俺老孙从开天辟地以来就已出世，少说点也有十万八千岁。你那圣婴大王红孩儿是俺结义弟兄牛魔王的儿子，他见了俺，还得对俺磕头，叫俺老叔哩，你算什么东西，也敢向你祖爷爷拦路抢劫？还不赶快滚开！"

抢劫贼大怒道："泼毛猴，怎敢如此托大！不要走，且叫你尝尝小爷攮子的滋味。"

说着，便从腰间拔出把明晃晃的匕首来，在孙悟空面前一亮，随即一个猛虎扑食，跳上前来就刺。悟空连正眼也不觑，抬腿一踢，把他的匕首踢飞，趁着他扑过来的势，一头向他胸前撞去。要知悟空原是石猴，头颅最为坚硬，这一撞还算没有用足十分力，只把抢劫贼撞得"哎哟"一声倒地，没有撞个透胸穿。悟空跳过去，一脚踏住他的肚皮，举起金箍棒就待往下打，忽然停住手，喝问道："你这小毛贼，在这里拦路抢劫，杀害了多少过往行旅？"

抢劫贼极叫连天地道："猴爷爷，饶命！我们这号山从来就少行人，尤其是这里枯松洞有圣婴大王的洞府，谁都不敢从这里经过，我在这里连财香都捞不着，只好在山神土地身上打主意，哪里还杀害得了人！"

悟空道："既然你没杀过人，那么且放你一条活路，今后必须改过自新，重新做人。现在你快去通报你那火云洞主、我的侄子红孩儿，说我老叔孙悟空来了，叫他赶快出来拜见。"边说边抬腿把抢劫贼踢出七八尺远。

抢劫贼得了活命，屁滚尿流地逃回火云洞，把拦路抢劫孙悟空阵上失风的经过禀告红孩儿，并说："这猴子自称是大王的老叔，和老大王牛魔王是结义弟兄，叫大王赶快出去拜见。"

红孩儿气得哇呀呀地怪叫道:"哪里来的泼毛猴,胆敢冒充本大王的老叔,来占便宜,且待本大王前去会他,把他碎尸万段,以为冒充长辈占人便宜者戒!"

于是披挂上东一片西一块的战袍,手执火尖枪,跳上风火轮,出洞来会孙悟空。

悟空见洞门开处,冲出一伙小妖来,不禁暗暗惊异道:"俺老孙跑进小人国里来了吗?怎么这里的妖精全是小孩?"再看为首的那个孩子,更觉惊异,只见他脚踏风火轮,手执火尖枪,臂套乾坤圈,背扎混天绫,红兜肚,绿荷叶裙,完全是哪吒模样,所不同的是头上的双丫髻和齐眉短发不见了,剃成了个只有一搭头发的桃子头,脸上也是眉毛倒挂,双眼斗鸡,颊下的酒窝陷成两个深潭,涂着红红的胭脂,非常丑怪。身上那套织锦绣丝东拖一片西挂一块的披挂也是从来不曾见过的,忍不住问道:

"兀那小孩,你到底是红孩儿还是哪吒?"

他这里"哪吒"二字刚出口,那壁厢红孩儿在风火轮上开始摇摇晃晃起来。因为哪吒原是他的本名,过去别人这样喊他,他也是这样自称,正所谓耳熟能详,所以当有人在他面前提起哪吒,便不免使他呆立在风火轮上,苦苦思索。现在没有罗刹女在旁边干涉他,本来不难勾起他的记忆,无如他中妖法已久,使他记不起本名。不过觉得哪吒这名字在他耳朵里怪熟的,便道:

"你问这话是什么意思?是红孩儿怎样?是哪吒又怎样?"

悟空道:"你是红孩儿,那就是俺的侄子;是哪吒,则是和俺结拜的小兄弟。你不能既是俺的侄子又是俺的兄弟,在俺面前是小辈又是平辈,所以俺要问你一个实在。"

红孩儿怒骂道:"泼毛猴,谁是你的小兄弟,谁跟你这畜生结拜!只我便是圣婴大王红孩儿,我父亲是牛魔王,我母亲是罗刹女！"

悟空哈哈大笑道："这样说来，俺正是你的老叔，你正是俺的侄儿。想当初在花果山上，咱们七个结成八拜之交的弟兄，第一个就是你父亲牛魔王，别号平天大圣，做了大哥，俺老孙身体最小，排在押末第七，别号齐天大圣。俺不是你老叔是谁？"

红孩儿怒吼道："泼毛猴，满嘴胡言，冒充长辈，讨我便宜！你说我父亲牛魔王和你是结义弟兄，你可知道他住在什么地方？"

悟空笑道："这还用得着问吗？谁不知道他住在花果山，和俺老孙是隔壁邻舍，俺住水帘洞，他住海天洞，却是洞洞相通。"

红孩儿冷笑道："这就可看出你是冒充，我父亲牛魔王明明住在积雷山摩云洞，怎说是住在花果山海天洞？你连他住的地方都不知道，他又怎会和你结拜弟兄？"

悟空暗想："俺老孙给如来压在太行山下一千五百年，也不曾回老家花果山去一趟，可能那牛魔王已经搬场了。"便道：

"他已经搬了家，那也没什么稀奇，俺和他结拜做兄弟的时候，你这小鬼还没出世哩！——不，你已经出世，不过出世不到两年就死了，俺听得牛魔王大哥说，他就因为死了你这宝贝儿子红孩儿，又嫌他原来住的火焰山芭蕉洞太热，才离开你母亲罗刹女，搬到花果山海天洞住的。"

红孩儿气得哇哇大叫道："泼毛猴，胆敢平白无故地咒我死！我红孩儿明明鲜灵活跳地活在这儿，怎说我活不到两年就死了？"

悟空撇了撇尖嘴道："牛吃稻草鸭吃谷，黄牛水牛各有角，俺也弄不清你们牛魔王家这本账！你说俺冒充你长辈，俺倒觉得你这红孩儿来历不明，很有点像是冒牌货！看你脚下的风火轮，手里的火尖枪、臂上的乾坤圈，背上的混天绫，分明都是俺小兄弟哪吒的，还有那红兜肚、绿荷叶裙，更是哪吒独有的，就是面孔变得和哪吒完全不同了。俺听说一个人当风睡觉，会给风吹得嘴歪鼻斜，你如不是被风吹得嘴脸变了样子，就是被罗刹女施展妖法，把你变成这眉毛倒挂、双眼斗鸡的丑八怪模样。"

这一番话正如锤打鼓心，一记敲准，红孩儿的身体登时在风火轮上剧烈地摇晃起来。这本来就是事实，怎能使他无动于衷？可是悟空笑他丑八怪的那句话刺痛了他的心，他竟来不及细细思索，只见他扫帚眉越挂越低，斗鸡眼越斗越近，暴跳如雷地嚷道：

"泼毛猴，怎敢笑本大王是丑八怪？且叫你知我丑八怪的厉害！"

说罢，挺火尖枪便刺。悟空急忙举棒相迎。两下枪来棒去，棒去枪来，又回复到当年在花果山交锋的模样。过去哪吒都战不过孙悟空，变成红孩儿以后，贪吃懒做，体力大不如前，更不是孙悟空的对手。战不到二十回合，看看快要败下阵来。红孩儿心里一急，右手抢枪交战，左手暗暗捏成个小拳头，在自己鼻子上接连捶了两拳，登时鼻孔里冒出两道浓烟，嘴巴里喷出一团烈火，烟中夹火，火里带烟，烟火滚滚，齐向悟空面部扑来。悟空乃是火眼金睛，从来不怕火，但却非常怕烟，烟熏得他两眼都张不开，不觉喊了声"哎哟"，金箍棒脱手，"扑通"一声，一跤跌翻在地。

红孩儿大喜，抛下火尖枪，鼓掌大笑道："好也！好也！这回捉住了这猴子，可以牵着他玩把戏了也！小的们，还不把他捆缚起来，更待何时？"

六贼不敢怠慢，一拥而上，紧紧按住悟空；小妖们取来绳索，把悟空四马倒攒蹄地捆作一团。悟空眼睛不能睁开，肚里却暗暗冷笑："想当初二次大闹天宫，被太上老君用金刚琢打伤头颅，跌倒遭擒，用钩刀穿了琵琶骨，再不能变化，俺老孙照样脱了身，似你这般绳捆索绑，又奈何得了俺？俺且不作声，看你们这伙小毛贼怎样摆布你老祖宗！"

他在这里暗笑，那壁厢六贼已动手来拿他抛在地上的金箍棒，想穿过他被缚住的手脚，扛进火云洞去。这六个小贼真是不自量力，他们哪里知道这天河定底神珍铁做的金箍棒重一万三千多斤，凭他们六个使尽九牛二虎的吃奶力气，也休想移动分毫。红孩儿见他们累得满头大汗，金箍棒却纹丝不动，忍不住骂了声："你们这伙脓包！"跳下风火轮，亲自动手来拿。谁知他虽天生大力，过去曾在陈塘关城楼上拿起乾坤弓，射出震天箭，却也才只把孙悟空的金箍棒举起半截，再也休想舞动。红孩儿暗道："这猴子好大的气力，怪不得我战他不过！"把棒放回原处，吩咐六贼：

"你们且把本大王的火尖枪权当杠棒，将这猴子抬进洞去再说。"

当下六贼和众小妖"杭育！杭育！"地抬着孙悟空，簇拥着红孩儿，得胜回洞，闭上洞门。红孩儿在洞中风火岩石上坐定，问手下一众妖贼：

"小的们，本大王已把这猴子捉进洞来了，现在怎么处置他？是把他调弄成一只玩把戏的猢狲，供咱们玩耍取乐，还是把他烧熟了吃？"

顽皮贼虽已传了二十几代，可还没有改变他祖先顽皮淘气的习性，听了红孩儿的话，立刻接口说："我看把他调弄成玩把戏的猢狲最妙了。我们住在这地方，穷山恶水，路绝行人，终年一些开心的事都没有，得了这只猴子，把他调弄温驯，敲起小锣当当当，教他上树爬梯，戴着鬼脸壳子，骑在山羊背上，翻筋斗，竖蜻蜓，满山兜圈子，岂不有趣？"

抢劫贼因为刚才给悟空打倒，当场出丑，失了面子，急于报仇雪耻，闻言立刻反对道："这猴子神通广大，力大无穷，单是他那条铁棒，就没人拿得动，谁能调弄得他温驯？如果放松了他，他撒起野来，大闹枯松涧，砸烂火云洞，那还了得？还是把他捋毛剥皮，蒸熟了分吃，比较妥当。"

红孩儿点头道："这话不错，此猴委实厉害，本大王也战他不过，决不能轻放。纵猴归山，必有后患，不可不防。不过这只瘦皮猴，浑身轻飘飘的，没有几斤肉，我们这许多人，每人连四两肉也分不到，有什么吃头？何况猴肉也不中吃！天下只有猪肉、牛肉、羊肉味道最美，人们称为三牲。马肉已不好吃，猴肉更难下咽。只有猴脑倒是一味珍品，不但味道鲜美，而且滋补强身。现在我有主意了：派两个小的，一个到积雷山摩云洞去请我父亲牛魔王，一个到火焰山芭蕉洞去请我母亲罗刹女，请他们两位老人家到我火云洞来活吃猴脑，既使他们享受美味，又把这猴子了账，岂不两全其美！"

顽皮贼不懂道："请问大王，什么叫活吃猴脑？怎生一个吃法？"

红孩儿道："你到底年轻，不懂得这猴脑乃八种珍味之一，必须活吃，如果烧熟了吃，那就没有滋味了。活吃的方法，就是预先准备好调味品，然后打开猴子的脑壳，用勺子舀出猴脑来，蘸着调味品吃，真是鲜美无比。"

顽皮贼道："万一这猴子倔强，动手动脚，不让你打破他的脑壳，怎么办？"

红孩儿道："那就用桌子卡住他的脖子。"

这一说，引得六贼都称奇道怪起来："怎么桌子能卡住猴子的脖子？"

红孩儿笑道："你们不知道，这桌子是特制的，好像两片枷一样，合起来中间有一个圆洞，正好卡住猴子的脖子。猴子的手脚都在桌下，无法推翻卡住他脖子的桌面，调味品就放在桌上，打开猴脑便蘸着吃，非常方便。"

他在风火岩石上说得高兴，被绳捆索绑抛在地上的孙悟空却几乎气破了肚皮，暗暗咬牙切齿地骂道："好个哪吒，想当初在花果山上俺认你做小兄弟时，你是多么好的一个孩子，现在却变成了个小坏蛋，看你满嘴猪肉、牛肉、羊肉、马肉，说得熟极而流，而且把吃俺脑子的方法说得头头是道，好不气煞俺也！"

悟空真的气煞了吗？否！否！他的气涌上来得快，消灭得更快。你道为何？原来他一见红孩儿的火尖枪、风火轮、乾坤圈、混天绫，便认出他是哪吒，可是怎么会变成现在这个光景？面貌不同还在其次，最奇怪的是怎么有了法宝不会使？不要说不会像过去花果山大战时变化三头六臂、变化作自己的形状，连脚下的风火轮也风火全无，变成普通的小车子？想来想去，越想越可疑，尤其捶鼻子喷烟火这一套，完全是邪魔外道。而且他住在南赡部洲陈塘关，怎会到西牛贺洲号山来做火云洞主？他父亲是托塔李天王，怎会又认牛魔王作父亲，罗刹女作母亲？

这种种疑窦在孙悟空灵敏的头脑里一转，他终于恍然大悟，记得哪吒当初和自己分手时，曾说他来花果山事先没有禀告母亲，自己当时催他赶快回去，说人间妖魔鬼怪很多，说不定他母亲会发生意外；莫非竟不幸而言中，在哪吒来花果山时，果然有妖精到陈塘关去杀害了他母亲，到他回家，又施展妖法，把他变作红孩儿。若果如此，那么这妖精不是别个，一定就是罗刹女，因为只有罗刹女的儿子才名叫红孩儿。

"是了！是了！"孙悟空肚里暗叫。他这时好比吃了萤火虫，肚里亮堂堂，知道罗刹女一定是因为死了红孩儿，心里难过，看见哪吒白胖可爱，便动了歪念头，施展妖法，把他变作红孩儿，收作她自己的儿子。

孙悟空肚里亮堂了，怎么办呢？好个美猴王，真是聪明盖世，智谋无双，他知道这时的哪吒不仅是面貌变了样，而且是从头到脚，心肝脾肺脑，统统变了，决非言语所能提醒挽救，所以他仍旧躺在地上，声色不露，静观其后。

红孩儿哪里知道孙悟空已明白了他变化的始末，依旧在风火岩石上发号施令，喊道：

"赌博贼听令，命你去请老大王吃猴脑。"

赌博贼口称："得令！"正待要走，只听得红孩儿又说道：

"赌博贼，你可不要又犯了老脾气，在路上跟人家赌博，耽误了行程！"

赌博贼领命去了。红孩儿又喊道：

"顽皮贼听令，命你去请我母亲罗刹女来此吃猴脑。你不要又在路上顽皮淘气，耽误时间。"

顽皮贼也领命出洞去了。红孩儿又下令道：

"把这泼毛猴吊起来，一面打造卡脖子的圆洞桌面，一面准备调味品，单等老大王老太太到来，就把这猴子的圆颅壳一锤打开，舀出脑浆来把美味尝。"

众小妖领命，七手八脚地把孙悟空高高吊了起来。红孩儿自回后洞休息不提。

第二十五回 | 救哪吒三盗清凉水

　　孙悟空被吊在空中,他的身体虽被绳索捆缚得紧紧的,可是手腕却天生地弯曲向下,恰巧靠近胸膛。一见红孩儿已经退去,洞里虽有众小妖看守,也都东歪西倒地在打瞌睡,便在胸前拔下根毫毛,念动口诀,变作自己模样,依旧绳捆索绑地高吊在空中,真身却变作个苍蝇,"嗡"的一声,从洞门缝里飞了出去,恢复原形。见自己的金箍棒依旧横在草地上,心中大喜,连忙走过去拾起,两手一搓,搓成根绣花针,塞在耳朵里,这才手搭凉棚,抬起火眼金睛向前望去。只见号山顶上依然愁云惨雾,暗淡无光,号山脚下却有两人一个向南一个向西地在赶路,正是赌博、顽皮二贼。

　　悟空权衡轻重,觉得要救哪吒必须从罗刹女这方面入手,牛魔王无关紧要,还是先去追顽皮贼要紧。但是牛魔王这一头也不能放松,只有先把赌博贼打倒捆起,塞住嘴巴,抛入草丛,等自己处置了去罗刹女那边的顽皮贼,再回过头来处置他。主意打定,便拔步向赌博贼追去,追到近前一看,不觉大喜。

　　你道喜从何来?原来时间虽已过去了一千五百年,赌博的方法却丝毫没变花样,依然是用撑蒱做赌具,掷五颗木骰,以骰子的黑白色来分输赢。这赌博贼禀他历代祖宗的遗风,好赌成了天性,一刻都离不开骰子,正是:手一离骰,心痒难熬;手一触骰,喜心翻倒。因此一面走路，一面还手捧瓦盆，不住抓着骰子往里掷，发出"哈喇、哈喇"一片声响。

悟空暗想："俺如把他打倒捆起，时候长了，难保没有行人经过，把他解救下来，仍旧免不了误事；不如变作他的赌伴，跟他对赌，把他稳在这里，方始万无一失。"于是摇身一变，变作抢劫贼模样，追上来喊道："三弟！三弟！"

赌博贼回头一看，见是抢劫贼，便道："大哥，你怎么也来了？"

孙悟空道："大王知你好赌，怕你误事，特地派我前来，和你同去，果然你一头走路一头还不忘记掷骰子，真是江山好改，本性难移。不过话又说回来，我们整天被拘管在洞里，一点开心事也没有，委实气闷得紧，难得现在差遣在外，正可散一散心。趁时候还早，我们两个就在这里对赌一下如何？"

赌博贼大喜，于是就拉着假抢劫贼真孙悟空坐在树下赌将起来。赌了一会儿，忽然皱眉道："这样赌没兴，最好大家拿出钱来做彩头，分输赢。"

悟空暗想："老孙哪来钱做彩头，跟你赌输赢？并且和你对赌，原是为的把你稳住在这里嘛。"便道："我们掷骰子玩玩也就算了，何必赌什么钱？"边说边在身上拔下根毫毛，趁赌博贼全神贯注地在掷骰，吹口气，变作抢劫贼模样，让他跟赌博贼对赌，自己恢复本相，向西直奔火焰山，来找顽皮贼。

由于和赌博贼赌了一阵，耽搁了时间，悟空由号山以南折而向西，已不见了顽皮贼的踪影，心下好生焦躁，连忙脚下加劲，向前追去。幸好这顽皮贼顽皮，一路上追飞逐走，爬树探巢，到了火焰山，又嫌热，便解开衣服睡觉，并没有赶到芭蕉洞。悟空的火眼金睛只顾注视着前面，不防脚下被他一绊，几乎跌了一跤，见他正呼呼大睡，暗喜道："就让他在这火焰山上睡个饱也好，免得碍事。"便又拔下根毫毛，变作个瞌睡虫，放进顽皮贼的鼻孔里，这才继续向前赶路。

这八百里火焰山确实炎热难当，人行其间，就像闷在蒸笼里一样。悟空虽是石猴，身上除一条虎皮裙外，不穿衣服，也热得浑身大汗。暗想："这火焰山山又热，路又长，知她芭蕉洞在哪里，俺不如驾祥云升到空中，既可以避开热浪，又可以俯瞰一切，谅她罗刹女那洞府必择凉爽所在，俺只拣那风光秀丽的地方寻去便了。"于是纵身一跃，升到空中，四下寻找绿草苍林。他在空中乘云驾雾，虽不如筋斗云翻得远，却也行得很快，而且满山遍野风光尽收眼底。果然不多一会儿，便在四山环抱热气蒸腾之中发现一座低陷的山谷，与那火焰山上大不相同，但见：

烟霞含宿润，苔藓助新青。秀丽欺蓬岛，清幽若海瀛。几棵芭蕉栖鹦鹉，数株桃树语新莺。真个是：世外桃源人罕到，千年古洞住妖精。

悟空按下云头，纵身跳入山谷之内，只见谷中有一大洞，洞门紧闭，洞顶刻着三个大字，正是"芭蕉洞"。正待上前敲门，一转念，忽又停住了手，暗道："且住！俺和牛魔王大哥虽是八拜之交，但同这位嫂嫂罗刹女却从未见面，不知她脾气如何。此来为救哪吒，事关重大，说得好倒还罢了，万一她翻起脸、动起武来，事情闹决撒了，俺又不清楚她是怎样把哪吒变成红孩儿的，不明白怎样才能使哪吒恢复本性，岂非竹篮子打水一场空？从来说，动手不如动脑，力取不如智取，俺还是先进去打探一下，弄清楚她葫芦里卖的什么药，再做计较。"于是念动口诀，摇身变作一只苍蝇，从门缝里飞进洞去。

这洞因深处谷底，极为黝暗。悟空循着有灯光处飞去，见一间洞房绣阁，装饰得十分华丽，卧榻上斜躺着一个少妇，纱帔掩体，青丝半绾。悟空看了，暗暗惊讶道："俺听说罗刹是恶鬼的名称，想那罗刹女容貌必然十分丑怪，所以俺大哥牛魔王不要她，想不到她竟是这般美丽的一个妖精！这且不去管他，倒是怎样探听她用妖法迷失哪吒本性，把他变成红孩儿的秘密，现在毫无头绪，不知从何入手，实在叫人烦心！"

悟空正寻思无计，忽听得罗刹女向她身旁的侍婢叫道：

"毛女，你过来！"

悟空看那侍婢时，原来是一个毛女，遍体生毛，脸上也是短毛鬖鬖，心想："这丫头倒是俺的同类，一般都是毛团。"

只听得那毛女问道："奶奶，有什么事？"

罗刹女道："这两天我只觉得心惊肉跳，不知主何吉凶。我这里想来不会有什么意外，只怕是号山火云洞我红孩儿那里发生了变故，使我很不放心！"

毛女道："奶奶不必东想西想。小婢倒总是有点疑心，红孩儿少爷不是早已归天了吗？小婢还亲眼看见奶奶为此哭得死去活来，怎么后来又有了一个红孩儿少爷？"

罗刹女道："你哪里知道。你虽是我的心腹丫头，这事我却从没对你说过。要知现在这个红孩儿并不是我亲生，乃是我从南赡部洲陈塘关把他劫来，改变作红孩儿模样，当作我的儿子的。他的原名叫作什么哪吒。"

孙悟空喜欢得心花怒放，暗道："好！好！来了！来了！我正愁没有办法撒下钩和线，从她嘴里钓出真情来，难得她不打自招，正是踏破铁鞋无觅处，得来全不费工夫！且待我飞近一点，免得听不清楚，漏了重要关节。"于是轻展双翅，飞到毛女长发上，停住不动。

主婢两个一问一答。罗刹女把怎样替石矶报仇，扼死殷氏夫人，怎样把火云丹纳入仙桃，自己被哪吒逼着吃了六只，哪吒吃了一只便迷失本性变成了红孩儿，如此等等，都告诉了毛女；孙悟空听得一清二楚。

毛女听了，却吓得连连把手拍着胸口，摇头吐舌地道："哎哟哟！吓煞人！奶奶，你连吃了六只桃子，怎么没有迷失本性呢？"

罗刹女笑道："不妨事，我有解药，这宝物名叫清凉水。"

一听这话，孙悟空变的苍蝇喜得跌下了毛女的白发，暗道："原来火云丹有解药解救，现在只要从罗刹女身上取得清凉水，解救哪吒就不难了。"正自思量怎样取法，又听得毛女问道：

"奶奶，这清凉水小婢倒没有见过，是什么样子？能不能给小婢看看？"

罗刹女从怀里取出一只羊脂白玉净瓶来，在毛女眼前晃了一晃道："这瓶里装的就是清凉水，吃一口便可解火云丹的毒。你也用不着细看了，说它是水，其实像乳酪一样稠稠黏黏的。"

悟空在旁恨不得一把从罗刹女手里把净瓶抢到手。谁知罗刹女只把那净瓶在毛女眼前一晃，就收进了胸怀里。悟空一场空欢喜，只好继续动脑筋：是明取还是暗取？是讨取还是盗取？最后决定，还是先礼后兵，客客气气地同她商量，她若不从，再用武力夺取不迟。算计已定，便"嗡"的一声从门缝里飞了出去，现出本相，从地上掇起一块巨石，在洞门上敲打起来。

罗刹女听得敲门声，不觉吃了一惊，忙喊：

"毛女，你快出去看看，是谁深更半夜，敢来闯我火焰山芭蕉洞洞府？莫非我这两天心惊肉跳，就应在这敲门人身上；或者是喜事临门，你主公回家来了？"

毛女遵命掌灯出房，"呀"的一声开了洞门，一眼看见门外的孙悟空，不禁吓得倒退几步，手里的灯台几乎落地，勉强壮着胆子问道："你是哪里来的妖怪，半夜三更前来打门，有何事故？"

悟空抛去石块，抱拳施礼道："女菩萨，莫吓莫吓！烦你进去通报你主母铁扇公主，说有她夫君牛魔王的结义兄弟花果山水帘洞孙悟空来访，请她出洞见叔嫂之礼，有事相商。"

毛女吓得连洞门也忘了关，回头就跑，脚步踉跄地进房来禀告罗刹女。罗刹女变貌变色地道："我虽也曾到花果山去过，却不曾见过这猴子，不过他跟你主公结拜的事确是有的。听说这猴子神通广大，很不好惹，现在他找上门来，可怎么是好！来！取我的双股剑来。"

毛女诧异道："这猴子既是大王的结义兄弟，他如今以礼来见，又何必动刀动剑？"

罗刹女道："你懂得什么？来者不善，善者不来。我和他素不相识，他平白无故忽然半夜登门，知他是何来意？万一他来意不善，我赤手空拳，如何与他抵敌？宁可千年防贼，不可一朝疏忽，我不但要带双股剑，还要带上芭蕉扇。"

当下罗刹女卸去身上纱帔，短衣窄袖，扎缚利落，腰束虎皮筋绦，斜插芭蕉宝扇，手执双股宝剑，出洞来会孙悟空。

悟空抱拳躬身施礼道："嫂嫂在上，小弟孙悟空拜揖！"

罗刹女道："拙夫现在并不在家，你半夜登门，不知有何事故？你是孤男，我乃寡女，我又从没有和你见过面，也不知是真是假，未便接待，还是请你早走为妙。"

悟空见她说话时柳眉带杀，杏眼含嗔，暗想："这妖精泼辣！如果同她闹翻了脸，她虽不是俺老孙对手，但清凉水在她身上，她如不肯交出，俺又不能到她身上去搜，除非杀死她，否则哪吒必然无救。要杀她不难，可牛魔王面上不好交代。也罢，从来力取不如智取，且待俺骗她一骗。"于是便道：

"无事不登三宝殿，想当初俺与牛大哥情如手足，这些年俺在太行山有事，多年未回花果山，闻得牛大哥已经搬场，俺以为他已回芭蕉洞和嫂嫂团聚，不想他怜新弃旧，竟又在积雷山摩云洞招亲，和玉面狐狸精打得火热。小弟闻知，极为不平，想去向他开陈一番新不如故的道理，劝他和嫂嫂重寻旧好。为此特地来和嫂嫂商量，想不到嫂嫂竟不问青红皂白，劈头就拒人于千里之外，未免太觉不情。"

罗刹女听了，信以为真，立刻回嗔作喜，柳叶眉舒，桃腮带笑，收起双股宝剑，向悟空深深万福道："原来叔叔是团好意，愚嫂不知，多有得罪！且请进洞叙谈，从长计议，如能劝得拙夫回头，没齿不忘大德！"

悟空暗喜道："好！好！中吾计也！但不知她对哪吒又是怎样一副心肠，且待俺试她一试，看她肯不肯自动把清凉水交出来。"于是又复说道：

"小弟此来，还有一事，闻得令郎红孩儿不幸夭亡，不胜悼惜。但贤伉俪春秋方盛，只要重圆旧好，何难再生贵子。嫂嫂却把陈塘关的哪吒拿来变作自己的儿子红孩儿，这种办法实在不妥！别人家的儿子怎么可以当作自家的？依小弟愚见，不如趁早改弦，哪吒仍旧还原为哪吒，自己再养一个红孩儿，这才是万全之计。不瞒嫂嫂说，这哪吒也曾和俺结拜，是俺老孙的小兄弟。听说嫂嫂身边有一瓶清凉水，能解火云丹的毒，还请把来交给小弟，让小弟带到号山火云洞去，把假红孩儿还原为真哪吒，大家把旧怨一笔勾销，岂不美哉！"

罗刹女不听还可,听了这番话,刚才的满面欢容立刻又变作一团杀气,重又从背后拔出双股剑来,指着悟空喝骂道:

"泼毛猴,满嘴胡言,说帮助我夫妻团圆是假,想劫夺我红孩儿是真。红孩儿明明是我的儿子,怎说是陈塘关的哪吒变的?我身边又哪来什么清凉水?你这泼毛猴无事生非,想扰得我家翻宅乱!休走,吃老娘一剑!"

说罢,双股剑左右手分开,一个野马分鬃,搂头盖顶地向孙悟空砍来。悟空见话不投机,早有防备,一只手向耳边一摸,掣出绣花针来,迎风一晃,变成丈余长碗口粗的金箍棒,挡住罗刹女的双股剑。两下剑来棒去,棒打剑迎,战够二十回合。罗刹女岂是孙悟空的对手,只杀得气喘吁吁,香汗淋淋,渐渐气力不加,招架不住,暗想:"我何必恋战,不如拿出芭蕉扇来,把这泼毛猴扇出八万四千里,免得他厮缠。"

罗刹女正想从腰间去取芭蕉扇,恰好那壁厢孙悟空也在转念头:"这泼婆娘翻脸不认人,现在只有智取了。且待俺仍旧变作苍蝇,混进洞去,伺机下手,骗也好,盗也好,总要把她贴身藏着的清凉水弄到手才罢。"

两下里同时转念,同时发动,正当孙悟空暗中拔一根毫毛,吹口气,变作自己,真身却藏起金箍棒,变作苍蝇,飞进芭蕉洞去的时候,说时迟,那时快,罗刹女已从腰间拔出芭蕉扇,向假孙悟空一扇。这芭蕉扇扇起的阴风好厉害,就是真孙悟空在场,也要飘飘荡荡地飞去八万四千里,何况假孙悟空不过是根猴毛,简直被扇得漂洋过海,不知飞往什么地方去了。罗刹女见把假孙悟空扇得无影无踪,还自鸣得意,不知道她扇走的不过是一根猴毛罢了。

再说孙悟空变的苍蝇飞进了罗刹女的闺房,见那毛女正在整理罗刹女抛下来的纱帔等衣物,心中不禁一动,觉得这毛女大可利用，何不就变作她的模样，于中取事，不论骗取或盗取，都可以省却不少手脚。主意打定，便"嗖"的一声飞到毛女身后，恢复原形，趁她不注意的当儿，猛地扑上去把她打倒在地，捆绑起来，抛在暗处。随即摇身一变，变作毛女的模样，坐在一旁，等候罗刹女回来。

罗刹女自以为大获全胜，喜溢眉梢地回归洞府。孙悟空假扮的毛女起身相迎，问道：

"奶奶，那猴子怎样了？"

罗刹女得意扬扬地道："问他则甚？这猴子遇见了我，就是他的晦气星临头，我一芭蕉扇便把他扇得影子都不见。"

悟空暗道："老孙损失了一根毫毛也！"心里想着，嘴里却说："奶奶辛苦了！趁早休息罢。"

罗刹女道："我不能休息，必须连夜赶到号山火云洞去找我的红孩儿。你不知道，这猴子能驾筋斗云，一个筋斗翻十万八千里，我虽把他扇出八万四千里，可他一个筋斗就能翻回来。如果他和哪吒串通起来对付我，那还了得！所以我必须抢在这猴子前头，先把哪吒抓到手，这才万无一失。"

悟空假意劝道："奶奶还是收拾睡觉罢，火云洞等明天去也不迟。这猴子身边没有清凉水，也无法恢复哪吒的本性，红孩儿仍是红孩儿，决不会和这猴子串通，奶奶尽管放心。小婢却不明白，奶奶既把哪吒劫来，变作红孩儿少爷，为什么不把他带回芭蕉洞家里，让他和你同住在一起，膝下承欢，却把他安置在火云洞，分住两地，以致今日放心不下。"

罗刹女道："这也有个缘故：一来因为我给他起别号叫圣婴大王，既称大王，理应有一座洞府，方才像样。二来因为我当时还希望你主公牛魔王能回家来和我团聚，这芭蕉洞地方狭小，安置下了你主公，就安置不下我孩儿。想不到你主公没良心，迷上了玉面狐狸精，和她在积雷山摩云洞里打得火热，撇下我依旧孤孤凄凄地在这芭蕉洞里守活寡！早知如此，我还不如把红孩儿带回家来的好。"

悟空眉头一皱，计上心来，便道："奶奶一定要去，小婢也不敢拦阻。只是有一件事，小婢斗胆，想提醒奶奶一声：从来说，不怕一万，也要防个万一。奶奶此去一路顺风，倒也罢了，万一不幸有什么蹉跌，你身带清凉水，脚踏火云洞，岂非上门去送解药，使红孩儿少爷恢复本性，仍旧变成哪吒？依小婢愚见，清凉水与火云洞必须两下分开才好。"

罗刹女偏着头想了一想道："你说得也是。既如此，我且把这清凉水交你保管，你必须好生藏放，等我回来交还给我，不可有失。"

说着，便从怀里掏出羊脂白玉净瓶来，交给孙悟空假扮的毛女，叮嘱道："千万小心，不要失手跌碎了，枉费我多年辛勤！"

悟空接过净瓶，喜欢得心都几乎从腔子里跳出来，暗道："好！好！中吾计也！这回哪吒有救了！"正手握净瓶，想等罗刹女出洞，立刻恢复本相，抢在她前头赶到火云洞，救出哪吒，共同对付这害人的妖精；冷不防净瓶忽然脱手飞去，抬头看时，原来夺走装清凉水净瓶的不是别个，正是罗刹女，只听得她冷冷地说道：

"交给你保管更不妥当！这猴子神通广大，诡计多端，万一他趁我不在家，混进洞来，夺取清凉水，谅你岂是他的对手？还不如仍旧由我自己保管，只要紧紧藏在贴身衣袋里，不拿出来，就是带到火云洞，也不要紧！"

悟空没有防到罗刹女会忽然变卦，已经到手的妙药又得而复失。但也无法可施，只好暂时按下心头懊恼，再做计较。正是：悟空枉施千般计，一盗清凉水落空。

罗刹女取回净瓶，藏在怀里，便背负双股剑，腰插芭蕉扇，依旧原来装束，飘然出了洞门，径赴号山火云洞。悟空见她一走，更不怠慢，立刻现出本相，拉出抛在暗处的毛女，放开了她。毛女浑身乱抖，战战兢兢地只喊：

"猴爷爷，饶命！饶命！"

悟空威吓她道："要俺饶你不难，等会儿你主母回来，不许你提起刚才被俺捆住的情节，只像没事人一般。你要不答应，俺就一拳把你打死！"

毛女没口子地答应不迭。悟空又威吓道："你要是假装答应，实际不照办，回头俺也饶不了你！"说罢，看她确实害怕，不像口是心非的样子，便也起身离洞。一路上还在为已经到手的清凉水重又失去而悔恨。见顽皮贼还在呼呼大睡，因恐被罗刹女抢先赶到火云洞，也来不及把变成瞌睡虫的自己毫毛收上身，立刻驾起祥云，向前赶路。抬火眼金睛望时，前面不见罗刹女，回头一看，月明星稀，照见她正在急忙忙地翻山越岭，不禁心中暗喜："原来这泼婆娘虽能施展妖法，却不会腾云驾雾，这就给俺老孙占了便宜，可以再想办法夺取她身边的清凉水了。"便加速催云前进，把个罗刹女远远抛在后面。

悟空驾云行得快，不多一会儿，便已到了号山以南与积雷山交界的地方。按下云头一看，只见赌博贼还在和自己毫毛变的抢劫贼掷骰。他忽然有了个主意，暗想："刚才俺在芭蕉洞前骗这泼婆娘，说要劝牛魔王与她和好，她不是马上改变态度，回嗔作喜，向俺赔不是了吗？俺何不就变作牛魔王模样，用夫妻之情来打动她，也许她会上俺的圈套，乖乖地把清凉水交给俺。"越想越觉有理，于是在云头上一个豁虎跳，翻身落在赌博贼背后，把身子一抖，将变作抢劫贼的毫毛收上身。又悄悄念动口诀，登时变作牛魔王模样，对赌博贼猛喝了一声："呔！"

赌博贼正全神贯注在骰子上，忽见和自己对赌的抢劫贼踪影全无，不知去向，正惊疑地张望寻找，猛听得这一声吆喝，回过头来，见背后站着个牛头人身的大汉，披一件衮龙袍，两角弯弯，好似天半之月；双眸炯炯，浑如太空之星，认得正是自己所要请的牛魔王，不禁吓得魂不附体，"哎哟"一声，不觉双膝落地。可笑他到这时候手里还不肯放下盛骰子的瓦盆。正是：挎蒱赌博成天性，宁死也把骰盆擎。

悟空变的牛魔王喝问道："你这厮不是我红孩儿手下的走卒吗？深更半夜，在此何干？"

赌博贼手捧瓦盆叩头道："小的奉圣婴大王差遣，来请老大王到火云洞去活吃猴脑。"

假牛魔王道："既来请我，为何逗留不前？"

赌博贼叩头如捣蒜地道："小的该死，只因好赌成癖，一路掷骰，不觉来迟，望老大王恕罪！"

悟空喝道："混蛋！赶快滚回去告诉我那红孩儿，说本大王马上就驾临火云洞，叫他从速安排接驾！"

赌博贼诺诺连声地站起身，藏好骰子，把瓦盆戴在头上，屁滚尿流地跑回火云洞去了。

悟空喝退了赌博贼，便迎着罗刹女来的方向走去。远远望见了罗刹女，连忙抢步上前，迎住说道："娘子久违！今欲何往？"

罗刹女劈面遇见孙悟空变化的牛魔王，吃了一惊。她哪能辨识牛魔王的真假，不觉爱恨交并，向前行个万福礼，哀怨地说道："大王得新忘旧，宠幸新人，抛撇奴家冷清清地独守闺房，也不来探望一下，好不狠心！今天哪一阵风吹得到此？为何独自步行？若问奴家去向，说来话长。昨夜忽然有一个猴子到奴家芭蕉洞来，自称孙悟空，说和大王是结义兄弟。"

悟空道："不错，有这件事。"

罗刹女道："他起初说要劝大王和奴家团聚。奴家闻言甚喜，想请他进洞商量。不料他接下去却胡说什么奴家把陈塘关的哪吒变作红孩儿，责备奴家不该把别人家的儿子当作自家的，要奴家拿出清凉水来解火云丹的毒，恢复哪吒迷失的本性。"

悟空道："我也正为此怀着一个疑团，想我们的红孩儿生下不到两年就死了，怎么现在又凭空钻出个红孩儿来？亏得我那七弟消息灵通，知道这来历不明的红孩儿原来是陈塘关的哪吒变的，只被你瞒得我好！"

罗刹女听了，心里暗暗打鼓，想道："坏了！坏了！若被夫君知道我取他人子为己子，怎么还肯和我重圆旧好？"于是红着脸赖道："大王莫信那泼毛猴胡说，红孩儿明明是我们的儿，怎会是陈塘关的哪吒！原来大王去花果山以后，我们的红孩儿又复活了过来，奴家因与大王两地悬隔，无从把这喜信报告给大王知道，以致引起大王的怀疑。"

悟空肚里暗笑："这泼婆娘倒也会撒谎！"便道："这也罢了。后来怎么样？"

罗刹女道："奴家怎肯让他把红孩儿夺去，便翻脸和他动起武来。这猴子果然厉害，奴家战他不过，就取出芭蕉扇来向他一扇，把他扇得个无影无踪，避免了他的啰唣！"

悟空道："原来如此。请问娘子，现欲何往？"

罗刹女道："奴家因平白无故地被那猴子跑来扰乱了一番，很不放心红孩儿，想去火云洞探望一下，想不到恰巧在这里遇见大王，真乃万千之喜！现在奴家也不去探望红孩儿了，儿子亲怎如丈夫亲？还是和大王一同回火焰山芭蕉洞去罢！"说罢，便姗姗地走近前来。

悟空觉得有机可乘，眉头一皱，计上心来，假意双手捧着胸口，高声嚷道："哎哟哟！不好了！"

罗刹女吓了一跳，忙问："大王，何事不好？"

悟空故意跺一跺脚，恨恨连声地道："只被那玉面妖狐害死我也！"

罗刹女本来恨玉面公主抢去了她丈夫，现在听得假牛魔王说被她害了，心里好不快活，忙道："奴家早知这狐狸精不是好货，现在大王果然被她所害，大王应该明白过来了。但不知她是怎样害大王的？大王身子有什么不适？"

悟空假意呻吟道："她父亲是万岁狐王，她乃千年狐女，嘴里能吐出一颗火红的珠子，为了讨好我，总是把火珠吐在我嘴里，说是能润阳补气。也是我一时大意，误把她那火珠吞了下去，立刻好像有一团烈火焚烧我的胸口，烧得我口中出火，鼻内冒烟，几乎也变作我那红孩儿了！我要她赶快把火珠从我肚内吸出，谁知她反怪我不该吞下她的珠子，使她无法继续修炼，还说这珠子吞下去就吐不出来，除非剖开我的肚子，才能取出。我见她无情无义，唯恐她只顾自己修炼，不惜剖开我的肚皮，想起娘子身边有清凉水，能解火云丹的，想来也一定能平息这火珠的灼热。我正要回芭蕉洞来问娘子讨取清凉水，和娘子重为夫妇如初，恰好在这里路遇，也是天缘凑巧，活该命里有救。还望娘子念夫妻之情，赶快把清凉水取出，救愚夫一命。"

罗刹女毕竟夫妻情深，看了假牛魔王那样子，不禁又怜惜又疼爱，略带三分埋怨的口气道："大王现在明白过来了吗？你过去被那狐狸精迷昏了头脑，分辨不清，直要到了危急关头，才知道巧语花言都是假，只有夫妻情最真！"

悟空假意把双手捧着肚子，极叫连天地道："哎哟哟，这火珠在我肚里烧得厉害，又热又痛，我哪里还等得及回芭蕉洞去，眼见得就要命丧此地，和娘子永别了！哎哟哟！痛煞我也！"一面叫，一面故意跌翻在地，滚来滚去，装出痛苦不堪的样子。

罗刹女吓慌了手脚，来不及思索，赶紧伸手从怀里取出净瓶来，交给悟空道："大王，快把这瓶里的清凉水喝下去，管教你顷刻间热止痛消，复原如常。"

悟空接过净瓶，心花怒放，暗叫："好！好！中吾计也！这回准定可把哪吒救回来了。"连忙爬起身来，朝枯松涧火云洞的方向就跑。忽然背后一阵风响，一条手臂伸过脖子来，刹那间净瓶脱手飞去，急回头看时，净瓶又落到罗刹女手里，只见她横眉怒目地道：

"奇了！怎么你还没把清凉水喝下去，病就已好了？你又不跟奴家回芭蕉洞，却跑向火云洞红孩儿那边去？莫非你不是奴家丈夫牛魔王，是假扮作牛魔王模样，来诓骗奴家清凉水不成？"

悟空这才知道自己太性急了点，无意间竟露出马脚，被罗刹女看破机关，仍旧把装清凉水的净瓶夺了回去，又是空欢喜一场。正是：悟空枉变牛魔怪，二盗清凉水失风！

悟空这一怒非同小可。急切间，不暇细细思考，就恢复了自己的猴子本相，从耳朵里掣出绣花针来变成金箍棒，向罗刹女当头便打，嘴里骂骂咧咧地说：

"你这该死的泼婆娘，老孙不把你打个半死，夺回清凉水来，决不罢休！"

罗刹女见牛魔王忽然变作了火眼金睛尖嘴窄腮的孙悟空，吓得魂灵几乎出窍，慌忙把净瓶藏进怀里，取出双股剑来抵敌。她本不是悟空的对手，加之悟空心中有气，一棒重似一棒地打过来，哪里招架得住，勉强迎战了几个回合，早已力尽筋疲，虚晃一剑，回头就逃。悟空暴跳如雷,哪肯轻饶,紧紧追赶不舍。罗刹女急中生智,收起双股剑,取出芭蕉扇,对准悟空一扇。悟空猛觉一阵阴风扑面,身子立刻在空中飘飘荡荡,翻翻滚滚,好一似旋风卷败叶,流水送残花,左沉不能落地,右坠不得停身,直到天色微明,才落在一座山上。他不知这是什么山,看见松树下有一个樵夫在砍柴,便上前打个问讯道:

"请问樵哥,此地位居何方?此山叫何名堂?"

那樵夫正埋头打柴,忽见面前出现了一个毛脸尖嘴的雷公,不禁吓得抛下板斧,拔腿便逃。

悟空连忙挽住他道:"莫吓!莫吓!俺是只猴子,不过眼睛比别的猴子大一点罢了,不会害你樵哥,尽管放心。你只告诉俺这里是什么地方,没别的事。"

那樵夫见悟空态度和善,惊魂略定,便道:"这山名叫小须弥山,离西天佛国二万六千里。"

悟空暗道:"俺只当那泼婆娘一芭蕉扇把俺扇到了西方海外,却原来连西天佛国还没有到,何足道哉!"于是便道:

"请问樵哥,西方路上那个火焰山,离这里有多远?"

樵夫点头道:"这火焰山倒是知道的。远哩!远哩!它在这小须弥山以东约八万四千里。"

悟空肚里暗笑:"这芭蕉扇不过把俺扇出八万四千里,有什么稀奇?俺还是趁早翻回她那火焰山芭蕉洞去,趁她自以为高枕无忧,冷不防打她一个措手不及,夺回清凉水,岂不妙哉!"主意打定,便就地驾起筋斗云,一个筋斗翻得无影无踪,空剩下那樵夫在山里吃惊道怪。

悟空在空中筋斗云翻得快,睁火眼金睛向下一望,暗道:"不妙!不妙!那小须弥山离火焰山八万四千里,俺这一个筋斗要翻过头，翻到太行山去也！赶快住屁股、住脚！"正所谓能发不能收，好容易才勉强把筋斗云收住，落下来不在芭蕉洞前，而是落在火焰山上顽皮贼睡觉的地方。

悟空见顽皮贼仍在呼呼大睡，便把身子一抖，那变成瞌睡虫的一根猴毛立刻从顽皮贼鼻孔里飞出，飞上了身。顽皮贼醒了过来，伸伸懒腰，打了个呵欠，这才记起他来火焰山的使命，连忙爬起身，找芭蕉洞，请罗刹女。悟空也不去管他，仍旧变作一只苍蝇，抢先飞到芭蕉洞，从门缝里钻进洞去。

话分两头。且说罗刹女用芭蕉扇扇走了孙悟空，心慌意乱地逃回芭蕉洞，在卧榻上坐定身子，不住把手帕拭着头上的汗。毛女上前迎接，她因受了悟空的威吓，不敢向罗刹女提起刚才被悟空捆住的情节，但在被捆住时，也曾听到罗刹女和变成自己的悟空的对话，便问：

"奶奶到火云洞去，见到红孩儿少爷没有？"

罗刹女惊魂初定，还有些坐立不安，摇头叹气道："不要说起，我还没有到火云洞，就在半路上遇见你主公牛魔王。"

毛女两手合掌道："恭喜奶奶！贺喜奶奶！"

罗刹女怒道："我几乎吓死，你反而向我道喜！试问喜从何来？"

毛女道："奶奶和主公两下分离，阔别多年，现在不期而遇，岂非万千之喜？"

罗刹女不住把手拍着胸口道："什么万千之喜，简直是万千之吓！"

毛女诧异道："奶奶何事惊慌？既然路遇主公，分明喜从天降，怎不同他回家，夫妻团圆？"

罗刹女叹道："如果真的是你主公，何尝不是喜从天降，谁知这牛魔王竟是那泼毛猴孙悟空变的！怪不得大家都说这猴子神通广大，原来他竟变化无穷，怎不叫人吓死！"

罗刹女便将自己上当和脱身的经过说与毛女听。毛女道："如此说来，奶奶确是受惊了，待小婢取酒来，给奶奶压惊。"

罗刹女手抚着胸口道："我这时哪有心思喝酒！刚才受了惊吓，急于逃回来，这火焰山又热，此刻口渴得紧，只想喝杯香茶，解解渴。"

毛女道："小婢刚烹得一壶热水，奶奶既想喝茶，待小婢去冲来。"

悟空听到这里，不觉暗喜，心想："机会来了！俺怎么竟忘了还有一套最高超的钻进妖怪肚皮里的战术！现在正好施展施展。趁这妖精要喝茶，俺就飞进她的茶盅，让她喝下肚去，然后在她肚皮里倒海翻江，不怕她不乖乖地从怀里取出清凉水净瓶来双手奉送给俺。可是不行！苍蝇太大，飞进茶盅会被她发现，且待俺变作一个蠛蠓[1]，细得她眼睛看不见，这样就可混进茶水喝下肚去了。"

悟空思量既定，立刻念动咒语，由苍蝇变成了蠛蠓，更不怠慢，趁毛女把茶盅端过来的时候，双翅一展，飞进了茶水里，那一盅香茶上面有茶叶渣沫，罗刹女哪里分辨得出，她也真是渴极了，接过茶盅，一口就把悟空变的蠛蠓连同茶水一起喝下肚去。

悟空眼前一黑，口鼻窒息，感觉非常气闷，但心里却说不出地愉快，知道已经到了罗刹女的肚皮里了。暗道："好！好！中吾计也！正是不入罗刹肚，怎救哪吒回！"于是便在罗刹女肚皮里高叫道："嫂嫂，请了！"

悟空这一声高叫，罗刹女听来就好像雷鸣似的，不禁吓得浑

1　一种极小的飞虫，微细色白，天将落雨时群飞空中。

身一阵哆嗦，战战兢兢地道：

"不好了！那泼毛猴又来了！"

可是毛女隔着罗刹女肚皮，却听不到丝毫声息，忍不住笑道："奶奶给那猴子吓破胆了！谅他给奶奶一芭蕉扇扇出八万四千里，哪能就得回来？"

道犹未了，悟空又在罗刹女肚皮里叫道：

"嫂嫂好没礼貌！小弟在这里叫你'嫂嫂'，与你施礼，你怎么反骂俺泼毛猴？"

罗刹女面孔煞白，对毛女道："了不得！他在我肚里说话哩！不信，你过来听。"

毛女贴着罗刹女的肚皮听了听，依旧听不出声息，摇头道："小婢听不见。"

罗刹女怒道："明明是猴子在我肚皮里叫！"随即把手拍了拍肚皮问道："里面是不是孙悟空？"

悟空在肚皮里应道："正是老孙。"

罗刹女道："你在我肚皮里做什么？"

悟空道："小弟在尊肚内向嫂嫂作揖。"说着，伸手把罗刹女的心肝用力一扯。

罗刹女惨呼了一声，痛得在卧榻上翻来滚去，没口子地哀求道："叔叔！叔叔！快别作揖了！愚嫂受不起你的重礼！"

悟空道："嫂嫂何必客气，单是作一个揖，礼数未免太轻，现在小弟在尊肚内向嫂嫂叩头了。"说着，两手抓住罗刹女的肚肠，双膝用力向下乱蹾，并且用头乱撞。

罗刹女疼痛难禁，从榻上滚到地下，求生不能，求死不得，披头散发，痛哭求饶道："叔叔，叔叔，快别叩头，愚嫂吃不消了！吃不消了！"

悟空道："嫂嫂肚皮太小，小弟在里面手脚都无法伸展，实在闷得难受！且让小弟暂借尊肚做操场，练一套猴拳，舒舒筋骨，务请勿却为幸！"

罗刹女吓得叫苦连天地道："不可！不可！叔叔在奴家肚内叩头作揖，愚嫂已吃不消，怎还经得起在里面打拳！务请高抬贵手，任凭叔叔要什么东西，奴家无不遵命！"

悟空道："既如此，你且把身边装清凉水的净瓶取出来，放在石桌上，你和你那丫头都不许靠拢，然后张开嘴，待俺出来。"

罗刹女只求活命，哪里还顾惜什么清凉水。她连忙从怀里取出，供在石桌上，说了声："已经放好了，叔叔出来罢！"便大张开嘴，等候悟空出来。谁知接连把嘴张了三次，都是白费，忍不住问道："叔叔怎么还不出来？"

悟空冷笑道："你这妖精，诡计多端，言而无信，两次把清凉水拿出来，两次夺回去，谁能保得定你不是骗俺出你的肚皮，又施展狡猾！俺偏不上你的当，还是先在你肚皮里翻筋斗，竖蜻蜓，把你折腾得一丝两气，然后出来取你的净瓶，就不怕你再动手抢回去。"

罗刹女指天誓日地道："叔叔只管放心！奴家已经深知叔叔的厉害，再也不敢转夺回的念头了。"

悟空这才仍化作蟭蟟，从罗刹女嘴里飞出来，一落地恢复原形，立刻把净瓶抢到手，说了声"聒噪"，径往号山火云洞救哪吒去了。后人有诗赞曰：

六韬[1]休夸姜太公，悟空战术独称雄！

1　《六韬》是中国第一部兵法书，相传是姜子牙所著，分《文韬》《武韬》《龙韬》《虎韬》《豹韬》《犬韬》六卷。后世用以泛指兵法韬略。

钻进妖怪肚皮里，三盗清凉水成功。

罗刹女受了这番惩创，痛定思痛，正双手捧着肚皮，气息奄奄的想躺到卧榻上去睡，忽听得洞门上又传来敲击之声，忙唤毛女道："这猴子何故去而复回？莫非得了清凉水心还不足，想夺取我的芭蕉扇不成？你快出去探望一下。"

毛女遵命出房，过了一会儿，进来回报说："奶奶放心，来的不是那猴子，是号山火云洞红孩儿少爷派来的，说是请奶奶去活吃猴脑。"

罗刹女咬牙切齿地恨道："只求这泼猴不钻进老娘肚皮里就谢天谢地了，还说吃什么猴脑！正是不提猴子还罢了，提起猴子胆也惊！你叫他快滚！快滚！"

毛女见罗刹女发火，不敢怠慢，连忙出洞打发顽皮贼上路去了。

第二十六回 | 复本性哪吒立志

不表顽皮贼回火云洞。且说孙悟空大获全胜，终于把装清凉水的净瓶盗到手里，满心欢喜地驾起祥云，准备到火云洞去救援哪吒，把他迷失的本性恢复过来。一路上喜孜孜地想："俺这位小兄弟并不是本心要学坏，是中了罗刹女的妖法，被火云丹烧坏了脑子，身不由己地认贼婆做娘亲。只要把这清凉水给他喝下去，苏醒过来，恢复本性，那么以前种种譬如昨日死，仍旧是一个聪明勇敢的好孩子。"

他越想越得意，可是刚刚来到号山枯松涧上空，忽然伸手搔搔后脑勺上的猴毛，为难住了。

你道什么事难住了孙悟空？原来他手里虽然拿着清凉水，却想不出用什么法子使这位小兄弟心甘情愿地把水喝下去，因为哪吒现在还在迷途之中，只记得自己是火云洞主红孩儿，把他这位老大哥当作敌人，正要活吃猴脑，哪肯来喝他手里的清凉水！

悟空心里忽然有了主意，暗想："俺何不放瞌睡虫进洞去，把哪吒弄睡了，就不难把清凉水灌进他的嘴，这样，到他一觉醒来，本性也恢复过来了，红孩儿依旧变作哪吒，岂不美哉！"

正待动手拔毫毛变瞌睡虫，转念一想，又停住了手，暗道："使不得！俺怎么糊涂了！人睡着是不会吃喝的，把清凉水灌进他嘴里，他不会喝下去，水顺着他嘴角流出来，白白糟蹋了！哪里再去找清凉水？也罢，且待俺进洞去探看一下再说。"

于是仍旧变作一只苍蝇，从门缝里飞进洞去。只见红孩儿正坐在风火岩石上，审问跪在地上的赌博贼：

"本大王命你去请老大王牛魔王来洞活吃猴脑，怎么去了一夜，到这时才回来，也没请到老大王？"

赌博贼把眼望着红孩儿身旁的抢劫贼，战战兢兢地回答道："小的该死！只因在路上遇见大哥，说是大王派他来和小的同去请老大王的，要小的和他对赌，小的不合跟他对赌了一夜，到天亮的时候，忽然不见了他的踪影，想不到他已经先跑回来了……"

抢劫贼不等他说完，就怒不可遏，跑上去打了他一记耳光，骂道："打死你这胡说八道的小鬼！我一时片刻也没有离开过洞里，怎说大王派我和你同去请老大王，跟你对赌了一夜！"

红孩儿也怒道："你这该死的奴才！本大王那样告诫你，叫你不要在路上赌博，耽误了行程，不但当作耳边风，还要撒谎，胡说他跟你对赌。他一直在我身边。分明是你自己误事，诬攀狡赖，想把过失推在别人身上。来！小的们，把他重打五十大板！"

众小妖一声"得令"，蜂拥而上，有的按住赌博贼的身子，有的动手剥他的裤子，有的拿板子。赌博贼极叫连天地道：

"大王莫打，小的话还没说完哩！小的不见了大哥，正在张望寻找，忽听得背后有人喝叫，回头一看，原来正是老大王。小的连忙跪述来意，老大王叫小的先回，禀报大王，说他马上驾临火云洞，叫大王从速安排迎接，不知怎的到这时还不见来。"

红孩儿听说牛魔王就要到来，忙吩咐众小妖："且把这厮拖开，再行发落；现在先把吊着的泼毛猴孙悟空提上来，准备好桌面、调料，待本大王把老大王迎接进洞，活吃猴脑。"

众小妖领命，七手八脚地把赌博贼拖了下去，解下吊在空中的假孙悟空，抬到红孩儿面前，洗头剃毛，然后用圆桌面卡住它的脖子，只露出一颗猴子脑袋。

悟空见了这情形，本想把毫毛收上身，又一想："就让它卡住脖子待在这里好了，俺还是变作牛魔王，设法叫他喝清凉水，回复哪吒的本来面目。"

于是"嗡"的一声，仍从门缝里飞出洞去，到了枯松涧边，喝声"变"！复又变作牛魔王模样，大摇大摆地走到火云洞口，把衮龙袍袖一拂，向守洞小妖高声吆喝道：

"小的们，快去通报你家圣婴大王，说老大王来了，叫他赶快出来迎接。"

守洞小妖不敢怠慢，慌忙进洞禀报。红孩儿立刻率领手下一伙小妖贼摆开队伍，出洞迎接，当面跪下叩头道：

"父亲在上，孩儿拜见！不知父亲为何单身一人前来，不带随从，不携鹰犬？"

悟空道："我儿免礼。为父因到火焰山芭蕉洞去探望你母亲，恐你二娘玉面公主知道，所以连金睛兽也不骑，鹰犬也不带，轻身简从，徒步而行。"

红孩儿道："父亲既去芭蕉洞，为何不偕同母亲前来，共享猴脑美味？"

悟空道："原先我哪里知道有这回事，还是在途中，遇见你派来的小贼，才折回此地，却不知你同时还派人去请你母亲。"

红孩儿恨道："都是这些不中用的家伙误事！"

悟空道："我听说你请我来活吃猴脑，不知猴脑有什么好吃？"

红孩儿笑道："父亲枉为千岁牛王，怎么竟不知道八种珍味之一的猴脑？此猴脑非同凡品，乃开天辟地以来就出世的通灵石猴孙悟空之脑，但得吃他一勺脑浆，就可以寿长万岁。"

假牛魔王哇呀呀地怪叫道："小畜生！你好大胆！那孙悟空非别，乃为父八拜之交的结义兄弟，论辈分乃是你的叔父，你怎敢把他擒拿，还要为父来活吃他的脑子？"

红孩儿慌得叩头如捣蒜地道："那孙悟空也曾对孩儿说，他是我老叔，我是他侄儿。孩儿还当他冒充长辈，讨我便宜，不料他果真是父亲的结义兄弟。既如此，请父亲暂息雷霆，进洞上坐，待孩儿放了他，重新见礼赔罪便了。"

于是悟空变化的牛魔王在前，红孩儿与众妖贼随后，鱼贯走进洞去。悟空轻轻一抖身子，把毫毛收上了身。众小妖正手忙脚乱地安排座位，送调味品上来，桌面上忽然不见了假孙悟空的脑袋，只剩下一个空空如也的圆洞，不禁个个称奇道怪。红孩儿还当是自己出外迎接父亲时众小妖受贿私放，正待责问，假牛魔王把手一摆道：

"罢了！他会七十二变化，要逃一点不难，你们且不必寻找他。我本来不想吃猴脑，你叫小的们随便拿一些山肴野味来我吃便了。"

红孩儿唯唯遵命，吩咐小妖们取出獐肉鹿脯、黄精白术之类来款待假牛魔王。悟空拣素净的吃了一顿，这才望着红孩儿道：

"你可知道，你并不是我的儿子红孩儿。"

红孩儿大吃一惊道："父亲何出此言！我不是你儿子红孩儿又是谁？"

悟空道："你原是陈塘关的哪吒，你父亲是陈塘关总兵李靖，人称托塔天王，你母亲姓殷。"

红孩儿听了"哪吒"二字，又偏着头苦苦思索起来，但因脑子已被火云丹烧坏，始终思索不出，只好问道："我父亲既是托塔天王，怎会又是你牛魔王？我母亲姓罗刹，也不姓殷。我怎么会有两个父亲、两个母亲？我也听得人家说我原是哪吒，就是刚才来的猴子孙悟空也曾提起过。我听了哪吒这名字，总觉得怪熟的，可就是记不起来！"

假牛魔王道："说来话长！"就把此事情的前因后果一五一十告诉了红孩儿。

红孩儿听了，半信半疑地道："如果我原本是哪吒，只因为吃了火云丹，才变作红孩儿，不知道有没有法子使我回复哪吒的本来面目？"

悟空忙道："有！有！"立刻从身边掏出一只净瓶来，放在红孩儿面前道："这瓶里装的清凉水，专解火云丹的毒。你只要一喝下去，就可以明白你到底是哪吒还是红孩儿。"

红孩儿闻言，毫不迟疑地伸手取过净瓶来，把瓶口对着自己的小嘴，骨都骨都地把清凉水统统喝了下去。这一喝不打紧，登时歪倒在地上，沉沉睡去。清凉水好像甘露般渗透他的胸腹脏腑，把他体内一团炭火似的热毒完全浇灭，遍体清凉，口中不再喷火，鼻内不再冒烟。接着清凉水流进他的脑海，仿佛醍醐灌顶，灌满他莲蓬头脑的每个孔洞，生机完全复苏，丧失了的记忆力开始恢复，于是他又还原为哪吒，我们也不再称他红孩儿了。

哪吒好一似大梦初醒，叫了声"哎哟"，翻身坐起，用两只白白胖胖的小手背揉揉眼睛，向洞内四周张望了一下，诧异地问道："我在哪里？这是什么地方？我怎么会到这里来的？"

悟空早已恢复了自己的本相，见他醒来，便亲亲热热地伸手把他扶起，让他重新坐在风火岩石上，然后说道：

"你先别问你在什么地方。俺且问你，你认不认识俺？"

哪吒向悟空望了一望道："怎么会不认识，你是我尊敬的兄长孙悟空，是我的良师益友。"

悟空冷笑道："什么尊敬的兄长，分明是要活吃俺老孙的猴脑！"

哪吒惊得凸出了小眼乌珠道："仁兄此言从何说起？小弟就是有天大的胆子，也不敢碰一碰仁兄的脑袋，何况是吃！"

悟空指着桌面说道："你且看看这桌上的圆洞是做什么用的？不是要卡住俺的脖子，单让一颗猴头露在桌面上吗？你再问问你手下的一伙小妖贼，是不是刚刚剃掉俺后脑勺上的毛，把俺一颗光秃秃的猴头洗得亮堂堂的，好让你打破俺的脑壳，用勺子舀出脑浆来吃？"

哪吒望望桌面上的圆洞，又望望簇拥在自己身边的六贼和众小妖，完全莫名其妙。悟空把他揶揄了一会儿，想想他原是中了火云丹的毒，并非本心要做坏事，便把他中毒后被罗刹女带到这火云洞里来，叫六贼和众小妖做他的帮手党羽，勒索山下人民的香火血食供奉，众妖贼狐假虎威，为非作歹，奴役驱使一众山神土地，代他看门烧火，提铃喝号，还恣意剥削抢夺他们，使他们个个衣履不全、一贫如洗等情形约略说了一遍。又道：

"自从上次在花果山分别以后，你我两人都遭了一番劫难，你中了罗刹女的妖法变作红孩儿，我被如来贼秃压在五行山下一千五百年。今天幸得重逢，委实可喜！"

哪吒听完，点头道："原来如此！蒙仁兄提醒，如梦方醒。这是小弟误中了妖法，并不是本心要干坏事，想来世人也会原谅我的。"

随即向六贼和众小妖大喝一声道："你们这批坏家伙，赶快都给我滚出去，告诉罗刹老妖婆，小爷指日来取她狗命，代我母亲报仇，叫她好好地在洞里等死，如果胆敢逃跑，不论逃到天涯海角，小爷也得把她抓回来，叫她受应得的报应。"

众妖贼屁滚尿流地争先逃出洞去，顷刻间作鸟兽散。哪吒打发了众妖贼，把身上那瓦片形古怪披挂脱下来撕得稀烂。他对自己的容貌是最熟悉不过的，当下把手在脸上一摸，立刻恢复了本来面目，比从前分外显得英武。他登上风火轮，手执火尖枪，依旧是个小英雄模样。问孙悟空道：

"众山神土地何在？"

悟空招手道："你要见他们，且跟我来。"

说着，便引哪吒出洞，到了号山之上，从耳朵里掣出绣花针来，迎风一晃，变成丈来长的金箍棒，在地面上横七竖八地一阵打，登时有十个山神土地跪在地上，那副穷相，使哪吒见了也觉骇然。

众山神土地还当哪吒是从前的火云洞主圣婴大王红孩儿，同着孙悟空一齐出现，个个心惊胆战，罗拜在地，战战兢兢地道：

"号山山神土地迎接大王、大圣。"

悟空笑道："你们莫怕，你们有功劳！前番就因为你们告诉了俺他的来历，俺才得盗了解药把他救将过来。他本是陈塘关托塔天王李靖的小儿子哪吒，被罗刹女用毒药把他变作她的儿子红孩儿，在这里欺负你们。现在他已经恢复本性，仍旧是哪吒，今后再没有人来残害你们，你们可以放心了。"

哪吒也安慰他们道："众位山神伯伯、土地公公，我哪吒过去误中妖法，迷失本性，害苦了你们，还望原谅！我们不久就都要离开这里，这山洞里的东西全归你们所有，算是补偿你们的损失。"

众山神土地不由得喜出望外，纷纷道谢，起身告辞，钻进地下不见了。

悟空暗道："这孩子处事妥当，清凉水不但恢复了他被迷失的本性，还使他的头脑更加清醒起来。"他不知道哪吒的莲蓬头脑原本有漏洞，发起热来，好走极端，现在却被清凉水把每个洞眼灌满，这水又凉爽非凡，使人头脑清醒，所以哪吒现在不但不会再走极端，不会再丢三落四，记住这一样，忘了那一样，而且比从前更加聪明、机智，连孙悟空的玲珑心眼也比他不上了。

悟空见诸事处理完毕，便对哪吒道：

"小兄弟，俺又要和你分手了。"

哪吒道："仁兄打算到哪里去？"

悟空道："俺本来打算到西天雷音寺去找如来报仇，因为听说五行山到西天只有一万里，所以只翻了个极小的筋斗，想不到恰巧翻到这里，无意间救了你。俺给如来压在山下一千五百年，不知那伙猴子猴孙现在怎样了！从来说'树倒猢狲散'，俺这棵大树不在，只怕那伙小猢狲都已风流云散。俺很有点放心不下，想先回花果山去探望一下，再到西天找如来报仇。"

哪吒道："既如此，仁兄请便。我们后会有期。"

悟空于是驾起筋斗云，一个筋斗翻回花果山去了。

剩下哪吒独自一人留在号山之上，空山寂寂，四无人踪，满目荒凉，萧条冷落。他来到枯松涧边，下了风火轮，席地坐下。这里有苍松翠柏，小桥曲涧，风景相当秀丽。他坐在树下，仔细思量着悟空刚才告诉他的话，觉得人证物证俱在，绝对无可怀疑，看来自己在中毒以后，确实干了坏事。但他这时的头脑已经非常清醒，能够冷静地思考，所以并不一味悲伤悔恨。他想："犯了错误，干了坏事，今后一定要改。从前我曾在师父面前发誓说：一定要做一个好孩子，不做坏孩子，决不迷失本性。师父曾笑我空谈，说事到临头，本性已经迷失，由不得自己做主。果然不幸被他说中。我今后不但要改过，还要力争处处地方胜过从前。"

哪吒想到这里，站起身来，沿着枯松涧来回走了一圈，眼望涧中流着的绿水，呼吸着松林中清新的空气，莲蓬头洞眼里注满的清凉水使他的头脑越来越清楚了。他停住了步，又想道："师父虽叫我尊孙悟空为兄，接受他的教导，不过也希望我能够胜过他，这话说得对！我哪吒过去也曾三打龙王，杀败天兵天将，赶跑四大金刚，智服二郎神，今后定当自立自强，再建一番事业！"

哪吒越想越兴奋，抬头看看天色，已快要昏黑下来了，不觉"哎哟"了一声道："我只顾立志，却忘了报仇！这罗刹老妖婆扼死了我最心爱的母亲，扇得尸骨无存，此仇不报，非人子也！事不宜迟，我立刻前去。"

说着，重又登上风火轮，手执火尖枪，念动咒语口诀，脚下冉冉风生，烈烈火发，向西飞奔火焰山芭蕉洞而去。

第二十七回 ｜ 报母仇惩罚罗刹女

　　却说罗刹女自被孙悟空盗去了清凉水以后，知道他这一去，哪吒必然被救，恢复本性。自己重新失去红孩儿，空欢喜一场，还是小事，最可怕的是，一个泼毛猴已被他在自己肚皮里倒海翻江，再加一个哪吒，那还了得，一定性命休矣！但还做万一的希望，也许哪吒把这猴子看作敌人，不肯喝他带来的清凉水。

　　就在这样的自宽自慰中，只见六贼和众小妖慌慌张张地跑进洞来。罗刹女一见他们的模样，就知道希望已经落空，止不住长叹了一声，不等他们开口，就先喝骂道：

　　"你们都给我滚出去！我是命你们侍候我的儿子红孩儿的，如今红孩儿已经完蛋了，我这里用你们不着，你们都给我滚！"

　　毛女在旁劝道："奶奶，且听他们怎么说。"

　　罗刹女听了六贼的禀告，知道哪吒要来寻仇，不禁又惊慌又恐怖，想逃无处可逃，想留在洞里，又不甘束手待毙。正在无法摆布，只见众妖贼还都罗拜在地，不禁满心焦躁，站起来踢着他们，喝道："还不快滚！"

　　众妖贼情知不能再留，只好退出洞去，各自东奔西散。

　　罗刹女见众妖贼都已退走，命毛女紧闭洞门，任何人敲门都不要答应。把手抚着胸口，兀自心绪不宁，听到一些轻微的响声，就疑心是哪吒来了，吓得直跳起来。勉强挨到黄昏时候，更觉心惊肉跳，忍不住含泪对毛女道：

"我悔不该多管闲事！石矶死了这多年了，况且与我并没有深交，我何必管她的闲账！如今结下这冤仇，眼见得大祸就要临头，无处可以逃避，叫我如何是好？"

毛女劝慰道："奶奶且放宽心，谅那哪吒虽然厉害，终不过是个小小孩童。如今洞门关得紧腾腾的，他就是插翅也难飞进来。他又不会变作小虫钻进奶奶肚皮里去，怕他则甚？"

罗刹女道："他人虽小，却精明得出奇。我一想起他在陈塘关盘问我的光景，到如今还觉得害怕。他既然会变化三头六臂，难道就不会七十二变？你且把芭蕉扇拿来，让我带在身边。我如今就只有这一件宝贝了，时刻不能离身。这小鬼如果来，我拿出来向他一扇，把他扇出八万四千里，我这里就可以太平无事了。"

毛女遵命取来芭蕉扇，罗刹女把来系在裙带上，这才解衣就寝。

就在她恐怕芭蕉扇被盗的时候，哪吒也正在转盗取芭蕉扇的念头。他深知要制伏这妖精，必须先把她身边的宝贝盗取到手，才能取胜。

哪吒到了洞门前，细看这洞门，并不是天然生成，两旁缝隙很多，所以孙悟空能变作苍蝇飞进去，心想："悟空已两次变苍蝇进洞，我若再来这一套，难免不露马脚。我还是变一条蚯蚓进去吧。"当下念动口诀，摇身一变，登时变作一条蚯蚓，蠕动着从门缝里钻将进去，在洞里一路蠕行，游进罗刹女的闺房。洞里灯光幽暗，他在地上蠕动，罗刹女和毛女都没有看见他。他却见罗刹女把芭蕉扇系在裙带上，随即登床就寝，毛女在房里收拾整理了一番，也在旁边榻上睡去；便在地上蠕动着身子，缘着罗刹女的床脚爬上床去。趁她睡得沉酣，索性游到她身上，设法把芭蕉扇偷偷取将下来。

哪吒满心欢喜，正想恢复自己的本来面目，向罗刹女算账，报杀母之仇，转念一想："且慢！现在这妖精已如瓮中之鳖，取她的性命易如反掌，我还是先把这芭蕉扇带到外面去扇扇，一来试试它的效果，二来如把火焰扇熄，也使这一带地方的老百姓免得再受热浪之苦。"于是便携着芭蕉扇出洞，恢复本相，重新登上风火轮，一手执火尖枪，一手执芭蕉扇，开始扇将起来。

哪吒满以为一定是一扇清风习习，二扇细雨霏霏，三扇遍山清凉，谁知正和他所料相反，一扇火光熊熊，二扇火球滚滚，三扇火焰冲天。好大火！只见：满天朱霞红灿灿，遍山岩石赤腾腾。

那火越烧越旺，火球滚滚地向哪吒紧逼过来，扑向他的身上，渐渐地同他风火轮上的火烧成一片。哪吒是莲花化身，火烧不烂，并不怕火，只是仓促间不知如何灭火，勉强念动咒语，风火轮冉冉上升，下面赤红的火舌犹兀自向他吞吐。

哪吒升上天空，才发现十丈以外火焰没有烧到的地方，有一个矮小的老头儿，头戴鱼头帽，身穿麻衣，脚踏芒鞋，认得是当方土地，心中不禁大喜，正想催动风火轮近前去，问他为什么这芭蕉扇不灭火，反而生火。土地已经看见了他，用拂尘指着他大声喝骂道：

"你是哪里来的小孩？好大胆！小孩子家玩火最容易闯祸，何况是在这八百里火焰山上玩火，岂止火上浇油，真乃火上加火！你这一连三扇不打紧，这火焰山地下本来已经很热，现在更是热得像滚油锅一样，你叫我往何处容身？"

哪吒躬身施礼道："土地公公请了！弟子乃乾元山金光洞太乙真人徒弟哪吒。因报杀母之仇，来此找罗刹女算账。现在来不及细说，先扑灭火焰要紧。请问土地公公，有什么法子可以扑灭这火焰？"

土地道："要扑灭这火焰并不难，只要你有本领，到她芭蕉洞前拔起一棵芭蕉树来，向火焰扑打，自能把火焰扑灭。"

哪吒听了，二话不说，把火尖枪向地面一插，登上风火轮，回身就奔芭蕉洞。到得洞前，借火光看那芭蕉树时，果然不愧人称铁树，只见树干粗大可以合抱，树皮鳞皴，形成一圈圈黑圈，树根伸向地下有几十步宽广，真是盘根错节，根深蒂固。这样的铁树，谁能拔得它起？可是他哪把它放在眼里？跳下风火轮，伸开两臂抱住棵树只一摇，树下立刻泥土松动，沙飞石走，根须尽露，再往上一拔，就全部连根拔起。别看这芭蕉树比他的身子高大十几倍，他拿在手里比拿着火尖枪还轻便。

哪吒重新跳上风火轮，回到火焰山下，向正在肆威的火焰横七竖八地一阵扑打，顷刻间烟消火灭，这才抛下芭蕉树，来到土地面前，问道：

"请问土地公公，为什么这芭蕉扇不能扇熄火焰，扇来和风细雨，反而扇出火来？"

土地笑道："你手里拿着的并不是芭蕉扇，而是火蕉扇，自然扇出火来，越扇火越旺了。"

哪吒不懂道："怎么芭蕉扇以外还有火蕉扇？"

土地道："这芭蕉树原来只有一种，树叶四面纷披，深绿带黑，颜色如铁，所以叫作铁树。经罗刹女移植到火焰山来后，由于地气关系，每天在热浪熏蒸下，另生出一株异种，树叶呈赭红色，叫作火蕉树。罗刹女把这两种树的叶子分别编成两把扇，黑的叫铁扇，这才是真芭蕉扇，能够真正灭火，不像刚才这芭蕉树，只能扑灭点火焰而已；那红的叫火蕉扇，只能生火，不能灭火，是假芭蕉扇。她之所以要编成真假两把，是防别人盗取芭蕉扇，让他把假的盗了去，闹一个烈火自焚身，用心非常恶毒。你不幸上了她的当，盗了她的假芭蕉扇，这也是你小孩子家没见识，连累我土地也变作热锅上的蚂蚁，热得在地下容身不住。"

哪吒恨恨地把手里的火蕉扇撕得稀烂，抛在空中做蝴蝶飞，重又对土地施礼道：

"土地公公，害你受苦了！现在大火已经熄灭，请你暂回地下，待我取了真芭蕉扇来，把八百里火焰山，扇得满山清凉，遍地舒爽！"

土地说了声"如此多多有劳"，便钻下地不见了。

哪吒拔起插在地上的火尖枪，重又向芭蕉洞来。一路上自怨自艾："早知芭蕉扇有真假两把，应该先请出土地公公来问一下，才不致盗错。"

你道罗刹女怎么知道哪吒前来盗芭蕉扇，预先做下手脚？原来罗刹女听了六贼转告哪吒的话后，心里有了防备。她平时把芭蕉扇藏在怀里，只把火蕉扇挂在洞壁上，连毛女都不知道，以为火蕉扇就是芭蕉扇。她把火蕉扇系在裙带上，上床安寝，其实并没有真的睡着。哪吒变作蚯蚓，把火蕉扇盗去，她都看在眼里，心中暗喜："中吾计也！"她本想伸手把哪吒变的蚯蚓抓住，转念一想："不可！这小鬼诡计多端，变化无穷，即使把他抓住，也难保不被他变作别的东西逃走，还是让他带了火蕉扇出去，扇起大火，来一个飞蛾扑火自焚身的好。"所以仍旧假装睡着，不做理会。

等到哪吒游出洞去后，罗刹女以为太平无事了，睡意渐渐袭上身来，竟真的睡了过去。

哪吒重新来到芭蕉洞门前，这次他不想盗取，而想明取了。下了风火轮，把火尖枪插进门缝里只一撬，一扇木门脱了臼，应手而倒。哪吒大踏步地走进洞去，只见洞内残灯荧荧，罗刹女和毛女仍像以前一样，分别在两张床榻上睡着。

哪吒解下肩背上缚着的七尺混天绫，向洞里一抛，登时满洞红光，芭蕉洞仿佛变成了桃花洞。那红绫好像帐幕一样，在洞里四面分开，把全洞包围得个严严实实，并且一步步向里缩小进逼。哪吒因毛女并无过失，不愿把她无辜株连在里面，便在红绫逐步向里缩进时，伸手把她从榻上拉出帐幕外面。

毛女被拉醒过来，双手揉着眼皮，看见满洞红光，正自惊疑不定。那边床上的罗刹女也惊醒了，只见一道红色帐幕从四面包围缩进，看看要把自己身子裹住，慌忙从背后拔出双股剑，向帐幕乱砍乱拨。殊不知这七尺混天绫乃太乙真人金光洞镇洞之宝，哪里砍得破、拨得开？正在无法摆布，混天绫已逼近她身边，突然一声响亮，落下来，把她从头到脚紧紧裹住。罗刹女还待挣扎，哪吒又放出了乾坤圈，套住她的脖颈，念动咒语，乾坤圈渐渐缩小，箍得她透不出气来。

哪吒见她已被缚住，不能动弹，便伸手抓住乾坤圈，把她像一条大鱼似的拖出洞去。到了洞外山头上，才把她放下，收起混天绫和乾坤圈，一脚踏在罗刹女背上，冷笑道：

"妖精！现在看你可还能捣鬼，骗小爷上当！"

罗刹女手里虽还执着双股剑，但全身俯伏在地，背上压力似有千钧之重，手脚都施展不得，只是没口子地喊："小爷饶命！"

哪吒咬牙切齿地恨道："你想别人饶命，你自己可曾饶过谁的命来？现在我且问你：你那芭蕉扇呢？"

罗刹女连声说："有有！"放下宝剑，伸手到怀里去取出芭蕉扇来，交给哪吒。哪吒趁她取芭蕉扇的时候，劈手把她放下的宝剑夺过来，然后接过芭蕉扇看时，果然颜色深绿带黑，是一把铁扇，便把来插在绿荷叶裙腰里，一脚将罗刹女踢翻过身来，把剑尖抵着她的胸口。依着他的心思，真恨不得一剑把她的胸膛刺一个透明窟窿，以报杀母之仇，可是转念一想："过去师父因为杀了石矶，炼出原形，后来常常懊悔。我如杀了这妖精，将来被师父知道，难免要受责备，还是惩罚她一下算了。"于是把剑尖指着罗刹女喝道：

"你这妖精！我母亲与你往日无怨，平日无仇。石矶是我师父杀死的，事由我哪吒而起，你就是要代石矶报仇，也得找我哪吒，与我母亲何干？你竟平白无故地把她活活扼死，还把她的尸身扇得无影无踪，你太心凶手辣了！现在我且不杀你，只也用芭蕉扇扇你一扇。"

罗刹女横卧在地上，身子被哪吒的脚踏着，转动不得，只是合掌求饶。哪吒哪里睬她，用宝剑割断她的一根裙带，把她双手反接捆缚定当，这才从腰间拔出芭蕉扇，对准罗刹女一扇，一阵狂风起处，把个罗刹女刮得无影无踪。

哪吒处置了罗刹女，重新登上风火轮，一手执火尖枪，一手执芭蕉扇，在八百里火焰山上满山遍野地扇将起来，果然一扇清风习习，二扇细雨霏霏，三扇遍山清凉，山下众百姓一齐额手称庆。连刚才的土地也钻出地层来向他道谢。哪吒扇得起劲，索性从火焰山扇到钻头号山去。这八百里火焰山虽长，土地却很少。哪吒心想："怎么这里土地这样少，山神也没有？大概这火焰山地下太热，所以谁都不愿意在这里当山神土地罢！"

看看快要扇到号山枯松涧，这里山神土地很多，却没有一个钻出地来迎接。哪吒心里暗暗诧异："他们都到哪里去了？这一带并没有火焰山热，我这样扇得满山清凉，遍地舒爽，他们在地下难道毫无知觉？"

转过枯松涧，火云洞已在眼前，哪吒走近洞前一听，可煞作怪，洞里竟发出一阵阵争吵声音。连忙下了风火轮，进洞看时，洞内灯火通明，挤满了山神土地，壁上挂着的风干了的野兽肉都被摘了下来，和其他食用物品分成了好几堆，可他们并不把东西搬出去受用，却在洞里争吵不休。你道他们在争什么？说也好笑，他们在争夺那只给哪吒喝干了清凉水剩下来的空瓶。

　　哪吒看了这光景，又气又好笑，忍不住发话道："众位土地公公、山神伯伯，你们在这里挨了多年贫苦，受了我的害。虽然我被迷失本性，身不由己，不知道自己做的事，毕竟事由我起，免不了过失。不过你们既然已经闹贫，不该还要争瓶，现在瓶呀贫呀吵个不歇，未免太不成话！这瓶你们拿去无用，应该归我，你们用不着争了。"

　　说着，一伸手，拿起桌上的净瓶，望兜肚里一塞，走出洞去。众山神土地见哪吒取了瓶去，就也各自扛着分得的东西鱼贯而出。

　　哪吒心中不胜感慨，暗想："世间只有贫穷难熬，就是山神土地贫穷久了也难免发急。看来，只有没一个人贫穷的世界，才是个快乐的花花世界。我过去立志要做一个小英雄，现在知道怎样做了，要立大志的话，就得使人人衣食无忧，富足有余，过着愉快的生活。"

　　哪吒想到这里，正恍然若有所悟，忽然东方一团乌云飞来，到得近前，才发觉原来是一只硕大无朋的玄鹤，骑在鹤背上的正是自己的师父太乙真人。哪吒这一喜非同小可，连忙驾着风火轮，满山遍野地追逐，不住向云端里招手。

　　太乙真人控制着玄鹤，徐徐降落山头。哪吒跳下风火轮，连火尖枪都来不及放下，扑翻身便拜。正待开口诉述别后经过，太乙真人已把拂尘向他一拂，阻止他道：

“徒儿不必多言，你的一切经历，为师尽知。事已过去，你只要记着这个教训，以后多做好事，补过便了。”

哪吒拜罢起身，问道：“师父怎么会到这里来的？”

太乙真人笑道：“我怎么不会到这里来？我那乾元山金光洞原在你陈塘关西面，虽属南赡部洲，距这里西牛贺洲并不远，不过因为这一带穷山恶水，热气熏蒸，平时不大经过罢了。”

哪吒咕哝道：“原来如此。早知金光洞离这里不远，弟子恢复本性以后，早来拜见师父了。师父嫌这里热气熏蒸，弟子已从罗刹女身边取来芭蕉扇，把火焰山和钻头号山扇得暑气尽消，以后师父尽可以随意云游了。”

太乙真人点头道：“这也是你做的一件好事。”

说到这里，忽然伸出手来，慈爱地抚着哪吒的头脑道：“徒儿，且喜你不但恢复本性，而且等于第三次成人。”

哪吒诧异道：“师父，这是怎么说？”

太乙真人正色说道：“徒儿有所不知，为师当初只想使你早现莲花化身，事先考虑未周，误把剥去莲子剖成两片的莲蓬给你做了头脑。这莲脑漏洞不少，为师后悔莫及，想不出补救办法，总不能剖开你的头脑；而且即使剖开，也无物可以填塞漏洞。想不到事有凑巧，你居然因祸得福，给清凉水填满漏洞。现在你既有好记性，又不会走极端、固执己见，听得进别人的良言劝告，岂非等于第三次成人？”

哪吒听了，也自欢喜无限。他觉得自己现在头脑里的想法确实和过去有很大的不同，真想不到清凉水的功效竟有这样大。

太乙真人又道：“为师过去所以要你尊孙悟空为兄，受他教导，就因为他能从旁指点补救你莲脑的缺点。现在你可以自建功业了。”

哪吒便把自己立的志向对师父说了一遍。

太乙真人点头道："你能够这样立志很好。为人在世，就是要创建一番事业，最重要的事业无过于创造一个使人人富足愉快的花花世界。这就得处处地方为别人着想，不代自己打算。世上之所以这样扰攘纷争，就因为许多人心上都存着一个'私'字，要都能像你那么存心立志就好了。这些且待你以后做起来看。现在孙悟空在长安有难，他既然搭救过你，你也该去救他。"

哪吒诧异道："我那猴哥神通广大，变化无穷，心眼机灵，怎么也会遭难？他和我分手时说是要回花果山去，并没有说要上长安，怎么会在长安遭难，又是谁使他遭的难？"

太乙真人叹道："我们师徒分别已有一千五百年，这一千五百年的时间在人间说短不短，世事发生了很多变化。过去人们只相信修道成仙，后来从西方传进来一个佛教。这佛教的祖师是如来，但最能干的是个女菩萨观世音，她能往来天上人间，漂洋过海，陆地江湖，无处不到，和天宫的玉帝、地上的皇帝都有交情，也最受世人信仰。最近下界唐皇收了个高僧玄奘别号唐三藏的做御弟，想差他到西天去取经，身边缺少能人保护。观世音听说孙悟空已经从五行山下逃出，有心想叫他做唐僧的帮手，又恐他不肯驯服，特地到天上兜率宫去，向太上老君借来一只金刚箍交给唐僧，教唐僧学会紧箍咒，念起来使孙悟空头痛欲裂。孙悟空哪里知道观世音做下的手脚，冒冒失失上长安去探访情况，这一去正好比自投罗网，就此遭了难。所有一切详情，你到了长安自会知道，为师不能细述。长安在这里东北，你快去罢！"

哪吒遵命，拜别了师父，登上风火轮。太乙真人又伸手止住他道：

"你已用罗刹女的芭蕉扇扇熄了这一带的热气，现在这扇子于你无用，且把来交给为师保管，以后为师就用它来普降甘霖，救济苍生。"

哪吒遵命把芭蕉扇交给师父，便念动咒语，驾风火轮望长安而去。

第二十八回 | 赴长安搭救孙悟空

　　哪吒一路上心急火燎，想起孙悟空三盗清凉水搭救自己恢复本性的情义，恨不得立时三刻飞到长安。

　　你道孙悟空怎样会陷身长安，遭了金刚箍、紧箍咒之难的？原来悟空在号山上驾起筋斗云，一个筋斗翻到东胜神洲傲来国花果山，他原以为离山一千五百年，一定已经树倒猢狲散，谁知并不如他所料，山中依旧群猴熙来攘往，不过猴子猴孙都已更新换代，没有一个认识他这老祖宗了。只有马流元帅、崩芭将军两只老猴仍还健在，见面便率群猴前来罗拜。悟空问道：

　　"俺离山多年，不知山中可有什么变化？"

　　马流元帅道："小的们但见花开花谢，猴死猴生，倒也没什么变化。只是前两天来了个女人，身穿白衣，脚踏莲花，身旁侍立一个丫鬟，手捧净瓶，瓶插杨柳枝，自称是什么大慈大悲救苦救难观世音菩萨，说要请大王到西天去取经。"

　　悟空大怒道："俺老孙就是给西天的如来压在太行山下的，她却要俺到西天去取经！取的是什么屁经？"

　　马流元帅道："她说取的是《法华三诠真经》。"

　　悟空怒道："岂有此理！瞎话三千还说是正经！天下哪有把瞎话当正经的？俺老孙才不取这种歪经哩！"

马流元帅道："她并不是叫大王单身去取经，是叫大王当保镖，保护一位唐僧到西天去取经。"

悟空气得跳起身来道："胡说八道！什么糖僧盐僧，甜参咸参！俺老孙生平不当人奴才，不给人当保镖，她这观世音竟胆敢叫俺去给人家当奴才！俺老孙西天是要去的，可是去找如来算账，不是去取什么瞎话三千的歪经。俺给如来压在太行山下一千多年，她不会不看见，为什么不来救援？她是什么救苦救难观世音！她要敢再来，俺一金箍棒把她打成个肉饼！"

悟空大发了一阵雷霆以后，头脑冷静下来，搔耳摸腮了一会儿，忽然说道："小的们，俺看这观世音一定是如来的同党，她可能是奉如来的命，先去找了个取经的唐僧，找到唐僧后，担心他没人保镖，才到花果山来找俺的。她可曾对你们说这唐僧在什么地方？"

马流元帅拍了一下脑门道："小的年老，记性坏透了，说话总是丢三落四的！她因为没见到大王，曾留下话语，叫小的们在大王回来后，务必请大王到京师长安去一趟，保唐僧去取经。"

悟空道："你们可知道那长安在什么地方？"

崩芭将军道："小的听说京师长安离太行山不远，就在太行山的西边。"

悟空道："既如此，俺且到长安去找那唐僧，问问他和观世音到底捣什么鬼，用什么阴谋诡计来摆布俺老孙！"

马流元帅慌道："大王可不要一去不回，保那唐僧去西天取经！"

悟空怒道："胡说！俺刚才那等说来，你怎么还没转背就统统忘了！俺老孙岂是给人家当奴才的？俺不过是去看看，怎会一去不来？"

说罢，便向西翻了一个小筋斗，落下来正好落在长安城里。但见六街三市，人烟辐辏，热闹非凡，果然不愧是京师繁盛之区。悟空恐自己的猴模猴样引人注目，便仍变作一只苍蝇，东飞西翔。只听得路上行人纷纷传说唐皇御驾亲临生化寺送唐僧玄奘法师启程往西天取经。悟空心中暗道："俺老孙来得正是时候！"见路人密密层层地簇拥向生化寺去看热闹，便也"嗡"的一声，飞进寺里去。

　　悟空出世以来，还是第一次逛佛寺，见那生化寺内，气象好生庄严，殿上居中塑着佛像，两壁塑着十八罗汉，幢幡飘舞，宝盖飞辉，瓶插香花，炉焚檀降，时新果品砌朱盘，异样糖酥堆彩案。佛像下面座上，高坐着一个方面大耳白净面皮的和尚，头戴毗卢高帽，身穿云锦袈裟，一手持着一根九环锡杖，一手直举当胸。悟空心想："这大概就是糖僧了，不知他甜不甜？"于是"嗡"的一声，飞到他面皮上，舔了一舔，连忙飞了开去，接连"呸呸"地吐了两口唾沫道："一点不甜，连汗毛孔里都是盐津津的，不是糖僧，是咸参！"

　　就在这时候，外面响起了一阵清道呵喝的声音，看热闹的众百姓纷纷闪避两旁，俯伏叩拜。悟空看时，只见全副銮驾，浩浩荡荡从寺外进来，好不威武，五面旌旗当先开路，御林侍卫手执金瓜钺斧，双双对对，列队行进，接着是绛纱灯、御炉香，文武百官，排列两旁，宫娥彩女，簇拥左右，笙簧迭奏，箫管悠扬，一柄红罗伞盖罩着下面一辆凤辇龙车，两把日月龙凤扇交叉列于车后，车中端坐着头戴冕旒的唐皇李世民，肥头胖耳，满面是肉，虬髯上翘，可挂角弓。悟空暗想："不料这人间唐皇，竟比那天上的玉皇老儿还会装点门面，卖弄声势。"于是"嗡"的一声，飞上他的虬髯，停在翘起的尖角上。

那唐皇一点没有觉察，他下了龙车凤辇，一步三摇地向殿上走去。他身材肥胖，体格魁梧，肚皮高高凸出，因此走得很慢。唐僧慌忙下座迎接，双手和南，合十稽首。唐皇伸手相扶，就势握住他的手道："御弟免礼！御弟此去西天取经，一路上妖魔精怪众多，朕很不放心！"

唐僧道："陛下不必担忧，贫僧蒙观音菩萨指引，有一只开天辟地以来的通灵石猴相助。这猴子神通广大，武艺高强，曾大闹天宫，杀败众多天神天将，谅区区妖魔精怪，岂是他的对手？所以尽可无虑。"

唐皇道："他虽然神通广大，毕竟是只猴子，猴性最顽皮，而且心最野；兽类中有两种心野的，第一是野马，第二是野猴，所以人称意马心猿。万一他野性难驯，中途撒手跑了，到那时撒得你御弟不上不下，进既不能，退又不可，如何是好？"

唐僧道："陛下不须多虑，这一层，观音菩萨也想到了，她从兜率宫太上老君那里借来一只金刚箍交给贫僧，叫贫僧把来套在猴头上，又教给贫僧一篇紧箍咒，如果那猴子不服管教，倔强不听话，贫僧就念起咒来，金刚箍会紧箍得那猴子头痛欲裂，倒地乱滚，不怕他不服服帖帖地伴送贫僧上西天取经，决不会中途脱逃。"

悟空正因为唐皇骂他野猴，心里有气，听了唐僧诉述观世音的这一阴谋诡计，越发气冲牛斗，气得站不住脚，滚下了唐皇的虬髯，暗暗咬牙切齿地骂道："好个观世音！原来你早已和唐僧串通，设了这个恶毒的圈套来摆布俺！俺老孙与你何怨何仇，你怎忍心下这般毒手？想当初俺正在花果山营盘里和二郎神交战，冷不防从天降下金刚琢，打伤了俺的头颅，以致俺束手被擒，这金刚琢大概和你给唐僧的金刚箍是一样的东西，一定也是你在背地里使坏，暗箭伤人！观世音呀观世音，亏你还自称大慈大悲，救苦救难，好不要脸！"

悟空正气得浑身发抖，在殿内乱飞乱转，又听得唐皇说道："难为观音菩萨想得周到，御弟此去西天，当可一路无阻，取得真经而回。可惜朕无缘得和观音菩萨见上一面！"

唐僧道："好教陛下得知，观音菩萨原名观世音，她因'世'字犯了陛下的御讳，所以自己把'世'字取消，只称观音。贫僧代她把'观世音'三字改译为'观自在'，所以她现在又叫观自在菩萨。"

唐皇听了，喜溢眉梢，连声道"好"！

悟空肚里暗骂："原来这观音还是个马屁精！"他不愿意再看下去了，正待"嗖"的一声飞离生化寺，忽然黑压压的一件东西向他头顶飞来，套个正着，登时"哎哟"一声，跌倒在地，现出猴子原形，头上加了一道金箍。

你道为何？原来悟空自恃神通广大，连玉帝都无奈他何，何况是人间的唐皇、唐僧，哪把来放在眼里。殊不知唐僧乃是个得道高僧，聪明绝顶，眼光锐利。悟空变的苍蝇飞到他面皮上来舐他甜不甜时，他心里就暗暗奇怪："清净佛地，何来苍蝇？而且如此大胆，敢飞到人面上来。莫非是那猴子变化的不成？"接着又见那苍蝇飞上唐皇的虬髯，更加证实了他的怀疑，因为除了视天宫、玉帝如无物的猴子孙悟空，谁都不敢如此无视帝王之尊。所以他一面和唐皇说话，一面眼睛紧盯着那只苍蝇，见它跌下唐皇的虬髯，在殿内乱飞乱转，看看将要飞出寺去，连忙取出金刚箍一抛，便把悟空箍住，现出原形，张着铜铃似的怪眼，向唐僧怒目而视。

唐僧吩咐身边僧众："把这猴子牵将过来。"

众僧领命，齐来动手。悟空岂肯屈服，怒吼一声，伸出毛手向耳边只一摸，从耳朵里掣出根绣花针来，迎风一晃，变作丈余长的金箍棒。吓得众僧四散躲避。众护卫恐怕惊了唐皇御驾，刀枪剑戟并举，金瓜钺斧交下。谅他们这些凡间兵器，岂能敌悟空的金箍棒，顷刻间被横扫得满空飞舞，又如风吹落叶般纷纷坠地。悟空正在得意，忽然大叫一声，抛下金箍棒，双手捧头，倒地乱滚，呼痛不止。

众僧见了这光景，又见他兵器脱手，料无能为，这才敢走上前去，把他牵将过来。

唐皇骇然道："好大的毛猴！"

唐僧道："陛下切勿轻视此猴，他曾在天上偷吃仙桃御酒，醉卧御案，窃据宝座，把天宫打得落花流水。若非观音菩萨传授紧箍咒，岂特有惊圣驾，恐怕此寺也将不免成为齑粉！"

唐皇道："这偌大的猴子，从何而来？怎么朕刚才未曾见到？"

唐僧道："他变作个苍蝇，先飞来舔贫僧的面孔，又飞登陛下的御髯，接着在殿内飞来飞去，贫僧见他似欲飞走，这才抛出金刚箍，把他箍住，现出原形。"

唐皇不信道："他既变作苍蝇，身体么么微细，这金刚箍何能把他套中？"

唐僧道："陛下有所不知，这金刚箍乃太上老君兜率宫之宝，别名如意金刚箍，能如人意套中所欲套之物，不论大小。"

唐皇道："原来如此。御弟此去西天取经，沿途有此猴护送，当可一路顺风，绝无阻碍。但朕看此猴，心有未服，意颇不善，万一他半路上忽起恶念，杀害御弟，暗箭难防，如何是好？"

唐僧道："陛下不须过虑。这猴子如敢起歹心，贫僧只消念起紧箍咒，自会痛得他倒地乱滚，像刚才一样。"

唐皇道："如果他中途逃走，又待如何？"

唐僧笑道："陛下放心，这猴子头上已经戴上金刚箍，再也逃不脱了。据说这猴子会驾筋斗云，一个筋斗翻出十万八千里，可是就算他能翻出十万八千里以外，贫僧这里一念紧箍咒，他自会痛得连滚带爬地回来。"

唐皇道："既如此，御弟一路多加小心。明日一早起程，寡人率文武百官在灞桥为御弟饯行。"随即传旨摆驾回宫。

唐皇去了以后，唐僧命众僧把悟空带将上来，指着他喝道："你现在头上戴了金箍，已经成为行者，从此改名孙行者，不再叫孙悟空，收起你意马心猿的野性，好好护送我上西天取经。只今我就是你的师父，你是我的徒弟。你且把你那金箍棒收起来，到左边禅房去休息。"

悟空忍气吞声地从地上拾起金箍棒，双手一搓，仍旧变作绣花针，塞在耳朵里面，给僧众带到左边禅房。独自坐在一张冰冷的石榻上，满腔恼恨，牙齿咬得格格响，说道："好没来由，俺不去找如来算账，却到这儿来干什么，可不是自投罗网！"

悟空正在自怨自艾，忽然耳边听得有一个细碎的声音向他说道："仁兄莫慌，小弟来也！"

悟空听出正是哪吒的声音，忍不住喜欢得直跳起来，连忙低声问道："哪吒，你在哪里？"

哪吒道："我变作个虱子，藏在你的毫毛里面。"

悟空问道："你怎么知道我在这儿，来此找我？"

哪吒道："小弟在号山遇见师父太乙真人，说仁兄在长安遭难，命我前来搭救，所以赶紧前来，找到了你。现在天色已黑，你身上并没有锁链，何必待在这里！快逃！"

悟空摸摸头上的金刚箍，苦着脸道："逃不脱，这唐僧在俺头上套上太上老君的金刚箍，俺不论逃出多远，他一念紧箍咒，俺就头痛得像要裂开，只好仍旧回到他身边来。"

哪吒道："仁兄不必担忧，你只管逃出去，到了外面，小弟设法打开你头上的金刚箍，把它除下来，那就任他怎样念紧箍咒也不怕了。"

悟空大喜道："只要能除下这劳什子的金刚箍，俺要逃有何难哉！"

说着，一纵身跳出窗口，在空中手伸脚划，顷刻间上了终南山，在山顶上降落下来。哪吒从他的毫毛中翻身落地，恢复了本相，借着星月微光，看悟空头上的金刚箍时，但见金光闪烁，黄中透亮，直径约一寸宽阔，中间矗起作莲花形，箍着悟空的头脑，恰似生成的一般，用手拉一拉，纹丝不动。一时性起，取下乾坤圈，对准金刚箍就砸，只听得一声响亮，火星四迸。悟空双手捧头，倒地乱滚，大喊："莫砸！莫砸！痛煞俺也！"那金刚箍却连一丝缺口也没有。

哪吒寻思无计，不知怎样才能从悟空头上除掉这束缚他的金刚箍。忽然想起当初在二郎神杨戬的兵器上砸下的一段一尖两刃刀，便从兜肚里掏将出来，叫悟空把头枕在一块山石上，右手拿刀，左手按着悟空的头颅，在金刚箍上割将起来，明知未必有效，姑且试试罢了。谁知割下去咝咝有声，割了许久，居然割开了一个裂口。这口却非常细小，要割开一寸长的裂缝，不知要割到何时。哪吒比从前有耐心，并不着急，但恐割到天亮，还没割开，山中有行人往来还不打紧，最可怕的是被生化寺里的唐僧发觉，念起紧箍咒来，痛得悟空不能忍受，只好乖乖地回去，那就全功尽弃，再要救他，难免多费时日。

哪吒又割了多时，金刚箍上的裂缝还不到小指甲一半大，一尖两刃刀的两面刀锋却渐渐钝将起来。山中没有磨刀石，就是有，也不能把这刀锋磨得犀利。哪吒无计可施，顺手把一尖两刃刀在左手的金镯上磨了一下，谁知出于意外，只一磨，刀锋登时精莹锃亮，光可鉴人；把另一面转过来一磨，也是如此。

你道为何？原来哪吒左手上戴的金镯乃是王母娘娘赐给他的见面礼约臂金钏，非人间普通黄金可比，不但能照出妖魔鬼怪的原形，而且光泽滑润，任何刀刃在上面一磨，无不锋芒毕露，犀利可断金玉。二郎神的三尖两刃刀本是大禹铸鼎剩下的钢渣铸就，只因无物可磨，人间的炉火又不能锻炼淬砺，所以锋口逐渐迟钝，现在无意间两下凑合，立刻发挥出效用，显耀出光华。

哪吒见一尖两刃刀随磨随亮，锋利得吹毛可断，心中暗喜，但还以为刀口虽然磨快，割起来不过速度增加一点，要从上到下完全割开一条裂缝，还得费许多时间，谁知磨过后的刀锋与前不同，割下去金刚箍应手而裂，比剖瓜切菜还容易。悟空正因割了多时还未割开，心中焦躁，不住催问哪吒，忽听得哪吒说："好了！割开了。"连忙跳起身，伸出两只毛手，连抓带扯，把金刚箍从头上扯将下来，扔在地上，恨恨地踢了一脚，骂道：

"你这害人精！现在看你还能磨难俺老孙吗？"

说着，心有余恨，又从哪吒手里夺过一尖两刃刀来，狠命在金刚箍上接连割开七八条裂缝，把它拗作片片，散抛在山头上，然后快心地放声大笑。

悟空把一尖两刃刀还给哪吒，谢道："哪吒，多亏你来救我！要不然，俺给这劳什子的金刚箍磨破了头，只好服服帖帖地给那唐僧当奴才，陪送他到西天去取经！俺从前还教你不要给玉皇老儿当奴才，现在却自己给人家当奴才，可不气破了俺的胸脯！"

哪吒道："仁兄何出此言！小弟知道仁兄遭难，断无袖手旁观不来搭救之理。现在且喜仁兄脱难，不知今后做何打算？"

悟空咬牙切齿地道："可恨那观音，俺和她无冤无仇，不知她为什么几次三番地来坑害俺！从前俺给如来压在五行山下一千五百年，就是她出的坏主意，现在又向太上老君借了金刚箍，教唐僧念紧箍咒摆布俺，真是怨大仇深。此仇不报，非为猴王也！俺现在就去找她算账！"

哪吒连忙阻止道："仁兄不可！小弟虽没有见过观音，不知她面长面短，可是听她所作所为，显然是个机智百出、手段高强的女人，仁兄恐怕未必是她的对手。何况你又不知她在哪里，从何处去找她算账！"

悟空道："俺听说她住在南海落伽山紫竹林，大概总在南边。俺此刻心如火烧，非得找到她，一棒把她打成肉酱不可！你不必拦阻俺，俺就此去也！"说罢，驾起筋斗云，一个筋斗向南翻去，顷刻间无影无踪。

第二十九回　　观音收善财

剩下哪吒独自一人站在终南山上，待了半晌，自言自语地道："我那猴哥总是这样猴急冒失，想到哪里就往哪里跑。我刚打算和他商量，遵照师父嘱咐，一同去创造一个花花世界，他却要到南海去找观音算账，一个筋斗就翻得不知去向。现在我待在这里等他回来吗？不行！谁知道他什么时候才能返回。我还是先回家去看看，再到南海去找他。"

哪吒自觉想得不错，便登上风火轮，念动咒语，冉冉向东飞去，到了东海边上，停轮下降，举目一看，不觉吃了一惊，但见东海依然，陈塘关却不见踪影。你道为何？原来时间过去了一千五百年，世事发生了很多变迁，战争逐渐移往中原、河北，这陈塘关已经撤销，关内关外合成一个热闹市镇。哪吒站在东海边上，看着波平似镜，水天一色，不禁发生了无限感慨。

就在这时候，天空中忽然出现了一朵祥云，云中端然立着一个貌相庄严的白衣妇人，头戴天蓝色风兜，上加璎珞，从顶下垂至肩，身披月白色斗篷，面如银盆，鼻似削玉，唇若涂朱，眉心嵌着一颗红珠，赤着一双脚，站立在莲花座上。身旁侍立着一个垂髻少女，像是丫鬟模样，穿着银红比甲绣袄，肉红色绢裤，手持羊脂白玉净瓶，瓶中插着一根杨柳枝。端的仪态万方，好一似洛浦神女初出水，月里嫦娥降凡尘。

你道来者是谁？提起来真是大名鼎鼎，原来就是一般善男信女顶礼膜拜的观世音。她原本是妙庄王的三公主刘香女，从小聪明伶俐，慧黠过人，心眼灵巧。古时盛行早婚，到了十五六岁，妙庄王打算把她许配人家，招个驸马；她想如果嫁了丈夫，无非是生儿育女，老病死亡，死后就被人忘记，岂能永垂不朽，便表示不愿嫁人。她父亲问她待要怎样，她说要出家修行，成佛作祖。妙庄王大怒，想道："堂堂公主，竟然要去做出家人，还妄想成佛成仙，这还了得，敢是失心疯了？"一怒之下，就把她逐出王宫，永不认她为女。她毫不懊悔，在大香山落发修行，吃了许多苦头，居然给她坐化升天，修成了正果。她投女人所好，尽量满足他们的愿望：女人生不出儿子，她就变作送子观音，说是要送儿子给她们；女人烧菜没有鱼，她就变作鱼篮观音，说是要送鱼给她们。她还会变水月观音等三十三种形象，都是女身。总之，女人心里想要什么，她就变作什么样的观音。这样一来，许多女人都成了她的信女，还拉着丈夫一起信仰她，使丈夫都变作善男，施舍的香烛财帛堆积如山。

她见了这许多施舍，也有些喜不自胜，只苦于施舍太多，数不胜数，拿不胜拿，难免落入歹人手里。怎么办呢？于是她又变作千手观音，拿着善男信女施舍的财宝，搬到了落伽山紫竹林观音洞。

不久，她又在落伽山上雇工打造了一只船，起名慈航宝筏，说是能普度众生，又说自己心地慈悲，能够救苦救难，这样一来，善男信女都称她为大慈大悲救苦救难观世音菩萨。

观世音因自己化身太多，没有一定的形象，一会儿抱着孩子，一会儿提着鱼篮，模样各别，既不便泥塑，也不便画像，于是便披上一件白衣，造了一个莲座，赤着一双脚，手持一只羊脂白玉净瓶，瓶里插一枝杨柳，作为自己的特征，自称白衣大士。有时盘腿坐在莲座上，号称坐莲观音；有时赤脚站在莲座上，号称立莲观音。

观世音又嫌自己身边空空荡荡的，无人侍奉，太不成个菩萨体统，而且终日手持净瓶，也觉太劳累，好在她得十方施舍，便在人间买了一个穷苦的小女孩做她的丫鬟，给她起名龙女，让她手持净瓶，侍立在自己身旁，她自己空着两只手，十指纤纤，结成兰花模样，好不自在。同时又收了木吒做徒弟，改名惠岸行者，有事随同出征，无事守卫紫竹林洞府。

观世音生性慧黠，深通成佛作祖的道理，知道要出佛头地，必须要有所依傍，便不辞辛勤跋涉，从东海远去西天，投奔在如来门下。被如来收录以后，她又自愿做如来的耳目，给他奔走打听消息。当孙悟空二次大闹天宫的时候，她也曾派徒弟惠岸行者助战，结果被孙悟空打得大败亏输，闹得玉帝心惊胆战，无法可施，又是她给玉帝出主意，邀请如来佛前来降伏，把孙悟空压在太行山下。这些往事，不必细表。

且说观音自把金刚箍交给唐僧，回落伽山洞府以后，因身边只有个龙女，缺少童男作配，便四处云游，寻找聪明伶俐的小孩。这天来到东海边，恰好遇见哪吒，便问道："你这小孩，姓甚名谁？"

"我叫哪吒，我父亲李靖，人称托塔天王，现在天庭供职。我不喜欢那天宫，所以在人世。"

观音道："我也曾到天宫去赴蟠桃胜会，多曾听说有一个小孩哪吒，神通广大，武艺高强，王母娘娘非常喜爱他，收他做干儿子，玉帝封他为哪吒三太子。莫非就是你？"

哪吒指指自己的鼻尖道："正是我！"

观音道："你既排行第三，大概还有两个哥哥？"

哪吒点头道："是的，我有两个哥哥，大哥叫金吒，二哥叫木吒。"

观音喜爱地抚抚他头顶的丫髻道:"如此说来,更不是外人了。你可知道,你的二哥木吒,就是我的徒弟惠岸行者。"

哪吒怀疑道:"我二哥是九宫山白鹤洞普贤真人的弟子,我虽然没有见过普贤真人,想来也和我师父太乙真人一样,是个得道的神仙。你是菩萨,跟他神仙不相关,他的徒弟怎会是你的徒弟?"

观音笑道:"你哪里知道,那普贤真人现在已皈依我佛门,成为普贤菩萨;你二哥木吒也带发修行,变作行者。我因紫竹林洞府无人守卫,和普贤菩萨情商,把你二哥让给我做徒弟,现正在我紫竹林观音洞中,你如要见他,我可以带你同去。"

哪吒摇手道:"不要!不要!我们兄弟俩不要好,我不愿意见他。"

观音道:"那你现在在这里做什么?"

哪吒道:"这里是我的家乡。一千五百年前,有个妖精罗刹女来这里扼死我母亲,把她扇得尸骨无存。我已经报了仇,同样把这妖精扇走。现在回家来看看,不料这陈塘关也不存在了。我正打算到南海去找我的猴哥孙悟空。"

观音听了"孙悟空"三字,仿佛给谁当心打了一拳,急忙问道:"你怎么会认识这猴子的?"

哪吒道:"玉帝因他大闹天宫,醉卧御案,占据宝座,天兵天将无人能制,巨灵神也被他杀败,派太白金星下凡,召我去花果山擒拿他。我起初只知道他是只猴子,不知道他是孙悟空,跟他大战了一场,他变两个哪吒来杀我,我也变作他猴子模样捣毁了他水帘洞老窠。"

观音听了,不觉笑起来道:"倒也有趣!后来怎么样?你打败了他没有？"

哪吒道："没有，后来他说出了自己的姓名，我们两人讲和，结拜做兄弟了！"

观音止不住吓了一跳，暗想："他两个在一起，那还了得！"不觉白面变成了红面，大怒道："谁叫你跟他结拜的？"

哪吒奇怪道："为什么我不可以跟他结拜？"

"你是人，他是猴子，是畜生，你跟他结拜，岂不降低了人格？"

哪吒不觉也气红了面孔道："他是能人，你怎么骂他是畜生？你问了我许多，我还没有问你，你到底是谁？"

观音笑道："你连我也不认识，只我便是大慈大悲救苦救难观音菩萨。"

哪吒肚里暗暗叫了声"哎哟"道："原来她就是观音，是我猴哥的对头冤家，我猴哥吃了她不少亏，连我为了搭救他，也费了一番手脚。早知她在这里，猴哥跟我一同来此岂不是好，何必到南海去扑空？这女人很厉害，我得好生提防着她，不要也吃了她的暗亏。"想着，不住转动两颗小眼乌珠，看她做何举动。

观音越看哪吒，越觉喜爱，想道："我观世音观世虽久，似这般聪明乖巧、超群出众的孩童，委实从未见过，真是世间少有，天下无双。我如果能够把他收在身边，和龙女配成一对，就是玉皇大帝的左金童右玉女也比不上，诸佛菩萨看见都要羡慕我了。可是看这小孩很鬼，不但帮着那猴子，而且说话时眼乌珠乱转，好像对我存着戒心似的。为今之计，必须先把他和那猴子拆散，然后再骗他到我的洞府去。谅他虽然聪明伶俐，毕竟是个小孩，怎及得我观音心眼玲珑剔透，能够化身三十三，伸手一千只。且让我慢慢地用话骗他上钩。"于是继续问道：

"那猴子到南海去做什么？"

哪吒暗想："我猴哥到南海去正是要找你算账，这话怎么能对你说得！"便撒谎道："我也不知道，大概总有事情。"

观音道："那南海广大，知道他在哪里，你一个小孩子家怎么能找得到他？还是到我紫竹林观音洞去。我那落伽山虽然孤悬海中，却是景色无边，四时有不谢之花，八节有长青之草，松柏参天，紫竹林立，不但有吃不尽的山珍海味，还有无数奇花鲜果。尤其是山中的竹笋，脆嫩甘香。你跟了我去，包你愿意长期居留，不想回来。"

哪吒冷笑摇头道："我不去！你那落伽山算得什么，怎及得天宫景色？我连天宫都不高兴住，谁稀罕你那孤悬海中的落伽山？我连天上的仙桃都吃厌了，谁高兴吃你那清淡的竹笋！"

观音暗暗咋舌地想："这孩子是见过大世面的，我那落伽山自然不在他眼里。"一骗不成，再施二骗，于是又道：

"你父亲现在在天庭供职，你不愿上天去看他，你母亲又已死了，你成了个无父无母的孤儿，孑然一身，四海无家，非常可怜。我那落伽山固然比不上天堂，但也可以供你栖身，你就把我的洞府当作你的家，跟我一同去罢！"

哪吒摇头道："我不去！我和你陌不相识，知道你安的是什么心肠，怎么能随便就跟你去？我哪吒何处不可栖身？我要去创造一个花花世界，根本用不着家。"

观音不觉伸了伸舌头，暗想："这孩子好大的口气！他要去创造一个花花世界，可不把我观音慈航普度的名声都压下去了！"二骗不成，再施三骗，于是摆出一副慈悲的面容道：

"你的志向很好，可是我看你身上精赤条条的，连一件衣服都没有，海边风这么大，等会儿天黑下来，寒气袭人可不要冻坏了你！你还是跟我回洞府去，我给你穿上棉衣棉裤，让你在锦衾绣被里睡一夜，等明天你再去四海为家如何？你要创造花花世界，我要普度众生，宗旨一样，彼此志同道合，理应在一起。现在只是叫你去暂住一夜，不过是可怜你，怕你受寒罢了！"

哪吒冷笑道："你用不着猫哭老鼠假慈悲！我哪吒从来不穿衣服，现在是莲花化身，更不怕冷。你说你要普度众生，几时曾救过他们、度过他们？怎及得上我哪吒是要真的去创造一个使人人安居乐业、衣食无忧、富足有余的花花世界？"

观音给哪吒抢白得又气又恼，雪白的粉面涨成了猪肝色。可是她实在喜爱哪吒，一心想把他弄到手，和身边的龙女配成一对，三骗不成，再施四骗。想了一想，又道：

"你母亲无辜给妖精罗刹女扼死，扇得尸骨无存，实在可怜！现在你且跟我回洞府去，我命黄巾力士四处寻找，把她的尸骨找回，用我净瓶中的杨柳枝水洒在她的尸骨上，使她起死回生，和你重新团聚，岂不美哉！"

哪吒是最爱他母亲的，若在平时，听了这话，一定会上当受骗，可是他现在头脑里的孔洞已被清凉水填满，清醒非凡，所以任她怎样花言巧语，他绝不受骗，只微微冷笑一声说：

"我母亲死去一千五百年，尸骨都已腐烂了，哪里还能找得到？"

观音想不到哪吒这般聪明，无论她怎样巧舌如簧，想出种种计较来引他上钩，他丝毫都不动心。四骗不成，更无计再施五骗，不由得恼羞成怒，翻转面皮，恶狠狠地从龙女手中夺过净瓶，拔出瓶里插的杨柳枝来，向哪吒一抛。杨柳枝立刻显出千丝万缕的长条，条条都张牙舞爪，上下四面向哪吒抓来，把哪吒连人带火尖枪、风火轮捆作一团。观音口中念念有词，把手一招，杨柳根便到了她手里，她提着被捆在杨柳枝袋里的哪吒，本想把来交给龙女，恐她力弱，提不动，便只把净瓶交给她，自提着哪吒驾祥云回落伽山去，一路上不住笑着说："任你小鬼奸似鬼，也被我观音捉将来。须知我这杨柳枝能普度众生，也能普捉众生。现在看你还能往哪里逃？"

哪吒被捆在杨柳枝袋里，一点都不惊慌。他能够七十二变，想逃也很容易。可是他想看看观音洞里是怎生一个光景，有些什么秘密；看那观音把他捉回洞去怎么摆布他。正是：明知山有虎，偏向虎山行；不入观音洞，怎识观音心。

观音驾祥云向南飞行，直到东海中一座岛屿上，这才按落云头，降将下来。哪吒看那落伽山，景色倒也相当清幽，山上紫竹林立，观音洞就深藏在紫竹林中，洞门前站着一个披发头陀，哪吒认得他是二哥木吒，可这时已经改换了装束，头戴束发紫金箍，身穿杏黄直裰，手中的七星剑也已换了一条铁棍。看见观音到来，便双手合十行礼。观音连正眼也不看他，自顾走进洞去，到了庭院里，口中念念有词，杨柳枝自动解散开来，放出哪吒，渐渐缩小，恢复原状。观音一面把杨柳枝仍插入龙女手持的净瓶中，一面指着一间清净幽雅的禅房道：

"这是我参禅习静的所在，不许你闯进去！"

哪吒看那禅房时，开着两扇窗门，大概因为洞内风吹不到，所以窗上并无镶嵌。房中悬着一颗夜明珠，明如白昼，照见房内洁无纤尘。

观音又把哪吒引到旁边一间很大的洞窟里去，洞里也悬了颗夜明珠，只是光辉不如禅房内的明亮，却也照见洞里珍宝堆积如山。哪吒暗暗吐了吐舌头，心想："这观音有这么多财宝堆满在自己洞里！几时设法把她所有的财宝都拿过来，散给普天下穷苦的人，该是多么好！"

他正在呆想着，观音已指着他喝道："这里就是你住的地方。你到了这里，就是我的徒弟，和我那龙女配成一对。我给你取法名叫善财。为什么叫善财呢？我是要你帮我管账、理财，要你善于理财，所以叫你善财。我也不知道你到底会不会理财，不过既来之，则学之，你好生在这里做你的善财罢！"

哪吒看看洞里，只有一个莲花座、一张小方桌，别无床榻，不觉皱眉道："我睡在哪里？"

观音笑道："什么叫作睡？我只作兴参禅入定，不作兴睡觉。"

哪吒没奈何，只好勉强爬上莲花座去，不料屁股刚和莲花座一接触，就被粘牢了。哪吒的脾气虽较从前平和了许多，也忍不住怒气冲冲说：

"你怎么把莲花座粘牢我？"

观音掩口笑道："你是莲花化身，理应坐莲花座。你和莲花粘连在一起，有什么不好？你趁早收起意马心猿，安心坐在莲花座上帮我算账、理财。以后我出外云游，你就坐在莲台上，我身边左坐善财，右立龙女，成为世人皆知的标记。"

说罢，头也不回地出洞去了。哪吒在莲台上扭来转去好一会儿，始终摆不脱莲花瓣，气得咬牙切齿。过了一会儿，头脑冷静下来，想道："我曾用二郎神的一尖两刃刀割开猴哥头上的金刚箍，难道就割不掉这些莲花瓣？虽然皮肉和金刚箍不同，割起来难免要痛，可我从前割肉剔骨都不怕痛，何况现在是莲花化身，怕什么？"于是伸手到兜肚里去掏出一尖两刃刀来，在左手金镯上磨了两磨，然后沿着屁股周围割将起来。谁知割下去应手而裂，座上的莲花瓣顷刻和身体分开，一点都不痛。

你道为何？原来当初太乙真人代哪吒现莲花化身时，命金霞童子从五莲池中取来莲蓬、嫩藕、荷叶、荷梗，给哪吒做成头颅、四肢、骨节、腰肢，在屁股皮肉多的地方用了两朵莲花，现在这莲花座和哪吒的屁股正是莲瓣相交，一割两分离，像用手指撕开两片叠在一起的花瓣那样容易。

哪吒脱离了莲花座，正想出洞去窥探观音的动静，忽听得洞门外一阵兵器响亮的声音，暗想："莫不是我猴哥来了。"连忙改向观音洞外走去。到了洞外，星月光下看得分明，正是孙悟空和改名惠岸的自己二哥木吒杀作一团。

第三十回 | 落伽山再救孙悟空

你道孙悟空到南海去扑了个空，怎会又寻到落伽山紫竹林观音洞来的？原来悟空一个筋斗向南翻去。这时天还未黑，看下面海涛滚滚，海中涌现出一座硕大无朋的岛屿，比他花果山所在的岛不知要大多少倍，岛上山脉连绵，有五座山峰高矗云霄。悟空暗喜道："是了！是了！"轻轻纵身向下一落，落在一座山峰顶上，见下面山洞密布，洞里有许多面色黧黑的人进进出出，头上都戴着宽边笠帽。南方气候炎热，傍晚时候，有很多人坐在树下乘凉谈笑。

悟空见了这光景，心里又不禁疑惑起来，暗道："俺老孙虽没见过观音，想来她的面皮不见得会这样黑吧？听说她住的地方叫紫竹林，怎么这里一棵竹子也不见，倒长了这许多甘蔗，甘蔗顶上芭蕉叶，芭蕉叶下挂西瓜！好不奇哉怪也！莫非俺翻筋斗翻错了地方，可不能不问问清楚。"想着，便待跳下山去，转念一想："使不得，上次给罗刹女扇到小须弥山，那樵哥见了俺这猢狲模样，吓得什么似的，俺可不要又吓跑了他们！"于是喝声"变"，变作一个斯文的读书人模样，儒服唐巾，宽袍大袖，这才徐步走下山去。见一棵树下席地坐着一个老人和一个中年汉子，便向前作了个揖，问道：

"借光！请问这里是不是南海？"

那中年汉子指着前面的大海道："不错，这海正叫南海。"

悟空满心欢喜，又问："这山是不是落伽山？"

中年汉子连连摇摇头道："不！不是落伽山，是黎母山，因这山的五个山峰竖立像五根手指一样，所以又叫五指山。我们都是黎人，是五帝之一高阳氏的儿子重黎的后代。"

悟空见话不对头，情知自己筋斗翻错了地方，勉强问道："有一个观音是不是住在这里？"

那老汉笑着接口道："客官弄错了，那观音菩萨住的南海落伽山是在普陀，名为南海，实际是在东海之中，我们这里海南岛才实实在在的是在南海。你要从这里向北转一个大弯，从南海转到东海，才能找到普陀落伽山。"

悟空暗道："好个观世音，你连自己住的地方东海、南海都分不清，还想骗人！你哪能观世，你只会现世。幸亏俺老孙会驾筋斗云，要不然，岂不跑断了脚筋！"于是谢过两人，走到隐僻处，恢复了本相，驾起筋斗云，沿海岸线向东北方翻去，这才翻到落伽山上，天色已经黑下来了。

悟空在朦胧月色下，见山上紫竹丛生，知道没有翻错地方，心中暗喜。他在紫竹林中穿梭般走了好一会儿，走到一个洞口，猛可里一条铁棍飞来。悟空睁大火眼金睛，借着月光，向那打冷棍的人脸上一看，好不面熟，原来此人非别，正是当初自己二次大闹天宫杀出南天门回到花果山以后，奉玉帝之命领十万天兵围困花果山，被自己杀得大败亏输的惠岸行者。悟空暗想："原来玉帝的奴才，就是观音的看门狗！"赶紧从耳朵里掣出绣花针，变成金箍棒，和惠岸杀作一团。

他们交锋的光景，都被哪吒看在眼里。哪吒看见悟空到来，心中暗喜，但又暗暗担心，恐怕他不是观音的对手。于是把身子躲在紫竹林里，准备等观音出来时，助悟空一臂之力。

惠岸原是悟空手下败军之将，战不到七八回合，悟空把金箍棒向上一掀，惠岸手里的铁棍登时被磕飞到半空，吓得他一抹头便望洞里逃，嘴里不住喊着：

"师父，不好了！那泼毛猴找上门来了。"

观音已听到洞外的战斗声音，带了龙女出来探看，劈面撞见惠岸，看了他那狼狈模样，忍不住怒骂道："你这饭桶，只会吃饭，不会打仗，每战必败，要你何用！你还是回到你师父普贤那里去罢，我这里用不着你这脓包！"

惠岸被骂得满面羞惭，退了开去。

观音喝退了惠岸，忽然换了一副笑脸，对孙悟空道："你就是傲来国花果山的通灵石猴孙悟空吗？我曾到花果山去找过你，没有遇着，叫你手下的两只大猴关照你，回来后务必到长安去一趟，不知道你去过没有？"

悟空还是第一次看到观音，见她脚踏莲花，顶垂璎珞，肩披白衣，貌相庄严；身边侍立着一个丫鬟，手持净瓶。心里不由得暗想："不料这诡计多端的女人竟这般年轻，看她慈眉善目的模样，怪不得天下百姓都信仰她。"想到自己几次三番吃她的苦头，不禁怒从心起，把金箍棒一举，指着观音怒吼道：

"你这坏蛋！你叫俺上长安去，根本没安好心，是要俺钻火圈。预先把个金刚箍交给唐僧，教他念紧箍咒摆布俺老孙！你害了人，还要假慈假悲，嬉皮笑脸，假装糊涂，真正可恶！我非跟你算账不可！"

观音面孔一红道："我是要你保唐僧去西天取经，恐你中途撒手不管，所以给你加一点限制。只要你不意马心猿，那唐僧也是一位有道高僧，决不会随便念紧箍咒使你受苦。"

悟空冷笑道："随你金刚箍也罢，紧箍咒也罢，现在都不能磨难俺老孙了！你看俺头上可还有那劳什子的金刚箍吗？俺现在仍旧是自由自在的齐天大圣，先报了你这坏蛋暗害俺的仇，再去西天跟如来算账！"

观音举慧眼看悟空头上，果然只见一头猴毛，不见金刚箍的影子，连忙问道："是谁帮你把金刚箍除下来的？"

悟空说："除了俺哪吒小兄弟还有谁！"

观音暗暗心惊："原来是哪吒把这猴子救出来的！这小孩真鬼，他在我面前连半点口风都不露。看来还是这猴子粗心，口没遮拦，且让我细细盘问他，从他嘴里探出事实真相，再做计较。"于是继续问道：

"他是怎样把你救出来的？现在那金刚箍呢？"

悟空哈哈大笑道："他来救俺，说能帮俺除掉金刚箍，俺就跟他逃出来了。你还问那劳什子则甚，它早给俺割成七八片了。"

观音暗暗叫苦："金刚箍给割成碎片，叫我怎样去还太上老君？"她不相信哪吒竟有这样大的能耐，会把这无比坚牢的金刚箍像快刀切豆腐一样地割裂，便紧紧追问道：

"他用什么东西帮你割开套在头上的金刚箍？"

悟空刚要回答，忽然簌簌一阵响，无数竹叶暴雨般从空中落下来，洒得他满头满身都是。你道为何？原来哪吒躲在紫竹林中偷听，见悟空有问必答，心中暗暗发急，想道："我这猴哥是通灵石猴，怎么胸中毫无戒心，心直口快！面对着仇敌，怎可如此披肝沥胆，和盘托出？"便爬上一株粗壮的紫竹，抓住近旁的竹枝一阵摇，落下一阵竹叶雨。悟空给这阵竹叶一打，也立刻提高了警觉，想到这观音如此轮番不休地盘问，其中必有诡计，便不再回答，抢起金箍棒，指着观音喝道：

"你老是问来问去做什么？莫非害了俺老孙不算，还想害俺哪吒小兄弟不成？休走！吃俺一棒！"

说着，向观音当头一棒打来。观音忙举手中拂尘招架。这金箍棒原是天河定底神珍铁，岂是区区拂尘能招架得住？观音暗道"不妙"，忙从龙女手里取过净瓶来，拔出瓶里插的杨柳枝。哪吒在竹竿上看得分明，想道："她又要用这杨柳枝来抓我猴哥了！"谁知观音并不如此，她把净瓶横过来，瓶口对准悟空，口中念念有词。悟空陡觉有无限大的吸力吸住他的身子，登时双脚离地，"飕飕飕"的一声被吸进了瓶里，连金箍棒也一起被吸了进去。观音放下拂尘，弯腰从脚下莲座上摘下一瓣莲花，口诵禁持咒，把花瓣封住瓶口。这才重新拾起拂尘，把脚边的杨柳枝交给龙女，然后笑着摇了摇手里的净瓶说：

"我这净瓶可装五湖四海，谅你这小小猴子算得什么？现在瓶口已被封禁，瓶身四无隙缝，你就是插翅也难飞出来，看你再往哪儿逃！等明天把你送往长安，交给唐僧。金刚箍虽然给你割破了，我自有别的法宝摆布你。"

观音说着，得意扬扬地带了龙女回进洞府去。哪吒估量她必到自己住的洞里来探看，早已先溜下竹竿，抢在前头飞奔进洞，爬到莲花座上去坐下，假意低眉合掌，装作入定的样子。

观音果然不放心哪吒，走进藏财宝的洞里来探望，见哪吒仍旧端坐在莲花座上，满心欢喜，把拂尘在他脸上一拂，喝道：

"善财，怎不帮我理财？小孩子家直这般贪睡！"

哪吒假装如梦初醒似的张开眼来，苦着脸道："我不能下来，怎么能帮你清点财宝？"

观音满意地笑着走出洞去说："那你就坐着罢！我虽然给你起名善财，也不过挂个名罢了！像你这般小孩子，也未必会帮我理财。"

观音自以为得计，却不知哪吒早就破了她的诡计。好哪吒，真是心思细如针线，行动捷如闪电，一见观音出洞，立刻一个饿虎跳，跳下莲座，紧盯在她后面。他知道观音能够普观四面八方，恐怕被她觉察，伸手到兜肚里去一摸，摸出师父送他的隐身符来，在胸前一贴，这才跟着观音走去。

观音回进禅房，吩咐龙女道："我忙了一整天，身子困倦得很，现在要参禅打坐一会儿。你好生在一旁侍候，休得偷懒！那哪吒和孙悟空都神通广大，现在虽然被我捉将来，难保没有什么意外，你得留心提防，随时禀告我。"

说罢，便把手里的净瓶放在身旁的小茶几上，闭上眼睛，入定去了。龙女手执杨柳枝，愁眉苦脸地侍立一旁，不住拭眼抹泪。哪吒觉得她怪可怜的，暗想："几时找个机会把她救出去才好。她也是好人家的儿女，大概因为家道贫寒，给观音买来做丫鬟。看她可怜巴巴的样子，平时一定过着非人的生活。这观音口里喊着救苦救难，却连自己的丫鬟都不肯好生看待！"不过现在救悟空要紧，只好暂时把她搁在一边，免得打草惊蛇。

他隐身走到茶几边，伸手向兜肚里一掏，掏出罗刹女装清凉水的那只空瓶来，说时迟，那时快，眼皮一霎，茶几上的净瓶早已调了包，侍立在观音身旁的龙女丝毫没有觉察。好哪吒！正是：轻如飞燕身手疾，动若脱兔霎眼迷。

哪吒把观音的净瓶调到了手，喜不自胜，虽然因为净瓶里装着悟空，揣在兜肚内觉得沉甸甸的，但这一些小小的累赘根本不在他心上。他回到自己住的洞里，收起隐身符，先取出净瓶放在小方桌上，看那瓶口，被一片莲花瓣封着，以为也和粘牢自己屁股的莲花座相同，不以为意，便从兜肚里掏出一尖两刃刀来，想把花瓣挑开。谁知瓶口有观音的禁持咒封闭，任怎样也挑不动，这才觉得不可小觑。于是，他把一尖两刃刀在左手金镯上磨了磨，像割金刚箍一样割将起来，不料花瓣和瓶口不但吻合得严密无缝，而且坚硬无比，好像生成的一般，割了许久，始终割不开一丝裂缝。瓶口既无从下手，就只好在瓶身上转念头了，可是这净瓶光滑透亮，绝无缝隙可钻。哪吒把净瓶横过来，试着把两刃刀的一尖对准瓶身钻下去，可是刀尖很快就滑开，试了几次，都是如此。原来这一尖两刃刀的刀尖虽然锋利，却相当粗，要把它磨细得像针尖一样，谈何容易！

这就把哪吒难住了，看来要把这净瓶钻一个洞眼，除非用牵锯来锯，或者用一根钢钎先在瓶身上钻个细眼，再用重物在钎尾打，可是哪吒的兜肚里却并没有这两样东西。怎么办呢？把这净瓶砸碎放出悟空来吗？不但未必能砸碎，就算砸碎了，发出来的响声也难免惊动观音。

哪吒搔耳摸腮，不知如何是好。就在这时，桌上的净瓶因为是横放着，开始滚落下地，果然跌不碎，却一直滚到哪吒放火尖枪的地方。哪吒忽然灵机一动，想道："我这火尖枪枪尖很尖细，不知道能不能把这净瓶钻个透明窟窿？"真是病急乱投医，试着抓住火尖枪的枪尖在左手金镯上磨了磨，也是天缘凑巧，一个是太乙真人镇洞之宝，一个是王母娘娘约臂金钏，两下一凑合，顷刻间枪尖磨细得像针尖一样。哪吒满心欢喜，还恐净瓶滑开去，信手从宝藏堆里找了两块石头大的财宝在两边紧紧夹住，然后把枪尖对准净瓶，两手紧握住枪柄中段，用力戳下去。果然很有效验，枪尖并未滑开，净瓶上很快戳出一个细眼，可惜枪柄太长，不能在柄端用重物敲，不然洞眼戳开得还要大。哪吒磨一会儿枪尖，戳一会儿洞眼，最后索性一手抓住枪尖，在洞眼上细细磨碾，终于戳出了一个赤豆大的小洞。

哪吒大喜，忙把嘴凑近洞口，低声叫道："仁兄，净瓶上已经钻出洞眼了，快变个小虫儿飞出来。"

只听得瓶里一阵搅动声响，随即传出悟空的声音来道："外面可是哪吒小兄弟吗？"

哪吒道："正是，你快出来。"

话犹未了，早有一个蠛蠓从净瓶的洞眼里出来，向空一飞，很快便恢复了悟空的猴子原形，手中犹握着金箍棒，只是浑身都湿淋淋的。

哪吒诧异道："仁兄怎么变作落汤猴了？"

悟空接连向空中吐了两口唾沫，摇头道："这瓶里有水，又咸又苦，把俺浑身上下浸得透湿！"

哪吒道："这水想是从东海里汲来的，所以味道咸苦。"边说边收起一尖两刃刀，把净瓶拿起放在小方桌上，任瓶里的水从洞眼里一滴滴地流将出来。

悟空眼望着净瓶，不由得怒从心起，喝道："这害人的劳什子，留着它做什么，待俺把它砸个稀巴烂。"一抡手中金箍棒，便待打下去。

哪吒连忙拦住道："仁兄且慢！世上没有废弃的东西。那罗刹女装清凉水的空瓶不也是废物吗？可小弟却把来调换了观音的净瓶，救出了仁兄。要没有那只空瓶，无物可以代替，岂不被龙女和观音发觉，出来追寻？现在她们还都被蒙在鼓里呢！"

悟空把金箍棒一搓，搓成绣花针，塞在耳朵里，然后向哪吒称谢道："哪吒小兄弟，这是你第二次救俺了！不知你怎么会恰巧也在这里？"

哪吒把自己回家乡去探视情况，在东海边巧遇观音，几次三番用话骗他到她洞府，他都不上当，最后她翻了脸，用杨柳枝把他抓住，带到这洞窟里，给他改名善财，粘牢他的屁股在莲花座上，叫他帮她理财，他用一尖两刃刀割开莲花瓣的前后经过说了一遍，又道："小弟一直在纳闷，她这落伽山离东海不远，转一个弯就到，怎么说是在南海？"

悟空哈哈大笑道："哪吒，你哪里知道，这观世音着实现世，她连东海、南海也分不清。"随把他怎样驾筋斗云翻到海南岛五指山，有个老汉指点他说，观音住的落伽山是在普陀，名为南海，实际是在东海之中，只有他们这里才实实在在是南海的话说了一遍。

哪吒听了，眼珠一转，计上心来，忍不住拊掌笑道："有了！"

悟空倒被他吓了一跳，忙问："什么'有了'？"

哪吒指着洞里四周的财宝道："仁兄，你看，这洞里藏的财物多不多？"

悟空睁大火眼金睛，借着悬在中间的夜明珠的光，向洞里四周堆积如山的财物看了一眼，不禁摇头吐舌道："好个观音，她要这许多财物何用？既然自称救苦救难，何不把来救济天下穷苦的老百姓？"

哪吒道："小弟正是想把她这些财物施舍给普天下挨穷受饿的人，只是一时想不出用个什么法子把她赶走，将所有财物弄到手里。现在既然她自称南海观音，这里又是东海不是南海，南海是在你所到的很远的南方，那就不妨变化出一个东海观音，责备她不该鹊巢鸠占，占据东海观音的洞府，要她把所有财物留下，回她自己的南海去。这样驱逐她何等正大光明，谅她也无话可说。所以我说'有了'，就是说有办法了。"

悟空笑得尖嘴都合不拢地说："此计大妙！现在就让俺来变化作东海观音吧。"

哪吒看了悟空一眼，微笑道："仁兄且莫性急，如果在小弟误吞火云丹迷失本性以前，这东海观音正应该由你去扮，因为那时小弟的莲蓬头脑漏洞太多，没有记性，缺乏识别力，还有许多别的毛病，需要仁兄指教。可是现在我倒觉得仁兄心粗气浮太过，遇事思虑欠周，以致陷身长安，白跑南海。所以这东海观音还是让我扮比较合适。"

悟空想了一想，觉得哪吒的话有理，便问："那么我扮谁呢？"

哪吒道："说不得，只好委屈仁兄一下，就请你变化作观音身边的龙女。"

悟空道："可是刚才星稀月暗，我没有看清那龙女的面貌。"

哪吒笑道："用不着看清她的面貌，你只变作一个丫鬟模样就是了。东海观音身边的龙女，何必同她南海观音身边的龙女一模一样。"

悟空依言，顷刻间变成了个丫鬟模样，至于像不像龙女，连他自己也不知道。哪吒也念动口诀，变作观音模样，也是头戴风兜，顶垂璎珞，身披白衣，跃登莲花座上，脚踏莲花。

因为是以东海观音名义来索还观音洞，所以他们出了藏财宝的洞窟，并不到禅房去找观音，却从观音洞正门出去，再折回来。哪吒已把滴干了水的净瓶拿在手里，这时便折了根竹枝插在瓶里，交给悟空变的龙女。恰好惠岸正背着行李铺盖出来，便冲着他喝道：

"快去通报你师父南海观音，说有东海观音来访，是正牌观音，叫她这冒牌观音赶快让出洞府，回她的南海海南岛去，不要鹊巢鸠占，致干未便！"

惠岸心下暗暗惊疑："怎么南海观音以外又来了个东海观音？"但他正因被观音逐出山门，叫他回到普贤菩萨那边去，还骂他是脓包、饭桶，心中有气，便也不假思索地撂下行李铺盖，走进禅房，向观音合十稽首。

观音问道："惠岸来此何事？"

惠岸因观音不认他做徒弟，便也不肯叫她师父，气昂昂地站在一旁说："特来辞行！"

"这也罢了！你为何面带惊惶？"

惠岸道："今有东海观音带了龙女在外，说她是正牌观音，叫你这冒牌观音赶快让出洞府，回你的老家南海海南岛去，不要鹊巢鸠占，致干未便！"说完，便头也不回地出洞去了。

观音气得哇呀呀地大叫道："何方魔怪，哪处妖精，敢偷窃我观音的名号？想我刘香女雪山修行，吃尽千辛万苦，方成正果，博得这观音的名号，非为容易。现在普天下善男信女谁不知道我观音家居南海普陀落伽山紫竹林？何来东海观音，胆敢假扮我观音的容貌，反说我鸠占鹊巢，要我把洞府让出来给她！难道我南海真观音是斑鸠，你东海假观音倒是喜鹊不成？可不气煞我也！"

观音在莲花座上气得发昏章第十一，过了好一会儿，才咬牙切齿地道："谅你这妖精也不知道我观音的厉害，且让我用法宝来收拾你！"

于是一伸手，取过茶几上的净瓶，可笑她空具慧眼，竟辨不出这只罗刹女装清凉水的净瓶并不是她自己的净瓶。但她毕竟心眼多，把瓶口凑近耳边听了听，听不出什么声息，暗道："莫非那妖猴在里面睡着了？且不去管他，先去会会那假观音，看她是什么妖精扮的再说。"

当下站起身，脚踏莲花，手持净瓶，带同龙女冉冉出了观音洞，举目看时，只见对面莲花座上，站着个和自己一模一样的观音，身旁也和自己一样侍立着龙女，好不气概。不禁怒从心起，高声喝道：

"何方妖精，胆敢假扮我观音的容貌，前来扰我南海普陀落伽山紫竹林清净佛地？"

哪吒冷笑道："什么南海普陀？谁不知普陀是在东海之中，几时曾搬往南海？只我这东海观音才是正牌观音，怎么反说我假扮？你南海观音理应住在南海，却到东海普陀来强占我洞府，是何道理？现在我正牌东海观音回来了，你冒牌南海观音还不让位，回你南海去，更待何时？"

观音又急又气。气的是自己本是天下独一无二的观音，如果正牌被这人抢去，还有谁相信自己？急的是自己历年得来的财物都藏在这里，为数非细，如果此地果是东海而非南海，则她这南海观音势难在东海居留，所有财物岂非都要落入这东海观音之手？她忍不住气急败坏地道：

"你说这里是东海，不是南海，有什么凭据？"

哪吒笑道："要找凭据还不容易吗？我且问你：太阳是从哪一方出来的？"

观音不假思索地答道："谁不知道日出东方？"

哪吒道："你既知道日出东方，不是日出南方，那么你且回头去看看，这大海东面是什么？"

观音回头一看，不觉大吃一惊，只见一轮红日正从东方海平线上升起，光华灿烂，照得这普陀落伽山透明彻亮，只有那紫竹林仿佛笼罩着一团烟雾，正是：日照普陀生紫烟。不禁低下了头，无话可说。

哪吒笑道："现在事实已经证明这普陀落伽山位居东海，正当日出之处，我东海观音才是正牌观音，此山之主。你南海观音乃冒牌观音，何得占我洞府，妄称主人？现在正牌到来，冒牌请出，从速回你南海去！"

观音强辩道："天下观音只有一个，又不像龙王那样，有东、南、西、北四海之分，怎见得你是正牌，我是冒牌？"

哪吒冷笑道："天下观音何止一个，如果没有东、南、西、北四海之分，那你为什么称南海观音？既有南海观音，自有东海观音。这普陀落伽山正是我东海观音管领的区域，你南海观音无权窃据称尊！你不必巧言强辩，赶快回你南海。"

观音咬牙暗恨道："不知哪里跑来的野观音！说的话偏又句句驳不倒，这地方确是位居东海，难以和她争执；我既名南海观音，也难以留居在这东海观音洞府。但是我洞府里这许多财宝得来非易，岂能拱手奉送给她？罢了！罢了！我也不必同她多争，只要把洞里的财宝搬走，四海为家，何处没有我观音落脚之地？东海、南海还不是一样，东海有洞，南海岂无洞可藏财宝？"于是便道："我也不和你吵架，天下之大，难道没有我容身的地方？且待我把洞里的财宝搬尽，把这山交给你掌管便了。"

哪吒摇头道："这可不行！此山既非你山，此财也非你财。这洞里所有的财物，正该散归天下贫苦百姓。"

观音已拼着放弃这观音洞不要了，只希望能把洞里所有的财宝搬走，这时见东海观音得步进步，不由得发起急来，情知难以言语争执，立刻回身进洞，摇身一变，变作千手观音，每只手都伸得长长的，乱抓洞里的财宝。看看所有的财物抓得差不多了，这才重新出洞，打算驾祥云向南飞去。悟空变的龙女看在眼里，心中大怒，伸手到怀里去抓了一大把猴毛，吹口气，向空中一撒，立刻变作一千只乌鸦，只只乌鸦都来啄观音的手，啄得千手观音一千只手都疼痛难忍，抓不住财宝，落得满山遍野都是。

观音失去了财物，急痛攻心，想道："两害相权取其轻，两利相权取其重。现在且放了那猴子，先把这东海观音吸进瓶里去，收回散落的财物要紧。"于是把手里的净瓶举起来，正想念解禁咒，忽见瓶口并没有莲花瓣封闭，不禁吃了一惊，暗暗埋怨自己粗心，怎么刚才出来时没有注意到。再一细看，这净瓶浑不似自己的净瓶。摇一摇，竟是一只空瓶，哪里有猴子的踪影。没奈何，只好死马当作活马医，把瓶口对准东海观音，口中念念有词，念来念去，毫无效果，根本不能把东海观音吸进瓶里去。

哪吒在对面哈哈大笑道："我说你是冒牌观音，果然一点不错。你不但观音是冒牌，连你手里拿的净瓶也是冒牌货，只有我东海观音手里的净瓶才是真净瓶。休走！且看我用真净瓶来拿你这冒牌观音。"说着，把瓶口对准观音，嘴里装腔作势地念念有词。

观音一看东海观音手里拿的净瓶，认得正是自己的。她心里慌张，空具慧眼，竟没有看出瓶上那个赤豆大的小洞眼，见哪吒把瓶口对准自己，以为他要把自己吸进瓶去，不禁吓得心胆俱裂，连财宝也不想要了，驾云就向南方上空逃去。

哪吒见观音身旁的龙女愁眉苦脸，倒拖着杨柳枝，勉强跟着观音同逃，心中好生不忍，连忙暗解背上七尺混天绫，向龙女抛去，但见一道红光，混天绫直向龙女飞来。观音虽在危急之中，还忘不了自己身边要有丫鬟服侍，见混天绫将要把龙女裹去，不觉发急起来，一把夺过龙女手中的杨柳枝，口中念念有词，杨柳枝伸开，把龙女紧紧捆住，观音就抓住杨柳根，横拖倒拽地拉着她飞逃。

哪吒见状大怒，一扬手，把净瓶对准观音的头颅掷去，喝道："还你净瓶！且教你尝尝这劳什子净瓶的滋味。"

随着这一声吆喝，净瓶不偏不倚正打在观音头上。观音叫了声"哎哟"，抓住龙女的杨柳根脱手，一个倒栽葱跌入汪洋大海，随波逐流地流向南海去了。

那七尺混天绫把龙女裹了个严严实实，被哪吒招回到落伽山上。哪吒恢复本相，收起混天绫，从兜肚里取出一尖两刃刀来，把捆住龙女的杨柳枝割得寸寸断。龙女脱了难，不住向哪吒道谢。悟空看自己身上，还和龙女一样装束，连忙恢复原形，向哪吒问道：

"现在我们到哪里去，去干些什么？"

哪吒道："且把这些散落的财宝收拾起来，拿去救济穷苦的老百姓，然后我们同去创造花花世界。"

哪吒的故事到此结束。至于他们三个后来怎样和千千万万人一同去创造花花世界，不在本书叙述范围之内了。